THE NEW SHERLOCK HOLMES
명탐정 셜록홈즈

아서 코난 도일 지음
조주연 옮김

매월당
MAEWOLDANG

옮긴이의 말

　세 번째 홈즈의 이야기를 준비하면서 많은 고민을 했다. 무엇보다 어려운 것은 작품을 고르는 작업이었다. 앞서 발표했던 《셜록 홈즈 단편 걸작선》과 《셜록 홈즈 X-파일》에서는 이미 독자들에게 잘 알려진 작품 위주로 선별했다. 코난 도일이 발표한 홈즈 시리즈 중에서 재미있지 않은 작품이 없지만, 이번에는 재미는 물론이고 작가의 개성이 돋보이는 작품 중심으로 골라봤는데 작업하는 내내 전혀 상상할 수 없는 놀라운 이야기 전개에 감탄을 금치 못했다.
　이번 목록에는 돈과 사랑에 대한 작품들이 특히 많았다. 돈 때문에 의붓딸을 속인 〈신랑의 정체〉나 돈 때문에 자존심을 버렸던 〈입술 비뚤어진 남자〉도 이야기 전개 방식은 그야말로 굉장했다. 홈즈는 이야기 속에서 너무나 쉽고 분명하게 진상을 파악하지만, 아마 이런 일이 현재에 일어난다면 손에 잡힐 듯이 명확하게 사건의 진상을 밝혀낼 수 있는 사람이 과연 얼마나 될까? 게다가 오늘날에도 여전히 결혼과 관련된 거짓말과 사기가 빈번한 것을 보면 현대를 살아가는 우리들에게도 시사하는 바가 크다고 하겠다.
　또한 코난 도일의 작품 밑바탕에 깔려 있는 지독한 휴머니즘에 대해 말하지 않을 수 없다. 〈귀족 독신남〉이나 〈찰스 오거스터스 밀버턴〉, 〈세 학생〉에서처럼 홈즈는 스스로가 재판관이 되어 피의자에게 딱 맞는 판결을 내려준다.

반드시 법대로 처리하는 것만이 정의로운 것이 아니라 죄를 범한 사람 스스로가 자신의 죄를 뉘우치고 새로운 삶을 살아갈 수 있도록 길을 열어주는 것이 법의 진정한 목적이라는 작가 자신의 평소 생각을, 작품 속 홈즈를 통해 독자들에게 말해 주고 있는 것이다. 물론 이런 생각들이 때로는 죽음을 방조하기도 하지만 그 누구도 소설 속 홈즈에게 돌을 던지지는 못할 것이다.

　《셜록 홈즈 X-파일》을 마친 지 얼마 지나지 않아 이 책 《명탐정 셜록 홈즈》를 작업하는 과정은 쉽지 않았다. 한 문장을 몇 번이나 다시 쓰면서 매번 고민했던 것은 코난 도일의 마음이, 셜록 홈즈의 뛰어난 능력이 독자에게 온전히 전해질 수 있을까 하는 것이었다.

　시간을 제대로 지키지 못해 애를 태우게 하는 부족한 역자를 늘 너그러운 눈으로 봐주신 김종대 사장님과 박옥훈 편집장님 덕분에 이번에도 좋은 작품으로 독자들을 찾아뵐 수 있게 되었다. 앞으로도 뮤지컬, 영화뿐만 아니라 문화계 각 분야에서 홈즈의 활발한 활약을 기대해 본다.

Contents

신랑의 정체 -------------------------------------- 8
A Case of Identity

입술 비뚤어진 남자 ---------------------------- 33
The Man with the Twisted Lips

기술자의 엄지손가락 -------------------------- 66
The adventure of the Engineer's Thumb

귀족 독신남 -- 94
The adventure of the Noble Bachelor

녹주석 보관 -- 125
The adventure of the Beryl Coronet

노란 얼굴 --- 158
The adventure of the Yellow Face

블랙 피터 --- 183
The adventure of the Black Peter

찰스 오거스터스 밀버턴 ---------------------- 214
The adventure of Charles Augustus Milverton

세 학생 -- 238
The adventure of the Three Students

붉은 원 -- 263
The adventure of the Red Circle

마자랭의 다이아몬드 ------------------------- 291
The adventure of the Mazarin Stone

토르 교 사건 --------------------------------------- 317
The Problem of Thor Bridge

신랑의 정체
A Case of Identity

어느 날, 베이커 가의 하숙집 난로 앞에서 홈즈와 나는 각자 신문을 보고 있었다. 그러다 갑자기 홈즈가 나에게 세상사에 대한 자신의 의견을 이야기하기 시작했다.

"왓슨, 인생은 인간의 정신이 창조하는 그 어떤 것보다 기묘하다고 할 수 있어. 인간의 상상력은 아주 식상한 일상에도 미치지 못한다네. 만약 우리가 런던이라는 거대한 도시의 하늘에서 사람들이 살아가는 모습을 보면 어떨까? 지붕 밑에서 일어나는 놀라운 사건, 더없이 기이한 우연의 일치, 수많은 계획, 항상 엇갈리는 의도, 끊임없이 이어지는 독특한 사건들, 실타래처럼 얽히고설킨 인연 그리고 거기에서 나오는 상상을 초월하는 결과를 볼 수 있을 거야. 실제로 그렇게 할 수만 있다면 우리는 결말이 뻔한 소설 나부랭이는 쓸데없는 것으로 여기게 되겠지."

"글쎄, 꼭 그럴 것 같지는 않네만 신문에 보도되는 사건들은 대부분 추악하고 상스러워. 하지만 경찰에서 내놓는 보고서는 사실적이기는 하지만 재미도 예술적인 감각도 없지 않은가? 그래서 그런 느낌을 받는 것은 아닐까?"

"사실적인 효과를 얻기 위해서는 제대로 된 선택과 분별이 있어야 한다네. 하지만 경찰 보고서는 사건의 생생한 모습보다는 공문서에 어울리는 상투적인 문구에 중점을 두지 않던가. 경찰 보고서를 보면 일상생활이 제일 부자연스러운 것같이 느껴지는 것이 바로 그런 이유라네."

"자네가 하는 말의 의미가 무엇인지는 충분히 안다네. 물론 자네는 어려움에 빠진 사람들에게 비공식적으로 조언과 도움을 주고 있어. 그것도 세 대륙에 걸쳐서 말이야. 그 과정에서 겪게 되는 이상하고 기묘한 사건들을 자주 접하다 보니 그런 생각을 하는 것 같네."

나는 보고 있던 아침 신문을 들어 홈즈에게 보여주었다.

"홈즈, 자네 말이 옳은지 한 번 시험해 볼까? 여기 〈아내를 학대하는 남편〉이라는 기사가 있군. 아직 이 기사는 읽지 않았지만 내용은 안 봐도 뻔하네. 밖에서는 다른 여자와 바람을 피우고 안에서는 아내를 때리는 남편 얘기겠지. 여기에 언니를 불쌍하게 여기는 여동생이나 친척이 참다못해 나설 것이고. 아무리 실력이 없는 작가라도 이보다 못한 소설을 쓰지는 못할 걸세."

"왓슨, 안타깝지만 자네는 사례를 잘못 짚었다네."

홈즈는 내가 내민 신문을 훑어보면서 대답했다.

"이것은 던대스 별거 사건이야. 사실 나는 이 사건과 약간 관련이 있기도 하지. 이 남자는 바람은커녕 술도 한 번 입에 안 대 본 남자인데 식사 때마다 틀니를 빼서 아내에게 집어던지는 묘한 습관이 있다네. 이런 이야기를 소설가가 상상해 낼 수 있을까? 어림도 없을 거야. 자, 여기 담배 한 줌을 집어 들고 자네의 패배를 인정하게나."

홈즈는 뚜껑 한가운데에 커다란 자수정이 박혀 있는 데다가 금으로 만들어진 코 담뱃갑을 내밀었다. 평소 그가 얼마나 검소한지 잘 아는 나는 호화스럽기까지 한 담뱃갑을 보고 깜짝 놀랐다.

"자네, 이게 뭔가? 이런 담뱃갑을 자네가 가지고 있다니 놀라운걸."

"아, 이건 보헤미아 왕이 아이린 애들러 사건을 도와준 데에 대한 보답으로 준 기념품이라네. 몇 주 동안 자네를 보지 못해서 말할 기회가 없었군."

"그럼 자네 손에서 반짝거리는 그 반지는 무엇인가?"

"아, 이건 네덜란드 왕실에서 보내준 작은 기념품이지. 왕실의 중요한 문제를 해결해 주었더니 답례로 보냈더군. 그 사건은 매우 미묘해서 아직 자네에게도 말해 주지 못했어. 이해해 주게."

"괜찮다네. 언젠가는 들을 수 있는 기회가 오겠지. 요즘 조사하고 있는 사건은 없나?"

나는 궁금한 마음에 홈즈에게 물었다.

"뭐 열 건에서 열두 건 정도인데 모두 중요한 사건들이기는 하지만 특별히 흥미를 가질 만한 것은 없다네. 여러 사건을 경험하면서 나는 한 가지를 알게 되었지. 조사 과정에서 흥미를 끄는 사건들은 대체로 중요하지 않다는 거야. 중요하지 않은 사건이 중요한 사건보다 까다로운 분석과 관찰을 필요로 하거든. 사실 대형 범죄일수록 단순하다네. 큰 범죄일수록 그 동기가 뚜렷할 수밖에 없거든. 프랑스에서 의뢰한 조금 복잡한 사건 하나를 빼면 요즘 진행 중인 사건에서는 특별한 게 없어. 하지만 좀 더 주의를 기울일 만한 사건이 들어올지도 모르겠군. 길 건너편에 있던 아가씨가 드디어 날 찾아온 것 같으니."

홈즈는 자리에서 벌떡 일어나 창가로 다가갔다. 한없이 우울해 보이는 런던의 회색 거리를 그의 어깨 너머로 내려다보니 길 건너편에 키가 큰 여자가 서 있는 모습이 보였다. 그녀는 포근해 보이는 모피 목도리에 하늘거리는 커다란 빨간색 깃털을 꽂은 챙 넓은 모자를 요염하게 눌러쓰고 있었다. 화려한 차림새로 장갑에 달린 단추를 만지작거리던 그녀는 계속 같은 자리를 맴돌고 있었다. 그러다 홈즈의 집 창문을 훔쳐보았고, 무언가를 결심한 사람처럼 갑자기 빠른 걸음으로 길을 건너왔다. 그리고 바로 요란스레 초인종 소리가 울렸다.

"나는 저 아가씨의 증상에 대해 잘 알고 있지. 길거리를 왔다 갔다 하며 고민을 한다는 것은 언제나 연애 문제라네. 누군가에게 조언을 구하고 싶지만, 다른 사람에게 말하기에는 너무 사적인 문제라서 망설이는 것이지. 하지만 남자에게 크게 사기를 당한 여자라면 망설이지 않아. 도착하자마자 바로 초인종을 마구 잡아당기지. 하지만 저 아가씨의 모습을 보니 화가 난 것이 아니라 당황한 것 같군. 오, 이제 직접 아가씨에게 자초지종을 들어보는 게 좋겠어."

홈즈의 말이 채 끝나기도 전에 노크 소리가 들렸고, 제복을 입은 소년이 메리 서덜랜드 양이 왔다고 전해 주었다. 그 소년 뒤에는 아까 창 밖에서 본 여자가 서 있었다. 이는 마치 작은 배 뒤에 상선 하나가 돛을 펴고 서 있는 모습을 연상시켰다. 홈즈는 따뜻하고 예의 바른 태도로 서덜랜드 양을 맞이했다. 그리고 홈즈 특유의 방심한 듯한 태도로 그녀를 관찰하기 시작했다.

"시력이 좋지 않은데도 타자를 많이 치는 것은 꽤 힘들 텐데요."

홈즈가 툭 던지듯이 말했다.

"처음에는 그랬지만, 이제는 자판을 외워서 괜찮습니다."

서덜랜드 양은 아무렇지 않게 대답했지만, 잠시 후 상황을 이해하고 깜짝 놀란 표정을 지었다. 순간 상냥한 얼굴에 공포의 빛이 스쳐 지나갔다.

"홈즈 선생님, 저에 대해서 알고 계신 것을 보니 벌써 제 소문을 들으셨나 봐요."

"놀라지 마십시오. 무엇이든 알아내는 것이 바로 내 일이니까요. 나는 개인적인 훈련을 통해 다른 사람들이 보지 못하고 지나치는 것을 볼 수 있게 되었을 뿐입니다. 그런 것도 모른다면 서덜랜드 양이 굳이 내게 오실 이유가 없겠죠."

"그렇다면 다행입니다. 저는 에서리지 부인에게서 선생님의 이야기를 들었어요. 선생님은 다른 사람들은 다 죽었다고 생각한 부인의 남편을 쉽게 찾아주셨다고요. 저도 좀 도와주세요. 저는 부자는 아니지만 1년에 100파운드씩 수입이 있어요. 또 타자기로 버는 돈도 그렇게 적은 액수는 아니고요. 호스머 엔젤 씨의 행방을 알려주신다면 그 돈을 전부 드리겠어요."

"진정하십시오. 그런데 왜 그렇게 서둘러서 나오신 겁니까?"

홈즈는 두 손의 손가락 끝을 맞댄 채 천장을 바라보며 물었다.

"아, 그건 또 어떻게 아셨나요? 저는 아버지라고 할 수 있는 윈디뱅크 씨와 함께 살고 있어요. 그런데 이 상황에서도 그가 태평스러운 태도를 보여서 너무 화가 났습니다. 그 사람은 경찰이나 다른 사람에게 조언을 구하지도 않고 그저 괜찮을 거라고만 했습니다. 그래서 화가 나서 외출복으로 갈아입고 여기로 급하게 달려왔습니다."

"윈디뱅크 씨와 성이 다른 것을 보니 계부인가요?"

"네, 저보다 겨우 다섯 살밖에 많지 않은데 아버지라고 부르는 것은 좀 우습죠."

"어머니도 함께 살고 계십니까?"

"네, 어머니는 아주 건강하세요. 제 친아버지가 돌아가신 지 얼마 되지도 않았는데 재혼을 한다고 해서 기분이 몹시 나빴어요. 그것도 어머니보다 열다섯 살이나 어린 남자라 말이 안 된다고 생각했고요. 친아버지는 토튼햄 코트로에서 배관업 사업체를 경영하셨는데 아버지가 돌아가신 뒤, 어머니가 감독인 하디 씨와 함께 그걸 운영하셨어요. 그런데 윈디뱅크 씨가 그것을 팔아버리게 했어요. 그는 자기 말로는 꽤 능력 있는 포도주 영업사원이었거든요. 어머니와 윈디뱅크 씨는 아버지의 사업체를 4,700파운드에 팔았는데, 아마 아버지였으면 그렇게 말도 안 되는 가격에 팔아버리지는 않으셨을 겁니다."

서덜랜드 양이 신변잡기적인 이야기를 계속하는 모습을 보고 나는 홈즈가 언짢아할까 봐 몹시 걱정이 되었다. 그러나 그는 매우 집중해서 그녀의 이야기를 듣고 있었다.

"서덜랜드 양, 당신이 받는 연 100파운드의 수입은 아버지의 유산인가요?"

홈즈가 궁금하다는 듯이 그녀에게 물었다.

"아니에요. 아버지의 유산이 아니라 오클랜드에 사셨던 네드 숙부가 남겨주신 거예요. 숙부님의 유산은 뉴질랜드 국채인데, 1년에 4.5퍼센트의 이자가 나옵니다. 원금은 2,500파운드인데 저는 이자만 쓸 수 있고 원금은 손댈 수 없게 되어 있어요."

"이야기를 듣고 보니 꽤 흥미진진하군요. 매년 100파운드의 수입에 타자를 쳐서 받는 돈까지 생각한다면 서덜랜드 양은 꽤 부유한 여성에 속하겠군요. 사실 숙녀 혼자 생활한다면 1년에 60파운드 정도로도 여유롭게 살 수 있을 테니까요. 그렇죠?"

"맞아요, 선생님. 사실 저는 60파운드보다 훨씬 적은 액수로도 충분히 생활할 수 있어요. 하지만 지금은 어머니와 계부에게 짐이 되고 싶지 않아서 유산으로 나오는 이자는 모두 두 분에게 드리고 있어요. 저는 타자를 쳐서 받는 돈으로 충분히 생활할 수 있으니까요. 지금 한 장에 2펜스씩 받고 있는데, 하루에 15장 내지 20장 정도는 칠 수 있거든요. 하지만 이런 생활도 곧 끝날 것이라고 생각했어요."

"서덜랜드 양이 어떤 상황인지는 정확히 알 수 있게 되었군요. 소개가 늦었습니다만 이쪽은 내 친구 왓슨 박사입니다. 이 친구에 대해서는 염려하지 않으셔도 되니 편하게 말씀하십시오. 그럼 이제 호스머 엔젤 씨에 대해서 말씀해 주시겠습니까?"

서덜랜드 양은 호스머 엔젤이라는 이름을 듣자마자 얼굴이 붉어졌다. 그러나 이내 불안한 듯이 옷자락을 만지작거리면서 말을 시작했다.

"제가 엔젤 씨를 처음 만난 것은 가스 설치업자 무도회에서였습니다. 그쪽 업계 사람들은 아버지에게 항상 무도회 초대장을 보냈는데, 아버지가 돌아가신 이후에는 어머니에게 보내셨죠. 계부는 어머니와 제가 외출하는 것을 몹시 싫어했습니다. 제가 교회에서 소풍이라도 가면 화를 내기도 했어요. 하지만 저는 이번에는 꼭 가야겠다고 생각했습니다. 저와는 아무런 관계가 없는 사람이니 당연히 제 일에 참견

할 권리도 없으니까요. 그는 저에게 입고 갈 옷이 없을 거라며 빈정거리기도 했어요. 사실 옷장에는 새 옷이나 다름없는 진홍색 드레스가 있었어요. 제가 가겠다고 고집을 부리고 있을 때, 그는 다행히 프랑스로 출장을 갔습니다. 엄마와 저는 하디 씨와 함께 무도회에 갔고요. 거기서 호스머 엔젤 씨를 만나게 되었죠."

"윈디뱅크 씨가 프랑스에서 돌아와서 무도회에 갔다고 서덜랜드 양에게 화를 내지 않았나요?"

"그냥 어깨를 으쓱하고 말았어요. 자기 길을 가려고 하는데 막아서 뭐하겠느냐는 말도 하더군요."

"그럼 다시 무도회로 돌아가죠. 서덜랜드 양은 그곳에서 호스머 엔젤 씨를 만났다고 했죠?"

"네, 무도회에서 그분과 즐거운 시간을 보냈어요. 그리고 다음 날 저희가 집에 무사히 도착했는지 확인할 겸 해서 저희 집을 찾아오셨어요. 그리고 두 번 정도 더 그를 만나서 산책을 했습니다. 하지만 계부가 출장에서 돌아온 이후에는 우리 집에 올 수 없었죠."

"그건 왜죠?"

"계부가 싫어했거든요. 그는 특별한 경우가 아니라면 집에 손님을 들이지 않는 사람이에요. 그러면서 여자는 가정 안에서 즐거움을 찾아야 한다고 말하죠. 하지만 저에게는 진정한 가정이 없었습니다. 저는 항상 저만의 가정을 꾸리고 싶었어요."

"다시 이야기로 돌아가죠. 집으로 오지 못하게 되자 호스머 엔젤 씨는 어떻게 하던가요?"

"계부는 일주일 후 다시 프랑스로 가야 했어요. 엔젤 씨는 저에게

계부가 집에 있는 동안은 편지로 이야기하자고 하더군요. 그는 매일 편지를 보냈고, 저는 아침마다 그의 편지를 받을 수 있었습니다."

"엔젤 씨와 결혼 약속을 하셨습니까?"

"네, 처음 산책을 했던 날 결혼을 약속했습니다."

"엔젤 씨가 다니는 회사는 어디에 있죠?"

"그는 리든홀 가의 사무실에서 회계원으로 일하고 있다고 했는데……."

"사무실의 주소를 알고 있나요?"

"선생님, 안타깝게도 제가 그걸 몰라요."

"그럼 그의 집은 어디에 있습니까?"

"그는 사무실에서 숙식을 해결한다고 했어요."

"그러면 서덜랜드 양은 그의 사무실도 집도 어딘지 모르는 셈이군요. 그럼 편지는 어디로 보냈죠?"

"리든홀 가 우체국으로 보냈어요. 그분은 사무실에서 편지를 받으면 사람들이 놀릴 거라면서 싫다고 했거든요. 그래서 저는 그분이 제게 타자로 친 편지를 보낸 것처럼 저도 그분께 타자로 친 편지를 보내겠다고 했어요. 그랬더니 그분은 제 손으로 직접 쓴 편지를 받고 싶다고 하더군요. 기계가 우리 사이에 끼어 있다는 느낌이 드는 게 싫다고 하면서요. 그것만 봐도 그분이 얼마나 저를 좋아했는지 짐작이 가시죠? 정말 섬세하고 감수성이 풍부한 분이거든요."

"흠…! 많은 것을 생각하게 하는 말이군요. 내가 평소 주장하는 게 바로 '중요한 것은 사소한 것이다.' 라는 말이죠. 그 밖에 호스머 엔젤 씨에 대해 말씀해 주실 건 없나요?"

"엔젤 씨는 매우 소심한 성격이었어요. 수줍음도 많아서 낮보다는 저녁에 저와 산책을 했어요. 혹시라도 다른 사람 눈에 띄면 구설수에 오를 수 있다고 했거든요. 어렸을 때 편도선염에 걸린 적이 있어서 목이 약하다고도 했어요. 그래서 항상 낮고 부드러운 목소리로 말하곤 했어요. 말투는 살짝 어눌했는데 오히려 더 다정해 보였어요. 옷은 항상 단정하고 깔끔하게 입는 편이었습니다. 저처럼 눈이 좋지 않아서 눈을 보호하기 위해 색안경을 끼고 다녔고요."

"그렇군요. 윈디뱅크 씨가 다시 프랑스에 가게 된 뒤에는 어떻게 되었죠?"

"엔젤 씨는 다시 집으로 왔어요. 그리고 몹시 서두르면서 계부가 돌아오기 전에 결혼하자고 했어요. 저는 그분의 말대로 성경에 손을 올리고 앞으로 무슨 일이 생기든 항상 그분에게 충실할 것을 맹세했어요. 엄마는 처음부터 엔젤 씨를 마음에 들어 하셨는데, 어떤 때는 저보다 더 호의적이었어요. 그분이 제게 맹세를 요구하는 모습만 봐도 저를 얼마나 사랑하는지 알 수 있다고 하셨지요. 엔젤 씨와 엄마는 일주일 안에 결혼하는 게 어떻겠느냐고 했지만, 저는 계부 때문에 망설였어요. 하지만 두 분 다 그에 대해서는 신경 쓰지 말라고 했고, 특히 엄마는 자신이 다 알아서 할 테니 아무 걱정 말고 결혼 준비를 하라고 말씀하셨죠. 하지만 전 그렇게 하고 싶지 않았어요. 저보다 몇 살 많을 뿐이고 굳이 허락을 받아야 할 일은 아니라고 생각했지만, 무슨 죄라도 지은 것처럼 남몰래 하고 싶지는 않았거든요. 그래서 저는 계부가 다니는 회사의 프랑스 보르도 지점으로 편지를 보냈어요. 하지만 그 편지는 결혼식 날 아침에 제게 반송되고 말았어요."

"저런, 그럼 윈디뱅크 씨는 편지를 못 받으신 건가요?"

"네, 계부는 제 편지가 도착하기 바로 전날 영국으로 출발했다고 하더군요."

"안타까운 일이군요. 서덜랜드 양의 결혼식은 언제였나요? 결혼식은 성당에서 하기로 했겠죠?"

"네, 맞아요. 지난 금요일, 킹스 크로스 근처에 있는 세인트 세비어 성당에서 조용하게 결혼식을 하기로 했어요. 결혼식이 끝난 뒤에는 근처의 호텔에서 아침 식사를 하기로 예약해 두었죠. 엔젤 씨는 이륜마차를 타고 집으로 왔어요. 그리고 그 마차에 엄마와 저를 태우고 엔젤 씨는 뒤에 오던 다른 마차에 탔어요. 엄마와 제가 먼저 성당에 도착했고 엔젤 씨가 탄 마차가 바로 뒤에 왔어요. 그런데 아무리 기다려도 마차에서는 아무도 내리지 않았어요. 이상하게 여긴 마부가 안을 살펴봤는데, 세상에! 아무도 없는 거예요. 마부는 엔젤 씨가 마차에 타는 것을 똑똑히 보았다고 했는데 어떻게 된 일인지 모르겠다고 하더군요. 그리고 그는 다시 나타나지 않았어요. 대체 엔젤 씨에게 무슨 일이 생긴 걸까요? 조그마한 단서도 찾을 수가 없어서 전 너무 걱정이 됩니다."

"죄송하지만 서덜랜드 양이 사기꾼에게 당한 것 같군요."

"그렇게 상냥하고 친절하신 분이 사기꾼일 리가 없어요. 게다가 그날 아침 저에게 성경에 맹세까지 하게 했는걸요. 그리고 혹시 예상하지 못한 어떤 일이 생기더라도 우리가 약혼한 사이라는 것을 잊지 말아달라고 했어요. 언젠가는 꼭 다시 만나게 될 거라고도 말했고요. 결혼식 날 아침 그런 얘기를 듣는 것이 이상하다고 생각했는데, 이런

일이 벌어지고 나니 그 말에 다른 특별한 의미가 있는 것은 아닐까 하는 생각이 들어요."

"그건 서덜랜드 양 말이 맞아요. 그럼 서덜랜드 양은 엔젤 씨에게 어떤 사고라도 일어났다고 생각하는 건가요?"

"네, 그래요. 뭔가 예상되는 게 있었으니까 그런 말을 하지 않았을까요? 그리고 엔젤 씨의 예감이 맞는 어떤 일이 벌어졌을 거예요."

"하지만 어떤 일인지는 짐작조차 못 하시는 거죠?"

"네, 짐작도 못 하겠어요."

"그럼 한 가지만 더 묻죠. 어머니는 이 일을 어떻게 생각하시나요?"

"엄마는 엔젤 씨에게 불같이 화를 내셨어요. 다시는 그에 대한 일을 입 밖에 내지 말라고 말씀하셨거든요."

"그럼 윈디뱅크 씨의 반응은 어땠나요?"

"계부는 엔젤 씨에게 말 못 할 어떤 사정이 생겼을 거라고 했어요. 저를 성당 앞에 두고 사라져버렸다고 해서 엔젤 씨가 이익을 얻는 것도 아닐 거라고도 말했고요. 사실 그건 그렇답니다. 그가 저에게 돈을 빌렸다거나 한다면 저도 그를 사기꾼이라고 생각할 수도 있을 거예요. 그는 저와 함께 지낸 동안에도 제 돈을 단 1실링도 가져가지 않았습니다. 도대체 무슨 일이 생겼기에 그는 편지조차 쓰지 않는 건지 모르겠어요. 너무 걱정이 돼서 며칠 동안 전혀 잠을 잘 수 없었어요."

서덜랜드 양은 작은 손수건을 꺼내서 눈물을 훔치며 말했다.

"걱정 말아요. 내가 조사해 보죠. 일단 이 문제는 내게 맡기고 집으로 돌아가요. 내 생각에는 엔젤 씨가 갑자기 사라진 것처럼 그를 머릿속에서 깨끗하게 지워버리는 게 가장 좋을 것 같군요."

홈즈는 자리에서 일어서며 말했다.

"선생님은 그분과 제가 다시 만날 수 없다고 생각하는 건가요?"

"아마 그럴 것 같군요."

"대체 그분한테 무슨 일이 생긴 걸까요?"

"그 문제는 내가 알아보죠. 일단 엔젤 씨의 정확한 인상착의를 알아야 합니다. 그리고 그가 쓴 편지도 내게 한 통만 주십시오."

"네, 저는 지난주 일요일 〈크로니클〉에 사람을 찾는 광고를 냈어요. 그 광고가 여기 있습니다. 그가 쓴 편지 네 통도 가져왔고요."

"좋습니다. 서덜랜드 양은 어디에 살고 있죠?"

"저희 집 주소는 캠버웰 라이언 플레이스 31번지예요."

"엔젤 씨의 주소는 모른다고 했고…… 그러면 윈디뱅크 씨의 회사는 어디에 있나요?"

"계부는 펜처치 가에 있는 보르도 산 와인 수입회사 웨스트하우스 앤 마뱅크에서 일하고 있어요."

"그럼 이제 됐습니다. 편지는 여기 두고 가시고 아까 내가 말한 것을 기억하세요. 이번 일은 잊어버리고 새 출발하는 게 좋을 거요. 아무 일도 없었던 것처럼 말입니다."

"저를 생각해 주셔서 감사합니다. 하지만 저는 그의 약혼녀로 살 거예요. 그가 돌아올 때까지 꼭 기다릴 거예요."

커다란 모자에 약간 멍해 보이는 얼굴이었지만 그녀의 믿음에는 어떤 고귀함이 느껴져서 절로 고개가 숙여졌다. 그녀는 약혼자가 쓴 편지뭉치를 탁자 위에 올려놓고는 언제든 연락해 주면 다시 오겠다는 말을 남기고 돌아갔다.

홈즈는 의자에 앉아 양손 끝을 모으고 두 다리를 쭉 뻗은 채 몇 분간 천장을 응시하고 있었다. 그러더니 선반에서 도자기 파이프를 꺼내 불을 붙이고 담배를 피우기 시작했다. 그 오래된 파이프는 홈즈가 생각할 일이 있을 때마다 꺼내곤 하는 것이었다. 의자에 몸을 묻은 채 담배 연기로 구름 화관을 만들어 연달아 뿜어내는 홈즈의 얼굴에는 끝을 알 수 없는 나른함이 함께 떠올랐다.

"서덜랜드 양은 참 재미있는 아가씨야. 의뢰한 사건보다 그녀 자신이 더 흥미롭다는 것을 그녀가 모르는 게 안타깝군. 사실 이 사건은 너무 흔한 이야기라네. 내가 모아 놓은 자료를 뒤지면 비슷한 사건을 여러 개 찾을 수 있을 거야. 1877년 앤도버와 작년 네덜란드 헤이그에서 이 사건과 비슷한 일이 있었지. 세부사항은 다를 수도 있지만 큰 틀에서 보면 아주 비슷해. 하지만 가장 많은 점을 시사하는 건 바로 서덜랜드 양이라네."

잠시 동안의 정적을 깨고 홈즈가 말했다.

"내가 보기에는 평범한 아가씨 같은데, 자네는 내가 보지 못한 여러 부분들을 모두 본 모양이로군."

나는 입맛을 다시며 아쉬운 듯이 말했다.

"늘 그렇지만 보이지 않는 것이 아니라 자네가 보지 못한 거야. 어디를 봐야 할지 모르기 때문이기도 하지. 내가 여러 차례 말했던 것처럼 엄지손톱, 소맷단, 구두끈 등은 아주 많은 것을 가르쳐준다네. 자, 그럼 자네가 그녀의 겉모습에서 알아낸 것들을 이야기해 보게."

홈즈는 자신만만한 표정을 지으며 나의 대답을 기다렸다.

"그녀는 빨간 깃털이 꽂힌 청회색의 챙 넓은 모자를 쓰고 있었지.

검은색 구슬로 장식한 검정색 재킷도 입고 있었는데, 가장자리에는 흑옥 장식이 있었어. 회색 장갑은 낡아서 오른쪽 집게손가락 부분에 구멍이 나 있더군. 커피색보다 짙은 갈색의 드레스는 목덜미와 소매에 진홍색 플러시 천으로 단을 댔어. 참, 동그랗고 달랑거리는 금귀걸이도 하고 있었지. 구두는 미처 보지 못했지만 전체적으로 넉넉한 형편의 아가씨 같았어. 다소 가볍고 안이해 보이는 모습이 단점이기는 했지만."

홈즈는 내 설명을 듣고 박수를 치며 소리 내어 웃었다.

"오, 왓슨! 자네 정말 대단하군! 실력이 꽤 늘었지만 중요한 부분을 모두 놓쳤다는 건 매우 안타까워. 하지만 내 방식을 제대로 배운 건 분명하니 칭찬해 줄 만해. 그런데 자네는 색을 보는 눈이 특히 예리하군. 사람이나 물건을 관찰할 때는 전체적인 인상 말고 세부사항에 집중하는 것이 좋다네. 여자라면 소매를, 남자라면 무릎을 관찰하는 것이 좋아. 자네도 본 것처럼 서덜랜드 양의 소맷단은 보풀이 일어난 플러시 천으로 되어 있었어. 그 천은 흔적이 잘 남기 때문에 여러 가지를 알아낼 수 있다네. 손목에 있던 두 줄의 주름은 타자를 칠 때 눌려서 생긴 자국이야. 수동식 재봉틀로 일하는 사람도 비슷한 흔적이 남지만, 새끼손가락 부분에 자국이 남아. 그녀의 얼굴을 관찰하면 코양쪽이 움푹 패어 있다는 것을 알 수 있어. 분명히 안경에 눌린 자국이었기 때문에 나는 눈이 나쁜데도 타자수로 일하냐고 물어본 거야. 그때 그녀의 깜짝 놀란 얼굴은 매우 인상적이었지."

"사실 나도 놀랐다네. 어떻게 그런 걸 알아냈을까 궁금했는데 이제 알겠군."

"눈이 나쁜 것은 얼굴을 보지 않고도 알 수 있었어. 그녀는 짝짝이 구두를 신고 있더군. 한 짝은 구두코에 작은 장식이 붙어 있었고, 다른 한 쪽은 장식이 없었어. 또 한 짝은 단추 다섯 개 중 두 개만, 다른 한 짝은 첫째, 셋째, 다섯째 단추만 채워져 있었지. 고급스러운 드레스를 입은 숙녀가 단추도 잘못 채운 짝짝이 구두를 신고 나왔으니 서둘러 나온 것이 당연하지."

"난 구두까지는 잘 보지 않았는데. 다른 건 또 뭐가 있었나?"

나는 여느 때처럼 홈즈의 추리 능력에 감탄하며 말했다.

"그녀는 외출복으로 갈아입은 다음 집에서 뭔가를 썼다네. 자네는 장갑의 집게손가락 부분에 구멍이 난 것은 보았지만, 장갑과 손가락에 보라색 잉크가 남은 것은 보지 못했던 것 같군. 아마 서둘러서 글씨를 쓰다가 잉크병에 손가락이 들어간 것이 분명해. 오늘 아침에 그랬으니 잉크색이 선명하게 남았겠지. 이 모든 것은 매우 초보적인 관찰이라서 자랑할 것도 없군. 자, 이제 슬슬 일을 진행해야겠어. 서덜랜드 양이 두고 간 광고 글을 읽어주지 않겠나?"

나는 작은 신문 조각을 불빛 가까이에서 펼쳐보았다.

14일 오전에 약 1미터 70센티미터의 키, 건장한 체격에 창백한 안색의 호스머 엔젤이라는 신사가 실종되었음. 가운데가 약간 벗겨진 검은 머리, 숱이 많은 검은 구레나룻과 콧수염이 있음. 색안경을 끼고 있으며 말투가 조금 어눌한 편임. 실종 당시 금 시곗줄을 갖고 있었으며, 실크를 덧댄 검정색 프록코트, 검정색 조끼, 회색 모직 바지, 고무를 덧댄 부츠 위로 갈색 각반을 착용하고 있었음. 리든홀 가에 있는 어느 사무실에서 일하고 있음. 이 사람을

알고 있는 사람은 아래의 연락처로 연락 바람. 후사하겠음.

"이제 됐네."

그리고 홈즈는 서덜랜드 양이 놓고 간 편지들을 꼼꼼하게 읽었다.

"이제 뭔가를 알게 된 건가? 대체 어찌 된 일이지?"

내가 묻자 그는 편지를 바라보면서 말했다.

"왓슨, 이 편지들은 매우 평범해서 특별한 게 없어. 아, 발자크를 한 번 인용하긴 했지. 그것 외에 호스머 엔젤에 대한 단서는 전혀 없다네. 하지만 흥미를 끄는 부분이 있네. 자네도 아마 놀랄 거야."

"편지를 전부 타자로 쳤다는 것 말인가?"

"여기를 보게. 호스머 엔젤이라는 자는 자신의 서명도 깔끔하게 타자로 쳤어. 이 타자로 쓴 서명은 대단히 많은 것을 말하고 있을 뿐만 아니라 이 사건의 결정적인 증거이기도 해."

"타자로 된 서명이 중요한 것인가?"

"저런, 이 사건에서 이 서명이 갖는 의미가 얼마나 큰지 모르겠나?"

"잘 모르겠네. 혹시 나중에 결혼 약속을 지키지 않을 때 발뺌을 하려고 그랬을까?"

"그건 아니야. 지금 편지를 두 통 써야겠군. 그러면 이 사건은 끝낼 수 있을 거야. 한 통은 구시가에 있는 어느 회사에 보내고, 다른 한 통은 그녀의 계부 윈디뱅크 씨에게 보낼 거라네. 윈디뱅크 씨에게 내일 저녁에 이곳으로 와달라고 부탁해야 하니까. 그녀의 남자 친척들을 만나보면 사건에 큰 도움이 될 거야. 그때까지는 할 일이 없으니 다른 일을 좀 해야겠군."

나는 그동안 홈즈와 함께하면서 그의 능력을 절대적으로 믿고 있었다. 그렇기 때문에 그의 자신만만한 행동을 보면서 이번 사건도 간단히 해결할 수 있을 거라고 믿어 의심치 않았다. 지금까지 그가 해결하지 못한 사건은 보헤미아 국왕의 스캔들이었던 아이린 애들러의 사진 사건뿐이었다. 〈네 사람의 서명〉, 〈주홍색 연구〉와 같은 어려운 사건들도 해결했으니 이러한 사건은 어렵지 않을 것이 분명했다. 그가 혼자 도자기 파이프를 연달아 피우는 모습을 보면서 나는 홈즈의 집을 나왔다. 이 사건이 어떻게 전개될지 매우 기대되기도 했다.

　다음 날, 위급한 환자가 내 병원을 찾아왔고 나는 하루 종일 그 환자를 돌보느라 정신이 없었다. 다행히 6시 전에 그를 안정시킬 수 있었고, 나는 서둘러 베이커 가로 이륜마차를 타고 갔다. 혹시 모든 사건이 끝났을까 봐 걱정했지만, 홈즈가 안락의자에 파묻혀 잠들어 있는 것을 보고 안심할 수 있었다. 염산 냄새가 아직 남아 있고 시험관을 비롯한 각종 화학 실험 기구들로 어질러진 것을 보니 그는 하루 종일 화학 실험을 한 듯했다.

　"아직 끝난 건 아니겠지? 어떻게 됐나?"

　나는 그의 얼굴을 보자마자 물었다.

　"자네 왔나? 결국 알아냈다네. 산화바륨의 중황산염이었어."

　"난 서덜랜드 양의 사건에 대해 물어본 거라네."

　"아, 난 또 실험에 대한 이야기라고 생각했지 뭔가. 이 사건은 매우 간단해. 서덜랜드 양에 대한 흥미로운 부분을 제외한다면 말이야. 사실 문제는 다른 곳에 있어. 영국의 법으로는 이 사건의 악당을 처벌할 수 없거든."

"악당이라니? 호스머 엔젤이 사라진 이유는 알아낸 건가?"

홈즈가 내 질문에 대답하려는 순간, 복도에서 발소리가 들리더니 문을 두드리는 소리가 들렸다.

"오, 서덜랜드 양의 계부 윈디뱅크 씨가 왔군. 오늘 6시까지 이곳에 오겠다고 했는데 조금 늦었군."

홈즈가 문을 열자 방 안으로 들어온 사람은 보통 키에 체격이 좋은 30세 정도의 남자였다. 깨끗하게 면도를 했지만 창백한 얼굴이었고, 상대에게 맞추려는 듯한 태도는 부드러워 보였지만 회색으로 빛나는 눈은 매우 날카로웠다. 그는 의심스러운 눈초리로 홈즈와 나를 바라보더니 모자를 벗어 탁자에 올려놓았다. 그는 우리에게 가볍게 인사를 한 뒤 가까운 의자에 옆걸음질로 다가가 가만히 앉았다.

"안녕하시오, 제임스 윈디뱅크 씨. 당신이 이 편지를 타자로 쳐서 보내신 분이죠? 6시까지 여기에 오겠다고 말입니다."

"네, 제가 윈디뱅크입니다. 제가 조금 늦었지만 회사 일 때문이니 이해해 주시기 바랍니다. 제 딸이 별 것 아닌 문제로 홈즈 선생을 찾아왔던 것은 대신해서 사과드리겠습니다. 부끄러운 문제를 여기저기 떠들고 다니는 것은 숙녀가 할 행동이 아니죠. 저는 딸이 이곳에 오는 것을 반대했지만, 고집이 매우 센 데다가 충동적인 성격을 가지고 있어서 말릴 수가 없었습니다. 경찰이 아니기 때문에 크게 걱정할 필요는 없겠지만, 그래도 그런 문제가 알려진다는 것이 좋을 수만은 없죠. 자신을 버린 놈을 찾기 위해 돈까지 쓰는 것은 쓸데없는 짓이에요. 자기 발로 떠난 사람을 어떻게 찾겠습니까?"

"윈디뱅크 씨, 그렇지 않아요."

홈즈는 조용히 말했다.

"나는 호스머 엔젤 씨를 찾을 수 있다고 확신하오."

윈디뱅크는 깜짝 놀랐는지 장갑을 떨어뜨렸다.

"네? 찾을 수 있다고요? 다행이군요."

"이 사건에는 흥미로운 부분들이 있소. 사실 타자기는 사람들의 필체만큼 각각의 개성을 가지고 있다오. 아주 새 타자기가 아니라면 다른 타자기와 같은 글씨가 나올 수가 없소. 전체가 닮은 활자가 있거나 일부분이 닮은 활자도 있소. 윈디뱅크 씨가 보낸 편지를 예로 들어 설명하겠소. 편지의 모든 'e'가 약간 불분명하고, 'r'은 한 부분이 보이지 않소. 이것 외에도 14가지의 다른 특징을 설명드릴 수 있소."

"홈즈 선생, 저희 회사에는 사무실의 모든 서류를 이 타자기로 치고 있습니다. 그러니 당연히 활자가 닮을 수밖에요. 그게 무슨 문제가 됩니까?"

윈디뱅크는 홈즈를 날카롭게 쳐다보면서 찌르듯이 말했다.

"좀 더 들어보시오. 아주 흥미로운 사실이 더 있소. 타자기는 범죄와 깊은 관련을 가지고 있기 때문에 나는 논문을 써볼까도 생각 중이오. 자, 여기 행방불명된 한 남자가 보낸 편지가 네 통이 있소. 전부 타자기로 작성했는데, 자세히 살펴보면 편지의 'e'는 불분명하고 'r'은 귀퉁이가 보이지 않소. 돋보기로 보면 내가 아까 말한 14가지의 특징도 여기 모두 있소."

홈즈는 윈디뱅크를 바라보며 아무렇지 않은 듯이 말했다.

"뭐라고요? 그게 어쨌다는 겁니까? 말도 안 되는 이야기를 더 들을 수가 없군요. 전 이만 가보겠습니다. 혹시 딸을 버린 그놈을 잡으면

연락해 주십시오."

"좋소."

말을 끝내자마자 홈즈는 방문 앞으로 걸어가 문을 잠갔다. 그리고 놀라운 한 마디를 했다.

"자, 여기 호스머 엔젤 씨가 있소."

"지금 장난하는 겁니까? 그자가 어디 있죠?"

윈디뱅크는 얼굴이 더 하얗게 질려서 주위를 두리번거리며 말했다.

"저런, 바로 여기 있는데 안 보이는 건가요? 윈디뱅크 씨, 부인해도 소용없으니 그냥 인정하는 게 좋을 거요. 모든 일이 빤한데 내가 모를 거라고 생각했소? 이렇게 간단한 문제를 풀 수 없다고 생각했다면 내가 몹시 기분이 나쁠 거요. 일단 거기 앉으시오."

윈디뱅크는 마치 유령처럼 창백해진 얼굴로 의자에 주저앉았다. 매우 긴장했는지 이마에 굵은 땀방울이 맺혀 있었다.

"설령 그렇다고 해도 나를 어떻게 할 수는 없을 거요."

"나 역시 그 점을 안타깝게 생각하고 있소. 이렇게 잔인하고 이기적인 수법을 처벌할 수 없다니 말이오. 내가 사건에 대해 차근차근 이야기할 테니, 혹시 틀린 부분이 있다면 말하시오."

윈디뱅크는 모든 것을 포기했는지 고개를 숙이고 웅크린 채로 얌전히 앉아 있었다. 홈즈는 두 손을 주머니에 넣고 벽난로에 기댄 채 이야기를 시작했다.

"돈 때문에 자신보다 나이가 훨씬 많은 여자와 결혼한 한 남자가 있었소. 그 여자에게는 결혼을 하지 않은 딸이 있었는데, 1년마다 그녀 앞으로 나오는 100파운드의 돈이 있었지. 결코 적은 액수가 아니었기

때문에 그는 보호자라는 명목으로 그 돈을 마음대로 쓸 수 있었소.

　그러나 양딸은 상냥하고 사랑스러운 성격이었기 때문에 곧 누군가와 결혼할 것이 분명했소. 그녀가 결혼한다는 것은 100파운드의 손실이었기 때문에 그는 그 돈을 꼭 지키고 싶었던 거요. 이 일을 막기 위해서 그 남자는 가능하면 양딸의 외출을 막았소. 하지만 그녀가 크면서 조금씩 반항했고, 마침내 무도회에 가겠다고 자신의 의견을 명확하게 주장했지. 나쁜 쪽으로 머리가 잘 돌아가는 그 남자는 이리저리 고민한 끝에 자신만의 방법을 고안해 냈소. 양딸의 어머니인 아내의 묵인과 방조로 매우 교활한 작전을 시작했소. 만약을 대비해서 눈은 색안경으로 가리고 콧수염과 구레나룻으로 얼굴이 잘 드러나지 않게 했소. 목소리도 좀 더 낮고 작게 하여 원래 목소리와 구별할 수 없게 했소. 양딸은 마침 눈이 매우 나빴기 때문에 자신에게 호감을 가진 남자가 자신의 계부라는 것은 상상조차 하지 못했소. 결국 그 남자는 자신의 양딸에게 청혼을 해서 결혼식까지 올리기로 한 거요."

　"홈즈 선생, 처음에는 정말 장난이었습니다. 아내와 저는 딸이 그렇게 그 남자를 좋아하게 될 줄 몰랐어요."

　"당연히 그랬을 거요. 어쨌든 그녀는 호스머 엔젤에게 마음을 주었고, 계부와 약혼자가 동일인물일 것이라고는 상상도 못 했소. 그녀는 자신에게 남자가 관심을 보이자 매우 기뻤고, 어머니 역시 그 남자를 칭찬해서 그녀의 판단을 도와주었소. 호스머 엔젤은 그녀의 집까지 찾아가 그녀와 몇 차례 만났고, 결혼 약속을 해서 그녀의 감정이 옮겨갈 수 없도록 했지. 하지만 이러한 사기극을 계속할 수는 없었고, 프랑스로 출장을 간다는 거짓말을 하는 것도 매우 번거로웠을 거요.

결국 이 사건을 극적으로 마무리하면서 서덜랜드 양이 영원히 호스머 엔젤을 잊지 않도록 해야 했지. 성경을 두고 결혼 서약을 하게 했던 행동이나 어떤 사건이 생길 듯한 말을 미리 한 것은 그녀의 마음을 바꾸지 못하게 하기 위해서였을 거요.

호스머 엔젤, 아니 윈디뱅크는 그녀가 자신의 약혼자에 대해 평생 기억하기를 바란 거요. 그렇게 해야 다른 남자가 접근하더라도 유혹당하지 않을 테니까. 그래서 윈디뱅크는 아가씨를 결혼식 장소인 성당에 가도록 하고, 자기는 마차를 탔다가 다른 쪽으로 내려버리는 오래된 수법으로 사라져버린 거요. 틀린 부분이 있으면 말해 보시오."

홈즈가 말하는 동안 마음의 여유를 되찾은 윈디뱅크는 창백한 얼굴로 홈즈를 비웃으면서 자리에서 일어났다.

"홈즈 선생, 당신의 말이 맞을지도 모릅니다. 하지만 지금 여기에서 법을 어기고 있는 사람이 누구인지 생각해 보시오. 나는 법에 저촉되는 일은 하지 않았지만, 당신은 멀쩡한 사람을 가두고 있소. 폭력 및 불법감금이라는 범죄를 저지르고 있는 거요."

"맞소, 당신 말대로 법으로는 당신을 처벌할 수 없지. 하지만 당신은 벌을 받아야 마땅하다는 것을 잘 알고 있겠지. 서덜랜드 양에게 남자 형제가 있다면 당신의 등짝은 남아나지 않았을 거요. 이렇게까지 할 필요는 없지만, 서덜랜드 양이 사건을 의뢰했으니 채찍 정도는 사용해도 될 것 같군."

홈즈는 비열하게 웃는 윈디뱅크를 보면서 냉정한 목소리로 말했다. 홈즈가 채찍을 들고 다가가자 윈디뱅크는 재빨리 문을 열고 도망쳤다. 창문으로 내다보니 그가 빠른 걸음으로 도망가는 모습이 보였다.

"피도 눈물도 없는 자로군. 저런 자는 계속해서 죄를 짓다가 결국 교수대에서 최후를 마칠 거야. 왓슨, 여기 앉게. 사건에 대해 좀 더 이야기를 해주지."

"고맙네, 사실 난 지금도 자네가 어떻게 이런 사실을 알아냈는지 전혀 모르겠네."

"호스머 엔젤이라는 남자가 이상한 행동을 계속한 데는 어떤 목적이 있을 거라고 생각했지. 그리고 이 일에서 이익을 얻을 사람이 누구인지도 생각했네. 그것은 바로 그녀의 계부인 윈디뱅크였지. 그런데 호스머 엔젤과 윈디뱅크는 동시에 나타난 적이 한 번도 없어. 자네도 잘 알겠지만 내가 변장의 명수 아닌가? 색안경과 목소리, 콧수염, 구레나룻은 대표적인 변장 방법 중 하나라네. 나의 의심을 확신하게 해준 것은 바로 편지 속 타자 서명이었어. 편지를 보낸 사람의 서체를 서덜랜드 양이 잘 알고 있을 테니 이런 방법을 쓴 게 분명했네. 몇 글자로도 서체를 알아낼 수 있다면 분명 가족이겠지. 이 모든 사실들은 다른 것들과 함께 동시에 같은 범인을 가리키고 있었다네."

"그렇군. 그런데 자네는 그것을 어떻게 증명한 건가? 윈디뱅크가 꼼짝 못 하도록 말이야."

"일단 용의자가 누구인지 안다면 확실한 증거를 찾아내는 것은 어렵지 않아. 게다가 윈디뱅크가 어느 회사를 다니는지도 알고 있었으니까. 신문광고에 낸 호스머의 인상착의에서 변장으로 생각되는 것들을 모두 뺀 다음, 이러한 사람에 해당되는 사람이 있는지 알려달라고 윈디뱅크의 회사에 편지를 보냈어. 그리고 윈디뱅크에게도 타자기를 확인할 겸 해서 이곳으로 와달라고 부탁하는 편지를 보냈지. 내

생각대로 타자기로 친 두 통의 답장은 모두 호스머 엔젤의 편지와 동일한 특징을 가지고 있었지. 윈디뱅크의 회사에서 보낸 편지도 여기 있다네. 내가 보낸 인상착의는 윈디뱅크와 일치한다고 하더군."

"정말 놀라운 일이군. 이제 서덜랜드 양은 어떻게 해야 하지?"

"그게 바로 걱정이라네. 서덜랜드 양은 내가 사실을 말해도 믿지 않을 게 분명하거든. 아! 속담 중에 '여자의 환상을 빼앗는 것은 호랑이 새끼를 키우는 것만큼 위험하다.' 라는 말이 있다네. 나 역시 그녀의 환상을 빼앗는 것이 옳은 일인지 확신할 수가 없군."

입술 비뚤어진 남자
The Man with the Twisted Lips

수많은 사람들이 경험한 것처럼 아편은 한 번 시작하게 되면 빠져나오는 것은 매우 어렵다. 고(故) 엘리아스 휘트니의 동생이자 아내의 친구 남편이며, 세이지 조지 신학대학 학장을 지내기도 했던 이사 휘트니는 아편 중독자이다. 그가 아편에 빠진 건 대학에 재직 중일 때였는데, 그것은 작은 호기심 때문이었다. 자신의 아편 중독 체험을 묘사한 토머스 드퀸시(영국의 비평가·수필가이며 대표작으로 아편 상용자인 자신의 경험을 엮어 아편이 주는 몽환의 쾌락과 매력, 그 남용에 따른 고통과 공포를 이야기한 《어느 아편 중독자의 고백》으로 유명함-옮긴이)의 책을 읽은 그는 똑같은 효과를 낼 수 있는지 매우 궁금했다. 그래서 아편제를 담배에 적셔서 피워봤고, 이후 그는 몇 년 동안 아편의 노예로 살면서 주위 사람들에게 안타까움과 혐오감을 동시에 불러일으키는 존재가 되었다. 지금도 나는 가끔 그의 핏기 없이 누렇게 뜬 얼굴에 반쯤 감긴 두 눈, 바늘 끝만큼 작아진 동공을 하고 웅크리고 앉아 있는 모습을 볼 수 있다. 한 마디로 그는 아주 형편없이 몰락한 귀족이었다.

1889년 6월 어느 날, 다급한 초인종 소리가 들렸다. 잠자리에 들어

야 할 늦은 시간이었기 때문에 나는 편하게 앉아 있다가 자세를 바로 잡았고, 아내는 바느질감을 무릎에 내려놓고 몹시 실망스러운 표정을 지었다. 아내가 말했다.

"환자인가 봐요. 당신이 나가보세요."

저절로 신음이 새어나왔다. 나는 피곤한 하루 일과를 마치고 막 집에 돌아왔던 것이다. 곧이어 하녀가 현관문을 여는 소리가 들렸고, 급한 말소리와 종종거리는 발소리가 들리더니 검은 옷에 검은 베일을 쓴 부인이 방으로 들어왔다.

"늦은 시간에 갑자기 찾아와서 정말 죄송합니다."

부인은 말을 끝내고 다리에 힘이 풀렸는지 아내 쪽을 향해 쓰러졌다. 그리고 아내에게 안겨 강하게 흐느끼기 시작했다.

"난 너무 힘들고 괴로워. 제발 날 도와줘."

부인은 아내에게 울면서 소리쳤다.

"아니 이게 누구야?"

아내는 부인의 베일을 걷어 올리더니 깜짝 놀라서 말했다.

"어머, 케이트 휘트니? 정말 너야? 이 밤중에 여기까지 웬일이야?"

"어떻게 해야 할지 모르겠어. 그래서 이곳으로 바로 달려왔어. 정말 미안해."

부인은 아직도 흐느끼면서 말했다. 아내를 아는 사람들은 힘든 일이 있거나 슬플 때면 이렇게 아내에게 와서 도움을 청하곤 했다.

"케이트, 잠시만 기다려. 진정할 수 있도록 포도주를 한 잔 갖다 줄게. 그리고 여기 앉아서 무슨 일인지 말해줘. 왓슨은 가서 자라고 하는 게 나을까?"

"고마워. 왓슨 씨의 도움도 필요할 것 같으니 같이 있어도 괜찮아. 사실 남편이 이틀 동안 집에 들어오지 않았어. 너무 걱정이 돼서 미칠 것만 같아!"

아내의 오래된 친구이자 동창인 케이트 휘트니가 우리 집을 찾아와서 아편 중독자인 남편의 문제를 상담한 것은 처음이 아니었다. 그때마다 우리 부부는 정성을 다해 케이트를 위로했고, 어떻게 남편을 찾을 수 있는지 그녀와 함께 의논했다.

케이트는 최근 들어 남편이 병이 도질 때마다 구시가 동쪽 끝에 있는 아편굴을 찾는다는 확실한 정보를 가지고 있었다. 이번 일이 일어나기 전까지 그녀의 남편은 가끔씩 하루 정도만 아편굴에 갔고, 저녁때는 형편없는 모습으로 경련을 일으키며 집으로 돌아오곤 했다. 그런데 벌써 이틀째 소식이 없다는 것은 그가 아편굴에서 가까운 부둣가의 쓰레기 더미에 쓰러져 있거나 아무 데서나 잠에 취해 누워 있을 가능성이 높다는 것을 의미했다. 케이트는 어퍼 스완덤 길에 있는 아편굴로 가면 남편을 만날 수 있을 것이라고 말했다. 하지만 그곳은 불량한 사람들이 매우 많은 곳이었으며, 남편을 발견한다 해도 연약한 여성의 몸으로는 남편을 데려올 수 없을 것이 분명했다.

그곳까지 케이트를 데려다 주는 것도 방법 중 하나였지만, 그보다는 내가 그를 직접 데려오는 것이 낫겠다는 생각이 들었다. 나는 그의 주치의이기 때문에 그를 설득할 수 있었고, 아마 그것이 그녀가 여기 직접 온 이유이기도 할 것이다. 나는 케이트에게 남편이 확실히 그곳에 있으면 마차에 태워 두 시간 안에 집으로 보내겠다고 약속했다.

10분 뒤 나는 따뜻하고 편안한 집을 뒤로 하고 마차에 올라 이사

휘트니를 찾으러 동쪽으로 가고 있었다. 특별한 경험이라고는 생각했지만, 이 일이 앞으로 어떻게 전개될지에 대해서는 전혀 짐작하지 못하고 있었다.

어퍼 스완덤 길은 템스 강 북쪽 연안에서 런던 다리 동쪽에 잇닿은 높은 부두 뒤편에 있는 음침하기로 소문난 골목이었다. 그곳에는 옷가게와 술집 사이로 난 가파른 계단이 어둠 속으로 이어졌는데, 그곳이 바로 케이트의 남편이 자주 찾는다는 아편굴이었다. 나는 마부에게 기다려달라고 부탁하고 그를 찾기 위해 계단을 내려갔다. 취객과 아편 중독자의 수많은 발길이 얼마나 오갔는지 계단 가운데는 움푹 패어 있었다. 나는 약하게 깜빡깜빡하는 불빛에 의지하여 입구를 찾아냈고, 천장이 낮은 길고 작은 방으로 들어갔다.

방 안은 갈색 아편 연기로 가득 차 있었고, 사람을 가득 실은 이민선처럼 지저분한 나무 침상들이 줄지어 놓여 있었다. 어두운 방에 익숙해지자 생기 없는 눈동자, 뒤로 젖힌 고개, 웅크린 어깨, 구부러진 무릎 등이 나를 바라보는 것이 느껴졌다. 그리고 어둠 속에서 작은 원이 빨갛게 타오르다가 다시 희미해졌다. 그곳의 사람들이 파이프에 아편을 담아서 피우고 있는 모습이었다.

대부분의 사람들은 아무 말 없이 멍하게 있었고, 몇몇은 혼잣말을, 몇몇은 낮은 목소리로 대화를 나누기도 했다. 그러나 그런 대화도 툭 터졌다가 갑자기 끊기는 등 일관성이 없었다. 그들은 머릿속에 떠오르는 자신의 생각을 말할 뿐 상대의 말에는 관심이 없었다. 방 끝에는 키가 크고 매우 마른 노인이 앉아서 손으로 턱을 괸 채 멍하니 화롯불을 바라보고 있었다.

내가 주위를 둘러보자 창백해 보이는 말레이시아인이 파이프와 약을 들고 달려오더니 비어 있는 침상을 가리켰다.

"됐네. 난 친구인 이사 휘트니 씨를 찾으러 왔네. 잠깐 만나보고 싶은데."

"아니, 왓슨 아닌가? 자네가 여긴 왜 왔지?"

그때 뒤에서 부스럭거리는 소리가 들리더니 힘없는 목소리가 들렸다. 소리가 나는 곳을 보니 창백한 얼굴에 뼈와 가죽만 남은 휘트니가 나를 보고 있었다. 그는 온몸의 신경이 다 경련을 일으키는 지독한 약물 중독 상태에 있는 것이 분명했다. 나는 그를 보고 아무 말도 할 수가 없었다.

"그런데 왓슨, 지금 몇 시인가?"

"지금 11시가 다 됐네."

"오늘은 무슨 요일이지?"

"6월 19일 금요일이야."

"오늘 수요일 아닌가? 금요일일 리가 없어. 자네 왜 나한테 그런 장난을 치는 건가?"

"오늘은 금요일이야. 자네 부인이 이틀 동안 자네를 기다리다가 걱정이 돼서 나를 찾아왔어. 자네 대체 이게 뭔가? 부끄럽지도 않은가?"

"난 여기 온 지 몇 시간밖에 안 됐어. 아마 파이프를 세 대인가 네 대 정도 피운 것 같군. 아니야…… 사실 기억이 안 나네. 내가 여기를 언제 왔는지도 모르겠군. 집으로 가야겠어. 아내를 걱정시키고 싶지는 않았는데……. 케이트에게 미안하군. 왓슨, 나를 좀 부축해 주게. 혹시 마차는 있나?"

"밖에 대기시켜 두었다네."

"다행이군. 그걸 타고 가면 될 테니까. 돈을 내야 하는데 난 온몸에 힘이 하나도 없어서 아무것도 못 하겠어. 대신 내줄 수 있겠나?"

"알았네. 잠깐만 기다리게."

나는 돈을 지불하기 위해 비좁은 통로를 따라 내려갔다. 온몸의 감각이 마비될 만큼 지독한 냄새 때문에 나는 숨을 멈추고 걸어야 했다. 화로 옆에 앉아 있던 키가 큰 노인 곁을 지나갈 때, 내 옷을 잡아당기며 말하는 작은 목소리가 들렸다.

"그냥 지나가게. 뒤돌아보지 말고."

작지만 분명하게 들린 그 목소리에 나는 조금 놀랐다. 아마 옆의 키 큰 노인이 말한 듯했는데, 그는 주름투성이가 된 깡마른 몸으로 나이가 들어서 구부정했다. 아편 때문에 나른한 듯 파이프는 손가락에서 반쯤 떨어져 무릎 사이에 매달려 있었다. 나는 두 걸음 정도 앞으로 간 뒤 그를 돌아보았는데, 소리를 지를 만큼 깜짝 놀랐다. 노인은 나 외에는 아무도 보이지 않게 등을 돌렸는데, 등이 꼿꼿해지면서 빛나는 젊은이의 모습으로 돌아와 있었다. 그는 바로 셜록 홈즈였다. 가까이 오라는 손짓을 보고 그쪽으로 가자 그는 다시 손발을 덜덜 떠는 노인의 모습으로 돌아갔다.

"아니 홈즈! 대체 여기서 무엇을 하고 있는 건가?"

"더 작은 소리로 말해도 잘 들린다네. 자네가 아편쟁이 친구를 보내고 나와 이야기를 좀 나눌 수 있다면 좋겠는데."

"밖에 마차가 있으니 친구를 보내고 오겠네."

"오, 고맙군. 혼자 보내는 건 걱정하지 않아도 될 것 같아. 자네 친

구는 기운이 없어서 더 이상 무슨 짓을 할 수도 없을 것 같으니 말이야. 마부 편에 자네는 오늘 밤 못 들어간다고 편지를 쓰는 것이 좋겠어. 나와 함께 있어야 할 것 같으니까. 5분 안에 나갈 테니까 잠시만 기다려주게."

홈즈가 아무리 무리한 부탁을 해도 난 항상 거절할 수가 없었다. 그의 말은 늘 분명했고 태도가 확고했기 때문이었다. 나는 휘트니의 아편 값을 지불하고 아내에게 편지를 간단하게 썼다. 그리고 휘트니가 마차를 타고 가는 모습을 보면서, 홈즈와 함께할지도 모르는 새로운 모험을 기대하고 있었다.

잠시 후 아편굴에서 노인 한 명이 나왔고, 나는 그와 함께 골목길을 걸어 내려갔다. 그는 두 블록 정도는 구부정한 노인의 모습으로 걸었지만, 주위를 살펴보더니 온몸을 쭉 펴고 큰 소리로 웃었다.

"왓슨, 자네 혹시 내가 아편에도 손을 댔다고 걱정하고 있는 건 아니지? 몸에 안 좋은 일은 다 하고 코카인 주사도 부족해서 아편까지 한다고 말이야."

"그렇지는 않다네. 하지만 아편굴에서 자네를 보다니 정말 깜짝 놀랐어."

"저런, 하지만 나 역시 자네를 보고 몹시 놀랐어."

"난 아내 친구의 부탁을 받고 친구를 찾으러 온 거야."

"나와는 반대로군. 나는 적을 찾으러 왔거든.

"적이라니? 범인을 말하는 건가?"

"천적이라고 할 수도 있고 내 먹잇감이라고 해도 되겠군. 사실 나는 지금 매우 중요한 사건을 조사하고 있어. 그래서 아편쟁이들이 아

무 생각 없이 내뱉는 말 중에서 단서를 찾을 수 있지 않을까 해서 갔던 거라네. 사실 전에 이런 방법이 통하기도 했고. 아마 내가 저곳에 있다는 것을 누군가 알았다면 난 한 시간 안에 목숨을 잃었을 거야. 전에 이런 방법을 쓴 적이 있는데, 저곳을 운영하는 인도인 악당이 그 사실을 알고 나를 벼르고 있거든. 저 건물 뒤쪽에는 부두를 향한 작은 문이 하나 있어. 달이 없는 어두운 밤마다 그 문에서 뭐가 나갈 것 같나?"

"혹시 시체인가? 시체가 아니라고 해도 굉장히 지독한 일이겠지."

"자네 말이 맞아. 저 문은 템스 강에서 최고로 칠 수 있는 살인 문일 거야. 저곳에서 죽어 나간 불쌍한 사람들을 생각하면 정말 안타깝다네. 그런데 네빌 세인트클레어라는 사람이 저곳에 들어갔다가 나오지 못한 것 같아. 잠깐, 마차가 여기 있어야 하는데 어딜 간 거지?"

홈즈는 양쪽 검지로 날카로운 휘파람을 불었다. 조금 떨어진 곳에서 같은 휘파람 소리가 들렸고, 잠시 후 마차가 오는 소리가 들렸다.

"자네 지금 나랑 같이 가겠나?"

홈즈는 노란색 불을 켜고 달려오는 마차를 보면서 나에게 물었다.

"내가 도움이 될 수 있다면 어디라도 가겠네."

"좋아. 믿을 수 있는 친구가 옆에 있다는 것은 큰 도움이 된다네. 더군다나 자네는 내 사건의 기록자이니 더욱 좋지. 시다스 저택에 있는 내 방에 더블 침대가 있으니 같이 가자고."

"시다스 저택이라니? 거긴 또 어딘가?"

"아까 말한 네빌 세인트클레어 씨의 집이라네. 수사를 진행하는 동안 그곳에서 지내기로 했거든."

"그 집은 어디인가? 여기서 가까운가?"

"여기서 약 11킬로미터 정도 거리인데, 마차를 탔으니 금방 갈 거야. 켄트 주의 리 근처에 있어."

"꽤 멀군. 그런데 대체 무슨 사건인가?"

"곧 알려줄 테니 조금만 기다리게. 어서 타게. 그리고 존, 우린 자네가 필요 없네. 여기 반 크라운이 있으니 이걸 받고 내일 11시쯤에 날 찾아오게나. 그럼 잘 가게."

홈즈는 자신이 직접 고삐를 잡고 채찍을 가볍게 휘둘렀다. 마차는 인적이 거의 없는 음침한 거리를 달리기 시작했고, 점점 길이 넓어지면서 난간이 있는 다리를 건넜다. 강물이 천천히 흐르는 다리를 건너자 다시 인적이 드문 조용한 거리가 나왔다. 주변에서 들리는 소리라고는 마을을 순찰하는 경관의 발소리, 심야 파티의 노랫소리와 고함뿐이었다. 밤하늘에는 어두운 구름 틈새로 나타난 한두 개의 별만이 희미하게 반짝였다. 홈즈는 무언가 깊은 생각에 빠진 듯 말없이 마차만 몰고 있었다. 아마 해결하기 어려운 문제를 만난 듯했다. 홈즈가 고민할 정도의 사건이라니 몹시 궁금했지만, 그의 생각을 방해하고 싶지 않았기 때문에 난 조용히 침묵을 지키며 가만히 앉아 있었다. 얼마 뒤 마차는 교외의 별장 지대에 도착했고, 홈즈는 비로소 고개를 흔들더니 어깨를 으쓱하며 파이프에 불을 붙였다. 드디어 무언가를 정리한 것처럼 보였다.

"왓슨, 자네의 침묵은 그 무엇보다도 가치가 있다네. 그것이 더욱 자네를 소중히 생각하게 만든다네. 내 생각은 사실 기분 좋은 것이 아니기 때문에 그런 이야기까지 털어놓을 수 있는 자네 같은 친구가

있다는 것은 매우 큰 행복이지. 그나저나 곧 만나게 될 가엾은 부인에게 뭐라고 말해야 할지 아무리 고민해도 모르겠군."

"홈즈, 난 이 사건에 대해 아는 게 전혀 없다네. 그래서 무슨 말을 하는 건지도 모르겠군."

"저택에 도착하기 전에 다 말해 줄 거라네. 이 사건은 겉으로 보기에는 매우 간단해. 실마리가 좀 있는데도 난 한 걸음도 나가지 못했어. 자, 이제 사건에 대해 이야기하겠네. 내가 풀지 못한 이 사건의 고리를 자네가 알려줄지도 모르니까."

"점점 궁금해지는군. 사건 이야기를 해보게."

"몇 년 전, 좀 더 정확히 말하자면 1884년 5월에 네빌 세인트클레어라는 한 신사가 이곳 리에 이사를 왔네. 그는 돈이 꽤 많았는지 이 저택을 구입해서 아름답게 꾸며놓고 살았다네. 이웃들과도 친해지면서 1887년에는 양조업자의 딸과 결혼해 두 아이까지 낳았지. 특별한 직업은 없지만 그는 몇몇 회사의 일과 연관되어 있어서 아침에 나갔다가 정확히 캐논 가에서 5시 14분 기차로 돌아왔지. 그는 올해 37살로, 다정하고 성격 좋은 남편이고 애정이 넘치는 아버지라네. 마을에서도 모두에게 사랑받는 이웃이기도 하고. 그의 부채는 88파운드 10실링이지만 은행에 220파운드가 예금되어 있으니 그에게 돈 문제는 전혀 없다고 할 수 있지.

지난 월요일, 세인트클레어는 중요한 일이 있다고 말하면서 시내에 좀 일찍 나갔다고 하네. 집에 올 때 아들이 갖고 싶어 하던 장난감을 사주겠다고 약속도 했지. 그런데 남편이 나가고 얼마 지나지 않아 세인트클레어 부인은 전보를 한 통 받았어. 기다리고 있던 물건이 애

버던 선박회사 사무실에 보관되어 있다는 내용이었지. 자네도 알겠지만 선박회사 사무실은 프레스노 가에 있고, 프레스노 가는 오늘 우리가 만난 아편굴이 있던 어퍼 스완덤 길과 연결되어 있지.

　세인트클레어 부인은 점심 식사를 하고 구시가에서 쇼핑을 좀 한 뒤, 선박회사 사무실에 가서 물건을 찾았어. 그리고 역으로 가기 위해 어퍼 스완덤 길로 들어갔는데, 시계를 보니 4시 35분이었다고 해. 자, 여기까지 이해가 가지 않는 부분이 있으면 말하게."

　"이야기를 계속하게."

　"자네도 기억할 거라 생각하지만 지난 월요일은 매우 더운 날이었어. 그래서 세인트클레어 부인은 마차가 지나가면 잡아야겠다고 생각하며 주위를 두리번거리고 있었어. 그 동네는 낮에도 그렇게 안전한 동네는 아니니까 더욱 그랬지. 그런데 갑자기 외마디 소리가 들렸어. 그쪽을 바라보니 어떤 2층집 창문에서 남편이 자신을 내려다보는 게 보였네. 그녀는 몹시 놀라서 남편을 바라봤지. 남편이 손짓하는 모습은 몹시 겁에 질린 것 같았다고 하더군. 세인트클레어 씨는 아내를 향해 미친 듯이 손을 흔들더니 어떤 힘센 팔이 그를 잡아당긴 것처럼 안으로 딸려갔어. 그런데 부인은 순간적으로 한 가지 이상한 점을 발견했다네. 남편은 아침에 입고 나간 검은 상의를 걸치고 있었는데, 그 안에는 셔츠도 넥타이도 없었다고 하더군.

　부인은 남편에게 안 좋은 일이 생겼다는 걸 직감하고 계단을 뛰어 내려가 그 집으로 뛰어 들어갔지. 그 집이 바로 아까 그 아편굴이야. 부인은 1층을 지나 2층으로 통하는 계단을 올라가려고 했지만 거기에서 내가 아까 말한 인도인 악당을 만났지. 그는 덴마크인인 조수와

함께 부인을 거리로 밀어내버렸어. 부인은 어쩔 줄 몰라 하다가 프레스노 가에서 순찰 구역으로 가던 경관을 만났어. 부인은 경위 한 명, 경관 두 명과 함께 그곳으로 다시 찾아갔고, 세인트클레어 씨가 있던 2층 방으로 들어갔다네. 하지만 그곳에 세인트클레어 씨는 보이지 않았어. 매우 흉한 장애가 있는 불구자 한 명만 있었는데, 그는 그곳에서 살고 있다고 했지.

불구자와 인도인은 그날, 거기에 아무도 없었다고 말했어. 두 녀석이 너무 완강하게 부인해서 경위는 부인이 사람을 잘못 본 것이라는 두 녀석의 주장을 믿게 되었네. 그런데 그 순간, 부인이 탁자 위에 놓인 작은 나무 상자를 보고 뚜껑을 열었어. 그 안에는 세인트클레어 씨가 아이에게 사다 준다고 말했던 그 장난감이 있었다네. 그 순간 불구자는 매우 당혹스러운 표정을 지었고, 경위는 이 사건이 매우 중대하다는 것을 알게 되었어. 경찰은 그 건물의 모든 방을 뒤졌고, 참혹한 사건이 일어났다는 사실이 드러나게 되었네. 가구 몇 개만 있던 2층 거실은 작은 침실과 연결되어 있었는데, 그 침실은 부두 끝과 마주보고 있었어. 부두와 침실 창문 사이에는 아주 좁은 틈이 있었는데, 간조일 때는 바닥이 보이지만 만조일 때는 물이 들어와 꽤 깊다고 하더군. 침실 창문은 활짝 열려 있었는데, 창틀에 핏자국이 있고 침실 마루에도 핏자국이 여기저기 떨어져 있었어. 거실 커튼을 들춰보니 뒤쪽에서 세인트클레어 씨의 옷과 소지품들이 나왔어. 검정색 상의만 빼고 그의 모든 옷과 시계, 양말, 부츠까지 전부 있었지.

소지품만 봐서는 폭행을 당한 흔적은 없었지만 역시 세인트클레어 씨의 자취도 남아 있지 않았어. 그가 나갈 수 있었다면 유일한 출구

인 침실 창문을 통해 나갔을 텐데, 사건이 일어났을 때는 만조였기 때문에 그쪽으로 나갔다면 목숨을 구하지 못했을 거야.

이제 사건과 관련된 악당들에 대한 이야기를 하겠네. 인도인 악당은 화려한 전과를 가지고 있어. 그런데 부인의 말에 따르면, 세인트클레어 씨가 창가에서 사라진 지 몇 초도 지나지 않았을 때, 그자가 그 계단 밑에 서 있었다고 했네. 그러니 이번 사건과 관계가 있다고 하더라도 기껏해야 공범일 뿐이라는 거야. 그자는 지금까지도 아무것도 모른다고 말하고 있어. 불구자인 휴 분은 세입자이고, 그가 뭘 하고 있었는지 자신은 모른다고 했어. 세인트클레어 씨의 옷이 왜 거기 있는지도 모른다고 말했지.

이제 아편굴 2층에 사는 불구자에 대해 말할 차례군. 아마 이 세상에서 세인트클레어 씨를 마지막으로 본 사람일 거야. 그의 이름은 휴 분. 외모가 무척 흉하기 때문에 구시가 사람들에게는 아주 낯익은 얼굴이라고 해. 그자는 경찰의 단속을 피하기 위해 성냥팔이인 척 위장한 직업적인 거지로, 온종일 무릎 위에 성냥 몇 개를 올려놓고 앉아있다네. 은행이 모여 있는 스레드니들 가를 지나다 보면 길 왼편에 그자의 자리가 보이지. 자네도 한 번쯤은 보았을 수도 있을 거야. 그러면 사람들이 그 불쌍한 모습을 보고 그의 가죽 모자에 동전을 던져주지. 내가 그를 두 번 정도 자세히 관찰했는데, 그 수입이 꽤 괜찮더군. 놀랄 정도로 말이야. 이렇게 말하기는 좀 그렇지만 그자의 외모는 굉장히 끔찍하다네. 마구 헝클어진 오렌지색 머리카락, 끔찍한 흉터로 일그러진 얼굴, 상처 때문에 피부가 줄어서 윗입술 끝이 말려 올라갔다네. 게다가 불도그처럼 처진 턱, 날카로운 검은 눈이 더해져

거지 중에서도 아주 돋보이지. 게다가 말솜씨도 있어서 행인들이 놀릴 때도 재치 있게 응수한다고 하더군."

"하지만 불구자라고 하지 않았나? 불편한 몸으로 한창 나이의 남자를 이길 수는 없을 텐데."

"그자는 다리를 저는 것뿐이기 때문에 다른 부분은 모두 튼튼하고 건강해. 자네도 잘 알겠지만, 팔다리 중에서 어느 한 곳이 약해지면 다른 부분이 더 강해지니 오히려 유리할 수도 있지."

"그건 그래. 이야기를 계속하게."

"부인은 창틀의 핏자국을 보고 기절하고 말았어. 경찰은 그녀가 더 이상 도움이 안 될 것이라고 생각해서 마차에 태워 집에 데려다 주었다네. 이번 사건의 책임자인 바튼 경위는 현장을 꼼꼼하게 조사했지만 아무것도 알아낼 수 없었어. 게다가 휴 분을 바로 체포하지 않고 인도인 악당과 이야기를 나누게 하는 실수도 저질렀지.

휴 분을 체포해서 조사하고 있지만 아직까지 증거를 발견하지는 못했어. 그의 오른쪽 셔츠에 피가 묻어 있어 추궁했더니 자신의 왼손 손가락을 보여주면서 다친 거라고 하더군. 창틀의 핏자국도 손가락의 상처 때문이라고 말했고. 또 세인트클레어 씨를 본 적이 없으며, 그의 옷과 소지품이 왜 자신의 방에 있는지 모른다고 말하고 있어. 부인이 헛것을 보고 난리를 피운다고 주장하고 있지. 휴 분은 경찰서로 잡혀가면서도 난동을 부렸다네. 경위는 현장에 남아서 물이 빠지기를 기다렸지. 무언가 새로운 단서가 나타나지 않을까 기대하면서 말이야."

"강에서 중요한 단서가 발견된 건가?"

"그렇다네. 그러나 강바닥에서 발견된 것은 불행 중 다행으로 세인트클레어 씨의 시체가 아니라 그의 윗옷이었다네. 아마 시신에서 옷이 벗겨져 나갔을 거야. 그런데 윗옷 주머니에서 상상도 못할 것들이 나왔어."

"그게 뭔가? 자네 말처럼 짐작이 전혀 안 가는군."

"바로 동전이야. 윗옷 주머니에서 나온 것을 세어보니 1페니 동전 421개와 반 페니 동전 270개가 있더군. 무게 때문에 떠내려가지 않은 거지. 밀물 때는 부두와 그 집 사이에 강한 소용돌이가 생기기 때문에 아마 시체는 윗옷을 남겨두고 떠내려갔을 거야."

"그런데 왜 시신이 윗옷 하나만 입고 있었지? 좀 이상하군."

"내가 가설을 하나 세워보지. 그 불구자가 세인트클레어 씨를 창문 너머로 떠밀었는데 아무도 그것을 보지 못했어. 그리고 그는 증거를 없애기 위해 세인트클레어의 옷과 소지품을 치우려고 했을 거야. 가장 먼저 윗옷을 던지려고 했는데, 물에 뜨면 난처해질 것이라고 생각했지. 그런데 아래층에서 세인트클레어 부인이 2층으로 올라오려고 하는 소리가 들렸어. 인도인 악당한테 경찰이 오고 있다는 이야기도 들었을 것이고. 그래서 휴 분은 자신이 구걸해서 얻은 동전들을 윗옷에 넣고 던졌을 거야. 다른 물건도 다 그렇게 해결하려고 했는데, 경찰이 너무 빨리 나타나서 윗옷을 던지고 창문을 닫을 수밖에 없었던 것이지."

"정말 그럴듯하군. 사실로 봐도 무리가 없을 것 같은데?"

"이보다 더 나은 설명이 없으니까 이런 가설을 세운 거야. 휴 분은 경찰서로 끌려갔는데, 그에게는 전과나 다른 범죄 사실이 전혀 없었

어. 아마 정말로 거지로 활동하기만 했을 뿐 다른 나쁜 짓은 하지 않았던 거 같아. 이게 지금까지 밝혀진 일이라네. 대체 세인트클레어 씨는 아편굴에서 무얼 하고 있었을까? 그리고 그는 어떤 일을 당했으며 지금은 어디에 있는 걸까? 휴 분은 그의 실종에 대해 어떤 역할을 한 것일까? 궁금한 점은 많지만 지금까지는 아무것도 해결하지 못하고 있다네. 처음에는 간단할 거라고 생각했는데 점점 어려워지고만 있어서 아주 당혹스러워."

 이상하기 짝이 없는 이야기를 들으면서 마차는 시가지 외곽을 지나 계속 달렸다. 변두리의 띄엄띄엄 서 있는 집을 지나치자 길가에 산울타리가 서 있는 시골길이 나왔다. 이 길을 지나자 조용한 시골 마을이 나왔는데, 늦은 밤인데도 몇몇 집에서는 불빛이 새어나오고 있었다.

 "여기가 바로 리의 외곽이라네."

 홈즈가 말했다.

 "잠깐이기는 했지만 지금까지 우리는 세 개의 주를 지나왔어. 우리가 출발했던 미들섹스를 지나 서레이의 변두리, 여기 켄트 주까지 말이야. 저기 나무 사이에 불빛 보이지? 저곳이 바로 시다스 저택이야. 아마 세인트클레어 부인은 온 신경을 집중하고 있다가 말발굽 소리를 들었을 거야."

 "근데 자네는 숙소를 왜 이곳으로 정한 건가? 사건 현장과도 거리가 멀지 않은가?"

 "여기서 조사할 일이 꽤 있다네. 세인트클레어 부인이 친절하게 방 두 개를 내주기도 했고. 내 친구라고 말하면 부인은 자네도 환영할

테니 걱정하지 말게. 하지만 아무런 소식도 갖고 오지 못해서 마음이 몹시 불편하군."

마차는 큰 저택 앞의 넓은 대지 위에 섰다. 마구간 소년이 와서 말 머리를 잡아 마차를 가져갔고, 우리는 자갈이 딸린 진입로를 따라 빠르게 걸어갔다. 집 앞에 도착하자 현관문이 활짝 열렸다. 목과 소매에 분홍색 시폰 천을 덧댄 모슬린 드레스를 입은 금발 여성이 집에서 나왔다. 집 안에서 불빛이 흘러나와 그녀의 모습이 뚜렷하게 보였다. 그녀는 무언가를 찾는 사람처럼 몸을 앞으로 내밀고 있었다. 간절해 보이는 눈빛과 반쯤 벌린 입술은 그녀가 무언가를 간절히 기다린다는 것을 알 수 있었다.

"홈즈 선생님! 드디어 오셨군요!"

부인은 우리를 보고 기대에 찬 목소리로 외쳤다. 그러나 홈즈가 고개를 저으면서 어깨를 으쓱해 보이자 매우 실망한 표정이었다.

"좋은 소식 없나요?"

"네, 없습니다."

"그럼 나쁜 소식은요?"

"다행히도 없습니다."

"그렇군요. 어서 들어오세요. 하루 종일 사건 때문에 바쁘셨을 테니 얼마나 피곤하시겠어요. 안으로 들어가셔서 쉬세요."

"고맙습니다. 부인, 이쪽은 제 친구 왓슨 박사입니다. 예전에도 사건 해결에 큰 도움을 주었는데, 오늘 우연히 만나서 이 일을 같이 해결해 보기로 했습니다. 왓슨 박사와 함께 사건을 조사할 수 있게 되어서 매우 큰 도움이 될 것 같습니다."

"다행이군요. 만나 뵙게 돼서 반갑니다, 왓슨 박사님."

부인은 매우 반가워하면서 내 손을 잡고 악수를 나누었다.

"집안에 이런 큰일이 일어나서 손님을 제대로 대접하지 못하고 있습니다. 아무쪼록 너그럽게 이해해 주시고, 필요한 것이 있으면 바로 말씀해 주세요."

"지금으로도 충분합니다. 부인에게 도움이 되어야 할 텐데 아직 그러지 못해 죄송할 따름입니다."

"아니에요, 홈즈 선생님. 그런데 궁금한 게 몇 가지 있습니다. 제 질문에 솔직하게 대답해 주시겠어요?"

"물론입니다. 뭔가요?"

"저는 히스테리를 일으키거나 기절하지 않을 거예요. 그러니 솔직히 말씀해 주세요."

"네, 걱정하지 않겠습니다. 무엇이든 물어보십시오."

"제 남편이 살아 있을까요? 솔직히 말씀해 주세요."

부인은 홈즈 앞에 서서 대답을 기다렸다. 홈즈는 난감한 표정을 지으며 말했다.

"부인, 솔직하게 말씀드리면 저는 그렇게 생각하지 않습니다."

"그럼 죽었다고 생각하시는 건가요?"

"확실하진 않지만 그럴 가능성이 더 높다고 생각합니다."

"만약 남편이 죽었다면 언제 죽었을까요?"

"아마 월요일 정도겠죠."

"그렇다면 이 편지는 뭘까요? 남편이 쓴 편지가 오늘 저에게 배달되었어요."

"남편에게 편지가 왔다고요?"

"네, 오늘 왔습니다."

"실례지만 제가 좀 볼 수 있을까요?"

"물론이죠. 여기 있어요."

홈즈는 부인의 손에서 편지를 빼앗듯이 받아서 식탁 위에 펼쳤다. 그리고 등불로 자세히 그것을 들여다보았고, 나 역시 그의 어깨 너머에서 편지를 자세하게 살펴보았다. 싸구려 편지봉투에는 오늘 날짜의 그레이브센드 소인이 찍혀 있었다. 아니, 벌써 자정을 넘은 지 한참 되었기 때문에 어제라고 표현하는 게 더 적절하겠지만.

"필체가 몹시 거칠군요."

홈즈가 중얼거렸다.

"이건 분명히 세인트클레어 씨의 필체가 아닙니다."

"맞아요. 하지만 봉투 안에 쓴 편지는 그의 글씨체가 확실해요."

"편지 봉투를 쓴 사람이 누군지는 모르지만 주소를 몰라서 다른 사람에게 물어본 것 같군요."

"그걸 어떻게 아시죠?"

"받는 사람 이름을 보면 잉크가 그대로 말라서 진한 검은색입니다. 그런데 나머지 글씨는 회색이에요. 압지를 사용했기 때문이죠. 주소를 한꺼번에 쓰고 압지로 눌렀다면 받는 사람 이름만 이렇게 까맣지 않을 겁니다. 즉, 이름을 쓴 다음 한참 뒤에 주소를 쓴 겁니다. 물론 별 것 아닌 문제일 수도 있지만, 사소한 문제가 가장 중요하죠. 이제 편지를 좀 보겠습니다. 아! 여기 동봉된 편지가 있군요."

"네, 거기에는 남편의 반지 도장이 찍혀 있어요."

"필체가 남편의 것이 확실한가요?"

"네, 남편이 쓰는 필체 중 하나가 분명해요."

"필체 중의 하나라니요? 그게 무슨 뜻입니까?"

"남편이 서두르면 평소와 전혀 다른 글씨체가 나오거든요. 하지만 저는 여러 번 보았기 때문에 잘 알고 있어요. 이건 분명히 남편의 필체예요."

사랑하는 당신

아무것도 걱정하지 말아요. 모든 일이 다 잘 될 거요.

일이 좀 잘못돼서 문제가 생겼는데, 시간은 좀 걸리겠지만 모든 게 바로잡힐 것이오. 참고 기다려주시오.

— 네빌

"이 편지는 8절지 공책을 뜯어서 연필로 날려 썼는데 물 묻은 자국은 없군요. 엄지손가락이 지저분한 사람이 오늘 그레이브센드에서 편지를 부쳤어요. 제 생각이 맞는다면 씹는 담배를 즐겨 피우는 사람이 편지 봉투에 고무풀을 붙였군요. 부인은 이 편지를 남편이 썼다고 확신하는 거죠?"

"네, 확실해요. 편지는 분명히 남편이 썼어요."

"세인트클레어 씨가 쓴 편지를 다른 사람이 그레이브센드에서 부친 셈이 되는군요. 이제 좀 사건이 어떻게 되어 가는지 알 것 같습니다. 하지만 마음을 놓아도 된다고 말씀드리기는 어려워요."

"네, 하지만 남편은 분명히 살아 있습니다."

"누군가 수사에 혼선을 불러일으키기 위해 그럴 수도 있어요. 편지를 위조할 수도 있고요. 편지에 있는 인장도 세인트클레어 씨의 것을 빼앗을 수도 있고요."

"하지만 남편의 필체가 틀림없어요."

"그렇다면 세인트클레어 씨가 월요일에 쓴 편지를 오늘 부친 것일 수도 있겠군요."

"그랬을지도 몰라요. 하지만 홈즈 선생님, 저는 남편이 무사하다는 걸 믿어요. 우리 부부 사이에는 아주 예민한 공감대가 있어서 남편에게 안 좋은 일이 생기면 저는 본능적으로 느낀답니다. 남편을 마지막으로 본 그날도 남편이 침실에서 손을 조금 다쳤는데, 식당에 있던 저는 남편에게 무슨 일이 생겼다는 걸 직감하고 2층으로 달려갔어요. 이 정도의 일에도 민감하게 반응하는 제가 만약 남편이 죽었다면 이렇듯 아무것도 느끼지 못할 리가 없습니다. 선생님은 그렇게 생각하지 않으시나요?"

"부인, 저도 여성의 직감이 이성보다 더 정확할 때가 있다는 것을 알고 있습니다. 그런데 이상하지 않나요? 편지를 쓸 수도 있는 남편이 왜 부인 앞에는 나타나지 않을까요?"

"그건 그래요. 정말 이상한 일이죠."

"일단 그 편지 일은 넘어가겠습니다. 사건 당일에 대해서 몇 가지 여쭤보겠습니다. 부인은 스완덤 길에서 남편을 보고 깜짝 놀라셨다고 했죠?"

"네, 정말 놀랐습니다."

"세인트클레어 씨는 부인을 보고 소리를 질렀나요?"

"네, 그런 것 같았어요."

"부인은 외마디 비명이었다고 했죠?"

"네! 도움을 청하는 소리라고 생각했어요. 남편이 손까지 흔들었으니까요."

"저는 세인트클레어 씨가 놀라서 소리를 지른 것일 수도 있다고 생각합니다. 예상하지 못한 광경을 보고 손을 들었을 수도 있고요."

"그럴 수도 있겠네요."

"부인은 남편이 뒤로 딸려갔다고 말했죠?"

"네, 갑자기 창가에서 없어졌으니까요."

"사실 놀라서 뒷걸음질을 친 것일 수도 있습니다. 부인은 방 안에서 남편 외에 다른 사람의 모습을 보지 못했습니까?"

"네, 하지만 그 무서운 불구자는 자기가 그 방에 있었다고 자백했어요. 인도인은 계단 밑에 있는 것을 제가 보았고요."

"알겠습니다. 부인이 밑에서 보았을 때 세인트클레어 씨는 아침에 입고 나간 옷을 입고 있던가요?"

"네, 하지만 넥타이는 물론이고 셔츠도 입고 있지 않았어요. 멀리서였지만 저는 남편의 속살을 분명히 보았거든요."

"혹시 남편이 스완덤 길에 대해 이야기한 적이 있나요?"

"아뇨, 없습니다."

"혹시 아편을 피우신 적이 있나요?"

"아뇨, 한 번도 없습니다. 절대로요."

"감사합니다, 부인. 이것으로 제가 알고 싶었던 것들이 좀 더 정확해졌어요. 저희는 간단히 식사를 하고 방으로 들어가겠습니다. 내일

은 오늘보다 더 바쁜 일정이 기다리고 있을 것 같으니까요."

우리는 편히 쉬기 위해 더블베드가 있는 넓은 침실로 들어갔다. 나는 갑자기 일어난 사건들 때문에 매우 피곤해서 바로 침대 속으로 들어갔다. 그러나 홈즈는 해결되지 못한 문제가 있을 때는 휴식을 취하지 않고 자신이 만족스러운 결과를 얻을 때까지 심사숙고하는 성격이었다. 그는 윗옷과 조끼를 벗고 헐렁한 파란색 실내복으로 갈아입은 뒤, 베개와 쿠션을 모아 등받이가 있는 동양식 보료를 만들었다. 그리고 독한 잎담배 30그램과 성냥 한 갑을 앞에 두고 보료에 편하게 앉았다.

홈즈는 희미한 불빛 아래 낡은 파이프를 입에 물고 멍한 눈으로 천장 한 구석을 바라보고 있었다. 푸른 담배 연기만이 보일 뿐 그는 조금의 움직임도 없이 앉아 있었다. 독수리처럼 날카로워 보이는 인상이 불빛에 빛나고 있었고, 나는 그의 모습을 보면서 잠이 들었다.

조금 이른 여름 햇살이 방 안으로 들어올 무렵, 나는 외마디 비명에 놀라서 자리에서 일어났다. 그때까지 홈즈는 어젯밤과 다름없는 모습으로 파이프를 물고 있었고, 방 안은 매운 담배 연기로 가득했다. 그러나 그의 앞에 있던 잎담배는 모두 사라져버리고 없었다.

"왓슨, 일어났나? 아침 산책은 어떤가?"

"좋아, 준비하겠네."

"어서 옷을 입게. 아직 아무도 안 일어난 것 같으니 소년을 깨워 마차를 꺼내야겠군."

홈즈는 혼자 싱글벙글 웃으면서 말했다. 어제와 달리 눈이 빛나는 것을 보니 다른 사람처럼 느껴졌다. 옷을 입으면서 시계를 보니 예상

보다 이른 새벽 4시 25분을 가리키고 있었다. 이런 시간에 누군가 일어날 리가 없었다. 옷을 다 입기도 전에 홈즈가 들어와서 소년이 마차를 준비하고 있다는 이야기를 전했다.

"왓슨, 이제 밤새 내가 알아낸 가설을 시험해 볼 때가 왔어."

홈즈는 구두를 신으면서 말을 계속했다.

"지금 자네 앞에는 런던, 아니 유럽 최고의 바보가 서 있어. 자네가 날 발로 찬다고 해도 난 그저 맞기만 해야 할 것 같군. 그만큼 멍청했으니까. 하지만 이젠 사건을 해결할 열쇠를 찾았어."

"무언가 단서를 찾은 건가? 어디에서 찾았나?"

"욕실에서 찾았지."

"홈즈, 난 농담을 하는 게 아니라네."

"나도 농담이 아니라네. 지금 욕실에 가서 사건의 열쇠를 가져왔어. 지금 이 가방 안에 들어 있으니 그 열쇠가 맞는지 안 맞는지는 곧 알 수 있을 거야."

우리는 아무도 깨지 않도록 살금살금 계단을 내려가 밝아오는 아침 햇살 속을 달렸다. 집 앞에는 마차가 대기하고 있었는데, 마구간 소년은 얼마나 서둘렀는지 옷도 제대로 입지 않은 채였다. 우리는 마차를 타고 런던을 향해 빠르게 달렸다. 이른 시간이었기 때문에 대도시로 채소를 운반하는 마차 몇 대만 보일 뿐 길 양쪽에 있는 집들은 매우 조용했다.

"이 사건은 정말 이상했지만 사실 실마리가 없는 건 아니었네. 솔직히 내가 눈이 어두웠던 게 사실이야. 늦게라도 사건을 분별할 수 있게 되어서 다행일세."

홈즈는 말이 더 빠르게 달리도록 채찍질을 하면서 말했다. 마차는 곧 런던 시내에 도착했고, 마차는 어느새 서레이 거리를 달리고 있었다. 부지런한 사람들은 벌써 일어나 잠이 덜 깬 얼굴로 창 밖을 내다보고 있었다. 워털루 다리를 지나 웰링턴 가를 달린 뒤, 오른쪽 길로 꺾어져 보 가에 있는 경찰서에 도착했다. 홈즈는 경찰에서 유명인사였기 때문에 문을 지키던 순경 두 명이 그에게 경례를 했다. 그들 중 한 명에게 마차를 맡기고 다른 한 명은 우리를 안으로 안내했다.

"오늘 당직은 누군가?"

홈즈가 안에 있는 경찰에게 물었다.

"브래드스트리트 경위입니다. 저기 오고 계시군요."

정복을 입고 챙이 달린 모자를 쓴 체격이 큰 형사 한 명이 우리 쪽으로 달려왔다.

"브래드스트리트 경위, 조용히 이야기를 좀 하고 싶소만."

"그럼 제 방으로 가시죠."

우리는 사무실처럼 꾸며진 브래드스트리트의 자그마한 방으로 들어갔다. 탁자 위에는 커다란 장부가 놓여 있었고, 전화기 한 대가 벽에 매달려 있었다. 경위와 우리는 책상 앞의 의자에 앉았다.

"홈즈 선생, 하실 말씀이 뭔가요?"

"난 휴 분이라는 남자 때문에 왔소. 네빌 세인트클레어 씨 실종과 관련된 용의자인 거지 말이오."

"조사가 아직 끝나지 않아서 그는 유치장에 있습니다."

"지금도 유치장에 있소?"

"네, 아주 얌전하지만 너무 지저분해서 견딜 수가 없습니다."

"지저분하다고요? 목욕을 시키면 되지 않소?"

"아무리 말해도 겨우 손만 씻고 말더군요. 얼굴이 얼마나 더러운지……. 조사가 끝나면 죄수 목욕탕으로 보낼 테니까 그때까지는 참아야겠죠. 그자 얼굴을 보면 내가 이렇게 말하는 이유를 알 거예요."

"난 그 사람을 지금 꼭 한 번 보고 싶소만."

"뭐 그렇게 하십시오. 가방은 여기 두고 가시는 게 좋겠군요."

"아니오. 가지고 가야 하오."

"편한 대로 하십시오. 이쪽으로 오십시오."

우리는 형사를 따라 복도로 나갔고, 쇠창살이 달린 문을 몇 개 지나 나선형으로 된 계단을 내려갔다. 바로 하얀 복도가 나왔고 양쪽으로 문들이 쭉 있었다.

"오른쪽에서 세 번째 방, 바로 여기에 있습니다."

경위는 그렇게 말하고 문 위쪽에 있는 판자를 살짝 밀고 방 안을 들여다보았다.

"지금 자고 있습니다. 한 번 보시겠습니까?"

홈즈와 나는 창살에 눈을 대고 방 안을 보았다. 휴 분은 우리 쪽으로 고개를 향한 채 자고 있었는데, 숨이 고른 것으로 보아 깊이 잠든 듯했다. 보통 체격에 그의 직업인 거지 신분에 어울리는 너덜너덜한 옷을 입고 있었다. 누더기 윗옷의 찢어진 틈 사이로 요란한 색깔의 셔츠가 비어져 나와 있는 것이 보였다. 여기서 보기에도 그는 몹시 더러웠다. 그러나 아무리 지저분해도 혐오스러울 만큼 추한 모습은 똑똑히 보였다. 오렌지색 머리는 마구 헝클어져 눈과 이마를 덮고 있었고, 폭이 넓은 오래된 흉터는 눈에서 턱까지 길게 나 있었다. 윗입술 한쪽이 말려 올라가 이빨 세 개가 바깥에 드러나 있었다. 그는 잘 때조차도 험악해 보이는 얼굴을 하고 있었다.

"어때요? 정말 볼 만한 얼굴이지 않습니까?"

브래드스트리트 경위가 쓴웃음을 지으면서 말했다.

"정말 세수를 좀 해야겠군요."

홈즈가 말했다.

"나는 휴 분을 씻겨주고 싶어서 실례인 줄 알지만 목욕용품을 좀 챙겨왔소."

홈즈는 가방을 열어 커다란 목욕용 타월을 꺼냈다.

"홈즈 선생, 당신은 정말 재미있는 사람이군요."

경위는 웃음을 참지 못하면서 방 열쇠를 꺼냈다.

"경위, 문은 아주 조용히 열어주시오. 녀석이 깨지 않아야 하니까요. 곧 저 녀석을 말끔하게 만들어드리겠소."

"그렇게 하죠. 저도 좀 깨끗한 녀석을 상대하고 싶거든요."

경위는 열쇠를 조심스럽게 돌렸고, 우리는 조용히 감방 안으로 들어갔다. 휴 분은 돌아눕더니 다시 잠에 빠져들었다. 홈즈는 주전자 물에 목욕용 타월을 적셔서 그의 얼굴을 가로 세로로 두 번씩 힘껏 문질렀다.

"자, 리의 네빌 세인트클레어 씨를 소개합니다!"

홈즈는 의기양양한 모습으로 소리쳤다. 나는 그때처럼 놀라운 순간을 경험한 적이 없었다. 타월이 닿자 그의 얼굴은 마치 나무껍질이 벗겨지는 듯했다. 얼룩덜룩했던 피부도, 뒤틀린 입술도, 끔찍한 흉터도 모두 사라져버렸다. 홈즈가 머리카락을 잡아당기자 새둥지 같았

던 오렌지색 머리도 벗겨져 검은색 머리카락이 나타났다. 다시 보니 창백하리만큼 흰 얼굴에 기품이 넘치는 남자가 침상에 앉아 잠이 덜 깬 얼굴로 주위를 두리번거리고 있었다. 그러더니 갑자기 방금 일어난 사태를 깨달았는지 그는 베개에 얼굴을 파묻어버렸다.

"세상에, 이럴 수가!"

경위는 자기도 모르게 소리를 지르고 말았다.

"실종된 사람이 여기 있다니! 난 세인트클레어 씨의 사진을 이미 봤기 때문에 저 사람이 누군지 알고 있소."

휴 분은 모든 것을 포기한 사람처럼 공격적인 말투로 경위에게 따졌다.

"그렇다면 말해 보시오. 내가 무슨 죄를 졌다고 여기에 가둔 거요?"

"네빌 세인트클레어 씨를 살해한 혐의로 여기에 온 거지만, 당신이 자살한다면 모를까 그런 혐의는 말이 안 되겠군. 27년째 경찰 생활을 하고 있는데 이런 일은 처음입니다."

경위가 웃으면서 말했다.

"내가 네빌 세인트클레어라면 범죄는 성립되지 않으니 여기 구금되는 것은 불법이오."

"범죄는 없었지만 당신은 큰 실수를 했소. 왜 아내를 속이려고 한 거요?"

홈즈가 엄한 목소리로 말했다.

"아내 때문이 아닙니다. 내 아이들에게 부끄러운 아버지가 되고 싶지 않아서였어요. 이렇게 정체가 드러나 버렸으니 이제 저는 어떻게 해야 할까요?"

홈즈는 다정한 미소로 그에게 다가가 어깨를 두드려주었다.

"재판에 회부된다면 당신의 일은 밖으로 드러나겠지만, 기소할 명분이 없다는 점을 들어 경찰을 설득하면 될 거요. 그렇게 된다면 신문에도 나지 않을 것이고, 법정에 설 일도 없을 거요."

"오! 하느님! 감사합니다!"

남자는 뜨거운 목소리로 외쳤다.

"그럴 수 있다면 무슨 일이든지 하겠습니다. 아버지의 더러운 비밀을 아이들이 알게 하느니 제가 감옥으로 가는 게 낫다고 생각했습니다. 사형을 당한다고 해도 감수하겠다고 결심하고 있었습니다. 그럼 이러한 일이 왜 일어났는지 처음부터 설명하겠습니다. 누군가에게 제 이야기를 하는 건 처음입니다만 들어주십시오.

저의 아버지는 체스터필드에서 교장 선생님을 하신 분으로, 저는 훌륭한 교육을 받았습니다. 젊었을 때는 무대 생활을 하기도 했고, 런던의 석간신문 기자를 하기도 했죠. 신문사에서 일할 때였는데, 대도시의 구걸에 대한 연재를 기획하게 되었습니다. 제가 그 기사를 쓰기로 했는데, 그 일이 이번 사건의 발단이 된 것입니다.

구걸에 대한 자료를 수집하기 위해 저는 직접 구걸을 하기로 했죠. 배우 노릇을 한 적이 있어서 꽤 좋은 분장 실력을 가지고 있었기 때문에 거지로 분장하는 것은 어려운 일이 아니었습니다. 저는 얼굴에 칠을 좀 하고 큰 흉터와 입술 한쪽이 올라가도록 했습니다. 그리고 붉은 머리 가발을 쓰고 금융가에 자리를 잡았죠. 한없이 불쌍해 보이는 모습이었고, 구걸 단속에 걸리지 않도록 성냥팔이의 모습을 하고 있었어요. 첫날 7시간 정도 구걸을 했는데, 집에 와서 돈을 세어보니

26실링 4펜스라는 엄청난 금액이 모였습니다. 구걸에 대한 기사를 쓰고 이 일은 잠시 잊고 있었어요. 그런데 얼마 뒤 친구의 부탁으로 보증을 서주었다가 25파운드를 대신 갚아야 하는 일이 생겼습니다. 돈을 구할 데가 없어서 고민하던 중, 예전 생각이 났죠. 그래서 채권자에게 보름 동안만 기한을 연장해 달라고 부탁하고 신문사에도 휴가를 냈습니다. 다시 예전처럼 분장을 하고 구걸을 시작했어요. 열흘 만에 그 돈을 모아서 빚을 모두 갚았습니다.

이런 일을 겪고 나니 일주일에 2파운드를 받는 신문기자 일이 싫어지더군요. 얼굴에 분장만 하고 앉아 있으면 하루 벌이가 그 정도였으니까요. 저는 한동안 명예와 돈 사이에서 고민을 해야 했습니다. 하지만 결국 돈이 이기고 말았어요. 며칠 뒤 저는 기자를 그만두고 출근을 하는 것처럼 매일 그 자리에서 구걸을 했습니다. 흉한 얼굴로 동정심을 자극하면 제 주머니는 동전들로 가득 찼습니다. 제 비밀을 아는 사람은 이 세상에서 단 한 사람뿐이었어요. 그는 내가 세들어 있던 스완덤 길 아편굴의 인도인 주인이었지요. 저는 그 집에서 거지 변장을 했고, 저녁에는 런던의 신사로 나왔습니다. 방세를 넉넉하게 지불했기 때문에 비밀이 밖으로 새나갈 염려는 전혀 없었죠.

얼마 되지 않아 저는 상당한 액수를 모았습니다. 런던의 모든 거지가 저처럼 1년에 700파운드씩 수입을 올리는 건 아닙니다. 저는 분장 실력 외에도 재치 있는 화술을 가지고 있었으니까요. 물론 수많은 연습을 통해서 발전시킨 것이지만요. 덕분에 구시가에서 저는 유명인사가 되었고, 좀 과장해서 말하면 어떤 때는 1페니 동전이 비처럼 쏟아지기도 했어요. 가끔씩 은화도 있었기 때문에 아무리 운이 없어도

하루에 최소 2파운드의 수입은 올릴 수 있었죠. 돈이 모이니까 꿈이 조금씩 커지더군요. 교외에 집을 사고 아름다운 여자와 결혼도 해서 아이도 낳았습니다. 하지만 제 직업에 대해 의심하는 사람은 아무도 없었어요. 아내도 제가 사업을 하는 것으로 알고 있었는데, 그 이상은 알려고 하지 않았으니까요.

지난 월요일, 저는 하루 일을 마치고 아편굴의 2층 방에서 옷을 갈아입고 있었습니다. 그런데 아내가 밑에서 저를 바라보고 있더군요. 전 깜짝 놀라서 소리를 지르며 얼굴을 가렸습니다. 그리고 재빨리 달려가 인도인 주인에게 아무도 올라오지 못하게 해달라고 부탁했죠. 역시나 아내가 올라오려고 하는 소리가 들렸지만, 쉽게 올라올 수 없다는 것을 알았습니다. 나는 다시 거지의 모습으로 분장을 했죠. 아내의 눈도 속일 수 있을 것이라고 자신했으니까요. 사람들이 제 방을 뒤질지도 모른다는 생각에 내 물건을 밖으로 던지려고 했습니다. 그런데 창문을 열다가 아침에 다친 상처가 다시 벌어지면서 피가 난 겁니다. 서둘러 동전을 옮겨 넣은 윗옷을 밖으로 던지고 다른 것들도 던지려고 했는데, 그 순간 경찰이 방으로 올라오는 소리가 들렸습니다. 하늘이 도와주셨는지 저는 정체를 들키지 않고 살인용의자로 체포될 수 있었습니다.

저는 신분을 감추겠다고 결심했고 그래서 얼굴을 절대 씻지 않고 버티고 있었습니다. 하지만 아내가 계속 걱정할 거라는 생각에 몰래 편지를 썼습니다. 경찰이 잠시 자리를 비웠을 때 인도인에게 편지와 반지를 맡긴 거죠. 제 설명은 여기까지입니다. 더 이상 설명드릴 건 없을 것 같군요."

"당신이 쓴 편지는 어제 부인에게 도착했습니다."
홈즈가 세인트클레어에게 말했다.
"저런, 이제야 가다니. 일주일 동안 얼마나 걱정을 했을까!"
"경찰은 인도인을 계속 감시하고 있었어요."
브래드스트리트 경위가 말했다.
"그래서 편지를 몰래 부치지 못했을 겁니다. 아마 그 편지를 손님으로 온 선원에게 다시 맡겼을 텐데, 그 선원은 며칠 동안 그 편지를 잊고 있었겠지요."
"브래드스트리트 경위의 말이 맞습니다."
홈즈는 경위의 말에 고개를 끄덕였다.
"분명히 그랬을 겁니다. 그런데 세인트클레어 씨, 당신은 구걸 죄로 처벌받은 적이 없었습니까?"
"벌금형을 선고받은 적은 여러 번 있었지만 수입을 생각하면 벌금은 아무것도 아니었습니다."
"이제 더 이상 그 일은 하지 마시오. 경찰이 이 일을 덮어두기를 원한다면 더 이상 휴 분이라는 거지는 없어져야 해요."
브래드스트리드 경위가 냉정한 목소리로 말했다.
"당연합니다. 남자의 명예를 걸고 다시는 그런 짓을 하지 않겠다고 맹세하겠습니다."
"좋습니다. 그럼 더 이상 당신이 이곳에 있을 이유는 없겠군요. 하지만 다시 구걸하는 모습이 발견되면 모든 사실을 공개할 거요. 홈즈 선생 덕분에 이번 사건을 해결할 수 있어서 정말 다행입니다. 그런데 어떻게 이 사건을 파악한 겁니까?"

"방법을 알려달라는 말이오?"

홈즈가 말했다.

"별로 어렵지 않소. 베개 다섯 개를 깔고 앉아서 밤새 독한 잎담배 30그램을 피우면 됩니다. 왓슨, 지금 베이커 가로 가면 아침 식사 시간에 딱 맞겠군. 서둘러 출발해야겠어."

기술자의 엄지손가락
The adventure of the Engineer's Thumb

홈즈와 나는 매우 가까운 사이였지만 사건의 내용을 공개하는 건 늘 조심스러웠다. 이런 이유 때문에 그가 의뢰받았던 사건 중 내가 독자들에게 소개했던 것은 단 두 개뿐이었다. 그 중 하나는 해덜리 씨의 엄지손가락 사건, 또 다른 하나는 미치광이 워버튼 대령 사건이었다. 사건의 독창성과 홈즈의 놀라운 추론 능력을 중시하는 독자들에게는 워버튼 대령 사건이 더 재미있게 느껴질 수도 있다. 그러나 사건의 발단과 전개에 이르는 기이하고 극적인 과정은 해덜리 씨 사건이 더 흥미로운 것이 사실이다.

해덜리 씨의 사건은 신문에도 여러 차례 실렸지만, 신문의 특성상 사실을 매우 요약하고 두루뭉술하게 기록하여 사건의 본질을 잘 살리지 못했다. 나는 이번 사건을 소개하면서 내 나름대로의 방식으로 이 사건을 전개해 나가고자 한다. 사건의 전개 과정에 따라 하나하나 설명하는 동시에 새로운 증거를 더하면서 완벽한 진실을 파악해 나가는 것은 매우 흥미로울 것이다. 2년 전의 사건이었지만 그때 내가 받았던 인상은 너무도 강렬하여 한참의 시간이 흐른 지금도 그때의 느낌이 그대로 남아 있다.

지금부터 이야기하려고 하는 사건은 1889년 여름, 내가 결혼하고 얼마 되지 않았을 때 일어난 일이다. 결혼과 병원 개업 등으로 나는 홈즈가 살고 있는 베이커 가에서 떠나야 했지만, 시간이 날 때마다 그곳을 찾았다. 내가 병원 일로 바빠서 그를 찾아가지 못할 때는, 아주 드문 일이었지만 그가 우리 집을 방문하기도 했다. 내가 운영하는 병원은 손님들이 꽤 많았는데, 병원이 패딩턴 역에서 가까웠기 때문에 역무원 환자도 몇 명 있었다. 그 중 통증이 심한 난치병을 앓던 사람이 나에게 치료를 받고 완치되더니 앞장서서 내 병원을 홍보해 주었다. 이후 그는 주위의 환자들을 심심찮게 나에게 보내곤 했다.

그러던 어느 날, 아침 7시도 채 안 된 이른 시간에 하녀가 침실문을 두드렸다. 패딩턴 역에서 두 남자가 왔는데 진료실에서 기다리고 있다는 것이었다. 역에서 왔다면 철도 사고일 것이고, 그간의 경험으로 미루어보아 경상은 아닐 가능성이 컸기 때문에 나는 서둘러 진료실로 내려갔다. 두 남자 중 한 명은 내 병원을 홍보해 주던 역무원으로, 그는 진찰실에서 나오더니 문을 닫으며 엄지손가락으로 어깨 너머를 가리키며 나지막이 내게 말했다.

"저 안에 있습니다. 상태는 괜찮은 것 같아요. 잘 부탁드립니다."

"이 안에 뭐가 있나요?"

그가 마치 괴물이라도 가둬놓은 것처럼 말했기 때문에 내가 다시 물었다.

"당연히 환자가 있지요."

"열차 사고라도 난 겁니까? 아침부터 역에서 환자가 왔다고 해서 놀랐습니다."

"진료실 안에 들어가서 환자에게 직접 물어봐 주세요. 다른 병원으로 가지 못하게 이곳으로 직접 데려왔으니 전 이만 가보겠습니다. 저도 선생님처럼 늘 바쁘거든요."

믿음직스러운 역무원은 내가 인사하기도 전에 병원문을 나섰다. 나는 곧바로 진찰실로 들어갔고 거기에는 정장을 입은 한 남자가 책상 앞에 앉아 있었다. 책상 위에는 그의 베레모가 놓여 있었고, 손수건으로 한쪽 손을 아무렇게나 친친 감고 있어 자세히 살펴보니 손을 다친 것인지 손수건은 피투성이가 되어 있었다. 단단한 근육질의 얼굴이었지만 안색은 몹시 창백해 보였고, 나이는 25살 그 이상으로는 보이지 않았으며, 뭔가 큰 충격을 받았는지 정신적으로 완전히 탈진한 것처럼 보였다.

"아직 이른 시간인데 잠을 깨워 죄송합니다."

"괜찮습니다. 그런데 손을 다치신 건가요?"

"지난밤에 큰 사고를 당하고 말았습니다. 새벽 기차를 타고 패딩턴 역에서 내려 병원을 찾았는데, 아까 그분이 여기까지 저를 데려다 주셨습니다. 정말 고마운 분이죠. 이곳에 와서 하녀에게 제 명함을 주었는데, 그 옆의 보조 탁자 위에 올려놓는 것 같더군요."

나는 옆에 있던 탁자에서 그의 명함을 집어 들고 작은 목소리로 읽었다. 명함에는 그의 주소, 직업, 이름이 모두 쓰여 있었다.

"빅토리아 가 16A번지 3층, 유압 기술자, 빅터 해덜리 씨. 맞나요?"

"네, 바로 제가 빅터 해덜리입니다."

"야간 기차를 타고 오셔서 지친 것 같군요. 매우 지루한 여행이었을 텐데요."

"지난밤은 제가 지루할 틈이 전혀 없었습니다."

해덜리 씨는 갑자기 너털웃음을 터뜨리면서 온몸을 흔들며 계속 웃었다. 웃음소리가 점점 커지고 높아지는 것을 보자 그의 웃음이 발작이라는 것임을 의사의 본능으로 알 수 있었다.

"해덜리 씨! 그만하세요!"

나는 그의 웃음소리에 묻히지 않도록 크게 외쳤다. 나는 그를 진정시키기 위해서 물을 마시도록 도와주었지만 아무런 효과가 없었다. 다행히도 시간이 흐르자 그의 웃음은 조금씩 잦아들었고, 잠시 후 그는 정신을 차렸다. 강한 의지로 발작을 이겨냈기 때문에 그는 한층 더 창백했고 지친 모습이었다.

"선생님, 죄송합니다. 제가 바보 같은 짓을 하고 말았군요."

그는 아직도 숨이 찬 지 헉헉대며 말했다.

"아닙니다. 일단 브랜디를 좀 마시고 진정하는 게 좋겠습니다."

나는 물에다 브랜디를 타서 그에게 주었다. 하얗게 질린 듯한 그의 얼굴에 붉은 기가 조금씩 돌아오고 있었다.

"좀 괜찮아졌습니다. 그럼 이제 선생님께서 제 엄지손가락을 좀 봐주세요. 이렇게 말하면 안 되겠군요. 엄지손가락이 있던 자리를 봐달라고 해야겠어요."

그는 손수건을 풀고 손을 내밀었는데, 의사로 단련해온 내 신경은 한순간에 무너져버리고 말았다. 그의 손에는 손가락이 네 개였고, 그중 하나는 잘려나가 끔찍하고 무서운 단면만이 남아 있었다. 엄지손가락은 밑동에서 아주 가까이 잘려나가 있었다.

"저런, 상처가 매우 끔찍하군요. 피가 아주 많이 났을 텐데요."

기술자의 엄지손가락

"네, 사실 저는 그 순간 기절해 버리고 말았습니다. 한참 후에 깨어 났는데 정신을 차리고 보니 여전히 손에서 피가 흐르고 있었습니다. 그래서 피를 멈추게 하려고 손수건 한쪽 끝을 손목에 단단히 감고, 작은 나뭇가지를 부목으로 삼아 댔습니다."

"오, 정말 대단하시군요. 해덜리 씨는 아마 전직이 외과 의사였던 것 같군요."

"과찬의 말씀입니다. 이러한 처치는 수리학적인 문제로 제 일과도 관련이 있기 때문에 의사와 비슷하게 처치를 할 수 있었습니다. 일할 때 부상이 꽤 잦거든요."

"그럼 손가락을 좀 봅시다. 아주 무겁고 날카로운 도구에 의해 잘려 나간 것 같은데 무엇에 이렇게 다치셨습니까?"

나는 그의 상처를 꼼꼼하게 살펴보며 물었다.

"고기를 자르는 아주 큰 칼이었습니다."

"사고였나요?"

"아뇨. 그렇지 않습니다."

"그럼 누군가 해덜리 씨를 해치려고 그랬다는 겁니까?"

"네, 그때 저는 죽을 뻔했습니다."

"정말 끔찍한 일이군요."

나는 이렇게 말하고 상처를 깨끗하게 한 뒤, 약을 바르고 탈지면으로 조심스럽게 덮었다. 그리고 깨끗하게 처리한 붕대를 이용해 그가 다친 부분을 제대로 치료해 주었다. 그는 내가 손가락을 만질 때마다 고통으로 얼굴을 찌푸렸지만 입술을 깨물면서 참고 있었다.

"응급 치료는 끝났습니다. 지금 기분이 어떠신가요?"

"정말 좋습니다. 브랜디를 한 잔 마시고 치료도 받으니 기분이 한결 나아졌어요. 좀 전까지는 손가락 하나 움직일 힘도 없었는데…… 이제 경찰에 가서 말해야겠군요. 불행 중 다행으로 이런 상처가 명백한 증거로 남았으니 망정이지 안 그랬다면 경찰은 제 얘기를 절대 믿지 못할 거예요. 사실 그렇다 해도 별로 놀랄 만한 일은 아니지만, 너무 이상한 사건인 데다가 저는 이 사건과 관련된 증거도 제대로 갖고 있지 않아요. 그러니 경찰이 제 말을 믿어준다고 해도 제게는 그걸 입증할 만한 증거도 거의 없는데다가 매우 막연하기 때문에 사건을 제대로 파악하거나 범인을 체포할 수 있을지도 의문입니다."

"해덜리 씨의 사건이 그렇게 복잡하다면 경찰서보다는 내 친구 셜록 홈즈를 만나보는 게 어떨까 하는 생각이 드는군요."

"오, 저도 셜록 홈즈 선생에 대해서는 여러 차례 들어봤습니다. 그분이 제 사건을 맡아주신다면 저야 감사할 따름입니다. 그분의 조언을 듣고 난 뒤에 경찰서에 가도 되고요. 그럼 선생님께서 소개장을 한 장 써주시겠습니까?"

"내가 함께 가는 게 좋을 것 같은데 괜찮겠죠?"

"번거로우실 텐데 그렇게 해주신다면 정말 감사한 일이죠. 제게 일어난 일을 누군가에게 빨리 이야기하고 싶습니다."

"좋아요. 그러면 마차를 부르라고 얘기할게요. 잠깐만 기다려요."

나는 2층으로 올라가 아내에게 사정을 설명했고, 간단하게 채비를 한 뒤 해덜리 씨와 함께 마차를 타고 베이커 가로 향했다. 우리가 도착해서 방문을 열었을 때, 홈즈는 실내복 차림으로 소파에 편한 자세로 누워 있었다. 그는 식전 담배를 피우면서 〈더 타임스〉의 광고란을

읽고 있었다. 그는 다정하게 우리를 맞이했고, 친절하게 아침 식사를 권했다. 신선한 햄과 계란으로 배불리 아침 식사를 끝낸 뒤, 그는 해덜리 씨를 소파에 눕도록 도와주었다. 그리고 해덜리 씨의 손이 닿을 수 있는 곳에 브랜디 잔을 놓아두었다.

"해덜리 씨, 매우 특이한 경험을 한 것 같군요. 작지 않은 사고를 당했으니 편안하게 누워서 이야기하는 게 좋겠소. 말하다가 힘들면 언제라도 옆에 둔 브랜디를 한 잔 하도록 해요. 그럼 기운이 좀 날 테니까요."

"정말 감사합니다. 아까 왓슨 선생님께 치료를 받고 기운이 좀 났는데, 이렇게 식사를 하고 쉬니 몸이 다 나은 것 같습니다. 두 분의 소중한 시간을 빼앗지 않도록 제 이야기를 빨리 시작하도록 하겠습니다."

홈즈는 안락의자에 앉아 무언가를 생각하는 듯이 조용히 눈을 감았다. 그의 표정 뒤에는 날카로운 열정과 의지가 숨어 있다는 것을 오랜 친구인 나는 잘 알고 있었다. 나는 홈즈의 맞은편에 앉아서 해덜리 씨의 이야기를 들을 준비를 마쳤다.

"저는 올해 40살로 런던의 하숙집에서 혼자 살고 있습니다. 가족은 없고요. 제 직업은 유압 기술자로, 7년 동안 베너 앤 매드슨에서 견습공으로 일하면서 경력을 쌓았습니다. 잘 아시겠지만, 제가 일했던 곳은 이 업계에서 매우 유명한 기업입니다. 견습 기간은 약 2년 전에 끝났는데, 그때 아버지가 돌아가시면서 유산을 좀 남겨주셨습니다. 그래서 저는 독립하기로 결심했고, 빅토리아 가에 작은 사무실을 하나 얻었습니다.

처음 사업을 시작하면 누구나 힘들다는 건 잘 알죠. 하지만 제 경우는 유난히 심했어요. 2년 동안 저에게는 세 건의 상담과 한 건의 작은 일이 전부였습니다. 총수입은 27파운드 10실링뿐이었고요. 저는 2년 동안 매일 아침 9시에 사무실에 나와 일거리를 기다렸고, 오후 4시가 되면 아무 일도 들어오지 않았다는 생각에 가슴이 무너지곤 했습니다.

그런데 바로 어제, 다른 날처럼 아무 일도 없이 퇴근을 준비하고 있는데 어떤 신사가 찾아왔습니다. 신사는 사환을 통해 '라이샌더 스타크 대령'이라는 명함을 보냈고, 곧 사무실 안으로 대령이 들어왔습니다. 40세 정도로 보이는 대령은 키가 크고 몹시 마른 남자였습니다. 얼굴에서는 뾰족한 코와 턱만 보였고, 볼에는 뼈와 가죽만 있는 것 같았어요. 그렇게 말랐지만 건강에는 문제가 없었는지 눈에는 광채가 났고 걸음걸이는 가볍고 경쾌했습니다. 검소한 옷차림이었지만 깔끔했고요.

'당신이 해덜리 씨요?'

그는 독일어 억양이 섞인 말투로 말했습니다.

'네, 그렇습니다. 어떻게 오셨죠?'

'어떤 사람에게서 당신이 일을 잘 한다는 이야기를 듣고 왔소. 일 처리뿐만 아니라 입도 무겁고 진지한 사람이라는 이야기도 들었소.'

이런 이야기를 들으니 흐뭇한 기분에 어깨가 으쓱해지더군요.

'그렇게 말씀해 주시니 감사합니다. 어떤 분이 저를 그렇게 칭찬하셨는지 여쭈어도 될까요?'

'나중에 이야기하겠소. 그의 얘기로는 당신이 가족 없이 혼자 살고 있다고 하던데 사실이오?'

'네, 그렇습니다. 그런데 그게 제가 일하는 것과 무슨 관련이 있나요? 일 때문에 오신 것이 아닌가요?'

'일 때문에 왔소. 하지만 이 부분은 일과도 관련이 있기 때문에 물어본 거요. 당신에게 일을 하나 맡길 건데, 반드시 비밀을 지켜야 하오. 가족이 있는 사람보다는 혼자 사는 사람이 비밀을 더 잘 지킬 것이라는 것은 누구나 생각할 수 있으니 말이오.'

'네, 비밀은 지키라고 있는 것이니 걱정하지 않으셔도 됩니다.'

대령은 제가 말할 때 제 얼굴을 뚫어져라 쳐다보더군요. 조금의 의심이라도 잡아낼 것 같이 날카로운 눈은 태어나서 처음 보았습니다.

'그럼 어떤 일이 있어도 비밀을 지키겠다고 약속하겠소?'

'물론입니다. 약속드리겠습니다.'

'일을 시작하기 전은 물론, 일이 완전히 끝난 후에도 누구에게도 이 일을 누설해서는 안 된다는 것을 명심하시오. 말로든 글로든 절대로 말이오.'

'걱정하지 마십시오. 약속하겠습니다.'

'좋소.'

대령은 이렇게 말하고 일어나더니 문 쪽으로 달려가 벌컥 문을 열었습니다. 바깥에는 아무도 없었습니다. 대령은 자리로 돌아오면서 안심한 듯이 이렇게 말했습니다.

'일하는 아이들은 주인의 일에 관심이 많아서 확인해 본 거요. 이제 안심하고 이야기를 시작하겠소.'

저는 대령의 지나친 행동에 기분이 나빠졌습니다. 사실 두려움도 느꼈지만 오랜만에 찾아온 고객을 그냥 보내버릴 수는 없었죠.

'대령님, 용건이 있으면 빨리 말씀해 주십시오. 저도 다른 일이 있으니까요.'

'알았소. 보수는 하룻밤에 50기니면 되겠소?'

'네, 좋습니다.'

'아마 일은 실제로 한 시간이면 끝날 거요. 나는 그저 고장이 난 유압 프레스에 대해 전문가의 의견을 듣고 싶은 거니까. 당신은 어떤 문제가 있는지만 말해 주면 돼요. 나머지는 내가 알아서 고칠 거요. 혹시 궁금한 것이 있으면 말하시오.'

'알겠습니다. 언제, 어디로 가면 될까요?'

'오늘 밤 마지막 기차로 버크셔의 아이퍼드로 오시오. 옥스퍼드셔 경계 쪽으로, 갈아타는 레딩에서는 약 11킬로미터 정도 떨어져 있소. 패딩턴에서 11시 15분에 아이퍼드에 도착하는 기차가 있을 거요. 내가 마차를 타고 마중을 나가겠소.'

'마차를 타고 얼마나 가야 하나요?'

'집이 외곽에 있기 때문에 조금 먼 편이오. 아이퍼드 역에서 11킬로미터 정도 떨어져 있소.'

'그러면 자정 이전에 그곳에 도착하는 건 힘들겠군요. 그 시간이면 런던행 기차가 끊어질 텐데 잠자리를 마련해 주실 건가요?'

'물론이오. 어렵지 않으니 그렇게 해주겠소.'

'한 시간 정도의 일이라면 다른 시간에 가는 게 더 편할 텐데요. 저도 바로 돌아올 수 있을 거구요.'

'그 시간이 제일 좋을 거라고 판단했기 때문에 그렇게 시간을 잡은 거요. 당신은 무명의 젊은 기술자에 불과하지만 후한 보수를 주는 이

유는 그러한 불편함을 보상하기 위함이기도 하고. 만약 싫다면 다른 사람을 찾겠소.'

'아닙니다. 그 시간에 가도록 하겠습니다. 제가 어떤 일을 해야 하는지 좀 더 분명하게 알 수 있을까요? 미리 준비할 게 있을지도 모르고요.'

'그렇게 하겠소. 당신도 궁금하겠지. 비밀 서약까지 받아내는 일이라니 이상하기도 할 거요. 나 역시 어떤 일인지 모르는 채로 일을 시킬 생각은 없으니 걱정 마시오. 혹시 밖에 누가 있을 가능성이 있소?'

'걱정 마십시오. 아무도 없습니다.'

'좋소. 이야기를 시작하지. 혹시 표백제로 쓰이는 백토에 대해서 알고 있소? 영국에서는 한두 곳에서만 나는 귀한 흙이오. 나는 몇 년 전 레딩에서 16킬로미터 떨어진 곳에 작은 땅을 사게 되었소. 그런데 우연히 그곳에 백토가 난다는 사실을 알았소. 내 땅에 있는 백토는 아주 소량에 지나지 않았지만, 양 옆으로 꽤 큰 백토 지층이 있다는 것을 알게 되었소. 내 땅은 그 지맥이 조금 지나간 것이었고.

내 이웃들은 자기 땅에 금만큼 가치 있는 백토가 묻혀 있다는 것을 모르고 있소. 나는 그들이 이 사실을 알기 전에 땅을 사두려고 하는데, 그만한 돈을 가지고 있지 않았지. 그래서 몇몇 친구들에게 이 일을 상의했소. 친구들은 백토를 조금 캐내서 팔아 돈을 마련하는 게 어떠냐고 제의했고 나는 그렇게 하기로 했소. 그래서 얼마 전부터 백토를 캐내기 시작했고 그러면서 유압 프레스도 한 대 들여놓게 되었소. 그런데 고장이 나버리는 바람에 전문가를 데려와서 문제점을 해결하려는 거요.

우리는 지금까지 모든 것을 비밀로 해왔소. 유압 기술자가 우리 집에 왔다는 사실을 이웃의 누군가가 알게 되면 분명히 이상하게 여길 거요. 잘못 하면 이웃의 땅을 구입하겠다는 내 계획도 허사가 되어버릴 수도 있고. 그래서 오늘 밤의 일을 비밀로 해달라고 아까부터 부탁한 거요.'

'그렇군요. 그런데 백토를 캐내는데 왜 유압 프레스가 필요하죠? 백토는 땅에서 파는 게 아닌가요?'

'우리는 새로운 공법을 개발했소. 토양층을 벽돌 찍듯이 압축해서 캐내면 그게 무엇인지 다른 사람은 모르기 때문에 아주 효율적이지. 해덜리 씨, 난 당신을 믿고 모든 이야기를 했소. 그럼 11시 15분에 아이퍼드 역에서 기다리겠소.'

'네, 이따 뵙겠습니다.'

'누구에게도 절대 말하면 안 된다는 사실을 잊지 마시오.'

대령은 마지막까지 의심스러운 눈초리로 저를 바라보고 일어섰습니다. 그리고 축축하고 차가운 손으로 저와 악수를 한 뒤 서둘러 방을 나갔죠. 이 일을 다시 생각하니 저는 가슴이 마구 뛰었습니다. 사실 이 정도의 일에 50기니는 매우 많은 보수였습니다. 보통 이 금액의 10퍼센트 정도로 금액이 책정되니까요. 하지만 대령의 표정과 태도는 의심스러운 부분이 많았습니다. 한밤중에 오라고 한 것도 마음에 걸렸고, 마지막까지 저를 의심하는 태도도 몹시 이상했거든요. 하지만 50기니라는 돈은 저에게 적은 액수가 아니었습니다. 저는 모든 걱정거리를 잊고 일을 하기로 했습니다.

저녁을 배불리 먹은 뒤 저는 패딩턴 역에서 기차를 탔습니다. 대령

의 말대로 누구에게도 이 일에 대해 이야기하지 않았죠. 레딩 역에서 아이퍼드 행 열차로 갈아타고 11시가 넘어서 역에 도착했습니다. 역에서 내린 사람은 저 하나였고, 승강장의 짐꾼 외에는 아무도 없었습니다. 개찰구를 지나 밖으로 나가니 대령이 어둠 속에 서 있었습니다. 그는 아무 말도 하지 않고 제 팔을 잡더니 대기하고 있던 마차에 저를 태웠습니다. 그가 창문을 닫고 앞쪽을 두드리자 마차는 전속력으로 달리기 시작했습니다."

"마차의 말은 한 필이었나요?"

홈즈가 갑자기 말을 끊고 질문을 했다.

"네, 한 필이었습니다."

"말은 무슨 색인지 보았소?"

"네, 마차에 타면서 봤습니다. 갈색이었어요."

"말의 상태는 어땠나요? 건강해 보였소?"

"네, 털에 윤기가 흐르는 게 아주 잘 먹고 건강한 듯했습니다."

"알겠소. 이야기 중에 끼어들어서 미안하오. 대단히 흥미로운 이야기니 어서 계속하시오."

"네, 홈즈 선생. 마차는 계속 전속력으로 달렸습니다. 대령은 11킬로미터 정도 떨어져 있다고 했지만, 제 생각에는 20킬로미터 정도는 간 듯했습니다. 대령은 아무 말 없이 제 옆에 앉아 있었지만, 그는 저를 뚫어지게 쳐다보고 있다는 것을 느낄 수 있었습니다.

길 상태는 매우 좋지 않았어요. 마차가 매우 덜컹거렸고 심하게 흔들렸으니까요. 저는 지루한 마음에 바깥을 내다보려고 했지만, 창문이 불투명 유리였기 때문에 뿌연 불빛 외에는 아무것도 볼 수 없었습니다. 어쩌다가 대령에게 말을 걸기도 했지만 한두 마디로 대답해 버리는 바람에 대화를 이어갈 수 없었죠. 그러다가 마차가 갑자기 평탄한 도로로 가는 듯하더니 곧 멈췄습니다. 대령이 마차에서 뛰어내렸고 제가 내리자 저를 바로 현관으로 밀어 넣더군요. 그래서 저는 집 바깥이 어떤 모습인지 전혀 볼 수 없었습니다. 대령은 제가 현관으로 들어가자마자 현관문을 닫아버렸고, 곧 마차가 떠나는 소리가 들렸습니다.

집안은 불빛 하나 없는 완전한 암흑이었고, 대령은 뭐라고 혼잣말을 하더니 성냥을 찾기 위해 여기저기를 더듬거렸습니다. 그때 복도 끝의 방문이 열렸고 긴 불빛이 이쪽을 비추더군요. 불빛은 우리 쪽을 향해 점점 다가왔고 눈앞에는 손에 등잔을 든 여인이 서 있었습니다. 그녀는 등불을 머리 위로 치켜들고 이쪽을 살펴보았는데, 불빛에 비친 그 여인의 얼굴은 매우 아름다웠습니다. 그녀는 반짝거리는 어두운 색의 드레스를 입고 있었는데, 얼핏 봐도 매우 고급스럽다는 것을 알 수 있었지요. 그녀가 대령에게 알 수 없는 외국어로 뭔가를 물었고 대령은 퉁명스러운 말투로 간단하게 대답했는데, 그의 대답에 그녀는 굉장히 놀랐는지 등불을 떨어뜨릴 뻔했죠. 대령은 그녀에게 몇 마디를 더 하더니 그녀가 나온 방으로 다시 밀어 넣었습니다. 그리고 등불을 들고 제 쪽으로 왔어요.

'잠시 여기서 기다려요. 몇 분이면 될 거요.'

그는 작은 방문을 열면서 말했습니다. 그 방 가운데에는 원탁이 있었고 그 위에는 독일어 책이 몇 권 있었습니다. 대령은 방문 옆 오르간 위에 등불을 놓고 복도로 나갔습니다. 저는 독일어는 할 줄 모르

지만, 테이블 위에 놓여 있던 책들이 과학에 관한 것과 시집이라는 것을 알 수 있었습니다. 혹시 바깥을 볼 수 있을까 해서 창문 쪽으로 갔지만 무거운 덧문이 내려져 있더군요.

저는 하릴없이 의자에 앉아서 대령을 기다렸습니다. 오래된 시계의 초침 소리를 제외하면 집 안에서는 아무런 소리도 들리지 않았습니다. 그러자 막연하게 불안한 기분이 들었습니다. 저 사람들은 누구일까? 이렇게 외진 곳에서 무엇을 하고 있는 것일까? 여기는 대체 어디쯤일까? 제가 아는 것은 이곳이 아이퍼드에서 16킬로미터 정도 떨어져 있다는 것뿐이었습니다. 동쪽인지 남쪽인지도 알 수 없었죠. 생각해 보면 그 정도 거리에 있는 도시는 레딩 외에도 몇 군데 더 있으니 그렇게 멀리 떨어진 곳은 아닐지도 모른다고 생각했습니다.

기운을 좀 내볼까 해서 휘파람을 불며 방 안을 걸어 다녔습니다. 50기니를 벌 수 있다는 생각도 하면서 용기를 내기로 했죠. 그런데 갑자기 방문이 살짝 열렸고, 아까 본 아름다운 여인이 나타났습니다. 진지하고 아름다운 얼굴이었지만 두려움에 떨고 있는 것이 분명했습니다. 저도 오싹한 기분이 들더군요. 그녀는 손가락을 입술에 대면서 조용히 하라는 표시를 했습니다. 그리고 겁에 질린 얼굴로 뒤를 돌아보면서 서툰 영어로 몇 마디 했습니다.

'난 갈 거예요.'

그녀는 침착하게 말하려고 했지만 목소리는 떨리고 있었습니다.

'난 갈 거예요. 당신도 여기를 떠나는 게 좋을 거예요.'

'아가씨, 저는 아직 일을 하지 않았습니다. 일을 하기 전에는 갈 수 없어요.'

'당신이 하려는 일은 그럴 만한 가치가 없어요. 지금 아무도 없으니 저 문으로 나가는 게 좋을 거예요.'

저는 미소를 지으며 고개를 저었습니다. 그러자 그녀가 제 앞으로 다가와 두 손을 꼭 잡고 속삭였습니다.

'제발 그렇게 해주세요. 조금 더 있으면 늦어버려요!'

저는 어려서부터 고집이 센 편이었습니다. 게다가 힘들었던 마차 여행과 50기니를 생각했죠. 지금 나가면 마차도 없을 테니 밖에서 밤을 보내야 했습니다. 저는 그런 고생을 할 필요가 없다고 생각했습니다. 의뢰받은 일을 시작도 하지 않고 도망갈 이유가 없었죠. 저는 그녀가 조금 정신이 이상한 건 아닐까 하고 의심했습니다. 그녀의 말에 조금 흔들린 것은 사실이었지만 이대로 떠날 수는 없었습니다.

그녀가 다시 저를 설득하려고 했을 때, 위층에서 문이 닫히고 누군가 계단을 내려오는 소리가 들렸습니다. 그녀는 어쩔 수 없다는 듯이 서둘러 나가더니 어둠 속으로 사라져버렸습니다. 대령은 어떤 남자를 데리고 왔는데, 친칠라 같은 턱수염과 이중턱을 가진 키가 작고 뚱뚱한 남자였죠. 그의 이름은 퍼거슨이라고 했습니다.

'퍼거슨은 내 비서이자 감독이오. 그런데 아까 내가 문을 닫고 갔던 것 같은데 왜 문이 열려 있는 거요?'

'답답한 기분이 들어서 제가 방문을 열어두었습니다.'

대령은 의심스러운 눈으로 저를 바라보더군요.

'자, 이제 일을 시작하는 게 좋겠군. 해덜리 씨, 기계를 보여줄 테니 따라오시오.'

'네, 그럼 밖으로 나가는 겁니까?'

'아니오. 기계는 집 안에 있으니 2층으로 갈 거요.'

'백토를 집 안에서 캐내는 건가요?'

'집안에서는 압축만 하고 있소. 다른 일에 대해서는 신경 쓸 거 없고 당신은 유압 프레스를 살펴보고 어디에 문제가 있는지만 알려주면 되는 거요.'

대령과 퍼거슨, 그리고 저는 이층으로 올라갔습니다. 대령이 등불을 들고 맨 앞에 서고 제가 그 뒤를 따랐고 퍼거슨은 제 뒤에서 따라왔습니다. 그런데 이 집은 오래된 복도, 통로, 좁은 나선 계단이 많아서 마치 미로 같았습니다. 방문은 매우 낮았고 문지방은 얼마나 오래되었는지 가운데가 패어 있었습니다. 이층에는 카펫은커녕 가구 하나가 없고 벽은 칠이 벗겨진데다가 지저분한 얼룩 사이로 습기가 배어 나오고 있더군요. 저는 아무렇지 않은 척하고 있었지만 자꾸 겁이 나기 시작했습니다. 아까 방에 들어왔던 여인의 경고도 생각났고요. 퍼거슨은 말수가 거의 없는 침울한 사람처럼 보였는데, 몇 마디 말을 들어 보니 영국인 같더군요.

대령은 어느 문 앞에 도착하자 열쇠로 문을 열었습니다. 그 안에는 또 다른 방이 하나 있었는데, 얼마나 작았는지 남자 셋이 한꺼번에 들어가지도 못할 정도였습니다. 할 수 없이 퍼거슨은 밖에 서 있기로 했고, 저는 대령을 따라 방으로 들어갔습니다.

'지금 우리는 유압 프레스 내부에 있소.'

대령이 말했습니다.

'누군가 밖에서 지금 유압 프레스를 작동하면 아주 불쾌한 일이 일어날 거요. 이 방의 천장은 하강하는 피스톤의 바닥이오. 그것은 수

톤이나 되는 압력으로 금속 받침판을 누르게 되는 원리라오. 밖에는 물이 담긴 작은 실린더들이 있어서 그 힘을 받아 다시 힘을 전달하고 배가시키는 역할을 한다오. 물론 이 부분에 대해서는 당신이 더 잘 알겠지만. 기계는 잘 돌아가고 있기는 한데, 작동할 때 뻑뻑한 부분이 있어서 힘이 좀 약해진 것 같소. 그러니 잘 살펴보고 문제가 무엇인지 알려주었으면 좋겠소.'

저는 대령에게 등불을 받아들었습니다. 기계를 점검해 보니 엄청난 압력을 발생시킬 수 있는 거대한 기계였습니다. 하지만 밖으로 나가 프레스를 조정하는 레버를 내려보니 피식거리는 이상한 소리가 나더군요. 어딘가에서 물이 새서 실린더를 통해 물이 역류하는 게 분명했습니다. 자세히 살펴보니 구동축의 윗부분을 감고 있는 고무 밴드 하나가 쪼그라든 게 보였습니다. 그래서 구동축이 축받이 안으로 제대로 들어가지 못했고, 이것으로 인해 압력이 약해진 게 틀림없었습니다. 저는 대령과 퍼거슨에게 이 사실을 말했고, 그들은 제 얘기를 주의 깊게 듣더니 수리에 대해 몇 가지 질문을 했습니다.

저는 그 질문에 대답한 뒤 다시 프레스 안으로 들어가서 여기저기를 살펴보았습니다. 백토 이야기는 지어낸 거짓말이라는 걸 금방 알 수 있었어요. 그런 일을 하는데 이런 거대한 엔진이 필요할 리 없으니까요. 사방은 나무로 되어 있었지만 바닥은 철판으로 되어 있더군요. 그런데 금속 조각이 바닥에 잔뜩 깔려 있는 게 보여서 그게 무엇인지 알아보려고 쪼그리고 앉았습니다. 그런데 갑자기 독일어로 외치는 소리가 들리더군요. 소리가 나는 쪽을 보니 대령의 얼굴이 하얗게 질려서 저를 내려다보고 있었습니다.

'자네, 지금 뭘 하고 있지?'

'이게 백토인가요? 이 기계의 용도가 무엇인지 정확하게 알려줬다면 더 효율적으로 도와드릴 수 있었을 텐데 제게 왜 그런 거짓말을 했나요?'

저는 대령에게 속았다는 생각에 화가 나서 말했습니다. 그러나 이건 큰 실수였어요. 대령은 몹시 화가 났는지 얼굴이 굳어지면서 불길한 잿빛 눈을 번득였습니다.

'그렇게 알고 싶다면 이 기계가 어떤 용도인지 직접 알려주지.'

말을 마치자 그는 밖으로 나가 작은 문을 세게 닫고 열쇠를 돌렸습니다. 저는 손잡이를 잡아당겼지만 꿈쩍도 하지 않았어요.

'대령님! 어서 저를 내보내주세요!'

그때 갑자기 정적을 뚫고 철컥 하며 레버 내리는 소리가 들리더니 이어서 물이 새는 실린더에서 피식거리는 소리가 났습니다. 대령이 프레스를 작동시킨 게 분명했죠. 제 가슴은 철렁 내려앉았습니다. 등불이 아직 철제 받침대 위에 있었는데, 그 불빛으로 검은 천장이 삐걱 소리를 내면서 점점 밑으로 내려오는 게 보이더군요. 그 천장은 저를 가루로 만들어버리기에 충분한 압력을 가지고 있었죠.

저는 마구 소리를 지르면서 온몸으로 문을 두드렸고 손톱으로 열쇠 구멍을 후비기도 했습니다. 내보내 달라고 소리를 질렀지만 기계의 엄청난 소음이 제 애원을 집어삼켰죠. 어느새 천장은 내 머리 위 45센티미터 정도까지 내려왔습니다. 손을 대보니 단단하고 거친 표면의 느낌이 전해지더군요. 모든 것이 끝났다고 생각한 저는 죽음의 고통을 줄여야겠다고 생각했습니다. 바닥에 엎드리면 그 압력이 척

추에 가해질 것이고 뼈가 우두둑 소리를 내면서 부서지겠죠. 하지만 똑바로 누우면 천장이 저에게 내려오는 게 보일 테고 그것을 볼 수 있는 용기가 저에게는 없었습니다. 고민하던 찰나 저는 똑바로 서 있을 수도 없을 정도가 되었죠. 그때 저는 한곳을 보았고 희망이 생기는 것을 느꼈습니다. 아까 말씀드린 것처럼 이 방의 천장과 바닥은 쇠였지만 벽은 나무로 되어 있었어요. 마지막으로 주위를 한 바퀴 둘러보는데 두 개의 판자 틈 사이로 벽 한쪽에서 노란 불빛이 흘러 들어오는 게 보였고, 작은 나무판이 뒤로 밀리면서 그 틈이 점점 넓어지고 있었습니다. 죽음을 피할 수 있다는 것이 꿈만 같았어요. 저는 그곳으로 몸을 던졌고 반쯤 정신을 잃은 상태에서 바깥으로 나올 수 있었습니다. 나무판은 제 등 뒤에서 닫혔고, 곧이어 등잔이 깨지는 소리, 두 개의 쇠판이 부딪히는 소리가 나더군요. 아마 몇 초만 늦었어도 저는 목숨을 잃었을 겁니다. 그때 누군가 제 손목을 잡아당기는 것을 느꼈고, 저는 정신이 조금 들었어요. 저는 좁은 복도 돌바닥에 누워 있었고, 집 안에서 본 그 여인이 저를 잡아끌었는데 오른손에는 촛불을 들고 있었습니다.

'이리 와요, 어서! 그들이 곧 이곳으로 오면 당신이 도망갔다는 것을 알 거예요.'

그녀는 숨 가쁘게 말했고, 저는 이번에는 그녀가 시키는 대로 했습니다. 비틀거리면서 겨우 일어나 복도를 지나 계단을 내려갔죠. 계단을 내려가니 다른 복도가 나왔는데, 급한 발자국 소리와 두 남자의 고함이 들렸습니다. 자세히 들어보니 한 명은 우리와 같은 층에 있었고, 다른 한 명은 아래층에 있는 것 같았습니다. 그녀는 어쩔 줄 몰라

하면서 주위를 둘러보더니 옆에 있는 방문을 열었어요. 그 방은 침실이었는데 창문을 통해 달빛이 들어오고 있었습니다.

'어쩔 수 없어요. 창문이 높긴 하지만 뛰어내려야 해요.'

그녀의 말이 채 끝나기도 전에 복도 끝에서 불빛이 보였습니다. 대령이 이쪽으로 달려오는 게 보였는데, 불이 켜진 등불과 푸줏간에서 쓰는 커다란 칼을 각각 손에 들고 있었습니다. 저는 바로 창문을 열고 밑을 내려다보았습니다. 바닥까지는 9미터 정도 되어 보였고, 저는 창틀 위로 올랐지만 뛰어내리지는 않았습니다. 혹시라도 대령이 그 여인을 때리기라도 한다면 구해내야 했으니까요. 그 순간 대령이 그녀를 밀쳐버리려고 했고, 그녀는 대령을 껴안아서 방 안으로 들어오지 못하게 했습니다.

'프리츠! 프리츠! 이런 일이 다시없을 거라고 약속했잖아요. 저분은 아무런 말도 하지 않을 거예요. 제발요!'

'엘리제! 당신 미쳤소? 저놈은 너무 많은 것을 보고 말았소. 당신 때문에 우리가 망하길 바라는 거요? 저리 비키시오!'

대령은 그녀를 옆으로 밀쳐내고 창 쪽으로 다가왔습니다. 그때 저는 창틀에 매달려 있었는데, 대령이 그 무시무시한 큰 칼로 창가를 내리쳤습니다. 저는 엄청난 통증을 느끼면서 정원으로 떨어졌습니다. 다행히도 크게 다치지 않았기 때문에 저는 벌떡 일어나서 나무 사이로 전력 질주했습니다. 아직도 위험하다고 생각했으니까요. 그렇게 달리는데 갑자기 심한 현기증과 구토가 났습니다. 손에서 욱신거리는 통증이 느껴져서 흘깃 보니 엄지손가락이 잘려 나갔더군요. 상처에서 피가 많이 나고 있었기 때문에 저는 손수건으로 상처를 동여매려고 했습니다. 그런데 갑자기 귀가 가물거렸고 곧 정신을 잃고 장미꽃밭에 쓰러져버렸어요.

얼마나 지났는지 정신이 들어 주위를 바라보니 아침 해가 떠 있었습니다. 옷은 이슬에 젖었는지 축축했고 엄지손가락에서 나온 피 때문에 옷소매는 피투성이였어요. 또다시 지독한 통증이 밀려왔고 저는 간밤의 일들을 하나하나 떠올렸습니다. 갑자기 위험을 느낀 저는 주위를 둘러보았습니다. 그런데 놀랍게도 저는 큰길가에 있는 울타리에 누워 있었습니다. 바로 밑에 긴 건물이 있었는데, 자세히 보니 제가 내렸던 기차역이더군요. 손의 상처에서 통증이 느껴지지 않았다면 지난밤의 일은 악몽이라고 생각했을지도 모를 정도로 저는 멍한 상태였습니다.

기차역으로 내려가 기차 시간을 물어보니 한 시간 뒤에 레딩 행 기차가 있다고 했습니다. 마침 어제 본 짐꾼이 있어서 혹시 라이샌더 스타크 대령을 아는지 물어보았죠. 그는 처음 듣는 이름이라고 하더군요. 혹시 어젯밤 저를 기다리던 마차를 보았는지도 물어보았지만 못 봤다고 했고요. 경찰서는 역에서 5킬로미터 정도 떨어진 곳에 있다고 했는데, 저는 그곳까지 갈 자신이 없었습니다. 그래서 런던에 도착한 뒤에 경찰에 신고하기로 하고 기차를 탔죠. 런던에는 6시가 좀 지나서 도착했고, 역무원의 도움을 받아 왓슨 선생님의 치료를 받고 여기까지 오게 된 겁니다. 저의 긴 이야기는 여기서 끝입니다. 대체 저에게 일어난 일은 무엇이었을까요?"

우리는 이야기가 끝난 뒤에도 한참 동안 침묵을 지키고 있었다. 그러던 중 갑자기 홈즈가 자리에서 일어나 선반에서 무거워 보이는 스

크랩북을 한 권 꺼냈다.

"여러분들이 관심을 가질 만한 광고가 하나 있으니 들어보세요. 1년 전에 모든 신문에 실렸던 광고죠. '사람을 찾습니다. 세레미아 헤일링, 26세, 유압 기술자로 이번 달 9일 밤 10시에 하숙집을 나간 뒤 연락이 되지 않습니다. 그날 입고 나간 옷은⋯⋯.' 자, 이게 무엇을 의미하는 걸까요? 아마 그 대령은 1년 전에도 기계를 봐줄 사람이 필요했던 것 같군요."

"세상에! 이럴 수가 있나요!"

아직 멍한 표정으로 앉아 있던 해덜리 씨가 외쳤다.

"그 여인이 했던 말이 이해가 가는군요."

"맞아요, 그 대령은 아주 지독하게 냉정한 사람 같군요. 자신이 하는 일에 방해가 된다고 생각하면 상대방의 목숨을 빼앗는 것은 별일 아닌 것처럼 행하니까요. 해덜리 씨, 괜찮다면 런던 경찰청에 갔다가 아이퍼드로 같이 갑시다."

약 3시간 뒤, 우리 일행은 레딩에서 버크셔 쪽으로 가는 기차를 타고 있었다. 기차에는 홈즈, 해덜리 씨, 런던 경찰청의 브래드스트리트 경위, 사복형사, 그리고 나까지 모두 다섯 명이었다. 브래드스트리트 경위는 그 지역의 지도를 펼쳐놓고 아이퍼드를 중심에 두고 컴퍼스로 원을 그렸다.

"이 원은 아이퍼드를 중심으로 해서 16킬로미터 반경을 포함하고 있소. 해덜리 씨가 어제 갔던 집은 이 안에 있을 겁니다. 해덜리 씨, 16킬로미터가 분명하죠?"

"네, 마차로 한 시간 정도 걸렸으니까요."

"그럼 해덜리 씨가 정신을 잃었을 때, 그들이 당신을 다시 16킬로미터나 옮겨놓았다는 건가요?"

"좀 이상하긴 하지만 그런 거 같습니다. 누군가 저를 옮겼던 기억이 나거든요."

"이해할 수가 없습니다. 처음에는 죽이려고 했는데 정신을 잃기까지 한 사람을 살려준 이유는 뭘까요? 여자가 애원했기 때문일까요?"

내가 어리둥절한 표정으로 물었다.

"확실한 건 그 대령은 난생 처음 보는 차갑고 냉정한 얼굴이었다는 겁니다. 동정심이 있을 리가 없어요."

"걱정 마시오. 곧 모든 것이 밝혀질 겁니다. 그런데 그 집이 대체 어디쯤인지 알 수가 없군요."

브래드스트리트 경위가 우리를 바라보면서 말했다.

"난 어느 쪽에 있는지 알 것 같군요."

홈즈가 지도를 쳐다보면서 조용한 목소리로 말했다.

"오, 홈즈 선생! 벌써 알아내신 겁니까? 사실 저도 짐작이 가는 곳은 있습니다. 아이퍼드의 남쪽이 아닐까 생각하고 있었거든요. 무척 외진 곳이기도 하고요. 다른 분들의 생각은 어떠십니까?"

브래드스트리트 경위가 모든 사람의 의견을 물었다.

"저는 그냥 느낌이지만 동쪽인 것 같아요."

해덜리 씨가 말했다.

"저는 서쪽으로 하죠. 그곳에도 작고 조용한 마을이 있습니다."

조용히 앉아 있던 사복형사가 말했다.

"그럼 저는 북쪽으로 하죠. 그쪽엔 언덕이 없거든요. 해덜리 씨 말

에 의하면 오르막길이 없다고 했으니까요."

내가 대답했다.

"저런! 모두 의견이 다르군요. 누구 말이 맞는지 홈즈 선생에게 물어보죠. 홈즈 선생은 어디라고 생각하십니까?"

경위가 미소를 지으면서 홈즈에게 물었다.

"다 틀렸습니다."

"그럴 리가요. 어느 쪽으로든 갔을 텐데요."

"아닙니다. 그럴 수 있죠. 내 생각에는 바로 여깁니다. 그들은 아마 지금도 여기 있을 겁니다."

홈즈는 원의 중심을 손가락으로 가리키면서 단호한 목소리로 말했다.

"하지만 저는 20킬로미터 정도를 달렸습니다. 그럴 리가 없어요."

해덜리 씨는 깜짝 놀라서 홈즈를 바라보며 외쳤다.

"역에서 10킬로미터를 갔다가 다시 10킬로미터를 돌아왔겠죠. 이보다 잘 정리된 설명은 없을 거요. 해덜리 씨가 마차에 탈 때 말이 윤기가 나고 기운 차 보였다고 했죠? 만약 20킬로미터나 되는 길을 달려왔다면 말이 그런 모습일 수 없었을 거요."

"오, 그렇군요. 충분히 가능성이 있는 가설입니다."

브래드스트리트는 감탄하면서 말했다.

"사실 그들이 무슨 일을 하는지는 빤합니다. 말할 필요도 없죠."

"맞아요. 그들은 위조지폐를 만들고 있는 게 분명합니다. 해덜리 씨가 본 기계로 은 대용으로 쓰이는 아말감을 만들어온 것이 틀림없습니다. 사실 경찰에서는 그들을 눈여겨보고 있었거든요. 반 크라운

짜리 동전을 꽤 만들었고, 경찰에서 그들의 뒤를 쫓아 레딩까지 갔지만 더 이상 행방을 알 수 없었습니다. 자신들의 흔적을 숨기는 솜씨는 정말 최고였지요. 하지만 이번에는 피할 수 없을 겁니다. 일망타진해서 다시는 사회에 나올 수 없도록 할 겁니다."

그러나 경위의 생각처럼 그들은 경찰에 붙잡힐 운명은 아니었다. 기차가 아이퍼드 역에 도착할 때쯤, 근처에 있는 작은 숲 너머에서 검은 연기가 치솟는 것을 보았다.

"어디 불이라도 났습니까?"

역에서 내린 경위가 역장에게 물었다.

"네, 경위님! 지난밤에 불이 났는데 계속 번져서 집 전체가 타고 있습니다."

"누구의 집인가요?"

"베처 선생 댁입니다."

"혹시 베처 선생이 아주 마른 체력의 독일인인가요? 코가 길고 뾰족하고요."

역장은 웃음을 터뜨리며 말했다.

"아닙니다. 베처 선생은 영국인이고 이 마을에서 허리 사이즈가 제일 클 만큼 뚱뚱해요. 하지만 그 댁에 손님으로 와 있는 외국인이 매우 마르기는 했습니다. 육즙이 풍부한 버크셔 소고기를 좀 드신다면 금방 살이 찌실 텐데요."

역장의 말이 채 끝나기도 전에 우리는 불이 난 곳을 향해 달렸다. 길을 따라 야트막한 언덕을 올라가자 하얗게 회칠을 한 큰 건물이 나타났다. 집의 작은 틈새에서조차도 화염이 솟고 있었고 정원에는 소

방차가 세 대나 와 있었다. 어떻게든 화재를 진압하려고 했지만 워낙 큰 불이라 아무 소용이 없는 듯했다.

"바로 저 집이에요! 맞아요!"

해덜리 씨는 흥분을 주체하지 못하며 외쳤다.

"저기 그 자갈길이 있군요. 제가 쓰러져 있던 장미 꽃밭도 있고요. 저는 저쪽의 2층 창문에서 뛰어내렸습니다."

"흠! 본의 아니게 해덜리 씨가 복수를 한 것 같군요. 아마 당신이 프레스에 놓아두었던 등잔이 박살나면서 불이 났을 거요. 아마 당신을 뒤쫓느라 불이 난 것도 몰랐을 테고. 저기 구경꾼들 중에서 어젯밤의 그 사람들이 있는지 잘 살펴봐요. 이미 도망가 버렸을 가능성이 더 높지만요."

아쉽게도 홈즈의 예상은 들어맞아 아름다운 여인과 냉혹한 독일인, 뚱뚱한 영국인의 행방은 전혀 알 수 없었다. 그날 새벽, 어느 농부가 레딩 쪽으로 달려가는 짐마차를 보았는데, 그 안에 몇 명의 사람들이 타고 있었다고 증언했다. 부피가 큰 궤짝들이 여러 개 있었다고 하는 것으로 보아 급하게 짐을 싣고 떠난 듯했다. 그들은 어떤 흔적도 남기지 않고 사라져버렸고, 홈즈조차도 그들의 뒤를 쫓을 수 없었다.

해가 질 무렵 불이 어느 정도 진압된 후, 집 안으로 들어간 소방관들은 이상한 기계를 보고 놀랐고, 잠시 후 2층의 창틀에서 엄지손가락 일부를 보고는 더욱 놀라고 말았다. 집 안은 지붕이 내려앉을 정도로 불타버렸고, 집 전체는 잿더미가 되고 말았다. 지독하게 운이 없는 유압 기술자에게 그토록 혹독한 시련을 안겨주었던 기계도 뒤틀린 실린더와 철제 파이프 몇 가닥만이 남았을 뿐 예전 모습을 찾을

수 없었다. 다른 건물에서 대량의 주석과 니켈이 발견되었지만, 동전은 전혀 남아 있지 않았다. 아마 농부가 보았던 궤짝에 실려 있을 것이 분명했다.

그 집 정원에서 정신을 잃고 쓰러져 있던 해덜리 씨가 어떻게 해서 다른 곳으로 옮겨질 수 있었는지는 희미한 발자국이 발견되면서 그 진실이 밝혀졌다. 여성의 것으로 보이는 유난히 작은 발자국과 남자의 것으로 보이는 상당히 큰 발자국이 발견되었는데, 아마도 대령과는 달리 살인자는 아니었던 아름다운 여인과 영국인이 해덜리 씨를 도운 듯했다.

런던으로 돌아가는 기차 안에서 해덜리 씨는 측은하게 말했다.

"이렇게 대단한 일거리였다니! 저는 엄지손가락도, 50기니의 보수도 모두 놓치고 말았습니다. 안 그래도 힘든 상황인데, 이런 사건을 겪다니 정말 어처구니가 없어요."

"해덜리 씨, 당신은 누구도 할 수 없는 소중한 경험을 얻었소."

홈즈가 껄껄 웃으며 말했다.

"당신의 경험을 귀중한 자산으로 삼아 책을 써보는 건 어떻겠소? 그러면 앞으로 당신의 회사를 꾸려나가는데 도움이 될 명성을 얻을 것 같은데."

귀족 독신남
The adventure of the Noble Bachelor

약 4년 전, 세인트 사이먼 경의 결혼과 관련된 스캔들은 사교계를 뜨겁게 달구었다. 그러나 이후 스캔들이 계속해서 터졌고, 대부분의 사람들은 이미 그 사건을 잊어버리고 좀 더 흥미로운 사건에 눈을 돌렸다. 그러나 나는 그 사건의 진상이 전부 세상에 공개된 것은 아니라는 내 나름의 이유가 있었으며, 그 중심에 내 친구 홈즈가 있었다. 사건 해결에 홈즈가 큰 역할을 했으므로 그 사건을 기록해 두는 것도 나중을 위해 도움이 될 것이다.

당시 나는 결혼을 몇 주 남겨놓고, 아직은 홈즈와 베이커 가에서 하숙을 하고 있었다. 탁자 위에는 홈즈 앞으로 배달된 편지 한 통이 오후 산책을 나간 홈즈를 기다리고 있었다. 나는 날씨 때문인지 아프가니스탄 전쟁 때 총상을 입은 다리가 욱신거려서 집에서 쉬고 있었는데, 가을바람이 매우 세게 불었고 비까지 내렸기 때문에 잘한 선택이기도 했다. 나는 하루 종일 안락의자에서 신문을 읽었고, 그 내용을 모두 머릿속에 담고 편하게 누워서 홈즈 앞으로 온 편지 봉투를 이리저리 살펴보고 있었다.

그 편지는 커다란 문장과 복잡해 보이는 인장이 찍혀 있었는데, 유서 깊은 집안의 것임에 분명했다. 난 그 귀족이 누구일까 혼자 생각하면서 홈즈가 오기만을 기다렸다.

"홈즈, 어느 귀족이 자네에게 편지를 보냈다네."

홈즈가 돌아오자마자 내가 말했다.

"내 기억에 자네는 아침에 생선 장수와 세관원한테 편지를 받았는데……. 이렇게 다양한 사람들에게서 편지를 받는 사람은 자네뿐일 거야."

"그렇겠지. 상상할 수 없을 만큼 다양한 사람들이 나에게 편지를 보내니까 말이야. 사실 가난한 사람들이 보낸 편지일수록 더 흥미로운 것이 사실이야. 이 문장을 보니 시답잖은 초대장 같군. 죽을 만큼 지루한 이야기나 말도 안 되는 거짓말을 늘어놓는 사람이 보낸 것이겠지."

그는 겉봉투를 조심스럽게 뜯어낸 뒤 내용물을 꺼내 읽었다.

"오, 왓슨. 예상 밖의 내용이군. 흥미로운 사건을 만날지도 몰라."

"초대장이 아닌가 보군."

"그렇다네. 사건 의뢰야."

"명문 귀족한테 온 편지인가?"

"맞아! 영국 최고 가문의 일원이 보낸 편지야."

"오, 축하하네. 자네의 유명세가 꽤 높은 곳까지 올라갔으니 말이야."

"그런 것 가지고 잘난 척하고 싶지는 않군. 나한테 중요한 건 흥미있는 사건뿐이야. 이번 사건은 귀족이 의뢰한 것이지만 재미있는 사건이 될 것 같군. 참, 자네 요즘 신문을 매우 열심히 읽는 것 같던데."

"맞아. 오늘도 신문을 외울 만큼 모두 읽어버렸다네. 시간이 남아서 말이야."

나는 잔뜩 쌓인 신문을 가리키면서 서글픈 목소리로 말했다.

"오, 그거 다행이군. 자네에게 정보를 요청할 수 있으니까. 사실 난 관심 있는 사건 기사와 개인 광고 외에는 다른 내용은 보지 않는다네. 개인 광고는 쓸데없이 보이지만 배울 것이 아주 많지. 혹시 신문에서 세인트 사이먼 경의 결혼에 대한 기사를 본 적이 있나?"

"물론이지. 빼놓지 않고 보고 있다네. 아주 흥미진진하거든."

"잘됐군. 이 편지는 세인트 사이먼 경에게 온 거야. 자네에게 이 편지를 읽어줄 테니 자네는 신문 더미에서 관련된 기사를 모두 찾아주게. 어차피 시간이 남는다니 괜찮겠지?"

친애하는 셜록 홈즈 선생!

나와 가까운 사이인 백워터 경이 홈즈 선생의 능력이 매우 뛰어나며 믿을 수 있다고 나에게 추천해 주었소. 그래서 내 결혼과 관련된 사건에 대해 조언을 좀 구하고 싶소. 런던 경찰청의 레스트레이드 경감이 이 사건을 수사하고 있지만, 홈즈 선생을 찾아가 보는 것도 좋다고 말해 주었소.

오늘 오후 4시에 베이커 가로 방문할 예정이니 다른 약속이 있으면 잠시 미루어주시오. 이보다 더 중요한 일은 없을 테니 말이오.

— 세인트 사이먼

"편지의 발신지는 그로브너 저택이고 편지는 깃털 펜으로 썼군. 그

런데 안타깝게도 이 고귀한 귀족의 새끼손가락 바깥쪽에 잉크가 튀었군."

홈즈는 편지를 천천히 접으면서 말했다.

"지금 3시니까 세인트 사이먼 경이 오기까지는 약 한 시간 정도 남았군."

"왓슨, 자네가 날 도와주면 사건에 대한 지식을 쌓을 시간은 충분할 거야. 그 신문 더미에서 기사를 찾아 날짜별로 정리해 주게. 일단 세인트 사이먼 경이 어떤 사람인지 알아봐야겠군."

그는 선반 옆에 꽂아놓은 책 중에서 붉은 색 표지로 된 것을 하나 집어 들었다.

"여기 있군. 로버트 월싱엄 드 비어 세인트 사이먼 경. 외무장관을 지낸 발모럴 공작의 차남으로 1846년에 태어나 현재 나이 41세. 전임 정부에서 식민 차관을 지냄. 잉글랜드 왕실인 플랜태저넷 가문의 직계 자손이며, 외가 쪽은 튜더 왕가의 혈통을 이어받았음. 문장은 청색으로, 검은 가로띠 위쪽에 있는 세 개의 마름쇠는 군주에게 속해 있음을 의미함. 도움이 될 만한 내용은 없군. 왓슨, 기사는 찾았나?"

"잠시만 기다리게. 모두 최근에 일어난 일이라서 찾는 건 어렵지 않은데 모두 모아야 한다네. 사건이 워낙 재미있어서 자네에게 말해주고 싶었지만 다른 사건으로 바빠 보여서 참고 있었거든. 자네는 한 가지 사건을 조사할 때 다른 사건이 끼어드는 걸 좋아하지 않으니까 말일세."

"아, 그로브너 광장의 가구 마차 사건을 말하는 건가? 빤한 사건이라서 처음부터 해결이 어렵지 않을 것이라고 생각했지. 지금은 모두

해결되었다네. 그럼 자네가 정리한 신문 기사를 좀 보여주게."
"이게 첫 번째 기사라네. 〈모닝 포스트〉 인사란에 실린 내용으로 몇 주 된 기사라네. 아주 짧은 내용이야."

사교계 소식통에 따르면 발모럴 공작의 차남 로버트 세인트 사이먼 경과 미국 캘리포니아 샌프란시스코의 앨로이시우스 도런 씨의 무남독녀 해티 도런 양이 곧 결혼할 것이라고 한다.

"아주 간단한 기사로군."
홈즈는 긴 다리를 난로 앞으로 뻗으면서 말했다.
"기다려보게. 그 주에 사교계 신문에는 더 자세한 내용이 실렸다네. 내가 읽어주겠네."

앞으로는 결혼 시장에서도 보호무역제도가 필요할 것으로 보인다. 현재의 자유무역제도는 국내 상품에 매우 불리한데, 대영제국 귀족 가문의 안주인 자리가 대서양의 아름다운 여인들에게 차례차례 넘어가고 있기 때문이다. 지난주 그녀들은 또 하나의 승리를 거두었다.
지난 20년 동안 독신으로 지낸 세인트 사이먼 경은 캘리포니아 거부의 매우 아름다운 딸 해티 도런 양과 결혼하겠다고 공식적으로 발표했다. 해티 도런 양은 웨스트베리 하우스 축제에서 우아한 자태와 눈부시게 아름다운 용모로 눈길을 끌었으며, 무남독녀인 그녀가 가져올 지참금은 60만 파운드가 넘을 것이라고 알려져 있다.
발모럴 공작은 최근 몇 년 사이 소장하던 그림까지 내다 팔 정도로 경제

적인 어려움에 처해 있었고, 세인트 사이먼 경 역시 버치무어에 있는 작은 영지를 제외하면 재산이 없다. 이러한 점을 감안했을 때 양가의 결합으로 인해 이득을 보는 것은 공화국의 숙녀에서 대영제국의 귀부인으로 신분이 상승하는 캘리포니아의 숙녀만은 아니라는 것이 사교계의 입장이다.

"또 다른 건 없나? 지루하군."
홈즈는 긴 하품을 하면서 물었다.
"아주 많다네. 며칠 뒤 〈모닝 포스트〉는 세인트 사이먼 경의 결혼식이 하노버 광장에 있는 세인트 조지 성당에서 조용하게 치러질 거라고 기사를 썼다네. 하객으로 5~6명의 친지들만 초대될 것이고, 앨로이시우스 도런 씨가 임대한 랭커스터 게이트의 가구가 딸린 셋집에서 파티가 열릴 것이라고 했어. 그리고 기사가 실린 지 이틀 뒤, 그러니까 지난 수요일에 결혼식이 거행되었고 신혼부부는 피터스필드 근처로 신혼여행을 간다는 짧은 기사가 실렸다네. 백워터 경의 영지였지. 신부가 사라지기 전에 나온 기사는 이게 전부야."
"뭐라고? 신부가 사라졌다고?"
홈즈는 깜짝 놀라서 큰 소리로 물었다.
"그렇다네. 신부가 사라졌지."
"저런! 대체 신부는 언제 사라진 건가?"
"결혼 축하 피로연을 하던 중 사라졌다네."
"역시 이 사건은 매우 흥미로운 사건일 것 같군. 대단히 극적이기도 하고."
"맞아, 나도 이 기사를 읽고 사실인지 의심이 갈 정도였으니까."

"사실 신부들이 결혼식을 하기 전에 사라지는 경우가 드물지는 않아. 신혼여행지에서 사라지는 경우도 꽤 있고. 하지만 결혼식을 하자마자 이렇게 빨리 사라지는 경우는 거의 없어. 어쩌면 처음일 거야. 이 사건에 대해 아는 대로 설명 좀 해주게."

"아직까지 사건이 명확하게 밝혀지지는 않았어."

"그 부분이 바로 내가 해야 할 일이겠지."

"그럼 어제 아침 신문에 나온 기사를 읽어주겠네. 제목은 〈어느 귀족의 결혼식에서 발생한 기이한 사건〉이야."

로버트 세인트 사이먼 경의 가족은 이번 결혼과 관련된 사건으로 인해 고통스러운 시간을 보내고 있다. 결혼식은 예정대로 그저께 아침에 치러졌는데, 이제야 사건의 정확한 진위가 밝혀졌다. 세인트 사이먼 경의 가족과 친지들은 이 일이 밖으로 드러나지 않도록 하기 위해 갖은 노력을 다했지만, 이미 모든 사람들의 관심이 집중된 화제의 사건이 되어버리고 말았다.

결혼식은 이미 발표한 대로 하노버 광장 세인트 조지 성당에서 거행됐고, 하객으로는 신부의 아버지 앨로이시우스 도런 씨, 신랑의 어머니 발모럴 공작부인, 신랑의 동생인 유스터스 경과 클라라 세인트 사이먼 양, 백워터 경, 앨리셔 휘팅턴 양이 참석했다. 하객들은 결혼식이 끝나고 피로연이 준비되어 있는 랭커스터 게이트의 앨로이시우스 도런 씨의 집으로 이동하고 있었다. 이때 신원을 알 수 없는 한 여인이 나타나 잠시 소동을 벌였다. 그녀는 자신이 세인트 사이먼 경의 약혼녀라고 주장하면서 일행을 따라 집 안으로 들어가려고 했다. 다행히 집사와 하인들이 그녀를 쫓아냈고, 신부는 이 소동이 있기 전에 집 안으로 들어간 상태였다.

신부는 하객들과 함께 식탁에 앉아 있다가 몸이 불편하다면서 자신의 방으로 들어갔다. 그런데 좀처럼 다시 나오지 않자 신부의 아버지가 딸을 찾으러 갔지만 신부의 방에는 아무도 없었다. 하녀는 신부가 방에 올라와서 외투와 모자를 쓰고 서둘러 밖으로 나갔다는 놀라운 소식을 전했다. 또 다른 하인은 그런 복장을 한 여인이 집을 나가는 것을 목격했지만 그녀가 신부일 거라고는 꿈에도 생각하지 못했다고 한다.

자신의 딸이 사라졌다는 사실을 확인한 앨로이시우스 도런 씨는 신랑과 함께 이 사실을 경찰에 바로 알렸고, 현재 대대적인 조사가 이루어지고 있다. 이 사건은 금방 해결될 것으로 예상했으나 지금까지도 신부의 행방은 알 수 없다. 일부에서는 신부가 살해됐다는 소문이 있으며, 자신이 세인트 사이먼 경의 약혼녀라고 했던 여성이 신부의 실종과 관련이 있을 것이라고 생각되어 경찰은 그녀를 체포한 상태이다.

"이 기사가 실종에 대한 내용 전부인가?"

"다른 아침 신문에 조금 다른 이야기가 있지만 별 관계는 없는 것 같네."

"일단 무슨 내용인지 말해 보게."

"소동을 일으켰다가 체포된 여성은 플로라 밀러라고 한다네. 그녀는 알레그로의 전직 무용수인데, 세인트 사이먼 경과는 오랫동안 알고 지냈다고 하더군. 더 이상 밝혀진 내용은 없고, 이상으로 신문에 보도된 내용은 다 말했네."

"예상 외로 아주 흥미롭군. 세상을 다 준다고 해도 이 사건과 바꿀 수 없을 정도로 말이야. 초인종 소리가 들리는 것을 보니 귀족 의뢰

인이 오신 것 같군. 내 기억력은 아주 뛰어나지만 증인이 있는 것도 나쁘지 않으니 자네도 여기 있게나."

"로버트 세인트 사이먼 경이 오셨습니다."

사환 소년이 방문을 열면서 말했고, 세련되게 잘생긴 얼굴과 침착한 시선을 가진 한 신사가 들어왔다. 냉정한 표정을 짓고 있었지만 입가에는 분노가 서려 있었고, 태어날 때부터 명령을 내리는 것에 익숙한 사람의 거만함을 지니고 있었다. 몸의 움직임은 가볍고 경쾌했지만, 등이 약간 굽고 걸을 때마다 무릎이 구부러져 겉늙었다는 인상을 주었다. 챙 끝이 말려 올라간 모자를 벗고 품위 있게 인사할 때 희끗한 머리카락이 보였고 정수리 부분에는 숱이 별로 없었다.

옷차림 역시 신분에 어울리는 멋진 모습이었다. 높은 칼라에 검정색 프록코트, 흰색 조끼와 노란 장갑, 에나멜 구두와 그에 맞춘 각반은 전체적으로 조화를 잘 이루고 있었다. 그는 천천히 우리 쪽으로 걸어오면서 방 안을 한 바퀴 둘러보았다.

"안녕하십니까, 세인트 사이먼 경."

홈즈는 자리에서 일어나 공손하게 인사를 했다.

"이쪽 의자에 앉으십시오. 여기 왓슨 박사는 제 친구이자 동료이니 편하게 생각하십시오. 그럼 바로 사건에 대해 이야기하도록 하죠."

"홈즈 선생, 짐작하고 있겠지만 나는 이번 일로 깊은 상처와 충격을 받았소. 이렇게 예민한 일을 취급하는 것이 당신에게는 처음이 아니겠지만, 나 정도 지위의 사람은 처음일 거라고 생각하오."

"그렇지 않습니다. 경보다 더 높은 분이 오신 적도 있었습니다."

"정말이오? 그게 누구란 말이오?"

"그분은 어느 나라의 국왕이셨죠."
"오, 그렇군. 어느 나라의 국왕이었소?"
"스칸디나비아의 국왕이셨습니다."
"대체 어떤 사건이었기에 당신을 찾아오신 거요?"
"그건 말씀드릴 수 없습니다. 비밀은 누구에게나 동등하게 지켜지니까요."
"내가 실례를 했군. 미안하오. 나는 이번 사건에 대해 홈즈 선생의 조언을 얻고 싶소. 모든 것을 솔직하게 털어놓을 테니 제발 해결해 주시오."
"감사합니다. 그동안의 사건은 신문을 통해 모두 알고 있습니다. 신문 기사에 실린 내용들이 모두 사실이라고 믿어도 되겠습니까?"
"그렇게 해도 좋을 거요. 신문에 보도된 내용은 모두 사실이니까."
세인트 사이먼 경은 구석의 신문 더미를 보면서 말했다.
"하지만 설명이 필요한 부분이 아주 많습니다. 저는 궁금한 점들을 경에게 직접 물어보려고 하는데 괜찮으신가요?"
"어떤 것이라도 물어보시오. 모두 대답하겠소."
"해티 도런 양을 처음 만나신 것은 언제였습니까?"
"2년 전 샌프란시스코를 여행할 때였소."
"그때 도런 양과 약혼하신 건가요?"
"아니오. 그때는 그냥 만나기만 했소. 그녀와 함께 있으면 즐거웠고, 그녀 역시 나와 있는 걸 기뻐하는 듯했소."
"도런 양의 부친이 매우 부유하다고 들었습니다만."
"맞소. 태평양 연안에서 가장 재산이 많다고 들었소."

귀족 독신남 103

"그분이 어떻게 재산을 모았는지 알고 계십니까?"

"몇 년 전까지만 해도 형편이 매우 어려웠는데, 우연히 광산에서 금맥을 발견해서 투자했다고 들었소. 그 후에 지금의 재산을 모았다고 했소."

"도런 양의 성격은 어떤가요?"

경은 안경을 만지작거리면서 난롯불을 응시하며 잠시 생각에 잠겼다.

"홈즈 선생, 앨로이시우스 도런 씨, 즉 나의 장인이 재산을 모은 것은 아내가 20살이 되었을 무렵이었소. 그 전까지 아내는 광산촌을 자유롭게 뛰어다니면서 자랐소. 아내를 교육시킨 것은 학교가 아니라 대자연이었고, 영국에서는 말괄량이라고 불러도 될 만큼 강하면서도 자유분방한 성격으로 어떤 전통과 관습에 의해서 길들여진 적이 없는 사람이었소. 다시 말하면 충동적인 성격에 과감한 결단력, 뜨거운 열정도 가지고 있는 여성이었소. 내가 그녀와 결혼하기로 한 것은……."

경은 잠시 말을 멈추고 위엄 있게 헛기침을 했다.

"그녀의 본바탕이 귀족이라고 생각했기 때문이오. 그녀는 용기와 헌신을 갖춘 진정한 숙녀였소. 스스로 명예롭지 않은 행동은 절대로 인정하지 않을 거요."

"혹시 도런 양의 사진을 가지고 계십니까?"

"사진은 없지만 대신 이것을 가지고 있소."

세인트 사이먼 경은 로켓을 열더니 그 안에서 아름다운 여성의 얼굴 조각을 보여주었다. 작은 상아로 만든 것이었는데, 윤기가 흐르는

검은 머리, 커다랗고 검은 눈, 섬세한 코와 입술을 생생하게 살린 작품이었다. 홈즈는 로켓을 닫고 세인트 사이먼 경에게 돌려주었다.

"그렇다면 도런 양이 런던에 왔을 때 두 분이 다시 만난 건가요?"

"그렇소. 앨로이시우스 도런 씨는 지난 계절에 딸을 데리고 런던을 방문했소. 나는 도런 양과 몇 차례 만난 뒤 우리는 약혼했고, 며칠 전에 결혼했소."

"도런 양이 꽤 많은 액수의 지참금을 가져왔다고 들었습니다."

"상당한 액수이긴 하지만, 우리 가문에서는 일반적인 금액이오."

"결혼은 이미 한 것이니 그 지참금은 이미 경의 것이 되었겠군요."

"그 문제에 대해서는 아직 생각해 보지 않았소."

"당연히 그러실 거라고 생각합니다. 결혼식 전날 신부를 만나셨나요?"

"물론이오. 그녀는 앞으로의 일에 대해서 끊임없이 이야기했소."

"오, 기분이 매우 좋았던 것 같군요. 그럼 결혼식 날 아침에는?"

"아주 밝은 표정이었소. 예식이 끝나기 전까지는."

"그렇다면 예식이 끝난 뒤에는 달라졌습니까?"

"예식이 끝나고 나서 그녀의 신경이 날카로워진 것을 느꼈소. 하지만 그때 있었던 일은 여기서 말할 가치도 없을 정도로 아주 사소했고, 그 일이 이 사건과 관련이 있을 거라고는 생각하지 않소."

"사건에서 사소한 일이란 없습니다. 모두 말씀해 주십시오."

"그런 일까지 말할 필요는 없을 것 같지만 필요하다면 말하겠소. 결혼식이 끝나고 그녀는 성당 입구에서 부케를 떨어뜨렸소. 그러자 평신도 자리에 있던 어떤 신사가 부케를 주워서 돌려주었소. 당시에는 별일이 아니라고 생각했는데, 나중에 아내에게 그 이야기를 다시

귀족 독신남

꺼냈더니 아내가 몹시 퉁명스럽게 대답했소. 그리고 아내는 마차를 타고 집으로 가는 동안에도 그 사소한 일 때문에 이해할 수 없을 만큼 흥분한 것 같았소."

"평신도 자리에 신사가 있었다고요? 결혼식에는 일반인도 참가할 수 있었습니까?"

"그렇소. 성당 문이 열려 있으니 누구나 들어올 수 있었소."

"그 신사분이 누구였는지 아시나요? 얼굴은 어땠습니까?"

"모르겠소. 평민처럼 보였는데 얼굴은 자세히 기억나지 않소. 특별한 인상을 주는 얼굴은 아니었으니까. 그런데 이런 얘기를 계속할 필요가 있는 거요?"

"그 정도면 충분합니다. 그러니까 신부는 결혼식을 하고 난 뒤에 기분이 나빠졌다는 거군요. 신부가 집으로 돌아간 뒤에는 무엇을 했나요?"

"집으로 돌아가자마자 하녀 엘리스와 이야기를 나누었소."

"하녀 엘리스에 대해 아는 대로 말씀해 주십시오."

"엘리스는 아내와 캘리포니아에서 같이 살다가 함께 영국으로 건너왔소. 아내와 사이가 지나치게 가까웠소."

"도런 양과 많이 친했나요?"

"내 눈에는 좋게 보이지 않을 정도로 친했소. 미국인들의 관점에서는 좀 다르겠지만, 내가 보기엔 하녀가 지나치게 예의 없이 행동한 것으로 보였으니까."

"그 하녀와는 얼마나 이야기를 나누었죠?"

"몇 분 정도였소. 그때 딴 생각을 하고 있어서 정확히는 모르겠소."

"무슨 이야기를 하는지 혹시 들으셨습니까?"

"아내가 '채굴권 횡령'이라고 말하는 걸 얼핏 들었소. 그녀는 미국식 표현을 많이 썼기 때문에 난 잘 알아듣지 못했소."

"미국의 속어는 표현력이 매우 뛰어나죠. 하녀와 대화를 나눈 뒤에 도런 양은 어떤 행동을 취했나요?"

"피로연을 하는 식당으로 들어갔소."

"혼자 들어갔나요, 아니면 경과 함께 들어갔나요?"

"그녀는 사소한 부분에서도 매우 독립심이 강한 편이라 굳이 함께 다니려고 하지 않았소. 그래서 우리는 각자 식당으로 들어갔소. 그녀는 10분 정도 앉아 있다가 미안하다고 말하면서 방으로 갔소. 그게 그녀의 마지막이었소."

"하녀 엘리스의 증언에 따르면 도런 양은 방으로 돌아온 다음 신부 의상에 외투와 모자를 쓰고 밖으로 나갔다고 했습니다. 이것도 모두 사실인가요?"

"맞소. 나중에 플로라 밀러와 함께 하이드 파크 쪽으로 가는 모습이 목격되었다고 들었소. 플로라 밀러는 결혼식 날 아침 소란을 피운 여자인데 지금 체포되었소."

"알겠습니다. 그럼 플로라 밀러에 대해 말씀해 주십시오. 경과는 어떤 관계인지도요."

"그녀와 나는 몇 년 동안 가깝게 지냈소. 사실 매우 친밀한 사이라오. 그녀는 알레그로에 있었는데, 내가 잘 대했으니 불만을 가질 이유는 없다고 생각하오. 하지만 여느 여자와 마찬가지로 나에게 집착하더니 결혼식 소식을 듣고는 협박까지 했소. 사실 조용한 결혼식을

치른 이유는 혹시라도 불미스러운 일이 생길까 걱정이 되었소. 그녀는 아내에게 모욕적인 말을 몇 마디 했고, 억지로 집으로 들어오려고도 했소. 다행히 나는 그럴 가능성을 고려했기 때문에 미리 사복경찰을 잠복시켜두었소. 다행히 그녀는 조용해졌소."

"부인께서 그 모습을 봤나요?"

"아니오. 다행히 아내는 그 자리에 없었소."

"그런데 아까 부인과 그녀가 함께 걷고 있는 것이 목격되었다고 하지 않았나요?"

"사실 그 때문에 레스트레이드 경감이 이 사건이 심각하다고 생각하는 거요. 경찰에서는 플로라 밀러가 아내를 유인해 끔찍한 일을 저질렀을 가능성도 배제하지 않고 있소."

"그것도 가능한 가설이군요."

"홈즈 선생도 그렇게 생각하는 겁니까?"

"그럴 가능성은 별로 없다고 생각합니다만, 경은 어떻게 생각하시나요?"

"플로라는 파리 한 마리도 죽이지 못하는 여자요."

"질투는 가끔 사람을 바꾸기도 하지요. 경은 이번 사건에 대해서 어떻게 생각하십니까?"

"난 홈즈 선생의 의견을 들으러 왔지만 굳이 내 의견을 듣고 싶다면 말하겠소. 나는 아내가 이번 결혼 때문에 지나치게 흥분해서 정신적인 문제를 일으킨 게 아닌가 생각하오. 아내에게는 엄청난 신분 상승이니 그러는 것도 무리는 아니고."

"그 말은 도런 양이 갑자기 미쳤다는 뜻인가요?"

"그렇지 않다면 이 사건을 설명할 수가 없소. 누구나 동경하는 귀부인이라는 자리를 아무렇지도 않게 버렸다는 것은 이해할 수 없는 일이오."

"뭐 그것도 전혀 가능성이 없다고는 할 수 없겠군요."

홈즈는 조용히 미소를 지으면서 말했다.

"세인트 사이먼 경, 제가 듣고 싶은 이야기는 거의 다 하신 것 같군요. 마지막으로 질문 한 가지만 더 하겠습니다. 부인과 경은 피로연 자리에서 창 밖이 내다보이는 자리에 계셨나요?"

"그렇소. 길 건너편과 공원이 다 보였소."

"알겠습니다. 그러면 이만 돌아가셔도 좋습니다. 곧 연락을 드리겠습니다."

"이 사건을 해결할 수 있겠소?"

"물론입니다. 저는 사건과 관련된 문제를 거의 다 풀었습니다."

"오, 정말이오? 그렇다면 아내는 지금 어디 있는 거요?"

"그 부분은 이제부터 알아가야 할 부분입니다."

"저런, 아무래도 이 사건에는 당신이나 나보다 더 능력 있는 사람이 있어야 할 것 같군."

세인트 사이먼 경은 이렇게 말한 뒤 근엄한 태도로 인사를 하고 돌아갔다.

"높은 곳에 계신 귀족이 자신을 나와 같은 등급에 놓다니 나로서는 무한한 영광이군."

홈즈는 큰 소리로 웃으면서 말했다.

"자네, 경의 이야기를 들으면서 무언가 찾아낸 건가?"

"사실 경을 만나기 전부터 이 사건의 결론은 내리고 있었어. 이제 시가 한 대와 위스키 한 잔이 필요할 것 같군."

"도대체 그게 뭔가? 궁금하군."

"난 이번 사건과 비슷한 기록이 몇 개 있다네. 물론 이번처럼 신부가 빨리 사라진 경우는 없었지만 말일세. 내 모든 조사들이 추측을 확신으로 바꿔주고 있어. 헨리 소로의 말을 빌리자면 송어가 우유에 빠져 있는 걸 보았을 때처럼 정황 증거가 아주 설득력이 있어 보일 때가 있다네."

"나는 자네와 같이 경의 이야기를 들었는데 아무것도 모르겠군."

"비슷한 사건에 대한 사전지식이 없으니 그런 거라네. 몇 년 전 애버딘에서 비슷한 사건이 있었어. 그리고 프랑스 대 프로이센 전쟁 직후 독일 뮌헨에서도 이러한 사건이 있었지. 이 사건도 그런 종류의 사건 중 하나라네."

그때 런던 경찰청의 레스트레이드 경감이 방 안으로 들어왔다.

"안녕하세요, 홈즈 선생."

"오, 레스트레이드 경감! 반갑군요. 저쪽 선반에서 잔 하나 가져오시지요. 시가 상자는 저기 있습니다."

레스트레이드는 선원용 짧은 재킷에 스카프를 두르고 있었기 때문에 마치 뱃사람 같았다. 게다가 캔버스 천으로 만든 검은 자루를 들고 있었다. 그는 간단하게 인사를 하고 시가를 꺼내 불을 붙였다.

"그런데 연락도 없이 여기까지 무슨 일이오?"

홈즈가 호기심으로 눈을 빛내면서 물어보았다.

"뭔가 문제가 있는 것 같군요."

"그래요, 바로 세인트 사이먼 경의 결혼 때문입니다. 도대체 뭐가 어떻게 된 건지 전혀 알 수가 없으니!"

"정말입니까? 놀라운데요?"

"이보다 더 복잡한 사건에 대해 들어본 사람이 있으면 나와 보라 그래요. 단서는 있는 것 같은데 잡으면 바로 사라져버리고…… 나는 하루 종일 이 사건에 매달려 있다가 오는 길이오."

"몸은 왜 젖었어요? 역시 그 사건 때문인가 보군요."

홈즈는 경감의 옷소매를 만지며 말했다.

"맞아요, 하이드 파크에 있는 서펜타인 연못을 뒤지다 왔거든요."

"그 연못을 왜 뒤집니까?"

"세인트 사이먼 경 부인의 시신을 찾기 위해서죠."

홈즈는 그의 말을 듣고 큰 소리로 한참을 웃다가 말했다.

"그럼 트라팔가 광장에 있는 분수대는 뒤져봤나요?"

"무슨 뜻입니까? 그쪽에 무슨 가능성이라도 있다는 건가요?"

"서펜타인 연못에서 시신을 찾을 가능성이 있다면 트라팔가 광장 분수대도 마찬가지니까요."

"홈즈 선생, 사건에 대해 아시는지 모르겠지만 너무 말씀을 함부로 하지 마십시오."

레스트레이드가 사납게 말했다.

"화가 났다면 미안합니다. 사건에 대해서 들은 지는 얼마 안 됐지만, 벌써 결론을 내렸어요."

"정말인가요? 그럼 서펜타인 연못을 뒤지는 건 의미가 없다고 생각하시나요?"

"그렇죠. 아마 헛수고일 가능성이 높아요."

"우리가 그 연못에서 무엇을 찾아냈는지 한 번 보고 말씀하시죠."

레스트레이드는 옆에 있던 자루에서 물에 젖은 웨딩드레스와 하얀색 새틴 구두 한 켤레, 신부의 화관과 면사포를 바닥에 쏟아놓았다.

"아, 이것도 있군요."

그는 마지막으로 결혼반지를 탁자 위에 올려놓으면서 말했다.

"똑똑한 홈즈 선생, 이러한 물건들이 왜 연못에서 나왔는지 설명 좀 해주시구려."

"오! 그렇군요."

홈즈는 담배 연기로 푸른 도넛을 만들면서 물었다.

"이것들을 다 서펜타인 연못에서 건졌습니까?"

"아니오. 공원 관리인이 연못에 떠 있는 걸 건져내서 신고한 겁니다. 확인해 보니 사라진 신부의 것들이었고 그래서 시신도 거기서 가까운 곳에 있으리라 생각한 거죠."

"당신의 추리에 따르면 모든 시신은 다 옷장 근처에서 발견되겠군요. 그렇게 해서 무엇을 확인하고 싶은 겁니까?"

"나는 플로라 밀러가 이 사건에 중요한 역할을 하고 있다고 생각합니다. 그 증거를 찾고 싶고요."

"그건 어려울 거요."

"홈즈 선생, 이번에는 당신이 틀린 것 같군요. 이 증거물에는 플로라 밀러가 연관되었음을 알려주는 증거가 있어요."

"그게 뭡니까?"

"웨딩드레스 속에는 주머니가 달려 있고 그 주머니에 명함꽂이가

들어 있었는데, 그 안에 이런 쪽지가 끼워져 있었어요. 자 이게 바로 그 쪽지요!"

레스트레이드는 쪽지를 탁자 위에 턱하니 내려놓았다.

모든 준비를 마친 후에 갈 예정임. 곧 나오길 바람.
— F. H. M.

"홈즈 선생, 그동안 나는 플로라 밀러가 부인을 꾀어냈다고 주장했습니다. 물론 공범들도 있었을 거구요. 이 쪽지에는 플로라 밀러의 머리글자가 쓰여 있습니다. 누군가를 시켜 신부에게 전달을 했겠죠. 그래서 신부는 이것을 보고 밖으로 나간 겁니다."

"레스트레이드! 그럴듯하군요."

홈즈는 껄껄 웃으며 말했다.

"정말 잘했어요. 그 쪽지를 좀 봐도 되겠소?"

홈즈는 대수롭지 않게 쪽지를 집어 들고 한참을 들여다보더니 이내 만족스러운 표정으로 말했다.

"정말 중요한 증거군요."

"오! 정말 그렇게 생각해요?"

"물론이오. 진심으로 축하드려요."

레스트레이드는 어깨를 으쓱하며 자리에서 일어나더니 홈즈가 들고 있는 쪽지를 들여다보며 외쳤다.

"그런데 홈즈 선생, 왜 쪽지의 반대쪽을 보시죠?"

"이쪽이 맞아요."

"그쪽이 맞다고요? 이제 보니 당신이 미쳤구먼. 연필로 쓴 메모는 그 반대쪽에 있어요."

"그런데 이쪽에 있는 건 어느 호텔의 계산서 일부로 보이는데, 이게 바로 중요한 증거가 될 거요."

"그건 나도 보았지만 별 거 없었는데……. 도움이 될 것도 아닌 것 같고요."

"레스트레이드 경감, 다시 말하지만 아주 중요한 거요. 왓슨을 위해 한 번 읽어주도록 하죠."

10월 4일
객실 이용료 8실링, 아침 2실링 6펜스, 칵테일 1실링, 점심 2실링 6펜스, 셰리주 한 잔 8펜스.

"그게 뭐가 중요하다는 겁니까? 홈즈 선생, 시간을 낭비하지 마십시오."

"아닙니다. 매우 중요한 내용이에요. 참, 메모에 대해서 말하자면 그것도 중요합니다. 뭐 일단 머리글자는 경감의 말이 맞으니까요. 그러니 다시 한 번 축하를 드립니다."

"됐습니다, 저는 이만 가봐야겠군요."

레스트레이드는 일어서며 말했다.

"나는 사건 현장에서 성실하게 노력한 대가를 믿는 사람이지 난롯가에 앉아서 머리나 굴리는 사람은 아닙니다. 홈즈 선생, 안녕히 계시오. 이 사건은 반드시 내가 해결할 테니 두고 보십시오."

그는 바닥에 널브러져 있던 옷가지를 챙겨서 다시 자루 속에 집어넣고 문으로 향했다.

"레스트레이드 경감, 한 가지 힌트를 줄 테니 기다리시오."

홈즈는 방을 나가려는 경감을 향해 천천히 말했다.

"그 힌트는 말하자면 이번 문제의 정답이기도 하죠. 세인트 사이먼 경의 부인은 허구입니다. 그런 사람은 과거에도 없었고 현재에도 존재하지 않습니다."

레스트레이드는 안타까운 눈초리로 홈즈를 바라보았다. 그리고 나를 한 번 흘깃 보고 자신의 이마를 톡톡 두드리더니 무겁게 고개를 흔들며 횡하니 방을 나가버렸다.

홈즈는 방문이 닫히자마자 바로 일어나서 재빨리 외투를 걸쳤다.

"레스트레이드 말이 맞아. 그가 현장에서의 활동을 강조했는데 그 말은 일리가 있어. 그래서 나는 잠시 나갔다 올 테니 자네는 신문을 마저 읽게나."

홈즈가 집을 나선 시각은 5시쯤이었는데, 채 한 시간도 되지 않아서 두 남자가 찾아왔다. 그들은 납작하지만 커다란 상자를 가지고 왔는데, 그 상자에서 호화스러운 고급 요리들을 하나하나 꺼내기 시작했다. 꿩 요리, 거위 간 요리, 차가운 멧도요새 요리 한 쌍, 오래된 술 등을 잔뜩 차려놓는 모습을 보면서 나는 어안이 벙벙했다. 검소한 하숙집의 마호가니 식탁에 이렇게 엄청난 요리들이 차려지다니 놀라지 않을 수 없었던 것이다. 두 남자는 요리를 배달하라는 지시를 받았을 뿐이며, 이미 계산은 마쳤다는 말을 마치고 돌아갔다.

9시가 다 되었을 즈음, 홈즈가 잰걸음으로 방에 들어왔다. 그의 표

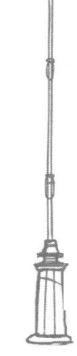

정은 어두웠지만 반짝이는 눈을 보니 만족스러운 결과를 얻었다는 걸 짐작할 수 있었다.

"오, 저녁 식사가 준비되었군."

홈즈는 두 손을 비비면서 말했다.

"이 시간에 손님이라도 오는 건가? 5인분을 준비해 놓고 가던데."

"그렇다네, 중요한 손님이지. 세인트 사이먼 경이 제일 먼저 올 거라고 생각했는데. 오, 발자국 소리가 들리는 걸 보니 온 것 같군."

곧이어 오후에 찾아왔던 세인트 사이먼 경이 방으로 들어왔다. 그는 아까보다 더욱 거세게 안경을 흔들어댔는데, 기품이 서린 그의 표정에는 어두운 불안이 드리워져 있었다.

"세인트 사이먼 경, 제가 보낸 전갈을 받으셨죠?"

"그렇소, 그 편지를 보고 내가 얼마나 놀랐는지 상상도 못할 거요. 그 내용을 확신할 수 있는 겁니까?"

"물론입니다. 저는 빈말을 하지 않습니다."

"엄청난 일이군. 내가 이런 모욕을 받았다는 사실을 들으면 발모럴 공작이 어떤 표정을 지으실지."

"모욕이라고 하긴 그렇죠. 이번 일은 사고라고 할 수 있습니다."

"선생은 이 문제를 다른 관점에서 보고 있는 것 같군요."

"이 사건의 책임을 누군가에게 전가하는 건 옳지 않다고 생각하니까요. 도런 양이 달리 취할 수 있는 행동은 없었을 겁니다. 물론 그런 식으로 일을 급히 처리한 건 저로서도 유감입니다만, 어머니가 안 계시기 때문에 그러한 문제를 상의하거나 조언을 구할 다른 사람도 없었을 것입니다."

"이보시오, 홈즈 선생. 이건 엄청난 모욕이오. 게다가 공개적으로 말이오."

세인트 사이먼 경은 손끝으로 탁자를 두들기며 말했다.

"경께서 그녀의 입장을 한 번 헤아려주시는 건 어떻습니까? 매우 난처한 상황이었으니까요."

"그럴 생각은 없소. 난 지금 매우 화가 났소. 이렇게 수치스러운 일을 당하다니!"

"잠시만요, 초인종 소리가 난 것 같습니다."

홈즈가 말했다.

"계단을 올라오는 발소리가 들리는 것을 보니 다른 손님들도 오신 것 같군요. 저는 경이 이 일을 좀 더 너그럽게 생각해 주셨으면 했지만 소용이 없었습니다. 그래서 좀 더 설득력이 있는 변호인을 모셨습니다."

홈즈는 방문을 열고 한 숙녀와 신사를 맞이했다.

"세인트 사이먼 경, 프랜시스 헤이 몰튼 부부를 소개해 드리겠습니다."

새로 들어온 두 명의 손님을 보고 세인트 사이먼 경은 자리에서 튀어 오르듯이 벌떡 일어났다. 그러나 시선을 피한 채 손을 프록코트 가슴에 넣고 꼿꼿하게 서 있었다. 품위와 자존심이 몹시 상한 모습이었다. 숙녀는 경에게 손을 내밀었지만 세인트 사이먼 경은 꼼짝도 하지 않고 시선을 내리깔았다. 하지만 경의 결심이 아무리 요지부동이었다고 하더라도 숙녀의 용서를 비는 간절한 얼굴에는 저항하기 힘들었을 것이다.

"로버트, 미안해요. 화가 많이 났군요."

그녀가 말했다.

"그래요, 당연해요."

"제발 나한테 사과하지 마시오."

세인트 사이먼 경은 비통한 목소리로 말했다.

"로버트, 내가 정말 큰 잘못을 저질렀다는 것을 알고 있어요. 떠나기 전에 당신에게 말했어야 하는데 그러지 못했으니까요. 프랭크를 보고 너무 당황해서 어떻게 해야 할지, 무슨 말을 해야 할지 몰랐어요. 저도 기절할 만큼 놀랐으니까요."

"몰튼 부인, 세인트 사이먼 경에게 설명을 드리는 동안 저와 왓슨 박사는 자리를 피해 드릴까요?"

"제 생각을 말씀드려도 되겠습니까?"

부인과 함께 온 신사가 조용하게 입을 열었다.

"그렇지 않아도 이번에 우리가 너무 비밀스럽게 행동해서 이런 결과를 가져온 것 같습니다. 저는 유럽과 미국에 이 모든 일의 진상을 알리는 게 좋겠다고 생각합니다."

그는 작달막한 키에 매우 마른 체형이었고, 햇볕에 그을린 얼굴은 깨끗하게 면도했는데 인상이 날카로웠으며 행동은 민첩해 보였다.

"지금 당장 우리 두 사람의 사연을 이야기해 드릴게요."

몰튼 부인이 남자를 한 번 바라보더니 이야기를 시작했다.

"여기에 있는 프랭크와 저는 1884년 로키 산맥 근처의 매콰이어 광산촌에서 처음 만났어요. 아버지는 그 일대에서 채굴권을 따냈는데, 그때 우리는 약혼했죠. 아버지는 금맥을 발견해서 큰돈을 벌었지

만, 프랭크는 금맥을 찾지 못했고 아버지와 반대로 점점 가난해져만 갔습니다. 아버지는 저희의 결혼을 반대하면서 저를 데리고 샌프란시스코로 갔어요. 하지만 프랭크는 저를 포기하지 않았습니다. 거기까지 따라와서 저와 몰래 만났죠. 프랭크는 자신도 아버지만큼 돈을 모은 뒤에 다시 찾아오겠다고 했습니다. 저는 당연히 영원히 프랭크를 기다리겠다고 약속했고, 누구와도 결혼하지 않겠다고 맹세했습니다. 프랭크가 떠나기 전날, 저와 프랭크는 목사님 앞에서 결혼식을 올렸고 프랭크는 금맥을 찾기 위해 떠났죠.

  이후 저는 프랭크의 소식을 간간이 들었어요. 그는 몬타나에서 애리조나로, 다시 뉴멕시코로 가서 작업을 계속했습니다. 어느 날, 저는 신문에서 아파치 족이 광산촌을 습격했다는 기사를 읽었어요. 기사 밑에는 살해당한 사람 명단이 있었는데, 거기 프랭크의 이름이 들어 있었습니다. 저는 큰 충격을 받고 기절한 뒤 몇 달 동안 심하게 아팠지요. 아버지는 제가 폐병에 걸렸다고 생각해서 여러 의사를 만나게 했습니다. 미국에서 유명한 의사는 다 만났다고 해도 과언이 아닐 정도였죠. 그렇게 1년 정도 지났지만 프랭크에게는 어떤 소식도 없었고 저는 그가 정말로 죽었다고 믿게 되었어요. 그 뒤 건강이 조금씩 회복되었고, 샌프란시스코에서 세인트 사이먼 경을 만나게 되었습니다. 저는 그와 결혼하기로 했고요. 아버지는 매우 기뻐하셨지만, 아직도 제 맘속에는 여전히 프랭크뿐이었습니다.

  물론 로버트와 결혼을 했다면 저는 그의 옆에서 제 의무를 다했을 거예요. 최선을 다해서 결혼생활에 임하겠다는 결심을 하고 결혼식장으로 들어갔으니까요. 그런데 뒤를 돌아보니 평신도 자리 맨 앞에

프랭크가 앉아 있었습니다. 그때의 제 기분은 아무도 모를 거예요. 그는 자신이 나타난 것이 저에게 어떤 의미인지를 묻는 눈빛으로 저를 바라보고 있었습니다. 저는 그 자리에서 기절할 것 같았지만 애써 참으면서 이 일을 어떻게 해야 할지 계속 생각했습니다. 결혼식을 중단시켜야 하는 것은 아닐까 생각하면서 프랭크를 다시 쳐다보니 프랭크는 손가락을 입술에 가만히 대면서 조용히 있으라는 표시를 하더군요. 그리고 종이에 뭔가를 썼어요. 저에게 주기 위해 메모하는 것을 알고 있었기 때문에 저는 그의 앞에서 일부러 부케를 떨어뜨렸고 그는 부케와 함께 아까 쓴 쪽지를 건네주었죠.

 집에 돌아가서 저는 미국에서 같이 온 하녀 엘리스에게 외투와 소지품을 챙겨놓으라고 했습니다. 엘리스는 항상 프랭크 편이었기 때문에 믿을 수 있었죠. 저는 이 상황을 모두에게 설명해야 한다고 생각했지만, 그렇게 할 용기가 없었습니다. 그렇게 식탁에서 어쩔 줄 몰라 하고 있는데, 프랭크가 창 밖에 나타났어요. 그는 저에게 손짓을 하고 하이드 파크를 향해 갔고, 저는 핑계를 대고 나와 그의 뒤를 따라갔어요. 그때 어떤 여자가 저에게 다가와 세인트 사이먼 경에 대해 뭔가 이야기를 했습니다. 아마 결혼 전에 만났던 여자인 것 같았어요. 저는 그런 이야기를 들을 상황이 아니었기 때문에 그녀를 뿌리치고 프랭크가 간 쪽으로 달렸습니다.

 저와 만난 프랭크는 고든 스퀘어에 잡아 놓은 숙소로 향했고, 저희는 드디어 부부가 될 수 있었죠. 프랭크는 아파치 족에게 붙잡혔지만 어렵사리 탈출했고, 저를 만나기 위해 샌프란시스코로 왔다고 하더군요. 하지만 제가 영국으로 갔다는 사실을 알고 다시 저를 따라 이

곳까지 온 것이고요. 다행히도 프랭크는 저의 두 번째 결혼식 날 아침에 저와 다시 만날 수 있었던 거죠."

"저는 아내를 만나서 이야기하고 싶었지만 집이 어딘지 알 수 없었습니다. 신문에 결혼식 장소는 나와 있었지만 집 주소는 없었으니까요. 그래서 성당으로 바로 갔던 겁니다."

부인을 사랑스러운 눈빛으로 바라보면서 남자가 말했다.

"우리는 앞으로 어떻게 할 것인지에 대해 오랫동안 이야기를 나누었습니다. 프랭크는 모든 사실을 공개하자고 했지만, 저는 너무 창피해서 얼굴을 들 수 없었습니다. 그래서 조용히 사라진 다음에 아버지에게만 편지를 쓰겠다고 했습니다. 아무도 찾을 수 없도록 웨딩드레스와 소지품들도 모두 연못에 갖다 버렸어요. 내일 파리로 떠나겠다고 결심하고 있었는데, 여기 홈즈 선생이 저녁 때 저희를 찾아오셨습니다. 홈즈 선생은 프랭크의 생각이 옳다고 저를 설득하셨고, 이렇게 행동하는 건 모두에게 큰 실례가 된다고도 말씀해 주셨죠. 그러면서 세인트 사이먼 경에게 사과할 수 있는 자리를 만들어주신다고 하셨어요. 로버트, 제 사과를 받아주세요. 전 당신에게 큰 잘못을 했지만, 나쁜 여자라고는 생각하지 말아주세요."

세인트 사이먼 경은 그녀의 긴 이야기를 들으면서 아무 말도 하지 않았다. 눈살을 잔뜩 찌푸리고 입을 꽉 다문 것으로 보아 화가 풀린 모습은 아니었다.

"나는 이만 가보겠소. 이렇게 사적인 문제를 모두와 함께 이야기하는 것은 견디기 어렵군."

"로버트, 저를 용서해 주세요. 악수라도 한 번 해주시면 좋겠어요."

귀족 독신남 **121**

"당신이 원하는 것이 그 정도라면 기꺼이 하겠소."

세인트 사이먼 경은 코트에서 손을 빼 몰튼 부인과 악수를 했다.

"화해의 의미로 다 같이 식사를 하는 것은 어떨까요?"

홈즈가 다정한 목소리로 세인트 사이먼 경에게 제안했다.

"그건 좀 지나친 것 같소. 난 이 상황을 받아들여야 하지만, 이 이야기를 즐겁게 할 수는 없소. 그럼 이만."

그는 예의 바르게 고개를 숙이고 빠른 걸음으로 방을 나가버렸다.

"두 분은 저희와 함께 식사를 했으면 좋겠습니다만. 저는 미국인을 만나는 것이 항상 즐겁거든요. 오래 전에 국왕이나 장관이 어리석게 행동하긴 했지만, 언젠가는 우리 모두가 한 국가의 시민으로 뭉칠 수 있다고 생각하니까요."

홈즈는 두 사람에게 정중하게 말했다. 몰튼 부부는 우리와 함께 식사를 하며 즐거운 시간을 보낼 수 있었다. 식사를 마친 뒤 그들은 홈즈에게 고맙다는 인사를 하고 숙소로 떠났다.

"이번 사건은 정말 흥미로웠어. 어려운 사건처럼 보였지만 아주 간단한 사건이었으니까. 몰튼 부인의 이야기는 전후 맥락이 자연스러웠지만, 레스트레이드 경감의 이야기는 아주 이상하지 않던가."

"역시 자네 생각이 맞았던 거로군."

"확실한 두 가지 사실이 있었고, 난 거기에서 사건을 전개시켰지. 첫 번째 사실은 신부가 자의로 결혼식을 올리려고 했고, 두 번째는 결혼식이 끝나자마자 후회했다는 거야. 어떤 마음의 변화가 일어난 건데, 그게 무엇인가를 찾아내는 게 가장 중요했지. 신부는 성당 안에 있었으니 누군가를 만나거나 이야기하지는 못했을 거야. 그렇다

면 보는 것만으로도 영향력을 발휘해야 하는데, 그 사람이 영국에서 만난 사람일 리는 없지. 그녀가 여기 온 것은 얼마 되지 않았으니까.

 정리하자면 그녀가 한 번 보고 결혼을 후회하게 만든 어떤 미국인이 결혼식에 왔던 거야. 그 정도로 그녀의 마음을 바꿀 수 있다면 그 미국인은 애인이거나 남편이었을 테지. 신부는 미국에서 유년 시절을 자유롭게 보냈으니 누군가와 깊은 관계를 맺는 것도 충분했을 거야. 여기까지는 세인트 사이먼 경을 만나기 전에 생각했던 내용이라네.

 세인트 사이먼 경에게 이야기를 들으니 더 확신을 가질 수 있었네. 평신도 자리에 있던 남자, 신부의 태도가 바뀐 점, 부케를 떨어뜨린 일, 신부가 친한 하녀와 이야기를 나눈 일이 그랬지. 특히 '채굴권 횡령'이라는 말은 매우 흥미로웠어. 그 말의 뜻은 광부들이 주로 쓰는 말인데, 주인이 있는 땅을 제삼자가 빼앗는다는 뜻이거든. 모든 사건이 분명해졌지. 신부는 애인 또는 남편과 함께 떠난 거였다네."

 "역시 대단하군. 그런데 자네는 그 부부를 어떻게 찾아냈지?"

 "레스트레이드 경감이 정보를 주었기 때문에 가능했다네. 그는 자신의 정보가 얼마나 대단한 건지 전혀 모르니 안타까운 일이야. 그 머리글자도 중요했지만 그 쪽지를 쓴 사람이 런던의 최고급 호텔에 머물고 있다는 것을 알게 해줬지."

 "최고급 호텔이라는 건 어떻게 안 건가?"

 "그 계산서에 가격이 있었으니까. 하룻밤에 8실링, 셰리주 한 잔에 8펜스라니 매우 비싼 호텔이 분명했지. 런던에 그런 고급 호텔은 많지 않아. 나는 노섬버랜드에 있는 고급 호텔을 돌아다니다가 두 번째 호텔의 숙박부에서 프란시스 H. 몰튼이라는 미국인 신사가 바로 전

날 체크아웃하고 떠났다는 것을 확인했네. 몰튼 씨 앞으로 기재된 내용을 살펴보니 내가 그 쪽지에서 본 것과 똑같았던 것들이 적혀 있었네. 호텔에 물어보니 몰튼 씨 앞으로 배달되는 우편물은 고든 스퀘어 226번지로 보내라고 했다더군. 그래서 나는 그곳으로 바로 달려갔지. 그리고는 그 잉꼬부부를 만나서 진심 어린 충고를 했다네. 세인트 사이먼 경을 비롯한 모든 사람에게 이 사건을 정확히 밝히는 것이 나중을 위해서도 좋을 거라고 말이야. 다행히 내가 원한 대로 모든 일이 해결됐지."

"하지만 경의 행동은 너그럽지 못했으니 그리 좋은 결과는 아니었던 것 같군."

"왓슨, 자네라면 그 상황에서 너그러울 수 있겠나? 힘들게 노력해서 결혼식까지 했는데 아내와 재산을 모두 빼앗겨버렸으니 말이야. 나는 세인트 사이먼 경의 마음이 충분히 이해가 가는군. 자네나 나야 그런 일을 겪을 일이 없으니 정말 다행이라고 생각해. 자, 이제 이 일은 모두 끝났으니 마음 편하게 바이올린이나 연주하는 게 좋겠군. 아름다운 바이올린 선율을 들으면서 쓸쓸한 가을밤을 즐기자고."

녹주석 보관
The adventure of the Beryl Coronet

"홈즈!"

어느 날 아침 나는 창가에 서서 거리를 내려다보다가 친구를 불렀다.
"저기 정신이 좀 이상해 보이는 사람이 혼자 뛰어오고 있어. 어느 집인지 모르겠지만 저런 상태의 사람을 혼자 밖으로 내보내다니. 자네도 이리 와서 좀 보게나."

내 친구는 안락의자에서 일어나 두 손을 실내복 주머니에 넣은 채 느릿느릿하게 창가로 다가와 내 어깨 너머로 창 밖을 바라보았다. 화창한 2월의 아침이었다. 밖은 전날 내린 눈으로 인해 온 세상이 하얗게 변해 있었으며 겨울 햇살을 받아 눈이 부셨다. 도로 중앙에는 마차들이 다녀서 지저분한 갈색 줄이 나 있었지만, 도로 양쪽과 인도 가장자리에 쌓인 눈은 여전히 깨끗하고 아름다웠다. 회색빛 포석이 깔린 보도는 눈을 깨끗이 치우긴 했지만 여전히 미끄러워서 매우 위험해 보였고, 이러한 이유 때문인지 거리는 평소에 비해 인적이 훨씬 드물었다. 사실 메트로폴리탄 역 방향으로는 기이한 행동으로 내 시선을 사로잡은 신사를 제외하면 아무도 없었다.

신사의 나이는 50세 정도로, 키가 크고 살이 쪄서 풍채가 당당했으

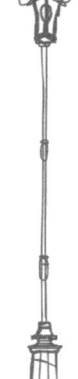

며 이목구비 또한 뚜렷했다. 옷차림도 중후하면서도 부유함이 넘쳤다. 반짝이는 모자, 검은 프록코트, 갈색 각반, 은회색 바지 등 모든 것이 훌륭했다. 하지만 그의 행동은 옷차림이나 용모와는 전혀 딴판이었다. 신사는 힘껏 달리느라 몹시 지친 듯했고 평소에 다리를 많이 사용하지 않았던 듯 가끔씩 휘청거렸다. 그리고 달리고 있는 동안에도 경련을 일으키듯 두 팔을 위아래로 휘젓는가 하면 고개를 흔들어 댔고 얼굴은 우는 것인지 웃는 것인지 분간이 되지 않을 정도로 잔뜩 찡그리고 있었다.

"도대체 무슨 일 때문에 저러는 걸까?"

내가 홈즈에게 물었다.

"내 생각에는 여기로 올 것 같군."

홈즈는 손을 비비며 대답했다.

"여기로 온다고?"

"그렇다네. 아무리 봐도 저 신사는 나한테 사건을 의뢰하러 오는 게 분명해. 난 저런 증상을 조금 알고 있지. 어떤가! 내가 말한 대로지 않나?"

홈즈의 말대로 그는 가쁜 숨을 내쉬면서 우리 집 현관으로 와서 초인종 줄을 당겼다. 온 집 안에 초인종 소리가 쩌렁쩌렁 울린 지 얼마 되지 않아 그 신사는 우리 방으로 들어왔다.

그는 여전히 숨을 몰아쉬면서 이상한 몸짓을 계속하고 있었다. 그러나 그의 두 눈에 담긴 슬픔과 절망을 본 순간 우리의 웃음은 순식간에 연민으로 바뀌었다. 잠시 동안 그는 아무 말도 못 하고 몸만 흔들면서 자신의 감정을 스스로도 제어하지 못하는지 머리칼을 쥐어뜯

었다. 그러다가 갑자기 일어나더니 벽 쪽으로 달려가 세게 머리를 부딪쳤다. 우리는 깜짝 놀라서 그를 다시 방 가운데로 데려왔고, 홈즈는 그를 안락의자에 앉힌 다음 편안한 목소리로 말을 건넸다.

"제게 할 이야기가 있으신 것 같군요. 지금은 몹시 지치신 것 같으니 잠시 쉬십시오. 제가 당신 문제를 기꺼이 해결해 드리겠습니다."

그는 몇 분 정도 숨을 몰아쉬면서 감정을 조절하려고 노력했다. 곧이어 손수건으로 이마의 땀을 닦더니 우리 쪽으로 고개를 돌리면서 말을 꺼냈다.

"아마 당신들은 나를 미쳤다고 생각할 거요."

"그렇지 않습니다. 고통스러우신 일이 있는 것 같군요."

"물론이오! 갑자기 닥쳐온 이 끔찍한 일에 미쳐버릴 것 같소. 여태까지 꽤 괜찮은 인생을 살았다고 생각했는데, 이제 공개적으로 모욕을 당하게 생겼으니. 모두 운명이라고 생각하며 체념할 수도 있지만, 이렇게 지독한 일을 겪으니 영혼마저 악마에게 빼앗기는 기분이 든다오. 게다가 이 사건을 해결하지 못하면 이 나라에서 가장 고귀한 분이 힘들어지실 거요."

"일단 진정하시는 게 좋겠습니다. 그리고 당신이 누구인지, 무슨 일 때문에 여기 온 건지 말씀해 주십시오."

"나는 스레드니들 가에 있는 홀더 앤 스티븐슨 금융회사의 알렉산더 홀더라고 하오. 내 이름을 들어본 적이 있을지도 모르겠소."

그는 런던에서 두 번째로 큰 민간 은행의 사장으로, 우리도 그의 이름은 익히 잘 알고 있었다. 무슨 일이 일어났기에 런던의 일류 시민인 그가 왜 이런 모습으로 여기를 찾아왔을까 하는 호기심이 생겼다.

-녹주석 보관

그는 잠시 쉬면서 자신의 호흡을 다시 가다듬었다.

"한시가 급한 일이오. 경찰에서도 선생의 도움을 받는 게 좋을 거라고 해서 온 거요. 나는 지하철을 타고 베이커 가 역에서 내려 여기까지 왔는데, 눈길이라 걷는 게 빠르다고 생각했소. 그런데 평소 운동을 전혀 하지 않았기 때문인지 몹시 숨이 차더군. 이제 사건에 대해 이야기하도록 하겠소.

은행 경영에서 가장 중요한 것은 예금주를 널리 모으고 그들과의 관계를 돈독히 하여 돈을 모으는 것이지만, 이익을 남길 수 있는 투자처를 찾는 것도 굉장히 중요한 일이오. 그건 여기 계신 두 분도 잘 알거요. 그런데 돈을 굴리는 가장 유리한 수단 중의 하나가 대출인데 이때 담보를 확보하는 것은 당연한 일이지요. 우리는 지난 몇 년 동안 그 분야에서 꽤 괜찮은 수익을 얻었소. 많은 귀족 가문에서도 그림, 장서, 식기류 등을 담보로 맡기고 거액을 대출하곤 했으니까 말이오.

어제 아침도 여느 때처럼 사무실에 앉아 있는데, 직원이 깜짝 놀랄 만한 명함 하나를 가져왔소. 그 이름은 영국에서 가장 높고 고귀한 분이기 때문에 함부로 말할 수도 없소. 그분이 사무실로 들어왔을 때 나는 대체 무슨 말을 해야 할지 몰랐소. 그런데 그분이 먼저 말을 꺼냈소.

'홀더 씨, 돈을 좀 빌리고 싶어서 이렇게 찾아왔소.'

'네, 저희 은행에서는 담보에 따라 대출해 드리고 있습니다.'

'나는 지금 5만 파운드가 필요하오. 사실 그 정도의 돈을 지인들에게 빌릴 수도 있지만, 다른 사람의 신세를 지지 않고 싶어서 직접 온

거요. 이해하겠소?'

'물론입니다. 돈은 얼마 동안 빌리실 예정인가요?'

'다음 주 월요일에 들어올 돈이 있는데 그때 갚으려고 하오. 이자는 은행에서 원하는 대로 지불할 것이오. 가장 중요한 건 지금 당장 돈을 받아야 한다는 거요.'

'제 개인 금고에서 빌려드리는 게 좋겠군요. 은행에서 대출받으려면 절차가 몹시 번거롭고 까다롭습니다. 또 신분 고하를 막론하고 담보를 잡는 과정을 반드시 거쳐야 하고요.'

'그렇게 하는 게 훨씬 더 좋겠군.'

그분은 의자 옆에 있던 검은색 모로코 상자를 꺼냈소.

'혹시 녹주석 보관에 대한 이야기는 들어봤소?'

'물론입니다. 영국의 가장 소중한 보물 중 하나지요.'

그분이 상자의 뚜껑을 열었는데, 부드러운 분홍색 벨벳 쿠션 위에 그 유명한 보관이 찬란한 빛을 발하며 놓여 있었소.

'홀더 씨, 이 보관에는 39개의 큰 녹주석이 달려 있고 금관의 가격만 해도 엄청날 거요. 이 보관의 가치는 아무리 적게 잡아도 내가 빌리려고 하는 금액의 두 배는 될 거요. 이걸 담보로 맡기겠소.'

나는 그 상자를 두 손으로 받쳐 들고 멍하니 보관을 바라보았소. 너무나 당황스러운 일이었기 때문에 아무 말도 하지 못하고 있었던 거요.

'혹시 보관의 가치가 적은 거요? 아니면 의심하는 거요?'

'아닙니다. 이렇게 실제로 보니 너무 놀라워서 잠시 당황하고 말았습니다.'

'내가 보관을 맡기는 것은 4일 후에 찾아갈 수 있다는 확신 때문이오. 만약 그렇게 하지 못한다면 보관을 들고 오지도 않았을 거요. 이건 형식일 뿐이니 너무 걱정하지 마시오. 담보로는 적당하겠소?'

'물론입니다. 원하신다면 그 이상의 돈도 빌려드릴 수 있습니다.'

'5만 파운드면 됐소. 난 당신을 믿고 신뢰의 증표를 주는 것이니 이 일에 대해 소문이 퍼지지 않았으면 하오. 또 이 보관을 각별히 신경써서 간수해 줄 것이라고 믿겠소. 혹시라도 이와 관련되어 어떤 일이라도 벌어지면 영국 전체가 뒤집어질 테니까 말이오. 보석이 하나라도 없어진다면 그것은 보관 전체를 잃어버리는 것과 다름없소. 온 세계를 다 뒤진다고 해도 이와 비슷한 녹주석을 찾을 수는 없을 테니까. 여기 보관을 두고 월요일 아침에 직접 찾으러 오겠소.'

그분은 매우 바쁜 듯이 보였고 나는 더 이상 말하지 않고, 경리담당을 불러 그분에게 1천 파운드짜리 지폐 50장을 내드리라고 지시했소. 하지만 사무실에서 혼자 그 보관을 보고 있자니 갑자기 겁이 나기 시작했소. 이런 엄청난 나라의 보물을 내가 가지고 있다는 것이 몹시 부담스러웠던 거요. 그 보물을 보관하기로 한 것이 후회되기 시작했지만 이미 어쩔 수 없었소. 일단 개인금고 속에 넣은 뒤 다른 업무를 시작했소.

퇴근이 가까워지자 이런 보물을 사무실에 두고 간다는 게 꺼림칙했소. 은행 금고도 털린 적이 있는데, 개인 금고야 더 쉽지 않겠소? 그래서 보관을 가지고 매일 출퇴근하기로 결심했소. 그래서 보관을 조심스럽게 들고 스트리트햄의 집까지 마차를 타고 갔소. 그 상자를 침실에 딸려 있는 옷방의 옷장 속에 넣고 자물쇠를 채울 때까지 난

숨도 크게 쉬지 못하고 불안에 떨 수밖에 없었소.

  홈즈 선생, 이제 우리 집에서 일하는 사람들에 대해서 이야기하겠소. 상황을 정확하게 알기 위해서는 필요할 것 같으니까 말이오. 마부와 일하는 아이는 집 밖에서 자니까 이야기할 필요는 없을 것 같소. 우리 집에는 하녀가 셋이고 다들 일한 지 오래 되어 아주 믿을 만한 사람들이오. 그리고 들어온 지 얼마 안 되는 루시 파라는 심부름하는 하녀가 한 명 있소. 추천장을 가지고 오기도 했지만, 일도 꼼꼼하게 잘 해서 모두들 칭찬하고 있소. 그런데 단점이라고 하긴 좀 그렇지만 지나치게 미인이라는 게 문제요. 쫓아다니는 남자들이 끊이지 않아서 그들이 집 근처를 배회하곤 하기 때문이오. 그 점을 뺀다면 나무랄 데 없는 좋은 하녀임에 틀림없소.

  난 오래 전에 아내를 잃어서 가족이라고는 외아들 아서밖에 없소. 나는 아내가 죽은 뒤 아들뿐이라는 생각에 아들이 해달라는 것은 모두 해주었소. 그 때문인지 아서는 제멋대로 컸고, 결국 일이 완전히 틀어지고 말았소. 차라리 엄격하게 대하는 게 나았을 거라고 생각하지만, 이제 와서 뭘 어쩌겠소.

  아서는 거칠고 고집불통인 녀석이오. 내 일을 물려주고 싶었지만 사업가 기질도 없는데다가 현금을 믿고 맡길 만큼 신뢰할 수 없었던 게 사실이오. 아서는 나이가 되자 귀족 클럽에 가입해서 돈을 함부로 쓰기 시작했소. 사치와 낭비를 일삼는 귀족들과 친해지면서 거액의 카드놀이를 하고 경마에 돈을 낭비했소. 나중에는 용돈을 가불해서 도박 빚을 갚기까지 했으니 부끄러울 따름이오. 아서도 더 이상은 안 되겠다고 생각했는지 모임에서 탈퇴하려고 했지만 소용없었소. 모임

의 일원 중에 조지 번웰 경이라는 사람이 있는데, 항상 그에게 끌려다니는 것 같았소.

　조지 번웰 경이라는 사람은 나도 본 적이 있소. 우리 집에도 자주 오곤 했는데, 상당히 매력적인 사람이었기 때문에 아서가 그에게 끌려 다니는 것도 무리는 아니라고 생각했소. 그는 아서보다 몇 살 위인데 경험도 많고 아는 것도 많았소. 화술도 매우 뛰어난데다가 조각같이 생긴 미남자이기도 하오.

　하지만 객관적으로 본다면 그는 신뢰할 수 없는 사람이 확실하오. 냉소적인 말투와 차가운 눈빛을 보면 누구나 알 수 있소. 직감이 뛰어난 메리 역시 그렇게 생각하고 있소. 참, 메리는 5년 전에 죽은 내 동생의 딸이오. 나는 혼자 남은 메리를 데려와 양녀로 삼았고, 지금은 우리 집에서 태양 같은 존재가 되었소. 상냥하고 아름다울 뿐만 아니라 영리해서 집안의 관리자로도 부족함이 없소. 그녀가 없는 집은 상상도 할 수 없을 만큼 중요한 존재라오.

　하지만 그녀 역시 나를 실망시켰소. 아서가 그녀에게 두 번이나 청혼했는데 모두 거절했기 때문이오. 그 녀석을 올바르게 인도할 수 있는 사람은 메리뿐인데……. 지금이라도 아서가 메리와 결혼한다면 아서는 새 출발을 할 수 있을 거요. 하지만 이제 모든 것이 끝났소. 일이 이렇게 되어버렸으니.

　이제 나를 가장 견딜 수 없게 만든 이번 사건에 대해 이야기하겠소. 보관을 가져온 그날 밤, 나는 저녁을 먹고 커피를 마시면서 아서와 메리에게 그분과 보관에 대한 이야기를 해주었소. 그 보물이 우리 집에 와 있으니 조심해야 한다는 이야기도 했소. 그때 루시 파가 커피

를 가져왔는데, 그 이야기를 들었는지는 정확하지 않소. 문이 열려 있었을 수도 있으니까. 아서와 메리는 크게 흥미를 느끼면서 보관을 보고 싶어 했지만, 난 단호하게 거절했소. 꺼내지 않는 것이 더 안전하다고 생각했기 때문이오.

'보관을 어디에 두셨는데요?'

아서가 물었소.

'옷장 속에 두었지.'

'오늘 밤 도둑이라도 들면 큰일이겠군요.'

'자물쇠를 채워놓았으니 걱정하지 않아도 될 거야.'

'그 옷장은 쉽게 열 수 있어요. 제가 어렸을 때 찬장 열쇠로 옷장을 열기도 했는걸요.'

아서와 이런 대화를 나누었지만 그의 말에는 별로 신경을 쓰지 않았소. 아서는 아무 생각 없이 함부로 말을 하는 경우가 많았으니까. 그런데 내가 침실로 가려고 할 때 아서가 갑자기 심각한 얼굴로 나를 따라 들어왔소.

'아버지, 잠깐만요.'

아들은 눈을 내리깔고 말했소.

'200파운드만 가불해 주시면 안 될까요?'

'절대 안 된다. 못 줘!'

나는 소리를 빽 질렀소.

'그동안 너한테 준 돈이 얼마인지 아는 거냐?'

'죄송해요. 하지만 그 돈이 없으면 저는 클럽에 다시는 못 나갈 거예요.'

'그럼 오히려 다행이지.'

내가 외쳤소.

'그래요, 하지만 불명예스럽게 클럽에서 나오고 싶진 않아요. 그런 치욕은 견딜 수 없답니다. 저에게는 그 돈이 꼭 필요해요. 아버지께서 돈을 주시지 않는다면 다른 방법을 찾아볼 수밖에요. 저는 그 돈을 어떻게든 구해야만 해요.'

난 그때 몹시 화가 났소. 왜냐하면 이 달에만 벌써 돈을 달라는 세 번째 요구였으니까요.

'절대 안 된다. 한 푼도 줄 수 없으니 알아서 해라!'

내가 소리를 지르며 화를 내자 아서는 조용히 방을 나갔소.

방에 혼자 남게 되자 나는 보관이 잘 있는지 확인하고, 문단속을 하기 위해 집 안을 한 바퀴 돌았소. 문단속은 메리의 몫이었지만, 그날은 보관이 있기 때문에 내가 직접 했던 거요. 1층으로 내려가니 메리가 홀 옆쪽 창가에 서 있었소. 내가 그쪽으로 가자 메리는 창문을 닫고 잠갔소.

'아버지, 오늘 루시한테 외출을 허락해 주셨나요?'

메리는 약간 불안한 듯이 나에게 물었소.

'아니, 허락하지 않았는데.'

'루시가 방금 부엌문으로 들어왔어요. 누굴 만나러 쪽문까지 나갔다 온 것 같아요. 조심하라고 말해야겠군요.'

'그래, 내일 아침에 말하는 게 좋겠구나. 불편하다면 내가 직접 말해도 되고. 문단속은 끝난 거냐?'

'네, 다했어요.'

'그럼 잘 자라.'

나는 메리에게 인사를 하고 침실로 돌아와서 잠자리에 들었소. 난 이 사건과 관련된 모든 것을 이야기하는 것이니 이야기가 길어지더라도 이해해 주시오. 혹시 지금까지 이야기 중에서 더 알고 싶은 부분은 없소?"

"없습니다. 모든 이야기를 잘 해주시고 계십니다."

"고맙소. 앞으로 하는 이야기도 최대한 노력하겠소. 난 평소에도 깊이 잠드는 편은 아닌데, 그날은 보관 때문인지 평소보다 더 얕은 잠을 잤소. 그런데 새벽 2시 정도쯤 어떤 소리가 들려서 잠이 깼소. 곧이어 창문이 닫히는 소리가 들리더니 옆방에서 발자국 소리가 들렸소. 난 너무 놀라서 침대에서 나와 보관을 확인하기 위해 옷방 안으로 들어갔소.

'아서!'

나는 비명을 지르다시피 아서를 불렀소.

'이 나쁜 놈아! 네가 감히 그 보관에 손을 대?'

나는 등잔의 심지를 돋우고 주위를 자세히 살펴보았소. 그곳에는 잠옷 바람의 아서가 서 있었소. 두 손에는 보관을 들고서 말이오. 아서는 보관을 힘껏 구부리고 있었소. 내가 너무 놀라서 소리를 지르자 아서는 보관을 떨어뜨리고 얼굴이 창백해졌소. 나는 재빨리 보관을 집어 들고 살펴보았소. 녹주석 세 개가 달려 있던 금판 하나가 통째로 사라져버렸소.

'이 몹쓸 녀석!'

나는 너무 화가 나서 악을 쓰며 외쳤소.

'이걸 부수다니 도대체 생각이 있는 것이냐? 너 때문에 나는 이제 얼굴을 들고 다닐 수가 없게 되었다! 훔친 보석은 어디에 두었느냐?'

'제가 훔쳤다고요?'

아들 녀석이 맞서서 소리 질렀소.

'그래, 이 도둑놈아!'

나는 아들 녀석의 어깨를 잡아 흔들면서 큰 소리로 고함을 쳤소.

'대체 보석을 어디에 두었느냐! 어서 가져오너라!'

'그럴 리가요. 아무것도 없어지지 않았어요.'

녀석이 말했지요.

'여기 녹주석 세 개가 없어진 게 안 보이냐! 도둑질도 모자라서 거짓말까지 하려고? 당장 가져오지 못해! 아무리 돈이 급해도 이런 일을 저지르다니!'

'아버지, 저도 아버지한테 욕을 먹을 만큼 먹었어요. 하지만 더 이상은 참지 않겠어요. 제가 그동안 잘못한 게 많지만 이런 모욕은 참을 수가 없어요. 그리고 이 일에 대해 한 마디도 하지 않을 거고, 더이상 이 집에서도 살지 않겠어요. 내일 아침에 집을 나가겠어요.'

'그 전에 네가 훔친 물건을 내놓아야 할 거다. 경찰에 신고해서 이 문제를 철저하게 조사할 거니까.'

'아버지 맘대로 하세요. 전 아무 말도 안할 거니까요. 경찰이 알아서 하겠죠.'

나는 정신이 나가서 소리를 쳤고, 아서 역시 전과 달리 목소리를 높이면서 대들더군요. 아서와 내가 싸우는 소리가 들리자 온 집안사람들이 다 일어났소. 메리가 가장 먼저 옷방으로 왔는데, 아서와 보관

을 보더니 얼마나 놀랐는지 기절해 버렸소. 난 하녀 한 명을 바로 경찰에게 보냈고, 곧 경위가 순경 한 명을 데리고 왔소.

'아버지, 저를 고발하실 건가요?

아서는 인상을 쓰고 팔짱을 낀 채 물었소.

'네가 망가뜨린 보관은 국가의 재산이다. 이건 국가의 보물과 관계된 거라 이미 사적인 부분을 넘어섰어. 난 법대로 처리할 거다.'

'알겠습니다. 하지만 당장 저를 체포하진 않을 테니 잠깐만 밖에 나갔다 오겠습니다. 5분이면 충분합니다.'

'그럴 수는 없다. 그 사이에 도망을 칠 수도 있고 보석을 숨길 수도 있을 테니까.'

'할 수 없죠. 아버지 마음대로 하세요.'

'아서, 너는 내 명예뿐만 아니라 그분의 명예까지 실추시킬 수 있는 일을 하고 있어. 제발 마음을 바꾸고 보석을 돌려다오. 만약 네 손에 없다면 어떻게 했는지라도 알려주면 된다. 보석만 돌려준다면 이 일을 모두 용서하고 없었던 것으로 해주겠다.'

'용서라니요. 그런 건 저에게 필요 없습니다.'

아서는 저를 비웃으면서 말했소. 더 이상 어떻게 할 수가 없었기 때문에 나는 경위에게 아서를 체포하라고 했소. 그리고 아들의 몸과 방, 보석을 숨길 만한 곳을 모두 샅샅이 뒤졌소. 그러나 보석은 나오지 않았고, 아서는 입을 굳게 다물고 말았소.

오늘 아침 아서는 감옥으로 들어갔소. 경찰에서는 더 이상 방법이 없다고 했고, 홈즈 선생에게 가서 부탁하는 것이 어떠냐고 제안했소. 비용은 얼마가 들어도 좋으니 제발 보석을 찾아주시오. 1천 파운드의

현상금도 이미 걸었소. 하룻밤 사이에 명예와 보석, 그리고 아들 녀석마저 잃어버리다니……. 아! 이제 나는 어떡하면 좋소! 정말 미칠 것 같소."

그는 다시 몸을 앞뒤로 흔들면서 슬픔에 못 이겨 혼잣말을 중얼거렸다.

"진정하십시오. 그럼 이제 몇 가지 질문을 하겠습니다. 평소 댁에 손님이 많이 오는 편인가요?"

"동업자 가족을 빼면 찾아오는 사람은 많지 않소. 가끔 아서의 친구들이 놀러왔고, 최근에는 아까 말한 조지 번웰 경이 몇 번 찾아오곤 했소."

"사교계 출입은 자주 하는 편이신가요?"

"아서는 많이 다니지만 메리와 나는 주로 집에 있소. 화려한 분위기를 좋아하지 않기 때문이오."

"메리 양은 아직 젊은 아가씨인데 집에만 있다니 의외군요."

"워낙 조용한 성격이라서 그럴 거요. 올해 24살이니까 나이도 적지 않아서 더욱 그렇고요."

"아까 하신 말씀에 따르면 메리 양 역시 이번 사건 때문에 큰 충격을 받은 것 같은데요."

"그렇소, 나보다 더 큰 충격을 받았소."

"두 분 다 아서 군이 보석을 훔쳤다고 생각하는 겁니까?"

"난 아서가 보관을 들고 있는 것을 분명히 보았소. 그러니 당연히 훔쳤다고 생각할 수밖에."

"글쎄요. 그게 결정적인 증거가 될 수는 없을 것 같군요. 보관의 나

머지 부분에도 상처가 남아 있나요?"

"그렇소, 다른 부분도 찌그러져 있었소."

"혹시 아서 군이 찌그러진 부분을 펴기 위해 그런 행동을 했다고 생각하지는 않으시나요?"

"홈즈 선생, 그렇게 말해 주다니 정말 고맙소. 하지만 그건 말이 되지 않아요. 만약 훔친 게 아니라면 왜 아무 말도 하지 않고 감옥에 있겠소?"

"바로 그게 문제죠. 아서 군이 죄가 있다면 왜 거짓말을 하지 않을까요? 아서 군의 침묵에는 여러 가지 의미가 있을 것 같습니다. 이 사건에는 이상한 부분들이 좀 있어요. 홀더 씨를 잠에서 깨운 그 소리는 뭐라고 생각하십니까?"

"난 잘 모르겠소. 경찰에서는 아서가 방문을 닫을 때 난 소리라고 생각하고 있소."

"저런, 그런 보물을 훔치려는 사람이 다른 사람이 깰 정도로 문을 세게 닫았다는 겁니까? 말이 안 되는 이야기죠. 그럼 경찰은 보석이 어디에 있다고 생각하죠?"

"보석을 찾으려고 집안 곳곳을 샅샅이 뒤졌지만 아직 행방을 못 찾고 있소."

"집 밖은 찾아봤나요?"

"물론이오. 경찰은 정원 전체를 모두 뒤졌소. 물론 보석은 찾지 못했지만."

"이 사건은 매우 복잡해 보이는군요. 적어도 제 눈에는요. 홀더 씨가 말한 내용을 제가 다시 설명해 보겠습니다. 아서 군은 밤중에 홀

더 씨의 방으로 가서 옷장을 열고 보관을 꺼냈습니다. 그리고 사라진 부분을 힘들게 떼서 아무도 찾을 수 없는 곳으로 옮겨놓았죠. 그리고 다시 보관을 옷방으로 갖다 놓으러 왔습니다. 이게 말이 된다고 생각하시나요?"

"이상하긴 하지만 다른 설명이 없지 않소? 그놈이 잘못이 없다면 왜 저러고 있단 말이오?"

홀더 씨는 괴로운 표정으로 머리를 쥐어뜯으면서 말했다.

"그 질문에 대답할 수 있도록 제가 알아보겠습니다. 괜찮으시다면 같이 댁으로 갈 수 있을까요? 현장을 살펴보고 싶습니다."

나는 홀더 씨의 이야기를 들으면서 동정심과 함께 호기심이 생겼기 때문에 홈즈를 따라 나섰다. 나 역시 홀더 씨와 마찬가지로 아서 군이 범인이라고 생각하고 있었다. 그러나 홈즈가 그렇게 생각하지 않는다는 것은 충분한 이유가 있기 때문이고, 보석을 찾을 수 있는 희망도 있을 것이라고 생각했다.

홀더 씨는 홈즈의 자신 있는 태도를 보면서 희망을 얻은 듯했다. 아까와 달리 한층 활기 있는 모습을 보이더니 나와 은행에 대한 이야기까지 했다. 우리는 기차를 타고 잠시 걸어서 홀더 씨의 검소해 보이는 저택에 도착했다.

홀더 씨의 저택인 페어뱅크는 도로에서 조금 떨어진 곳에 있었으며, 커다란 흰색 석조 건물이었다. 마차 진입로가 철문 앞까지 이어졌고, 잔디밭에는 눈이 쌓여 있었다. 도로에서 주방 입구까지 울타리 사이로 작은 길이 있었는데, 장사꾼들이 이용하는 길이라고 했다. 오른쪽에는 잡목 숲이 있었으며 왼쪽에는 마구간으로 가는 길이 있었

는데, 누구나 다닐 수 있는 공공 도로였다.

　홈즈는 천천히 걸어서 집을 한 바퀴 돌았고, 앞마당을 가로질러 장사꾼들이 다니는 작은 길로 갔다. 그리고 정원을 한 바퀴 돌고 마구간 길로 걸어갔다. 시간이 꽤 걸렸기 때문에 홀더 씨와 나는 식당에서 그가 오기를 기다렸다. 그때 문이 열리고 수수한 차림의 젊은 숙녀가 들어왔다. 그녀는 보통 키에 호리호리한 몸매를 하고 있었는데, 얼굴이 매우 창백해서 검은 머리카락과 검은 눈동자가 매우 돋보였다. 그렇게 창백한 여성의 모습은 처음이었고, 홀더 씨에게 느꼈던 것보다 더 큰 절망감과 슬픔을 엿볼 수 있었다. 그러나 강한 성격을 가진 여성이었기 때문에 자제력을 발휘하여 자신을 다스리고 있었다.

　"아버지, 오빠를 풀어주셨나요?"

　"메리, 이 문제는 철저하게 조사해야 한다. 그놈은 감옥에 더 있어야 해."

　"오빠에게는 죄가 없다고 생각해요. 아버지는 제 직감을 믿으시잖아요. 오빠를 너그럽게 대해 주세요."

　"그놈이 잘못이 없다면 왜 아무 말도 하지 않겠느냐? 분명히 보석을 훔쳤을 거다."

　"아버지한테 도둑으로 의심을 받으니까 너무 화가 나서 그럴 수도 있어요."

　"그 녀석이 보관을 들고 있는 것을 내 두 눈으로 똑똑히 봤다. 그런데 의심을 하지 말라는 거냐?"

　"그냥 보고 싶어서 그랬을 수도 있잖아요. 이번 일이 더 이상 확대되지 않았으면 해요. 오빠가 감옥에 가다니, 말도 안 돼요."

"보석을 찾을 때까지는 어쩔 수 없어. 너는 아서만 걱정하고 나는 걱정하지 않는 거냐? 난 이 일을 제대로 해결하기 위해 런던에서 신사 한 분을 모셔왔다."

"아, 이분이신가요?"

"아니, 왓슨 박사는 그분의 친구란다. 그분은 조사할 게 있어서 마구간 길을 돌아보고 있단다."

"마구간 길을? 거기에 뭐가 있나요? 아, 저기 오시는군요."

메리 양은 검은 눈썹을 추어올리면서 물었다.

"안녕하세요, 선생님은 오빠의 무죄를 증명해 주시겠죠?"

"물론입니다. 저도 아가씨와 같은 의견이고, 그 사실을 증명할 거라고 믿습니다."

홈즈는 대답을 하고 깔개 쪽으로 가서 신발에 묻어 있는 눈을 털어냈다.

"메리 홀더 양이 맞으시죠? 제가 질문을 좀 드려도 될까요?"

"물론입니다. 이 문제를 해결할 수 있다면 저는 어떤 일이라도 하겠어요."

"지난밤, 이상한 소리를 들으셨나요?"

"전 아무 소리도 못 들었어요. 아버지가 소리를 지르셔서 잠에서 깼으니까요."

"알겠습니다. 어젯밤 문단속을 메리 양이 하셨다고 하던데 창문은 모두 잠갔나요?"

"네, 모두 잠갔습니다."

"오늘 아침에도 창문이 모두 잠겨 있었나요?"

"네, 그렇습니다."

"하녀 중에 애인이 있는 사람이 있나요? 어젯밤 메리 양이 하녀가 애인을 만나러 밖에 나갔다고 홀더 씨에게 말했다고 들었는데요."

"네, 거실에서 시중을 드는 하녀죠. 아버지가 말씀하신 보관 이야기를 들었을지도 모르고요."

"메리 양은 하녀가 집 밖에서 애인을 만나 보관 얘기를 하고, 둘이서 보관을 훔치려는 계획을 세웠을지도 모른다고 생각하시는 것 같군요."

"하지만 그런 막연한 추측이 무슨 소용이란 말이오. 어떤 증거도 없지 않소!"

홀더 씨가 참지 못하고 소리를 질렀다.

"내가 아서 놈이 보관을 들고 있는 걸 봤다고 하지 않았소?"

"홀더 씨, 잠깐만 기다려주십시오. 우리는 곧 그 문제로 다시 돌아갈 겁니다. 메리 양, 그 하녀 말입니다. 그 하녀가 부엌문으로 들어오는 모습을 봤다고 하셨죠?"

"네, 부엌문이 잠겨 있는지 보러 갔다가 그 애와 마주쳤어요. 남자가 어둠 속에 서 있는 것도 봤습니다."

"그 남자가 누군지 아십니까?"

"물론이죠, 우리 집에 채소를 갖다 주는 채소장수예요. 이름은 프란시스 프로스퍼고요."

"그 남자가 부엌문 왼쪽에 서 있었나요? 길 위쪽으로 문에서 좀 떨어져 있는 곳 말입니다."

"맞아요. 거기에 서 있었어요."

녹주석 보관

"그는 나무다리를 하고 있죠? 의족 말입니다."

"어머, 그런 것을 어떻게 아시죠?"

홈즈의 얘기를 듣던 메리 양의 검은 눈동자에 놀라움과 두려움이 엿보였다. 그녀는 얼굴에 미소를 띠고 있었지만, 홈즈의 얼굴은 매우 심각했다.

"그럼 2층으로 올라가 보도록 하죠. 올라가기 전에 1층 창문을 자세히 살펴보겠습니다. 집 밖은 잠시 후에 다시 한 번 보도록 하죠."

홈즈는 창문을 하나하나 살펴보더니 홀에서 마구간 길이 보이는 창문 앞에서 걸음을 멈추었다. 그는 창문을 열고 돋보기로 창틀을 꼼꼼하게 살펴보았다. 한참을 그곳에 있던 그는 드디어 2층으로 올라갔고, 옷방이 있는 홀더 씨의 방으로 들어갔다.

홀더 씨의 옷방은 검소하게 꾸며진 작은 방이었다. 방 안에는 커다란 옷장과 전신 거울이 있었고, 바닥에는 회색 카펫이 깔려 있었다. 홈즈는 옷장 앞에서 자물쇠를 천천히 들여다보았다.

"이 자물쇠는 어떤 열쇠로 열죠?"

"아서가 말한 대로 골방 찬장 열쇠를 쓰고 있소."

"그 열쇠가 지금 여기 있습니까?"

"옆에 있는 탁자 위에 있소."

홈즈는 열쇠를 가지고 옷장 문을 열었다.

"자물쇠가 돌아가는 소리가 전혀 나지 않는군요. 그래서 옷장 문이 열려도 홀더 씨가 깨지 않았군요. 그럼 보관을 한 번 보겠습니다."

상자의 뚜껑을 열자 왕관의 우아한 모습이 드러났다. 최고의 보석 세공 기술이 발휘된 작품으로, 남아 있는 36개의 보석은 최상품임이

확실했다. 그러나 한쪽에는 홀더 씨가 말한 대로 뜯겨나간 흔적이 남아 있었다.

"홀더 씨, 이 금판은 도난당한 것과 같은 것입니다. 이것을 떼어내실 수 있나요?"

"내가 왜 그런 일을 하겠소?"

"그럼 제가 한 번 해보죠."

홈즈는 보관에 있는 금판을 떼어내려고 했지만, 금판은 전혀 움직이지 않았다.

"금판이 약간 움직이는 느낌은 나는군요. 제가 이걸 떼어내려면 얼마나 시간이 걸릴지 모르겠습니다. 제 악력은 꽤 센 편에 속하는데도 이 정도니, 보통 남자라면 어림도 없을 겁니다. 만약 제가 이걸 뗐다면 어떤 일이 벌어졌을까요? 총소리만큼 시끄러운 소리가 났겠죠. 하지만 홀더 씨는 근처에서 아무런 소리도 듣지 못했습니다."

"도대체 무슨 말을 하는 건지 전혀 모르겠소."

"지금은 그렇죠. 곧 사건의 진상이 밝혀질 겁니다. 메리 양은 어떻게 생각하시나요?"

"솔직히 저도 아버지처럼 뭐가 뭔지 잘 모르겠습니다."

"홀더 씨, 지난밤에 아서 군은 맨발이었다고요?"

"그렇소. 그 녀석은 잠옷 바람이었소."

"알겠습니다. 이번 현장 조사는 유난히 운이 좋은 것 같아요. 이 정도의 증거에도 사건을 해결하지 못한다면 그것은 모두 제 책임일 겁니다. 그럼 저는 집 밖에서 조사를 좀 더 하도록 하겠습니다."

홈즈는 불필요한 발자국이 생기지 않도록 혼자 밖으로 나갔다. 약

한 시간 정도 지난 후에 홈즈는 알 수 없는 표정을 한 채로 눈을 잔뜩 묻히고 들어왔다.

"홀더 씨, 제가 필요한 것은 모두 봤습니다. 이제 돌아가도록 하겠습니다."

"그럼 보석은 어디에 있는지 알아냈소?"

"그건 아직 알 수 없습니다."

"이럴 수가! 그럼 아서는 어떻게 되는 거요? 보석을 찾을 희망은 있는 거요?"

"아서 군이 무죄라는 제 생각은 변함없습니다."

"대체 지난밤에 집에서 무슨 일이 일어난 것인지 알아냈소?"

"내일 아침 9시에서 10시 사이에 아까 오셨던 베이커 가로 오시면 궁금증을 풀어드리죠. 그리고 제가 어떤 금액이라도 쓸 수 있는 백지 수표를 한 장 주신다면 보석을 되찾아드리겠습니다."

"그렇게 하겠소. 보석만 되찾을 수 있다면 전 재산이라도 기꺼이 내놓겠소."

"알겠습니다. 그럼 남은 문제를 해결하도록 하죠. 저녁이 되기 전에 다시 올지도 모르겠습니다."

홈즈가 이미 사건의 결론을 내렸다는 것은 확실했다. 나는 막연한 짐작도 할 수 없었기 때문에 홈즈에게 사건에 대해 이런저런 것들을 물어보았다. 그러나 그는 화제를 바꿔버렸고 난 포기할 수밖에 없었다.

우리가 베이커 가로 돌아온 것은 약 3시 정도였다. 홈즈는 자신의 방으로 들어갔다가 다시 나왔는데, 길거리에서 쉽게 볼 수 있는 건달의 모습을 하고 있었다. 반질거리는 낡은 코트와 신발, 빨간색 스카

프, 목까지 세운 옷깃까지 모든 게 완벽했다.

"이 정도면 충분할까?"

홈즈는 거울을 쳐다보면서 만족스러운 웃음을 지었다.

"왓슨, 자네와 함께 가고 싶지만 이번엔 안 되겠군. 지금 내가 추적하고 있는 것이 정확한 단서인지 아닌지 알 수 없어서 말이야. 몇 시간 뒤에는 돌아올 것 같으니 이따 보자고."

그는 선반에서 소고기 한 조각을 떼어내 둥근 빵 조각 사이에 끼우더니, 이 보잘것없는 음식을 주머니에 넣고 집을 나섰다.

나는 잠시 그의 일을 잊고 차를 마시면서 쉬고 있었다. 얼마 뒤 홈즈가 옆에 고무를 덧댄 낡은 구두 한 짝을 흔들면서 방으로 들어왔다. 기분이 몹시 좋은 얼굴을 한 그는 신발을 방구석에 던져놓고 차를 따라 마셨다.

"지나가다 들른 거라네."

그가 말했다.

"다시 나가봐야 해."

"또 어디를 가는 건가?"

"웨스트엔드 맞은편에 볼 일이 있어. 시간이 좀 걸릴 것 같으니 기다리지 말고 먼저 자게."

"일은 잘 되어가고 있는 건가?"

"그럭저럭 괜찮아. 난 스트리트햄에도 갔다 왔는데 그 집 초인종은 누르지 않고 몰래 다녀왔다네. 이 사건은 알아갈수록 정말 재미있군. 지금은 시간이 없으니 서둘러야겠어. 이 형편없는 건달의 모습은 벗어버리고 신사다운 원래의 모습으로 돌아가야 하니까."

홈즈의 말과 태도로 미루어보아 그는 사건을 만족스럽게 이끌어가고 있는 듯했다. 반짝이는 두 눈, 홍조를 띠고 있는 뺨이 그 증거였다. 그는 서둘러 방을 나갔고 잠시 후 아래층에서 현관문이 쾅 하고 닫히는 소리가 들렸다. 홈즈는 다시 한 번 신나는 사냥 길을 떠난 것이다.
　사건이 어떻게 전개될지 몹시 궁금했기 때문에 나는 밤 12시까지 홈즈를 기다렸다. 그러나 그는 돌아오지 않았고, 그가 들어오지 않을 수도 있다는 생각에 난 먼저 잠자리에 들었다. 홈즈가 사건을 해결하기 위해 단서를 추적할 때는 며칠 동안 집에 들어오지 않는 날도 많았기 때문에 조금 늦는 정도는 그리 놀랄 만한 일도 아니었다. 그가 몇 시에 들어왔는지는 모르겠지만 아침 식사를 하러 나가보니 홈즈는 이미 식사를 마치고 커피를 마시며 신문을 보고 있었다. 말쑥하고 생기가 넘치는 모습이었다.
　"왓슨, 먼저 식사를 해서 미안하네. 자네도 알겠지만 오늘 아침 일찍 손님이 오기로 해서 말이야."
　"깜빡 했네. 벌써 9시가 넘어버렸군."
　내가 대답했다.
　"초인종 소리가 나는 걸 보니 벌써 손님이 도착한 것 같네. 자네는 아침 식사를 조금 미뤄야겠군."
　우리를 찾아온 사람은 어제 찾아왔던 은행가 홀더 씨였다. 그러나 하루 사이에 그의 얼굴은 몰라보게 달라져 있었다. 머리카락은 더 하얗게 센 것 같았고, 피로와 실망으로 무척 초췌한 모습이었다. 그는 내가 권한 안락의자에 무너지듯 털썩 주저앉았다.
　"홈즈 선생, 내가 이런 일을 당해야 할 만큼 잘못한 게 있는 건지

모르겠소. 이틀 전까지만 해도 나는 행복하고 부유한 사람이었는데. 이제 명예는 땅에 떨어지고 가족에게도 버림받았소. 슬픔은 슬픔을 부르는 것 같소. 메리가 떠나버리다니."

"메리 씨가 떠났다고요?"

"그렇소. 오늘 아침 탁자 위에 내 앞으로 편지가 한 장 있더군요. 메리가 쓴 편지였소. 그 애 방을 보니 침대에도 잔 흔적이 없었소. 어젯밤 서글픈 마음에 '네가 아서와 결혼했다면 모든 일이 잘 풀렸을 텐데.' 라고 하소연했는데 그것 때문인 것 같소. 여기 편지가 있으니 읽어보시오."

사랑하는 아버지

그동안 아버지에게 고통만 드린 것 같아요. 제가 다르게 행동했다면 이렇게 불행한 일은 일어나지 않았을 텐데요. 이런 생각으로 아버지와 한 집에서 살 자신이 없습니다. 이제 아버지 곁을 떠나야 할 것 같아요. 저에 대해서는 아무런 걱정도 하지 마세요. 모든 것이 다 준비되어 있으니까요. 혹시라도 저를 찾으려고 노력하지도 마세요. 찾을 수도 없겠지만 그것은 저를 위한 일이 아니니까요.

그럼 안녕히 계세요.

— 살아서도 죽어서도 늘 아버지를 사랑하는 메리 올림

"홈즈 선생, 이 편지는 대체 무슨 뜻이오? 설마 자살하겠다는 것은 아닐 거라 생각하오만."

"절대 그렇지 않으니 걱정 마십시오. 차라리 이런 방법이 나을지도

모르겠군요. 이제 고통스러운 시간은 모두 끝났습니다."

"뭐라고요? 뭔가 알아낸 거요? 보석은 어디에 있소?"

"보석 하나에 1천 파운드 정도면 괜찮겠습니까?"

"그 10배라도 지불하겠소. 보석은 찾은 거요?"

"3천 파운드면 보석은 찾아올 수 있습니다. 그리고 얼마간의 현상금도 있다고 들었으니 4천 파운드를 주시면 되겠군요. 수표책은 가져오셨나요? 펜은 여기 있습니다."

홀더 씨는 멍한 표정으로 홈즈가 말하는 금액을 써서 그에게 주었다. 홈즈는 수표를 받고 책상 서랍에서 세 개의 보석이 붙어 있는 금판을 꺼내서 탁자 위에 올려놓았다.

홀더 씨는 너무 기쁜 나머지 소리를 지르면서 보석을 손에 쥐었다.

"오! 찾아왔군요! 정말 다행이오!"

그는 숨을 헐떡이며 말했다.

"살았어! 이제 살았다고!"

그는 슬퍼할 때만큼 격렬하게 기뻐하면서 어쩔 줄 몰라 했다. 그는 되찾은 보석을 가슴에 꼭 끌어안았다.

"홀더 씨, 아직 빚이 하나 남아 있습니다."

홈즈는 엄격한 표정으로 말했다.

"빚이라고? 방금 빚이라고 말했소?"

그는 펜을 들었다.

"그게 얼만지 말만 하시오. 모두 해결하겠소."

"저한테 진 빚이 아니라 아드님에게 진 빚입니다. 홀더 씨 당신은 이번에 아드님에게 큰 빚을 지셨습니다. 아드님은 이번 사건에서 매

우 신사답게 행동했습니다. 제 아들이 그렇게 행동했다면 정말 자랑스러웠을 겁니다."

"보석을 훔친 사람이 아서가 아니라는 거요?"

"물론입니다. 어제 말씀드렸던 것처럼 아서 씨는 그런 짓을 하지 않았습니다."

"정말이오? 그럼 어서 아서에게 가서 진실을 알려주도록 합시다."

"아드님은 모두 알고 있습니다. 저는 사건의 진상을 파악하고 나서 아드님을 만나러 갔습니다. 그러나 아드님은 아무 말도 하지 않더군요. 그래서 제가 먼저 알아낸 것들을 이야기하자 어쩔 수 없이 제 말이 옳다는 것을 인정했고, 제가 미처 알아내지 못했던 한두 가지 사소한 일에 대해서도 알려주었지요. 하지만 메리 양이 떠난 것을 알면 이야기할지도 모르겠군요."

"이럴 수가! 대체 이 사건은 어떻게 된 거요? 정말 궁금하오."

"알겠습니다. 제가 밝혀낸 진실을 순서대로 하나하나 말씀드리지요. 우선 제 입으로 말하기도 어렵지만, 홀더 씨가 듣기에도 정말 괴로운 이야기부터 해야겠습니다. 조지 번웰 경과 메리 양은 특별한 관계입니다. 그래서 메리 양이 편지를 남기고 둘이 함께 도망친 거죠."

"뭐라고요? 우리 메리가 그럴 리가!"

"안타깝지만 사실입니다. 홀더 씨도 아드님도 조지 번웰이라는 자의 정체를 모르는 상태에서 집안 출입을 허락하신 것부터 잘못된 일이었죠. 조지 번웰이라는 자는 영국에서 손꼽히는 질 나쁜 악당입니다. 도산으로 파산한 구제불능으로, 양심이나 인간적인 마음은 전혀 가지고 있지 않습니다. 메리 양은 그런 나쁜 놈들에 대해서 전혀 모

르는 숙녀였습니다. 그 악당은 다른 수많은 여성들에게 했던 것처럼 메리 양에게도 달콤한 말을 속삭였고, 순진한 그녀는 그 악당에게 홀딱 넘어가서 그의 사랑을 얻은 여자는 자신뿐이라고 착각했겠지요. 물론 진짜 나쁜 놈은 조지 번웰이라는 그 악당이지만 적어도 메리 양이 그의 끄나풀 노릇을 한 것은 사실입니다. 둘은 거의 매일 저녁에 만났습니다."

"말도 안 되는 일이오. 난 절대 믿을 수 없소!"

홀더 씨는 창백해진 얼굴로 소리쳤다.

"그럼 사건이 일어난 지난밤 일을 말씀드리죠. 메리 양은 홀더 씨가 방으로 들어가자 살그머니 아래층으로 내려가서 마구간 길이 내다보이는 창문을 통해 애인과 만나 이야기를 나누었습니다. 그의 발자국이 눈밭에 선명하게 찍혀 있는 것을 보니 꽤 오래 있었던 것 같았습니다. 메리 양은 그 악당에게 보관 이야기를 했고, 그 소리를 듣고 재물에 눈이 뒤집힌 그자가 메리 양을 꼬드겼습니다. 메리 양은 홀더 씨를 진심으로 사랑했지만, 제 생각으로는 메리 양도 애인에 대한 사랑으로 인해 눈이 멀어 다른 사랑은 돌아보지 못하는 여자들과 같은 유형이었던 것 같습니다. 그런데 홀더 씨가 1층으로 내려오자 당황해서 창문을 급히 닫는 바람에 애인의 지시를 제대로 듣지 못했죠. 그리고 자신의 당혹감을 감추기 위해 홀더 씨에게 애인과 불장난을 하고 있는 한 하녀의 이야기를 했습니다. 물론 그 이야기는 모두 사실이었습니다.

아서 군은 아버지와 이야기를 마치고 자러 갔지만 클럽에서 진 빚 때문에 걱정이 돼서 잠을 자지 못하고 있었습니다. 그런데 방문 앞을

지나는 작은 발소리가 들렸죠. 이상하게 생각해서 밖을 내다보니 메리 양이 아버지 방으로 들어가는 게 보였습니다. 그래서 아서 군은 그녀가 나오기를 기다렸습니다. 그런데 메리 양은 그 보관을 들고 1층으로 내려갔고, 깜짝 놀란 아서 군은 그녀의 뒤를 따라가 보니 메리 양은 창문을 열고 누군가에게 보관을 건넨 뒤 다시 2층 자기 방으로 돌아갔습니다.

아서 군은 메리 양 앞에서는 어떤 행동도 하지 못했습니다. 사랑하는 여인이 도둑질한 사실을 드러낼 수 없었으니까요. 그래서 아서 군은 맨발로 보관을 건넨 사람을 향해 달려갔습니다. 아버지의 모든 것이 달려 있는 보관을 되찾아야 했으니까요. 달빛 속에서 마구간 길을 내려가는 사람을 찾은 아서 군은 그를 덮쳤습니다. 둘 사이에 보관을 두고 격투가 벌어졌지요. 그러다가 아서 군의 주먹이 조지 번웰의 얼굴을 정통으로 때렸고, 곧이어 뭔가 부러지는 소리가 나더니 보관이 아서 군의 손에 들어왔습니다. 아서 군은 다시 집으로 달려와서 보관을 제자리에 돌려놓기 위해 아버지의 옷방으로 들어갔습니다. 보관을 넣기 전에 찌그러진 부분을 원래대로 펴려고 했는데, 그 사이 아버지가 나타난 겁니다."

"그게 정말이오? 모두 사실인 거요?"

"아서 군은 자신이 한 일을 자랑스럽게 생각하고 있었습니다. 아버지를 난처한 상황에서 구했다고 생각했으니까요. 그런데 홀더 씨는 아서 군에게 욕을 했고, 아서 군은 메리 양을 보호하기 위해서 아무 말도 하지 않았던 겁니다. 그럴 가치가 없는 여성이었지만 기사도를 발휘한 거죠."

"그래서 메리가 보관을 보자마자 기절을 했던 거군요. 나 같은 바보가 세상에 어디 있겠소! 아서가 잠깐 나갔다 오겠다고 한 것은 그 조각을 찾으려고 했던 거였군. 혹시 어딘가에 떨어질 수도 있었을 테니. 난 그것도 모르고 아서를 도둑으로 몰아버렸소. 내가 이렇게 나쁜 아버지였다니!"

"어제 홀더 씨의 집에 도착했을 때, 저는 주변의 발자국을 꼼꼼하게 살펴보았습니다. 전날 저녁에 눈이 내린 뒤 얼어붙어서 흔적이 그대로 남았기 때문에 아주 다행이었죠. 장사꾼들이 다니는 길은 발자국이 너무 많아서 구별할 수가 없었습니다. 그런데 길에서 좀 떨어진 부엌문 근처에 한 여자가 어떤 남자와 이야기한 흔적을 찾았습니다. 남자의 다리 한쪽이 둥근 것을 보니 나무다리를 한 게 분명했죠. 들은 이야기를 나누다가 방해를 받은 게 분명했습니다. 여자의 발자국은 발끝이 들어가지 않고 발꿈치가 들려 있었는데, 이것은 재빨리 문 쪽으로 달려간 흔적이었죠. 나무다리의 남자는 잠시 기다리다가 돌아간 것 같았습니다. 이 두 명의 남녀가 메리 양이 말했다는 하녀와 그의 애인으로 밝혀졌지요.

다음으로 저는 정원을 한 바퀴 돌아보았지만 경찰의 것이 분명한 어지러운 발자국 외에는 특별한 증거가 없었습니다. 하지만 마구간 길로 들어서자 눈 속에 아주 복잡한 이야기가 남아 있었습니다. 길에는 구두 발자국과 맨발이 오간 흔적이 있었습니다. 저는 맨발의 발자국을 발견하고 내심 반가웠지요. 홀더 씨에게 들은 이야기가 있어 맨발은 아서 군의 발자국일 거라고 짐작했습니다. 구두 발자국은 올 때나 갈 때 모두 걸어갔지만 맨발은 힘껏 달려갔습니다. 그리고 맨발이

구두 발자국을 밟은 것으로 보아 맨발이 구두 발자국을 쫓아간 것이 분명했습니다.

두 개의 발자국은 모두 홀의 창문 앞으로 이어져 있었는데 창문 앞은 온통 구두 발자국으로 가득 했습니다. 이는 그곳에서 한참 있었다는 것이지요. 그래서 저는 그곳에서 다시 발자국을 따라 길을 내려가다가 약 100미터 정도 되는 지점에서 구두 발자국이 맨발 자국과 격투를 벌인 흔적을 찾았습니다. 피도 몇 방울 떨어져 있었고요. 구두 발자국은 도로를 향해 계속 이어졌는데 핏자국도 이어진 걸 보니 구두 발자국 주인이 다쳤다는 걸 알 수 있었지요. 도로부터는 눈이 모두 치워져 있어서 더 이상 알 수가 없었습니다.

하지만 저는 다시 집으로 돌아와 홀의 창문과 창틀을 돋보기로 살펴보았죠. 발자국을 보니 맨발의 사람이 집 안으로 들어온 것을 알 수 있었고, 그때서야 사건이 제대로 이해되기 시작했습니다. 한 남자는 창 밖에서 기다리고 있었고, 누군가 보관을 갖다 주었습니다. 그 장면을 목격한 아서 군은 그 남자를 따라가 격투를 벌였고, 그 과정에서 금판이 떨어져 나갔습니다. 다행히 아서 군은 보관을 가지고 왔지만, 한 조각은 도둑의 손으로 넘어갔죠. 그럼 대체 누가 보관을 갖다 주었고, 누가 조각을 가져간 걸까요?

저는 사건을 해결할 때 불가능한 것을 없애고 남는 것으로 진실을 찾습니다. 가끔은 믿어지지 않을 때도 있지만요. 보관을 넘긴 사람을 찾는 것은 어렵지 않았습니다. 하녀가 범인이라면 아서 군이 죄를 뒤집어쓸 리가 없으니까요. 게다가 아서 군이 메리 양을 사랑했다는 사실을 알고 있으니 범인은 쉽게 밝혀졌죠. 그러나 그 비밀이 너무나

녹주석 보관

치욕스럽기 때문에 더욱 지켜야 했습니다. 메리 양이 저녁에 창가에 있었고, 보관을 보고 기절한 것은 제 가설을 확신하게 했습니다.

 그렇다면 공범을 찾는 일이 남았죠. 메리 양이 홀더 씨의 은혜를 잊을 수 있도록 한 사람은 애인임에 틀림없었습니다. 그런데 메리 양은 외출을 별로 하지 않았고, 집에 찾아오는 사람도 매우 적었습니다. 그 중에 매력적인 미남자 조지 번웰 경이 있었지요. 여자들 사이에서 꽤나 악명을 떨치고 있는 사람이기도 하고요. 구두 발자국의 주인은 조지 번웰 경임에 틀림없고, 그는 메리 양 때문에 아서 군이 사실을 밝히지 않을 거라고 믿었을 겁니다.

 그 다음은 예상하시는 그대로입니다. 저는 건달 차림을 하고 조지 번웰의 집을 찾아가 하인과 우정을 나누었죠. 그리고 주인이 어젯밤에 다쳐서 돌아왔다는 것을 들었고, 주인의 헌 신발 한 짝을 6실링에 샀습니다. 그 신발을 들고 스트리트햄에 나 있는 발자국과 대보니 정확히 일치하더군요."

 "어제 저녁 더러운 부랑자 한 명이 마구간 길을 돌아다니는 것을 보았는데 그 사람이 당신이었던 거군요."

 "그렇습니다, 바로 저였죠. 범인이 누구인지 알아낸 다음 저는 옷을 갈아입고 다시 조지 번웰의 집을 찾았습니다. 스캔들을 막으려면 범인을 경찰에 신고할 수는 없었으니까요. 그 악당은 이런 사실도 모두 알고 있었죠. 그는 처음에는 모두 부인했는데, 제가 알아낸 것들을 이야기하자 호신용 지팡이로 저를 공격하려고 했습니다. 저는 그 자를 이미 상세하게 파악하고 있었기 때문에 미리 준비한 권총을 들이댔죠. 저는 그에게 문제의 보석 한 개당 1천 파운드에 사겠다고 했

습니다. 그러나 그는 이미 보석 3개를 600파운드에 팔았다면서 몹시 후회하더군요. 저는 그를 설득해서 보석을 산 사람 주소를 받아냈습니다. 그리고 오랜 흥정 끝에 보석을 개당 1천 파운드에 살 수 있었죠. 그런 다음 아서 군을 찾아가 모든 이야기를 해주었습니다. 이 일이 모두 끝난 것이 새벽 2시였죠."

"홈즈 선생, 당신이 고생한 덕분에 엄청난 스캔들을 막을 수 있었소. 정말 감사하오. 당신의 능력은 소문 이상으로 대단한 것 같소. 당신이 말한 대로 바로 아서에게 가서 사과하겠소. 메리에 대해서는 더 이상 알려고 하지 않아야 할 거 같소. 그 애 말대로 어디 있는지 알아내도 소용없을 것 같으니."

"하나는 확실하죠. 조지 번웰이 있는 곳에 메리 양이 있다는 것 말입니다. 그리고 메리 양은 언젠가 자신이 한 일에 대해 뼈저린 죗값을 치르게 될 겁니다."

노란 얼굴

The adventure of the Yellow Face

 내 친구 홈즈는 그만의 독특한 능력을 가지고 여러 가지 사건을 성공시켰다. 지금까지는 그가 성공한 사건들을 다루어왔지만, 사실 그가 실패한 사건도 간혹 있었다. 그러나 그가 해결하지 못한 사건은 영원히 해결되지 못한 사건으로 남은 것이 대부분이다. 그 중 이번에 기록하고자 하는 것은 홈즈가 해결하지 못했지만 진실이 밝혀진 사건이었다.

홈즈는 누구보다 힘이 센 남자였는데, 특히 권투 선수 중 같은 체급 내에서는 적수가 없을 만큼 강했다. 하지만 그는 운동 자체를 위해 운동하는 성격은 아니었다. 목적이 없는 운동은 정력의 낭비로 생각했고, 직업상으로 꼭 필요한 경우가 아니라면 몸을 움직이는 것조차 까다롭게 굴었다.

피로와 좌절을 모를 정도로 홈즈는 건강했지만, 사실 그의 생활을 살펴보면 그럴 만하기도 했다. 간소한 식사, 단순하다 못해 금욕적인 생활 방식을 취하고 있었기 때문이다. 사건 의뢰가 없거나 신문에 흥미를 끄는 기사가 없을 때 하는 약간의 코카인 투여만 제외한다면 그에게 나쁜 습관이라고 할 것은 없었다.

어느 화창한 봄날 오후, 홈즈는 오랜만에 나와 함께 공원을 산책하고 있었다. 밤나무의 겨울눈은 막 잎을 피우고 있었고, 느릅나무 가지에는 녹색의 새순이 싹트고 있었다. 우리는 자연을 즐기면서 아무런 말없이 약 두 시간 동안 공원을 여유롭게 걸었다. 저녁 5시 정도 되었을 무렵 베이커 가에 있는 집에 도착했다. 그때 하숙집에서 일하는 아이가 방으로 들어왔다.

"실례합니다. 어떤 신사가 선생님을 아까 찾아오셨습니다."

"오, 그래? 그 신사는 돌아가셨나?"

"네, 방에 들어오셔서 기다리다가 가셨습니다."

"그 신사가 얼마 정도 기다렸지?"

"30분 정도 기다리셨습니다. 그런데 기다리는 동안 안절부절 못 하고 방 안을 계속 돌아다니셨습니다. 발을 쿵쿵 구르기도 하고요. 저는 방문 바깥에서 대기하고 있었는데, 그 신사의 소리가 다 들렸습니다. 그러다 갑자기 나와서 '홈즈 선생은 대체 언제 오는 것이냐?' 라고 물었습니다. 저는 조금만 더 기다리시라고 말씀드렸죠. 그 말을 듣고 그분은 '그럼 난 바깥에서 기다리겠다. 안에 있으니까 숨이 막힐 것 같아서 말이야.' 라고 말씀하시고 밖으로 나가셨습니다. 제가 여러 번 안에서 기다리시라고 했는데 그냥 가버리셨어요."

"그래, 고생 많았구나. 고맙다."

홈즈는 아쉬운 기색을 숨기지 않고 방으로 들어오면서 다시 말을 시작했다.

"저런, 사건 의뢰가 들어오기만을 기다렸는데 이렇게 끝나버리다니. 30분도 채 기다리지 못할 만큼 다급했다면 아주 중요한 일일 텐

데. 아니, 저게 뭔가? 못 보던 파이프가 놓여 있군. 그 신사가 놓고 간 것 같군. 브라이어 뿌리로 만든 데다가 담뱃대는 호박으로 만들었군. 런던에 진품 호박 물부리는 아마 열 개가 채 되지 않을 텐데 멋지군. 아끼는 파이프를 여기에 두고 가다니, 그 신사도 어지간히 마음이 급했던 모양이야."

"아끼는 파이프라는 건 어떻게 아는 건가?"

"이 파이프는 7실링 6펜스 정도 주고 샀을 거야. 그런데 여기 두 번이나 수리한 흔적이 있어. 나무 담뱃대를 한 번, 호박 물부리를 한 번씩 수리 받았군. 두 번 다 은띠를 둘러서 고친 것을 보니, 수선 비용이 아마 파이프 가격보다 비쌌을 거야. 새것을 사지 않고 더 많은 돈을 주고 고친 것은 이 파이프를 몹시 아꼈다는 증거지."

"다른 것들은 다 어떻게 알았나? 나로서는 도저히 알 수가 없군."

홈즈는 내 질문을 듣고 마치 학생들에게 강의하는 교수처럼, 손가락으로 파이프를 두들기면서 대답했다.

"파이프는 매우 흥미로운 물건들 중 하나라네. 시계와 구두끈 다음으로 가장 개성이 강한 물건이기도 하고. 하지만 개성이란 그렇게 중요한 게 아니기도 하지. 파이프의 주인은 왼손잡이에 근육질이며 이빨이 아주 튼튼한 남자라는 것 정도만 알아낼 수 있으니까. 다소 부주의한 부분도 있지만, 경제 활동을 하지 않아도 될 만큼 부유하다는 것도 알 수 있어."

홈즈는 아무렇지 않은 듯이 말했지만, 내가 그의 말을 이해하는지 살펴보고 있었다.

"7실링이 넘는 파이프를 사기 때문에 부유하다고 하는 건가?"

"왓슨, 파이프에 있는 담배는 1온스에 8펜스 정도 하는 그로브너 담배야. 사실 그 반 정도만 값을 지불해도 괜찮은 담배를 살 수 있어. 그런데 굳이 이렇게 비싼 담배를 피우는 걸 보면 경제 사정이 넉넉하다는 것을 알 수 있지."

홈즈는 파이프에서 나온 담뱃재를 손바닥에 털어내며 대답했다.

"그렇군. 다른 것들은 어떻게 알아냈나?"

"이 신사는 가스불이나 등잔불로 파이프에 불을 붙이는 습관이 있어. 담배통이 온통 그을려 보이는 게 그 증거라네. 성냥불로 불을 붙인다면 이렇게 그을릴 수가 없네. 왜 성냥불을 담배통 옆에 갖다 대겠나. 하지만 등잔불로 불을 붙이면 담배통이 그을릴 수밖에 없어. 그런데 그을린 쪽은 오른쪽뿐이야. 그래서 이 신사가 왼손잡이라고 말한 거라네. 자, 여기 파이프를 등잔불에 대보게. 자네는 오른손잡이니까 담배통 왼쪽이 불에 닿게 되는 걸 확인했지? 물론 반대쪽이 닿을 수도 있지만, 그건 아주 흔치 않은 일이겠지.

다음으로 호박 물부리를 살펴보겠네. 여기 이빨 자국이 나 있는 거 보이지? 이빨의 힘이 이렇게 센 남자라면 다른 힘도 셀 거야. 그래서 근육질의 신사라고 추리를 한 것이지. 오, 누군가 계단을 올라오는 소리가 들리는군. 그 신사일 것 같으니 추리는 그만하고, 그 신사에게 흥미진진한 이야기를 들어보는 게 좋겠군."

홈즈의 말이 끝나자마자 키가 큰 젊은 남자가 갑자기 들어왔다. 그는 고급스럽고 품위 있어 보이는 진회색 정장을 입고 있었으며, 챙이 넓은 갈색 중절모를 손에 들고 있었다. 이때는 그가 서른 살 정도로 보였지만, 실제 나이는 그보다 훨씬 많음을 나중에 알게 되었다.

"아, 죄송합니다. 노크를 했어야 하는데 무례하게 그냥 들어오고 말았습니다. 지금 제가 제정신이 아니니 이해해 주시기 바랍니다."

그는 몹시 당황한 모습으로 말하더니 이마를 쓸어 올리고 의자에 앉았다.

"저런, 이틀 정도 잠을 못 주무신 것 같군요. 불면증이란 그 어떤 일보다 신경을 혹사시켜 괴롭게 만들죠. 그런데 무엇을 의뢰하러 오셨나요?"

홈즈는 편안함을 주는 목소리로 남자에게 말했다.

"홈즈 선생님의 조언이 필요합니다. 제 인생이 산산조각 나고 있는데, 저는 아무것도 할 수가 없습니다."

"저에게 말씀하시면 최선을 다해 해결해 드리겠습니다."

"감사합니다. 가능하다면 홈즈 선생님의 지혜와 분별력을 좀 배우고 싶습니다. 앞으로 어떻게 살아가야 할지도 모르겠습니다."

그의 얼굴은 물론 몸짓 하나하나가 매우 고통스러워 보였다. 억지로 말을 하는 사람처럼 띄엄띄엄 말했지만, 그 안에는 강한 의지가 엿보였다.

"사실 제가 의뢰하고자 하는 것은 아주 사적인 문제입니다. 처음 보는 사람에게 아내에 대한 이야기를 한다는 것은 정말 어려운 일입니다. 게다가 그렇게밖에 할 수 없다는 사실이 더욱 괴롭습니다. 하지만 더 이상은 어떻게 할 방법이 없어요. 도움이 꼭 필요합니다."

"그렇군요. 그랜트 먼로 씨, 이제 차근차근 이야기를 시작합시다."

홈즈가 그의 이름을 부르자 남자는 깜짝 놀라며 자리에서 벌떡 일어났다.

"아니, 어떻게 제 이름을 아시는 거죠? 전 말한 적이 없는데요!"

"이름을 알리고 싶지 않으면 모자 안감에 이름을 적어놓는 습관을 버리면 됩니다. 아니면 대화하는 상대를 향해 모자 위쪽을 돌려놓아도 되고요. 제가 먼로 씨에게 할 수 있는 말은 이 방에서 제 친구와 저는 비밀스러운 이야기를 수없이 많이 들었다는 겁니다. 그리고 대부분의 경우 그 비밀로 힘들어하는 사람들에게 평화를 줄 수 있었습니다. 당신에게도 그렇게 해드릴 테니까 너무 걱정하지 마십시오. 급한 일일 수도 있으니 사건에 대한 이야기부터 해주시기 바랍니다."

남자는 난처하다는 듯이 이마를 문지르면서 망설이는 표정을 지었다. 그의 표정과 행동으로 보아 그는 내성적인 데다 과묵하며, 자존심이 매우 강하다는 것을 알 수 있었다. 아마 그는 상처가 나면 상처를 드러내느니 차라리 감출 것이다. 그러나 뜻밖에도 먼로 씨는 뭔가를 결심한 듯이 주먹을 꼭 쥔 채로 말을 시작했다.

"홈즈 선생님, 저는 올해요 결혼한 지 만 3년이 되었습니다. 아내와 저는 서로를 깊이 사랑하며 행복한 부부생활을 하고 있었습니다. 말은 물론 행동이나 생각의 차이도 없을 정도로 꼭 맞는 부부였죠. 그런데 지난 월요일, 갑자기 뭔가 벽이 생겼습니다. 아내의 말과 행동에 제가 잘 모르는 부분이 있다는 것을 알게 되었거든요. 마치 길에서 우연히 마주친 사람에게 느껴지는 낯선 느낌 때문에 아내와 저는 갑자기 서먹서먹해졌습니다. 저는 그 이유를 알고 싶어요.

아내 에피가 저를 사랑한다는 것은 예전이나 지금이나 변함이 없습니다. 아내는 마음을 다해 저를 사랑하고 있고, 저는 그것을 충분히 느끼고 있습니다. 여자가 남자를 깊이 사랑할 때, 남자는 여자의

마음을 쉽게 알 수 있으니까요. 하지만 아내가 비밀을 가지고 있다는 사실을 알게 되자 저희는 예전과 다른 모습을 갖게 되었습니다."

"먼로 씨, 좀 더 자세하게 이야기해 주십시오."

홈즈는 마음이 급했는지 그의 말 중간에 끼어들었다.

"네, 알겠습니다. 일단 아내의 과거에 대해 제가 아는 대로 말씀드리겠습니다. 아내를 처음 만났을 때, 그녀는 24살의 젊은 미망인이었습니다. 그때는 전 남편의 성을 따라 헤브론 부인이라고 불렸죠. 그녀는 어렸을 때 미국으로 건너가 애틀랜타에서 살았습니다. 그리고 헤브론이라는 변호사를 만나 결혼해 아이도 하나 낳았다고 합니다. 그런데 황열병(아프리카와 남아메리카 지역에서 유행하는 바이러스 출혈열, 모기에 의해 전파됨-옮긴이)이 유행하던 때 남편과 아이가 모두 병으로 죽었습니다. 전 남편의 사망진단서를 제게 보여준 적도 있었고요. 이런 일을 겪자 미국에 더 이상 있고 싶지 않았던 아내는 영국으로 돌아왔습니다. 그리고 독신인 이모와 함께 미들섹스의 피너에서 살게 되었습니다. 아내가 피너에 온 지 여섯 달 정도 되었을 때 저와 만나게 되었습니다. 우리는 서로에게 반했고 몇 주 만에 결혼식을 올렸습니다.

저는 홉(맥주 양조에 사용되는 원료-옮긴이) 거래를 하는 상인으로, 1년에 700~800파운드 정도의 수입이 있습니다. 아내에게는 약 4,500파운드 정도의 현금 자산이 있었는데 전 남편이 이 돈을 잘 투자해서 평균 7퍼센트의 수익을 내고 있고요. 덕분에 우리 부부는 아주 여유롭게 살 수 있었습니다. 그래서 1년에 집세가 80파운드나 하는 멋진 집을 얻어서 살게 되었죠. 제가 살고 있는 노베리는 런던에서 가까우

면서도 시골 냄새가 물씬 풍기는 아주 아름다운 마을입니다. 제 직업의 특성상 여름에는 할 일이 별로 없습니다. 그래서 시골집에서 함께 많은 시간을 지내며 꿈같은 시간을 보냈습니다. 그 사건이 일어나기 전까지 저희 부부는 정말 털끝만한 문제도 없었습니다.

또 하나 미리 말씀드릴 게 있습니다. 아내는 결혼하면서 전 재산을 저에게 주었습니다. 저는 사실 반대했습니다. 제 사업이 망하기라도 하면 곤란한 일이 생길 수도 있으니까요. 하지만 아내는 끝까지 그렇게 하겠다고 고집을 부렸고, 결국은 아내의 의견을 따랐습니다. 대신 마음이 바뀌거나 돈이 필요하면 언제라도 말하라고 했지요. 그런데 6주 전, 갑자기 아내가 저를 찾아왔습니다.

'여보, 돈이 필요하면 언제라도 말하라고 했죠?'

'당연하지. 당신이 전 재산을 내게 주었으니까요.'

'그럼 100파운드만 주세요.'

저는 그 액수를 듣고 깜짝 놀랐습니다. 새 드레스나 장신구 같은 게 갖고 싶어서 돈을 달라고 하는 줄 알았으니까요.

'그 돈을 가지고 뭐하려고요?'

'필요하면 주겠다고 했잖아요. 이유는 묻지 말아주세요.'

'물론 돈이 필요하다면 당연히 줘야지요.'

'나에게는 그 돈이 꼭 필요해요.'

'어디에 필요한 건지는 말할 수 없는 거요?'

'미안해요. 지금은 안 돼요. 언젠가는 말할 수 있을지도 모르지만요.'

우리 사이에 비밀이 생긴 것은 그때가 처음이었습니다. 하지만 아내가 말하고 싶어 하지 않으니 어쩔 수 없었죠. 저는 아내에게 100파

운드짜리 수표를 주었고, 이 일에 대해서는 더 이상 생각하지 않기로 했습니다. 제가 말씀드리려는 일과 관계가 있을지도 몰라서 미리 말씀드리는 겁니다.

그럼 저희 마을에 대해서 말씀드리죠. 저희 집 위쪽에는 여관 한 개와 집 두 채가 있습니다. 집 앞 목초지 맞은편에는 농가가 한 채 있고요. 역까지 가는 길에 더 이상 다른 집은 없습니다. 집에서 가장 가까운 농가에 가기 위해서는 도로를 따라가다가 다시 샛길로 들어가야 합니다. 그 집 너머에는 아름다운 스코틀랜드 전나무 숲이 있는데, 그곳이 매우 마음에 들어서 자주 산책을 나가기도 했습니다. 그 농가는 최근 8개월 정도 비어 있었는데, 예쁜 2층집으로 인동 덩굴이 타고 올라간 고즈넉한 현관문까지 있기 때문에 저는 주인이 없다는 것이 몹시 안타까웠습니다. 사람이 살면 더 아름다울 것이 틀림없었으니까요.

그런데 지난 월요일, 저는 산책을 나가다가 근처에서 짐마차 한 대를 보았습니다. 비어 있던 농가 잔디밭에는 살림살이가 잔뜩 쌓여 있더군요. 농가에 누가 들어온 것이 분명해서 저는 걸음을 멈추고 집을 둘러보고 있었습니다. 저희 집과 가장 가까운 집이기 때문에 이사 온 사람들이 누구인지 매우 궁금했거든요. 그런데 2층에서 누군가 저를 내려다보는 것이 느껴졌습니다.

이런 말하기는 좀 그렇습니다만, 저는 그 얼굴을 보고 등골이 오싹해지는 느낌을 받았습니다. 정확히 어떤 이유 때문이라고 말하기는 어렵습니다. 창문에서 좀 떨어진 곳에 있었기 때문에 정확히 그 사람의 얼굴도 볼 수 없었고요. 하지만 그 얼굴에는 비인간적이고 부자연

스러운 무엇인가가 있었습니다. 저는 그 얼굴을 다시 보기 위해 가까이 다가갔지만 마치 어두운 방 속으로 빨려 들어간 것처럼 금세 사라져버리고 말았습니다. 저는 5분 정도 제 느낌에 대해서 분석해 보려고 했습니다. 그 얼굴은 여자인지 남자인지도 모를 정도로 먼 거리에서 보았지만, 죽은 사람처럼 창백하고 딱딱하게 굳어진 느낌이 있어서 강한 인상을 주었습니다. 너무 이상한 느낌이 들어서 저는 새로운 이웃들에 대해서 알아봐야겠다고 생각했습니다. 그래서 바로 현관문을 두드렸습니다. 안에서 키가 크고 매우 마른 여인이 무서운 얼굴을 하고 나왔습니다.

'무슨 일입니까?'

그 여인은 미국 북부 억양으로 물었습니다.

'저는 저쪽 앞집에 살고 있습니다. 새로 이사를 오시는 것 같은데 도와드릴 일이 있을까 해서요.'

저는 머리로 저희 집을 가리키면서 공손하게 물었습니다.

'알았습니다. 만약 필요하면 연락드리겠습니다.'

여인은 말을 끝내고 바로 문을 쾅 닫아버리더군요. 저는 무례한 여인의 태도에 화를 내면서 집으로 돌아왔습니다. 그리고 저녁 내내 창가에 서 있던 시체 같은 사람과 무례한 여인 생각이 머릿속을 떠나지 않았습니다. 아내는 몹시 예민한 성격이기 때문에 이 일에 대해서는 이야기하지 않는 것이 좋겠다고 생각했습니다. 굳이 만나보기도 전에 첫인상을 결정할 필요는 없으니까요. 아내에게는 앞집에 새로 이사 온 사람이 있다고만 말했고, 아내는 크게 관심을 보이지 않았습니다.

저는 한 번 잠이 들면 누가 업어가도 모를 정도로 깊이 잠들곤 합니

다. 하지만 그날 밤은 낮의 일 때문이었는지 평소보다 잠이 얕게 들었습니다. 몇 시간이나 잤을까, 잠결이지만 무슨 일이 벌어지고 있음을 어렴풋이 느끼면서 잠에서 깼습니다. 그런데 아내가 망토를 쓰고 모자를 든 채 외출 준비를 하는 것이 보였습니다. 저는 아내의 한밤중 외출에 대해 한 마디 해야겠다고 생각했습니다. 그런데 반쯤 뜬 눈으로 아내를 바라보고는 깜짝 놀라고 말았습니다. 아내의 얼굴에는 지금까지 한 번도 본 적이 없는 무서운 표정이 나타나 있었는데, 아내가 그런 표정을 지을 수 있다니 지금 생각해도 놀랍습니다.

아내는 망토 단추를 채우면서 혹시 제가 깼는지 살펴보더군요. 마치 죽은 사람처럼 창백한 얼굴로 급하게 숨을 몰아쉬고 있었습니다. 제가 잠들어 있다고 생각했는지 아내는 조용히 방을 나갔습니다. 잠시 후 현관문의 경첩에서 삐걱거리는 소리가 났습니다. 저는 그것이 꿈인지 현실인지 구분이 가지 않았습니다. 그래서 침대 난간을 손으로 두들겨본 뒤 현실이라는 것을 알 수 있었죠. 시계를 보니 새벽 3시였습니다. 대체 아내는 새벽 3시에 무엇을 하기 위해 밖으로 나간 것일까요? 저는 일어나서 20분 정도 생각하고 또 생각해 보았습니다. 하지만 아무리 생각해도 어떤 일이 일어난 건지 전혀 알 수가 없었습니다. 잠시 후 문이 열리는 소리가 나더니 2층으로 올라오는 발자국 소리가 들렸습니다. 저는 그때도 어떻게 해야 할지 모르는 상태였습니다.

'에피, 이 시간에 어딜 갔다 오는 거요?'

아내가 들어오자 저는 바로 물어보았습니다. 제가 깨어 있다는 것을 알자 아내는 깜짝 놀라면서 아주 작은 비명을 질렀습니다. 저는

아내가 비명을 지른 것이 마음에 걸리더군요. 무언가 떳떳하지 못한 행동을 한 것처럼 느껴졌거든요. 솔직하고 정직한 여자라고 믿었던 아내가 남편의 추궁에 놀라서 비명을 지르다니 간담이 서늘해지는 기분이었습니다.

'오, 잭, 일어나 있었어요? 당신은 하늘이 무너져도 일어나지 않을 거라고 생각했거든요.'

'대체 어디를 다녀온 건지 말해 봐요.'

저는 아내에게 엄격한 목소리로 물었습니다.

'당신을 놀라게 해서 미안해요. 자다가 갑자기 기절할 것 같은 기분이 들어서 신선한 공기를 좀 마시고 왔어요. 저도 이런 일은 처음이었는데, 나가지 않았으면 아마 쓰러졌을지도 몰라요. 지금은 괜찮으니까 걱정하지 말아요.'

아내는 저를 쳐다보지도 않고 말하더군요. 게다가 평소와는 아주 다른 목소리로 말하고 있는 것을 보니 거짓말이 분명했습니다. 저는 갑자기 역겹고 불쾌한 의심이 들었습니다. 대체 아내가 속이려고 하는 것은 무엇이며, 이 새벽에 어디를 다녀온 것일까? 만족할 수 있는 답을 알기 전까지는 마음이 편해지지 않을 것을 알았지만, 이미 아내가 거짓말을 했기 때문에 다시 캐묻고 싶지는 않았습니다. 그날 밤 저는 밤을 꼬박 지새우며, 말도 안 되는 상상으로 저 자신을 계속 괴롭혔습니다.

그날 저는 구시가에서 일이 좀 있었지만, 마음이 뒤숭숭해서 나가지 않기로 했습니다. 아침을 먹으면서 보니 아내도 저만큼 불안해하는 기색이 역력했습니다. 제가 아내의 말을 믿지 않는다는 것을 아는

듯했습니다. 식사 내내 아내와 저는 한 마디도 하지 않았고, 저는 아침 산책을 하면서 새벽의 일에 대해 생각했습니다.

저는 하이드파크의 수정궁까지 산책을 가서 한 시간 정도 있다가 1시쯤에 다시 노베리로 돌아왔습니다. 그리고 어제 찾았던 농가 앞을 지나면서 그 이상한 얼굴이 또 있을 것 같아서 2층 창문을 잠시 쳐다보고 있었습니다. 그때, 정말 놀라운 일이 벌어졌죠. 그 집 현관에서 아내가 나온 것입니다. 홈즈 선생님, 제가 얼마나 놀랐을지 상상이 가십니까? 저는 아내를 보고 깜짝 놀랐지만, 아내가 놀란 것에 비하면 아무것도 아니었죠. 아내는 소스라치게 놀라서 다시 집 안으로 들어가려고 할 정도였습니다. 그러나 곧이어 억지로 미소를 지으면서 제 앞으로 다가왔습니다. 얼굴은 하얗게 질린 채였고, 눈에는 두려움이 가득했습니다.

'잭, 새로 이사 온 분들이 있다고 당신이 어제 말했잖아요. 그분들을 도울 일이 있을까 해서 온 거예요. 왜 나를 그런 눈빛으로 쳐다보는 거죠? 화낼 일을 한 적은 없으니 나한테 화내지 말아요.'

'그래, 어젯밤 다녀온 곳이 바로 여기였군.'

'그게 무슨 말이에요! 난 여기 처음 왔어요.'

'어떻게 그런 거짓말을 할 수 있는 거요?'

저는 너무 화가 나서 계속 소리 지르며 말했습니다.

'당신 목소리만 들어도 거짓말을 알 수 있소. 난 당신한테 지금까지 숨긴 것이 아무것도 없었는데 당신이 거짓말을 하다니! 이 집으로 들어가서 도대체 무엇을 숨기고 있는지 알아야겠소!'

'여보, 안 돼요. 그렇게 하면 불행한 일이 생길 거예요. 언젠가는

모든 것을 다 말할 테니 제발 이러지 말아요!'

아내는 미친 듯이 애원하면서 뿌리치는 저에게 매달렸습니다.

'여보, 이번 한 번만 날 믿어줘요! 나를 위해서가 아니라 우리 둘을 위해서 말하지 않는 거예요. 같이 집으로 가면 아무런 일도 없을 거예요. 믿어주세요. 하지만 이 집에 들어간다면 우리 사이는 여기에서 끝나버리고 말아요.'

아내가 너무 강하게 매달리자 저는 어떻게 해야 할지를 모르고 서 있었습니다. 그러다가 아내에게 말했죠.

'좋아, 한 가지 조건을 지켜준다면 당신을 믿겠소. 앞으로 이런 행동은 더 이상 하지 말아요. 나에게 숨기는 것은 굳이 말하지 않아도 좋지만, 더 이상 밤에 외출하는 것도, 나한테 숨기는 일도 없도록 해요. 이것만 약속한다면 이번 일은 모두 잊도록 하겠소.'

'당신은 나를 믿어줄 거라고 생각했어요. 이제부터 그렇게 할게요. 이제 집으로 가요.'

아내는 한숨을 내쉬면서 제 소매를 잡아끌었습니다. 집으로 가던 도중, 저는 뒤를 돌아보았습니다. 그런데 2층에서 어제 본 사람이 노랗고 창백한 얼굴로 아내와 저를 보고 있더군요. 저는 2층 사람과 아내가 어떤 관계인지, 이 집의 사납고 예의 없는 여자와 아내가 어떤 관계인지 너무나 궁금했습니다. 그 답을 알게 되기 전까지는 예전처럼 평화롭게 지낼 수 없을 것이라는 사실을 알게 되었죠.

그 후 이틀 동안 저는 집에 있었습니다. 아내 역시 꼼짝하지 않고 집에 있으면서 저와 한 약속을 지키고 있었지요. 그런데 3일째, 아내는 저와의 약속을 깨고 이상한 행동을 하고 말았습니다. 그날은 제가

런던에 갔던 날입니다. 저는 평소 3시 36분 기차를 타고 돌아오는데, 그날은 2시 40분 기차를 타고 돌아왔습니다. 집에 들어오자 하녀가 깜짝 놀란 얼굴로 저를 바라보더군요.

'아내는 어디 있지?'

'산책하러 나가신 것 같아요. 곧 돌아오실 겁니다.'

하녀는 대답한 뒤 바로 나가버렸고, 저는 마음속에 새로운 의심이 생기는 것을 피할 수 없었습니다. 혹시 아내가 있는지 확인하기 위해 2층 침실로 올라갔지만, 역시 아내는 없더군요. 그런데 창문으로 방금 저와 만났던 하녀가 종종걸음으로 목초지를 건너 그 집으로 가는 것이 보였습니다. 저는 그것이 무엇을 의미하는지 분명하게 알았습니다. 아내가 그 집으로 가면서 혹시 제가 돌아오면 알려달라고 하녀에게 부탁한 거였죠.

저는 너무 화가 나서 눈앞에 보이는 게 없었습니다. 한달음에 그 집을 향해 달려갔고, 아내와 하녀가 샛길로 오는 것이 보였지만 저는 그들을 지나쳤습니다. 저희 부부에게 불행을 가져다 준 그 비밀이 무엇인지 알아야겠다는 것 외에는 아무것도 생각할 수 없었습니다. 끝장을 봐야겠다는 생각뿐이었지요. 그 집에 도착하자 저는 문도 두드리지 않고 현관문을 열었습니다. 집 안은 아무도 없는 것처럼 조용했습니다. 좀 더 들어가 보니 부엌에서는 주전자 물이 끓고 바구니 속에 크고 검은 고양이가 웅크리고 있더군요. 하지만 다른 사람은 전혀 보이지 않았습니다. 2층으로 올라가 모든 방을 살펴보았지만 집 안은 텅 비어 있었습니다. 집 안의 가구와 그림은 모두 값싼 것이었는데, 방 하나만은 예외였습니다. 이상한 얼굴이 나타났던 그 방은 편안하

고 기품 있게 꾸며져 있었습니다. 그런데 그 방의 벽난로 선반 위에 아내의 사진이 놓여 있더군요. 사진을 보는 순간 제 모든 의심은 고통이 되어 제 마음을 아프게 했습니다. 3개월 전에 제가 부탁해서 찍은 아내의 전신사진이었으니까요.

저는 한참을 그 집에 더 있었지만 아무도 없다는 것은 확실했습니다. 한없이 무거운 마음으로 그 집을 나오면서 처참한 기분을 곱씹었습니다. 태어나서 그런 기분을 느껴본 것은 처음이었어요. 집에 도착하자 아내가 혼자 나와 있었습니다. 하지만 저는 마음의 상처를 깊이 받았기 때문에 아내와 말도 하고 싶지 않았어요. 그래서 아내를 밀치고 서재로 들어가 버렸는데 아내는 끝까지 저를 따라왔습니다.

'여보, 약속을 지키지 못해서 미안해요. 하지만 다 이유가 있어요.'
'그럼 그 이유를 말해 봐요.'
'그건…… 그건 말할 수 없어요.'
'그 집에 누가 살고 있는지, 그리고 사진을 갖다 준 사람이 누군지 말하지 않는다면 난 앞으로 당신을 믿을 수 없소.'

저는 이렇게 말하면서 아내를 뿌리치고 집에서 나왔습니다. 홈즈 선생님, 이게 바로 어제 일어났던 일입니다. 그리고 아내를 보지 못했습니다. 우리 부부에게 문제가 생긴 것은 이번이 처음이에요. 너무 큰 충격을 받아서 어떻게 해야 하는지도 잘 모르겠더군요.

고민 끝에 홈즈 선생님이라면 이 일을 어떻게 해결해야 할지 알지도 모른다고 생각했어요. 그래서 이곳으로 달려온 겁니다. 제가 도대체 어떻게 해야 할까요? 저는 이 상황이 너무나 견디기 힘들고 괴롭습니다."

홈즈와 나는 그의 긴 이야기를 집중하여 들으면서 큰 흥미를 느꼈다. 먼로 씨는 감정이 격해지는지 몸을 떨기도 하고 말을 더듬기도 했다. 홈즈는 손으로 턱을 괸 채 한동안 생각에 잠겨 있다가 말을 꺼냈다.

"먼로 씨, 창가에서 본 얼굴이 남자의 얼굴이라고 생각하십니까?"

"글쎄요. 가까이서 보지 못했기 때문에 확신할 수는 없습니다."

"불쾌한 인상을 받으셨다고 했죠?"

"네, 얼굴색이 부자연스럽고 표정이 굳어 있었거든요. 제가 가까이 갈 때마다 그 얼굴은 바로 사라졌습니다."

"알겠습니다. 부인이 100파운드를 달라고 했던 건 언제였죠?"

"두 달 정도 전입니다."

"혹시 먼로 씨는 아내의 전 남편 사진을 본 적이 있나요?"

"아니오. 전 남편이 죽은 뒤에 큰 불이 나서 사진이 모두 없어졌다고 들었습니다."

"부인께서 전 남편의 사망진단서를 보여준 적이 있다고 했죠?"

"네, 불이 난 뒤 재발급을 받았다고 하더군요."

"혹시 미국에서 부인을 알던 사람을 만난 적이 있습니까?"

"아니오, 한 번도 없습니다."

"부인께서 혹시 미국에 다시 가보고 싶다거나 미국에서 편지를 받은 적이 있나요?"

"모두 없습니다."

"좋습니다. 그럼 이 문제에 대해서 생각을 좀 더 해봐야겠군요. 만약 이사 온 사람들이 집을 떠났다면 좀 어려워질 수도 있을 것 같군

요. 하지만 제 생각에는 먼로 씨가 온다는 소리를 듣고 잠깐 집을 비운 것 같군요. 아마 지금은 모두 집에 있을 것이고, 우리는 모든 사실을 알 수 있게 될 겁니다.

자, 이제 먼로 씨가 해야 할 일을 말씀드리겠습니다. 일단 노베리로 돌아가서 그 집 창문을 잘 살펴보십시오. 집 안에 사람이 있다고 생각되면 들어가지 말고 저희에게 전보를 치십시오. 전보를 받으면 한 시간 내에 저희가 가도록 하겠습니다. 그리고 사건의 진상을 밝히도록 하지요."

"만약 그 집이 비어 있으면 어떻게 할까요?"

"그렇다면 저희가 내일 그곳으로 찾아가겠습니다. 그때 같이 이야기하면 될 것 같군요. 먼로 씨, 문제가 정확히 밝혀진 게 아니니 너무 애태우지 마십시오. 그럼 조심해서 돌아가세요."

홈즈는 먼로 씨를 문 밖까지 배웅한 뒤 방으로 다시 돌아왔다.

"왓슨, 이 일은 상당히 구린 구석이 있는 것 같은데 자네는 어떻게 생각하나?"

"나도 느낌이 별로 좋지 않아."

"내 생각에 먼로 부인은 협박을 당하고 있는 것 같군."

"협박이라니? 누구한테?"

"농가의 가장 안락한 방에서 난로 위에 부인의 사진을 올려놓고 있는 어떤 사람이겠지. 창가의 노란 얼굴에게는 아주 흥미로운 부분이 있어. 이 사건은 매우 매력적인 부분이 있다네."

"자네 벌써 사건의 가설을 세운 건가?"

"그렇다고 할 수 있겠지. 아마 내 가설이 옳다는 게 곧 증명될 거야.

먼로 부인의 전 남편이 그 농가에서 살고 있는 게 분명하네."

"설마! 그렇게 생각하는 이유가 뭔가?"

"그렇지 않다면 먼로 씨가 그 집에 들어가는 것을 말릴 이유가 없지. 내 가설을 설명해 주겠네. 먼로 부인은 미국에서 결혼을 했는데, 남편에게 어떤 문제가 생겼어. 끔찍한 병에 걸려서 장애를 가지게 됐을지도 몰라. 부인은 견디지 못하고 남편을 떠나 영국으로 도망을 왔지. 재혼하면서 새 출발을 했고, 자신이 드디어 안정된 생활을 하고 있다고 생각했지. 아마 먼로 부인이 보여준 사망 진단서는 다른 사람의 것일 거야.

그런데 갑자기 전 남편, 혹은 그와 함께 사는 파렴치한 여인이 먼로 부인을 찾아냈지. 이들은 부인에게 비밀을 폭로하겠다고 협박했고, 부인은 그들에게 100파운드를 주었지. 그러나 이들은 부인 곁으로 이사를 왔고, 남편에게 그 얘기를 들은 부인은 직접 가서 자신을 가만히 놔두도록 설득했을 거야. 남편이 잠들어 있는 틈을 타서 말이야. 하지만 아무리 말해도 소용이 없었고, 설득을 하러 갔던 길에서 남편을 만난 거지.

부인은 남편에게 다시는 그 집에 가지 않겠다고 약속했지만, 무서운 이웃을 쫓아내고 싶어서 다시 찾아갔을 거야. 그런데 하녀가 와서 남편이 돌아왔다고 말해 주었고, 부인은 재빨리 그들을 뒷문으로 내보내서 숨겨놓았지. 그래서 먼로 씨가 갔을 때 아무도 없었던 것이고. 하지만 오늘 저녁에는 집이 비어 있을 이유가 없어. 자네는 내 가설을 어떻게 생각하나?"

"가능성은 있겠지만 전부 추측뿐이니 뭐라 말하기 어렵군."

"하지만 사실을 설명할 수는 있지. 가설과 다른 사실이 나오면 그때 가서 다시 생각해 보면 될 거야. 노베리에서 연락이 오기 전까지는 할 일이 없겠군."

우리가 차를 마시면서 그에 대한 이야기를 끝낼 즈음, 노베리에서 전보가 왔다.

사람들이 그 집에 있음. 창가에서 그 얼굴도 다시 봄. 7시 기차로 오시면 마중 나가도록 하겠음. 두 분이 올 때까지 아무런 행동도 하지 않겠음.

우리가 기차에서 내렸을 때 먼로 씨는 플랫폼에서 파리한 얼굴로 우리를 맞이해 주었다. 그는 초췌한 모습이었지만 흥분으로 온몸을 떨고 있었다.

"홈즈 선생님, 그들은 아직 그 집에 있습니다. 제가 오는 길에 그 집에서 불빛이 새어나오는 걸 봤어요. 이제 모든 것을 분명하게 밝히겠습니다."

먼로 씨는 홈즈를 바라보며 단호하게 말했다.

"어떤 계획이 있으신 건가요?"

홈즈가 어두운 도로를 걸으면서 물었다.

"일단 그 집에 들어가서 그곳에 있는 사람이 누구인지 확인할 겁니다. 두 분은 증인 자격으로 함께 가주십시오."

"먼로 씨, 부인이 모르는 척해 달라고 하셨는데도 그렇게 하실 생각인가요?"

"네, 전 이미 결심을 했습니다."

"사실 저도 그렇게 하는 게 좋을 것이라고 생각해요. 어떤 진실이라 해도 의심보다는 나을 테니까요. 그럼 당장 그쪽으로 갑시다. 법적으로는 위법한 행위지만, 그만한 가치가 있을 것 같군요."

좁은 샛길로 들어섰을 때, 가랑비가 내리기 시작했다. 바퀴 자국이 깊이 패어 있는 길 양쪽에는 나무로 된 울타리가 서 있었다. 캄캄한 밤이었지만 이곳에 익숙한 먼로 씨는 빠르게 걸어갔고, 초행길인 우리는 그의 뒤를 겨우겨우 쫓아갔다.

"저기 보이는 불빛이 저희 집입니다."

먼로 씨가 나무 사이의 빛을 가리키며 작은 목소리로 말했다.

"이 앞쪽에 있는 불빛이 우리가 찾아가는 그 집입니다."

그는 이렇게 말하면서 길모퉁이를 돌았고 바로 그 집이 나타났다. 컴컴한 앞마당에 노란 불빛이 드리워져 있는 것으로 보아 현관문은 열려 있는 듯했다. 2층을 올려다보니 한 창문에서 밝은 불빛이 보였고, 그때 검은 그림자 하나가 커튼 앞에서 움직이는 모습이 보였다.

"바로 저 사람입니다! 확실해요! 모두 저를 따라 오십시오. 모든 진실이 밝혀질 겁니다."

먼로가 분노에 찬 목소리로 말하며 문 앞으로 다가섰다. 그때 한 여성이 어둠 속에서 나와 먼로 씨의 앞을 막아섰다. 어두워서 얼굴은 잘 보이지 않았지만, 두 팔을 올려 애원하고 있었다.

"여보, 제발 그러지 말아요. 당신이 오늘 밤에 여기 올 줄 알고 기다리고 있었어요. 한 번만 날 믿어줘요. 절대로 후회하지 않을 거예요."

"에피, 난 당신을 믿어왔지만 이번은 안 돼요. 난 이 사람들과 들어갈 테니 붙잡지 말아요. 이 문제를 모두 풀어버리고 말 거요."

먼로 씨는 아내를 밀쳤고 우리는 그 뒤를 바짝 뒤따랐다. 그가 문을 열자 늙은 여인이 그 앞을 막았다. 그는 여인을 밀어냈고 우리는 재빨리 2층으로 뛰어 올라갔다. 우리는 먼로를 따라 불이 켜져 있는 그 방으로 들어갔다. 그 방은 먼로의 말처럼 매우 잘 꾸며져 있었다. 탁자와 벽난로 선반 위에는 촛불이 두 개씩 켜 있었고, 구석에 한 아이가 책상 위로 고개를 숙이고 있었다. 그 아이는 우리가 들어가자 고개를 돌렸지만, 빨간 드레스에 흰 장갑을 끼고 있다는 것을 알 수 있었다. 그때 아이가 고개를 들어 우리를 돌아봤는데, 나는 깜짝 놀라서 소리를 지르고 말았다. 아이의 얼굴은 흙빛이었고 아무런 표정도 보이지 않았다. 홈즈는 웃으면서 아이의 귀 뒤에 있는 가면을 벗겼고, 여자아이의 까만 얼굴이 나타났다.

아이는 우리가 놀란 것이 재미있었는지 하얀 이를 드러내며 까르르 웃었고, 나 역시 아이의 웃음에 전염되어 웃어버리고 말았다. 그러나 먼로 씨는 자신의 목을 움켜쥐고 멍하니 아이를 바라보기만 했다.

"홈즈 선생님, 대체 이게 무슨 일이죠?"

"제가 다 말씀드리겠어요."

부인이 무언가를 결심한 얼굴로 들어서며 당당한 목소리로 말했다.

"나는 끝까지 말하고 싶지 않았지만 당신이 너무나 원하니 어쩔 수 없군요. 일이 이렇게 되었으니 우리 둘 다 최선을 다해야 해요. 전 남편은 말했던 대로 미국에서 죽었어요. 하지만 아이는 죽지 않고 살았어요."

"당신 아이가 살아 있다고?"

먼로 부인은 가슴속에서 은으로 만든 커다란 장식을 꺼냈다.

"당신은 이 안에 무엇이 들었는지 한 번도 본 적이 없죠?"

부인이 용수철을 건드리자 뚜껑이 열렸고, 그 안에는 매우 잘생기고 지적으로 보이는 한 남자의 초상화가 있었다. 그 남자는 아프리카계 흑인의 특징이 뚜렷이 남아 있었다.

"이 사람이 전 남편 존 헤브론이에요. 가장 고결한 영혼을 가진 남자였어요. 이 사람과 결혼하기 위해서는 제가 살아온 세계와 인연을 끊을 수밖에 없었어요. 하지만 단 한 번도 후회한 적이 없었죠. 우리 사이에 태어난 외동딸 루시는 안타깝게도 엄마보다는 아빠를 훨씬 많이 닮았어요. 아니 아빠보다 더 피부가 검어요. 흑인과 백인 사이에서는 그런 일이 종종 일어나죠. 루시의 피부색은 상관없어요. 사랑하는 제 딸이니까요."

루시는 그 말을 듣고 엄마에게 달려와 치맛자락을 붙잡았다. 부인은 아이를 한 번 안아주고 다시 말을 계속했다.

"루시를 미국에 두고 왔던 건 이 아이의 몸이 매우 약했기 때문이에요. 환경이 바뀌면 아이에게 악영향을 미칠 것 같아서 우리 집 하녀였던 스코틀랜드 여자에게 맡겨두었죠. 믿을 만한 여자였거든요. 그런데 당신과 사랑에 빠져버리고 말았어요. 아이를 부인할 생각은 없었는데, 당신에게 사실대로 말할 용기가 없었어요. 당신과 아이 둘 사이에서 제 마음은 점점 당신을 향하게 되었어요. 그렇게 3년 동안 아이의 존재를 당신에게 비밀로 했어요.

그런데 하녀에게 아이가 건강해졌다는 소식을 들었어요. 소식을 듣고 나니 아이가 너무 보고 싶었고, 더 이상 참을 수가 없었어요. 잠시라도 아이를 옆에 두고 싶어서 하녀에게 100파운드를 보내면서 이

집을 알려주었죠. 내가 없이도 무사히 이곳으로 이사 올 수 있게 하기 위해서요. 아이의 존재를 숨기기 위해서 하녀에게 낮에는 아이를 집 밖으로 내보내지 말도록 했어요. 얼굴과 손을 가리라고 따로 부탁도 했죠. 혹시 누가 아이를 보고 흑인 아이가 살고 있다는 소문이라도 퍼지면 안 되니까요. 하지만 너무 조심했던 게 문제가 되고 말았죠. 당신이 이 사실을 알까 봐 난 너무 겁이 났고, 정신을 반쯤 놓고 살 수밖에 없었어요.

돈까지 보냈지만 아이가 이 집에 언제 오는지 저는 정확히 몰랐어요. 그런데 당신이 이 집에 이사 온 사람이 있다는 말을 해줬어요. 전 설레서 기다릴 수가 없었고 밤에 몰래 이 집에 다녀왔어요. 그런데 불운하게도 당신은 내가 외출하는 것을 봤고, 그때부터 불행이 시작되고 말았어요. 다음 날 당신은 내가 이 집에서 나오는 것을 추궁하지 않고 신사답게 참아주었죠. 사흘 뒤 당신이 다시 이 집으로 뛰어 들어왔고, 하녀와 아이는 당신을 피해 뒷문으로 몸을 피할 수 있었어요. 이제 당신은 모든 사실을 알게 되었어요. 아이와 나를 어떻게 할 건가요?"

부인은 두 손을 모으고 남편의 대답을 기다렸다. 10분 정도 가만히 생각한 뒤, 먼로 씨는 아이를 안아서 볼에 뽀뽀를 해주었다. 더없이 뿌듯한 대답이었다. 그리고 아내의 손을 잡고 문 쪽으로 데려가면서 말했다.

"앞으로의 문제에 대해서는 집에 가서 이야기하도록 해요. 에피, 난 좋은 사람이라고는 할 수 없지만 당신이 생각하는 것보다는 괜찮은 사람이오."

홈즈와 나는 이들을 따라 샛길을 걸어갔다. 홈즈는 내 소매를 살짝 잡아당기면서 이렇게 속삭였다.

"우리는 노베리보다는 런던으로 가는 게 낫겠군."

그날 밤 늦게 베이커 가로 돌아온 홈즈는 이 사건에 대해 아무런 말도 하지 않았다. 그런데 갑자기 잠자리에 들기 위해 촛불을 들고 침실로 들어가면서 한 마디를 남겼다.

"왓슨, 앞으로 내가 지나치게 자신하거나 사건에 최선을 다하지 않을 때 한 마디 해주게나. '노베리!'라고 말이야. 그러면 난 스스로를 반성하고 자네에게 한없이 감사할걸세."

블랙 피터

The adventure of the Black Peter

홈즈가 정신적·육체적으로 최상의 상태를 유지했던 것은 매우 바빴던 한 해로 기억되는 1895년이었다. 완벽한 사건 해결로 그의 명성은 점점 더 높아만 갔고, 그에 따라 엄청난 일이 쏟아져 들어왔다. 베이커 가의 문을 열고 들어온 유명인사들은 셀 수가 없었고, 비밀을 유지해야 하는 사건도 한두 건이 아니었다. 평소와 다름없이 그가 해결한 사건들의 대부분은 거액의 대가가 아닌, 사건 자체에 대한 흥미가 동기가 되었다. 사건에 흥미를 느끼지 못한 경우에는 아무리 신분이 높고 보수가 많아도 거절했고, 극적인 요소가 있는 사건에는 초라한 신분의 가난한 의뢰인도 마다하지 않았다. 그는 하나의 사건을 예술 작품처럼 다루면서 자신의 예술을 위해 살아가고 있었던 것이다.

그해에는 유난히 전례를 찾아볼 수 없는 기괴한 사건들이 연이어 발생했다. 교황의 요청으로 토스카 추기경의 사건을 조사하기도 했고, 악명 높았던 런던의 카나리아 조련사를 체포하기도 했다. 이 두 가지 사건이 끝나고 한숨을 돌리는가 싶었는데, 기다렸다는 듯이 우드먼 리의 비극이 터졌다. 피터 케리 선장이 도저히 이해할 수 없는

이유로 죽었기 때문에 이 비극적인 사건을 해결해야만 했다. 이 괴이한 사건에 대한 이야기를 빼놓는다면 셜록 홈즈의 수사 기록은 불완전한 것이 될 것이다.

　1895년 7월 첫째 주에 홈즈는 자주, 그리고 오랫동안 집을 비웠기 때문에 나는 그가 무슨 일인가에 빠져 있다고만 생각했다. 한 번은 홈즈가 없는 동안 우락부락한 근육질의 남자 몇 명이 집으로 찾아와서 바질 선장에 대해 묻는 것을 보고, 나는 또 홈즈가 다른 사람으로 변장하고 어딘가에서 일을 꾸미고 있다는 사실을 알아챘다. 홈즈가 사건 해결을 위해 변장하는 것은 그에게는 일상적인 일이었기 때문에 난 전혀 놀라지 않았다. 그의 정체를 숨기는 동시에 필요한 정보를 알아내기 위해 이용하는 직업과 가명은 적어도 10개가 넘는다는 것을 알고 있었기 때문이다. 그의 안전가옥은 런던에만 5개가 넘었는데, 그곳에 가면 그가 완벽하게 다른 사람으로 행동하는 것도 여러 차례 경험하였다.

　홈즈는 자신이 하는 일에 대해서 나에게 말해 준 적은 한 번도 없었다. 나 역시 그에게 일에 대해 무언가를 말해 달라고 조른 적도 없었다. 그런데 이번 사건의 경우, 난 예상치 못한 일을 통해 홈즈가 수사하고 있는 사건에 대해 알게 되었다. 아침을 먹기 전에 나간 홈즈가 중절모를 쓰고, 작은 고리가 달린 작살을 겨드랑이에 끼고 돌아왔다.

　"홈즈, 설마 작살을 들고 런던 시내를 돌아다니진 않았겠지?"
　"다행히 그러지는 않았네. 마차를 타고 푸줏간에 좀 다녀왔어."
　"푸줏간? 무슨 일이 있었나?"
　"일이 좀 있었지. 지금은 너무 배가 고프군. 역시 아침을 먹기 전에

운동을 하면 식욕이 솟는단 말이야. 물론 자네는 내가 무슨 운동을 했는지 짐작도 못 하겠지만."

"작살을 가지고 운동을 했다면 알고 싶지도 않네."

"오늘 아침에 누군가 앨러다이스의 가게 뒷방을 봤다면 놀라 자빠졌을 거야. 천장 갈고리에는 죽은 돼지가 매달려 있고, 한 신사가 셔츠를 입은 채 돼지를 작살로 함부로 찔러대는 모습을 봤을 테니까. 그리고 그 신사는 바로 나였다네. 그런데 아무리 애를 써도 작살로 돼지를 한 번에 꿰뚫지는 못하겠더군. 물론 내가 예상한 결과였지만. 자네도 한 번 해보는 게 어떤가?"

홈즈는 커피를 마시면서 혼자 킥킥댔다.

"난 됐네. 그런데 자네는 왜 그런 짓을 한 건가?"

"우드먼 리 사건과 관계가 있을 것 같아서 그랬다네. 오, 그런데 이른 아침부터 손님이 왔군. 홉킨스, 들어오게. 어젯밤에 전보를 받고 지금쯤 올 거라고 생각하고 있었지. 같이 식사부터 하는 게 좋겠군."

손님으로 온 홉킨스라는 남자는 서른 살 가량 되어 보였는데 매우 민첩한 모습이었다. 점잖은 트위드 정장을 입고 있었는데, 제복에 익숙한 사람처럼 자세가 곧았다. 나는 그가 스탠리 홉킨스라는 사실을 한눈에 알아보았다. 그는 아직 경험이 부족한 젊은 경위였지만, 홈즈는 평소 그에 대해 매우 높은 평가를 하곤 했다. 홉킨스 역시 홈즈의 과학적 방법론에 대해 감탄과 존경을 바쳤기 때문에 둘의 사이는 매우 돈독했다.

"홈즈 선생님, 감사합니다만 저는 이미 식사를 했습니다. 어제 보고를 마치고 런던에서 잤거든요."

홉킨스는 걱정스러운 얼굴로 의자에 털썩 주저앉으면서 말했다.
"어떤 보고를 한 건가?"
"수사에 실패했다는 보고를 했습니다. 참담한 기분이었습니다."
"저런, 진전이 전혀 없었나보군."
"네, 아무것도요."
"그렇다면 내가 사건을 한 번 살펴봐야겠군."
"그렇게 해주신다면 정말 감사한 일이지요. 이 사건은 저에게 다시 없는 큰 기회인데, 이렇게 어쩔 줄을 몰라 하고 있으니 괴롭습니다. 제발 도와주세요."
"걱정 말게. 어제 사건 심리 기록과 모든 자료를 살펴보았다네. 자네는 현장에서 발견된 담배쌈지에 대해 어떻게 생각하지? 혹시 단서가 될 가능성이 있다고 생각하나?"
"홈즈 선생님, 담배쌈지는 피살자의 것이고 안쪽에 머리글자도 있었습니다. 물개 가죽으로 만든 것이었는데, 피살자는 예전에 물개잡이 배를 탄 적도 있었기 때문에 확실하죠."
홉킨스는 깜짝 놀라면서 대답했다.
"하지만 선장한테는 파이프가 없었지 않은가?"
"네, 파이프는 찾지 못했습니다. 사실 선장은 거의 담배도 안 피웠고요. 하지만 접대용으로 가지고 다닐 수도 있지 않을까요?"
"그럴 수도 있겠지. 내가 이 얘기를 꺼낸 건 다 이유가 있어서라네. 만약 내가 자네였다면 담배쌈지를 수사의 시작으로 삼았을 거야. 그런데 홉킨스, 내 친구 왓슨은 이 사건을 전혀 모르고, 나 역시 사건에 대해 다시 한 번 이야기를 듣고 싶군. 한 번 더 사건에 대해 간단하게

설명해 주면 고맙겠네."

"네, 그렇게 하겠습니다."

홉킨스는 주머니에서 종이 한 장을 꺼내며 이야기를 시작했다.

"이 종이에 피살자 피터 케리 선장의 이력이 있습니다. 그는 1845년에 태어나 올해 50세가 되었습니다. 그는 매우 용감하고 능력이 뛰어난 선원으로 인정받고 있었습니다. 그래서 1883년에는 던디의 물개잡이 증기선인 씨 유니콘 호의 선장이 되기도 했죠. 성공적인 항해를 몇 차례 한 뒤, 1884년에 은퇴했습니다. 이후에는 여행을 하다가 서섹스 지방의 포리스트 근처에 우드먼 리라는 작은 집을 샀습니다. 그곳에서 6년을 보냈고 일주일 전에 죽었습니다.

피터 선장은 엄격한 청교도로 말수가 적고 침울해 보이는 사람이었습니다. 가족으로는 아내와 올해 스무 살이 된 딸이 있고, 집안일을 돌보는 하녀 둘이 있습니다. 그런데 하녀들은 그 집에서 오래 견디지 못했더군요.

평소에는 큰 문제가 없었는데, 피터 선장이 술만 마시면 악마처럼 변했다고 합니다. 한밤중에 아내와 딸을 밖으로 쫓아내고 매질을 해서 온 동네가 모녀의 비명 때문에 잠을 설치는 날도 많았고요. 한 번은 이러한 행동을 나무라기 위해서 동네 목사님이 피터 선장을 찾아갔는데, 그 목사를 폭행해서 법정에 선 일도 있었습니다. 그 동네에서 피터 선장만큼 난폭한 사람은 없을 거라고 마을 사람들이 입을 모아 말하더군요.

조사에 따르면 배를 탈 때도 성격은 다르지 않았다고 합니다. 그의 별명인 '블랙 피터'는 검은 얼굴과 덥수룩한 수염 때문이기도 하지

만, 사람들을 공포에 빠지게 한다는 뜻이라고도 하고요. 즉, 그는 배에서나 마을에서나 모두가 혐오스러워하는 사람이었던 거죠. 그래서 그가 그렇게 끔찍하게 죽었는데도 따뜻한 애도 한 마디 하는 사람이 없었습니다.

　홈즈 선생님은 잘 알고 있는 내용이지만, 왓슨 박사님을 위해 피터 선장의 오두막에 대한 이야기를 하겠습니다. 피터 선장은 자신의 집에서 수백 미터 떨어진 곳에 나무 창고를 하나 지었습니다. 그곳을 '선실'이라고 부르면서 거기서 매일 잤다고 하더군요. 그곳은 가로 4.8미터, 세로 3미터의 작은 단칸방이었습니다. 그는 오두막 열쇠를 항상 몸에 지니고 직접 방을 정리하고 청소했습니다. 누구도 방에 들이지 않았고, 양쪽에 있는 창문도 항상 커튼을 치고 닫아놓았다고 합니다. 창문 하나는 도로 쪽을 향해 있었는데, 사람들은 대체 피터 선장이 그곳에서 무엇을 하는지 궁금해 하곤 했죠. 사건에 대해 나온 증언 중 하나는 그 창문과 관련된 것이기도 했습니다.

　사건 이틀 전, 새벽 1시에 석수인 슬레이터가 포리스트로 걸어오다가 오두막 옆을 지나가게 되었습니다. 오두막에서 불빛이 새어나오고 있어 그는 잠시 걸음을 멈추었는데, 남자의 그림자가 커튼 위로 선명하게 비쳤습니다. 그런데 그 그림자는 피터 선장이 아니었다고 해요. 낯선 남자의 옆모습으로 수염이 비치긴 했지만 짧고 뻣뻣하게 서 있어서 선장과는 전혀 다른 모습이었다고 했습니다. 하지만 슬레이터의 말을 전부 믿을 수는 없습니다. 두 시간 동안 술집에 있었고, 도로에서 창문까지는 꽤 먼 거리라 정확하게 보기 어려울 수도 있거든요. 그리고 슬레이터가 낯선 남자를 봤다고 한 날은 월요일이고,

사건이 발생한 날은 수요일이었습니다.

피터 선장은 화요일에 그야말로 최악의 상태였습니다. 술에 잔뜩 취해 시뻘건 얼굴로 들짐승보다 더 포악해져 있었습니다. 그는 그 상태로 집 안을 돌아다니고 있었는데, 아내와 딸, 그리고 하녀들은 그의 발자국 소리만 들리면 도망을 다녔습니다. 선장은 저녁 늦게 자신의 오두막으로 갔다고 합니다.

더위 때문에 창문을 열어놓고 자던 선장의 딸은 새벽 2시쯤에 오두막에서 무서운 비명을 들었지만, 아버지가 술에 취해서 소리를 지르는 건 흔한 일이어서 그녀는 전혀 신경 쓰지 않았습니다. 다음 날 아침 7시, 하녀들이 일어났을 때 오두막 문은 열려 있었지만 아무도 그 안에 들어가진 않았습니다. 선장이 어떤 행패를 부릴지 몰랐으니까요. 그런데 정오가 돼서도 선장이 나타나지 않자 용기를 내서 오두막 안을 들여다보았습니다. 오두막 안에는 놀라 자빠질 만한 일이 벌어져 있었고 저는 신고를 받고 한 시간 안에 그곳으로 출동해 수사에 착수했습니다.

홈즈 선생님, 잘 아시겠지만 저는 웬만한 상황에서는 놀라지 않는 강한 신경을 가지고 있습니다. 그런데 그 오두막 안을 보는 순간 저는 주저앉아버릴 만큼 놀랐습니다. 방은 마치 도살장 같았어요. 실제로 그 방은 마치 선실처럼 꾸며져 있었습니다. 한쪽 끝에는 간이침대가 있었고, 선원용 사물함 한 개, 지도, 해도, 씨 유니콘 호 사진, 항해일지 등이 있었습니다.

선장은 벽 한가운데에 꽂혀 있었는데, 그 얼굴은 지옥을 본 사람처럼 고통으로 일그러져 있었습니다. 덥수룩하고 희끗한 수염은 곤두

서 있었고, 가슴에는 강철 작살이 꽂혀 있었습니다. 작살은 몸을 뚫고 벽에까지 깊숙하게 박혀 있어서, 마치 핀으로 꽂아놓은 곤충채집용 딱정벌레 같다는 느낌이 들었습니다. 아마 지난밤에 단말마의 비명 한 번 지르고 죽은 게 분명했지요. 파리떼가 이미 시체 주변을 돌아다니고 있어서 더욱 참혹해 보였습니다.

저는 홈즈 선생님께 배웠던 것처럼 현장을 그대로 보존해 두었습니다. 바깥의 땅바닥도 면밀히 관찰했는데, 발자국은 보이지 않았습니다."

"발자국이 전혀 없었다고?"

"네, 발자국은 없었습니다."

"홉킨스, 내가 얼마나 많은 사건을 조사했는지는 자네도 잘 알겠지? 그 중에서 날아다니는 범인은 본 적이 한 번도 없었네. 범인이 두 발로 서서 다닌다면 흔적을 남길 수밖에 없다네. 과학적인 수사관이라면 범인이 스쳤던 흔적이라도 찾을 수 있어야 해. 그런데 피와 시체가 있는 방 안에서 범인의 흔적을 전혀 찾을 수 없었다니 믿기 힘든 일이군. 게다가 자네는 전혀 놓친 게 없다고 심리 기록에 적어 놓았던데?"

홉킨스는 홈즈의 날카로운 비판에 움찔거리면서 말을 이었다.

"홈즈 선생님, 바로 연락드리지 못한 것은 저의 가장 큰 실수입니다. 하지만 이제 와서 후회만 하고 있을 수는 없죠. 그 방에는 주의를 끄는 것들이 몇 개 있었습니다. 가장 중요한 게 바로 사건에 사용된 작살이었습니다. 작살은 원래 그 방 벽에 걸려 있던 세 개 중 하나로, 나머지 두 개는 그대로 벽에 걸려 있었습니다. 작살에는 '던디, 씨 유

니콘 호, SS'라고 새겨져 있었죠. 이러한 상황으로 보았을 때 사건은 우발적으로 일어났던 것 같습니다. 손에 잡히는 대로 휘둘렀던 것으로 보이니까요. 새벽 2시에 피터 선장이 옷을 차려입은 것으로 추측해 본다면 범인과 약속을 한 것일 수도 있습니다. 테이블 위에 럼주 병과 사용한 술잔 두 개도 있었으니까요."

"지금까지의 자네 추리는 그럴듯하군. 방에 럼주 말고 혹시 다른 술이 있었나?"

"네, 있었습니다. 선원용 사물함 위에 술병 보관대가 있었는데, 거기에 위스키와 브랜디가 있었습니다. 제가 주의 깊게 살펴보았는데 마개도 뜯지 않은 새 것이라 사건과는 관계가 없어보였습니다."

"그렇지 않아. 사건과 전혀 관계가 없다고는 할 수 없지. 그리고 또 사건과 관계가 있을 법한 것은 무엇이 있었나?"

"담배쌈지가 테이블 위에 있었습니다."

"테이블 위? 구체적으로 어딘지 말해 보게."

"담배쌈지는 테이블 가운데에 있었고, 거친 물개 가죽으로 만든 것이더군요. 묶을 수도 있도록 안에 가죽 끈이 달려 있었고 안쪽에는 'P. C.'라는 머리글자가 있었습니다. 쌈지 안에는 선원들이 피우는 독한 담배 15그램도 들어 있었고요."

"오! 훌륭해. 또 다른 것이 있었나?"

홉킨스는 말 대신 낡고 빛바랜 공책을 한 권 꺼냈다. 얼마나 오래 됐는지 표지는 너덜거렸고 속지도 누렇게 색이 바래 있었다. 첫 번째 페이지에는 'J. H. N.'이라는 머리글자와 '1883'이라는 연도가 적혀 있었다. 홈즈는 공책을 탁자 위에 올려놓고 찌르는 듯한 시선으로 꼼

꼼꼼하게 살펴보았다. 홉킨스와 나는 홈즈의 어깨 너머로 공책을 들여다보고 있었다.

두 번째 페이지에는 'C. P. R.'이라는 글자가 제목처럼 적혀 있었고, 그 밑에는 몇 페이지에 걸쳐 의미를 알 수 없는 숫자들이 나열되어 있었다. 그 밖에 '아르헨티나', '코스타리카', '상파울루' 등이 쓰여 있었는데, 글자들 아래에는 부호와 숫자가 가득 쓰여 있었다.

"홉킨스, 자네는 이 공책에 대해서 어떻게 생각하지?"

홈즈가 파이프를 입에 물며 홉킨스에게 물었다.

"아마 증권거래소의 유가증권 목록이 아닐까 생각합니다. J. H. N.'은 주식 중개인의 머리글자, 'C. P. R.'은 고객의 머리글자가 아닐까요?"

"내 생각에는 캐네디언 퍼시픽 철도(Canadian Pacific Railway) 같은데 자네는 그렇게 생각하지 않나?"

홈즈의 말에 홉킨스는 한숨을 쉬는 동시에 주먹으로 자신의 허벅지를 두들기며 소리쳤다.

"제가 생각해도 저는 바보 같군요! 홈즈 선생님의 말이 맞습니다. 그렇다면 J. H. N.'의 의미만 해결하면 되겠군요. 사실 저는 증권거래소 명단을 모두 조사했습니다. 하지만 1883년도 주식 중개인 중에서 그런 머리글자에 들어맞는 사람은 한 사람도 찾을 수 없었습니다. 대신 거래되는 주식 중에서 대량이거나 고가인 것에 대해서 조사를 하고 있습니다. 공책에 있는 머리글자는 단서 중에서 가장 중요하다고 생각합니다. 홈즈 선생님도 머리글자를 가진 사람이 살인범일 가능성이 높다고 생각하시겠죠?"

홉킨스가 예상 밖의 말을 하자 홈즈는 다소 놀랐는지 입을 살짝 벌리면서 말했다.

"인정할 수밖에 없는 의견이군. 이 공책은 심리에 제출되지 않았기 때문에 난 이 공책을 전혀 고려하지 않고 사건에 대해 추리를 했다네. 자네는 이 공책에 있는 주식을 추적한 적이 있나?"

"지금 경찰서에서 조사하고 있습니다. 여기 있는 남아메리카 기업들의 주주 명단은 현지에만 있을 듯해서 아마 시간이 꽤 걸릴 듯합니다. 몇 주가 걸릴지도 모르겠습니다만."

홈즈는 홉킨스의 말을 들으며 돋보기로 공책 표지를 살펴보고 있었다.

"표지에 얼룩이 남아 있군."

"네, 그건 핏자국입니다. 피터 선장의 오두막 바닥에서 이 공책을 주웠으니까 당연하죠."

"핏자국은 공책 아래쪽에 있었나? 아니면 위쪽에 있었나?"

"마룻바닥 쪽에 피가 묻어 있었습니다.

"그렇다면 공책은 사건이 일어난 뒤에 떨어졌겠군."

"네, 홈즈 선생님. 그래서 범인이 피터 선장을 살해하고 도망을 치다가 공책을 떨어뜨리고 간 것이 아닐까 추측하고 있습니다."

"그렇군. 여기 있는 주식 중에서 피터 선장이 보유하고 있는 것이 혹시 있었나?"

"아뇨, 없었습니다."

"혹시 도난당한 건 아닐까?"

"전혀요. 방 안의 물건에는 손댄 흔적이 전혀 없었습니다."

"알수록 흥미로운 사건이군. 그렇다면 혹시 현장에 칼은 있었나?"

"하나 발견되기는 했지만 칼집에 꽂혀 있었습니다. 시체의 발치에 떨어져 있었는데, 부인이 피터 선장의 칼이라고 확인해 주었습니다."

홈즈는 잠시 생각에 잠겨 있다가 일어서면서 말했다.

"좋아, 내가 한 번 현장을 보도록 하지."

"감사합니다. 홈즈 선생님이 도와주시겠다니 사건은 이미 해결된 것 같군요."

"일주일 전이었다면 간단하게 해결됐을지도 모르지. 하지만 지금 가는 것도 나쁘지만은 않을 것 같군. 왓슨, 자네도 시간이 되면 같이 가주게나. 홉킨스가 사륜마차를 불러준다면 30분 후에 포리스트로 출발할 수 있을 거야."

우리는 포리스트 근처의 작은 역에서 내린 뒤 울창한 숲속을 한참 걸었다. 이곳은 과거 잉글랜드 지역에서 '대삼림'이라고 불렸다. 색슨족 침략자들이 해안으로 상륙해 와도 이 숲을 뚫을 수 없었기 때문에 이 숲은 60년 동안 영국의 보루 역할을 했다. 그러나 이곳에 최초의 제철소가 들어서면서 엄청난 벌채가 행해졌고, 철을 제련하기 위해 나무들은 계속 베어졌다. 이후 제철 공장은 다른 북부 벌판으로 옮겨졌고, 이곳은 파괴된 숲과 상처받은 자연만이 남아 있었다.

이 숲의 어느 산비탈에 널찍한 공터가 있었고, 그곳에 작고 납작한 석조 저택이 한 채 있었다. 그 옆에는 구불구불한 도로가 있었고, 그 도로 가까이에 작은 오두막이 하나 있었다. 그 오두막에는 창문과 문이 하나씩 있었고, 삼면이 덤불로 둘러싸여 있었다. 바로 피터 선장이 살해당한 현장이었다.

홉킨스는 익숙하게 앞장서서 집 안으로 들어갔고, 곧 백발에 얼굴이 창백한 피터 선장의 아내에게 우리를 소개했다. 그녀의 얼굴에는 깊은 주름이 패여 있었고, 가장자리가 붉게 물든 두 눈에는 공포가 가득해 그동안의 고통을 상상할 수 있었다.

옆에는 금발머리를 한 창백한 아가씨가 서 있었다. 그녀는 도전적인 시선으로 우리를 쏘아보면서 자신은 아버지가 죽은 게 매우 기쁘고, 범인에게 감사하다고 말했다. 피터 선장이 이룬 가정이 얼마나 끔찍했는지를 본 뒤, 우리는 다시 햇빛 속으로 나왔다.

피살자가 오갔던 오솔길을 따라 우리는 오두막으로 향했다. 오두막은 널빤지로 지붕을 덮고 나무판자로 벽을 세운 단순한 집이었다. 방문 옆에는 창문이 있었는데, 방문 맞은편에 또 하나의 창문이 하나 있었다. 홉킨스는 주머니에서 열쇠를 꺼내 문을 열려고 하다가 갑자기 긴장한 표정을 지으며 말했다.

"이럴 수가! 누가 여기를 왔다 갔군요."

나무판자가 긁혀 있고 칠이 벗겨져 있는 모습으로 보아 그것은 틀림없는 사실이었다. 홈즈는 창문을 꼼꼼하게 살펴보면서 말했다.

"창문도 억지로 열려고 한 흔적이 있군. 누군지는 모르겠지만 침입은 실패했어. 실력이 형편없는 도둑놈인 것 같군."

홉킨스는 고개를 갸웃거리면서 말했다.

"어제 저녁까지는 이런 흔적이 전혀 없었습니다. 정말 이상한 일이군요."

"혹시 마을 사람들 중에서 호기심이 많은 사람이 왔다 간 것은 아닐까?"

"그럴 리 없습니다. 마을 사람들은 침입은커녕 마당에 발을 들여놓지도 않았을 겁니다."

"그렇다면 다행이고. 아마도 행운의 여신은 우리 편에 서 있는 것 같군."

"홈즈 선생님, 침입자가 다시 올 것이라는 뜻인가요?"

"그럴 것 같아. 그는 문을 쉽게 열 수 있을 것이라고 생각하고 왔어. 작은 주머니칼 하나면 충분했을 거라고 생각했을 거야. 하지만 문을 열 수 없었고 그냥 돌아갔지. 자네라면 어떻게 할 것 같은가?"

"더 쓸 만한 연장을 가지고 다시 오겠죠."

"나도 그렇게 생각한다네. 이 앞에서 기다리면 다시 만나는 것은 어렵지 않을 것 같아. 이제 오두막 안을 살펴볼까?"

오두막 안에 끔찍한 살인의 흔적은 모두 치워져 있었고, 방 안의 가구들도 모두 제자리에 놓여 있었다. 홈즈는 약 두 시간 동안 오두막의 모든 것들을 세밀하게 관찰했다. 표정이 그렇게 밝지 않은 것으로 보아 단서가 될 만한 것을 찾은 것 같지는 않았다. 조사를 하다가 관심이 생긴 듯 손길을 멈춘 것도 한 번에 불과했다.

"홉킨스, 혹시 이 선반에서 무엇을 치운 적이 있나?"

"아뇨. 전혀 손대지 않았습니다."

"선반에서 뭔가 없어진 게 있어. 선반의 이쪽이 다른 쪽에 비해 먼지가 적거든. 책이나 상자가 있었는지도 모르겠군. 왓슨, 이제 더 이상 할 일이 없으니 숲속에 있는 새들과 꽃들을 함께 즐기는 게 좋겠군. 홉킨스, 이따가 밤중에 다시 만나서 지난밤 이곳을 찾았던 신사를 기다리자고."

홈즈, 홉킨스 그리고 나는 밤 11시가 지나서 매복을 하고 손님을 기다렸다. 홉킨스는 오두막 문을 열어놓자고 제안했지만, 홈즈는 그렇게 하면 오히려 손님의 의심을 살 것이라고 했다. 사실 잠금 장치는 아주 단순했기 때문에 튼튼한 칼날로 한 번 밀어주는 것만으로도 충분히 열렸다.

우리는 홈즈의 제안대로 도로 쪽을 향한 창문 앞 덤불 속에서 손님을 기다렸다. 이렇게 해야 손님이 방 안에서 무엇을 하는지 알아볼 수가 있기 때문이었다. 손님은 대체 왜 이곳에 왔고 무엇을 하려는 것일지 나로서는 도저히 상상도 할 수 없었다.

암흑 속에서 누군가를 기다리는 것은 매우 지루하고 적막했다. 그러나 사냥꾼이 사냥감을 기다릴 때 느끼는 긴장 어린 쾌감도 느낄 수 있었다. 도대체 어떤 짐승이 어둠 속에서 나타날까? 호랑이처럼 사납고 용맹한 범인이 우리와 맹렬하게 싸우다 잡힐까, 약하고 무력한 이들에게만 강한 자칼 같은 범인이 발소리를 죽이고 나타날까?

사방은 한없이 고요했고 우리는 덤불 속에서 꼼짝도 하지 않고 기다리고 있었다. 처음에는 귀가가 늦은 사람이나 마을 사람들이 오가며 이야기를 나누는 소리가 들렸지만, 그 소리들마저 모두 사라지고 깊은 고요만이 남았다. 먼 교회의 시계 종소리와 나뭇잎 위에 떨어지는 가랑비 소리를 제외하면 우리 귀에는 아무것도 들리지 않았.

시계 종소리가 새벽 2시 반을 알렸고, 하루 중 가장 어두운 시간이 되었다. 그때 오두막 정문 쪽에서 철컥 하는 금속성 소리가 들렸다. 누군가 마당에 들어온 게 분명했지만, 한동안 다시 긴 침묵이 흘러 잘못 들은 것은 아닐까 하는 생각마저 들었다. 그때 최대한 숨을 죽

블랙 피터 197

인 발자국 소리가 들렸고, 다시 '쨍강' 하는 금속 소리가 들려왔다. 누군가 자물쇠를 열려고 하는 것이 분명했다. 오늘은 새로운 연장을 가져온 것인지 드디어 '딸깍' 소리가 나면서 경첩이 열리는 소리가 났다. 성냥불이 켜지는 것이 보였고, 방 안은 은은한 촛불로 가득 찼다. 모두의 시선은 커튼 너머에 있는 오두막 안 풍경에 집중되어 있었다.

검은 턱수염을 하고 있는 밤손님은 몸매가 가늘고 약해 보이는 스무 살 남짓의 젊은 남자였다. 검은 턱수염으로 인해 창백할 정도로 하얀 얼굴이 돋보였으며, 그렇게 겁에 질려 있는 사람은 처음 보는 것 같았다. 눈에 보이도록 이를 딱딱 부딪히면서 팔다리를 부들부들 떨고 있었다. 베레모를 쓰고 단정해 보이는 재킷에 무릎 밑까지 오는 반바지를 입은 상당히 점잖은 차림이었다. 그는 겁에 질린 듯 방 안을 둘러보더니 촛불을 탁자 위에 올려놓고 구석으로 갔다. 그리고 큰 책 한 권을 들고 다시 탁자로 돌아왔는데, 자세히 살펴보니 그 책은 선반에 있던 항해일지 중 하나였다. 그는 빠르게 책장을 넘겨 한 항목을 찾아 읽더니, 화가 나는지 허공에 대고 주먹을 휘두르다가 책을 덮은 뒤 다시 제자리에 갖다 놓고 불을 껐다. 그리고 오두막을 나가기 위해 몸을 돌리자, 갑자기 달려든 홉킨스에 의해 멱살을 잡혔다. 그는 잡혔다는 사실이 몹시 두려웠는지 가쁜 숨을 몰아쉬었고, 가련한 표정으로 몸을 덜덜 떨고 있었다. 촛불을 다시 켰을 때, 그는 어느 정도 긴장이 풀렸는지 선원용 사물함에 주저앉은 채 힘없이 우리를 바라보고 있었다.

홉킨스는 남자를 보며 자신만만한 목소리로 물었다.

"대체 당신은 누구요? 여기엔 왜 온 겁니까?"

젊은이는 숨을 천천히 쉬면서 겁에 질린 목소리로 대답했다.

"아, 형사님인 것 같군요. 미리 말씀드리지만 저는 피터 선장을 죽이지 않았습니다. 저는 죄가 없어요."

"그거야 조사해 보면 알게 될 거요. 일단 이름을 대시오."

"제 이름은 존 호프리 넬리건입니다."

그가 대답하자 홈즈와 홉킨스는 의미 있는 눈빛을 주고받았다.

"여기서 뭘 하고 있었는지 어서 말하시오."

"제가 말씀드리는 내용을 비밀로 해주실 건가요?"

"그럴 순 없지. 어서 자초지종이나 얘기하는 게 좋을 거요."

"제가 대답해야 할 의무라도 있습니까?"

"만약 아무 말 하지 않는다면 법정에서 불리해질 수도 있을 거요."

젊은이는 몸을 움츠린 후 어쩔 수 없다는 듯이 말했다.

"좋습니다. 뭐 숨길 이유도 없으니까요. 하지만 오래된 스캔들이 다시 화제가 될 것이라고 생각하니 마음이 편하진 않군요. 형사님, 혹시 도슨과 넬리건에 대해 아시나요?"

홉킨스는 아무것도 모르는 듯했지만, 홈즈는 매우 호기심 어린 표정으로 젊은이의 말에 대답했다.

"웨스트 컨트리의 은행가들 이야기 아닌가? 내 기억으로 도슨과 넬리건은 백만 파운드의 빚을 지고 지급불능 상태에 빠졌지. 콘월의 가정 반을 파산시키기도 했고. 넬리건은 실종됐다고 들었는데 내 말이 맞나?"

"잘 알고 계시군요. 실종된 넬리건 씨가 저희 아버지였습니다."

무언가 있을 듯했지만 실종된 넬리건과 살해된 피터 선장 사이를 연결시킬 만한 직접적인 고리는 아직 없었다. 우리는 모두 그의 이야기를 집중해 듣기 시작했다.
　"사건 당시 도슨 씨는 은퇴한 상태였으니, 사실 그 사건과 밀접한 관계를 가진 것은 저희 아버지였습니다. 저는 그때 겨우 10살이었지만, 당시 느꼈던 두려움과 모욕은 지금도 잊을 수가 없습니다. 세상에는 아버지가 주식을 모두 훔쳐 달아난 것으로 알려졌지만, 사실 그렇지 않았습니다. 아버지는 주식을 현금화시킬 수 있는 시간만 있다면 모든 일이 잘 풀릴 수 있을 거라고 생각하셨어요. 채권자들에게 진 빚도 모두 갚을 수 있을 거라고 믿으셨죠. 그래서 체포 영장이 나오기 전에 작은 배를 타고 노르웨이로 떠나셨습니다. 그날 밤, 아버지가 어머니와 저에게 마지막 인사를 하셨던 것을 아직도 기억해요.
　아버지는 가지고 가는 주식의 목록을 남겨놓으셨습니다. 돌아와서 자신의 명예를 회복하고, 가족을 비롯한 모든 가정에게 반드시 빚을 갚을 것이라고 맹세하셨죠. 그러나 아버지는 돌아오시기는커녕 아무런 소식도 전하지 않으셨습니다. 그 배와 함께 사라진 것이죠.
　어머니와 저는 아버지의 배가 노르웨이를 향해 가다가 물에 가라앉았을 거라고 생각했습니다. 그런데 어느 날 믿을 만한 어떤 분에게 아버지의 주식이 런던에 다시 나타났다는 소식을 들었어요. 어머니와 저는 정말 깜짝 놀랐습니다. 그 소식을 듣고 저는 주식이 시장에 어떻게 나왔는지 그 경로를 추적했습니다. 그러다가 그 주식을 처음 판 사람이 피터 선장이라는 것을 알아냈죠.
　당연히 저는 피터 선장에 대해 조사를 했습니다. 그리고 아버지가

노르웨이로 가던 그때, 피터 선장 역시 북극해에서 귀항하던 중이라는 사실을 알아냈죠. 그해 가을에는 유난히 폭풍이 심했는데, 강한 남풍이 연달아 불었다는 기록도 있습니다. 아버지가 탔던 배가 떠밀려 피터 선장의 배를 만났을 가능성도 있죠. 만약 그랬다면 아버지는 어떻게 된 것일까요? 일이 어떻게 되었든지 그 주식이 나온 과정을 피터 선장이 말한다면 아버지와 관련된 모욕적인 추문이 해결될 수 있으리라는 생각이 들었습니다.

그래서 며칠 전 저는 피터 선장을 만나기 위해 서섹스에 내려왔습니다. 그런데 하필 그때 살인 사건이 일어난 겁니다. 저는 심문 기록을 보고 이 오두막에 과거 항해일지가 있다는 것을 알게 되었습니다. 그것을 보면 아버지가 사라진 그때, 즉 1883년 8월에 아버지와 관련해 무슨 일이 일어났는지 알 수 있을 거라고 생각했으니까요. 그 항해일지를 보기 위해 어제 왔었는데, 문을 열 수가 없었습니다. 그래서 오늘 밤 다시 왔고 항해일지를 보게 되었는데, 그 달의 책장들은 모두 찢겨져 있더군요. 난감한 마음으로 오두막을 나서려는 순간 형사님들에게 붙잡힌 겁니다."

홈즈는 이야기를 모두 듣고 조용하게 물었다.

"더 이상 할 말은 없나?"

"네, 제가 할 말은 여기까지입니다."

"그럼 이 사건과 관련해서 더 이상 할 얘기가 없다는 건가?"

"네, 없습니다."

젊은이가 말을 끝내자 홉킨스는 그를 노려보면서 말했다.

"그럼 이건 어떻게 설명할 수 있는지 말할 수 있겠나?"

홉킨스는 아까 우리에게 보여주었던 공책을 들어올렸다. 피가 묻은 표지의 공책 첫 장에는 젊은이의 머리글자가 있었다. 그가 어찌할 수 없는 결정적인 증거물인 것이었다. 젊은이는 한없이 몸을 떨면서 털썩 주저앉았다. 그리고 두 손에 얼굴을 파묻은 채 계속 몸을 떨었다.

"그 공책은 어디에서 난 건가요? 전 호텔에서 잃어버렸다고 생각했습니다."

홉킨스는 엄한 목소리로 대답했다.

"할 말이나 궁금한 것이 있다면 법정에서 하는 것이 좋겠군. 이제 경찰서로 가야 하니 일어서게. 홈즈 선생님과 왓슨 박사님, 이렇게 함께해 주신 것에 대해 정말 감사하다는 말씀을 드리겠습니다. 두 분이 없어도 저 혼자 해결했을 텐데 죄송하게 됐습니다. 시내 호텔에 두 분의 방을 예약해 두었으니 마을까지 함께 내려가시죠."

다음 날, 홈즈와 나는 런던으로 돌아오는 기차에서 사건에 대해 다시 이야기를 나누었다.

"왓슨, 자네는 이 사건에 대해 어떻게 생각하지?"

"이미 거의 해결된 것이 아닌가? 자네 얼굴은 무언가 만족하지 못한 것 같군."

"그럴 리가 있나. 난 이 사건에 대해서 매우 만족한다네. 하지만 홉킨스가 사건을 해결하는 과정은 마음에 들지 않아. 그보다는 좀 더 나은 과정을 기대했는데 실망한 건 사실이야. 범죄 수사를 할 때는 항상 다른 가설이 가능한지 알아보고 그것에 대해서 대비해야 한다네. 가장 중요한 원칙이기도 하고."

"다른 가설이라니, 자네가 생각하는 것은 무엇인가?"

"나는 홉킨스가 생각하는 것과 전혀 다르게 사건을 조사했다네. 뭐 특별한 결과를 얻지 못할 수도 있어. 하지만 누가 알겠나. 일단 끝까지 조사한 뒤에 말해 주겠네."

베이커 가에 도착했을 때, 홈즈는 자신의 앞으로 온 몇 통의 편지를 읽기 시작했다. 그 중 한 편지를 보더니 그는 의기양양한 모습으로 웃으면서 말했다.

"왓슨, 내가 아까 말한 다른 가설이 제대로 발전하고 있군. 자네 혹시 여분의 전보 용지를 가지고 있나?"

"몇 장 있네. 무슨 일인가?"

"다행이군. 내가 말하는 대로 받아써 주게. '레드클리프 로, 섬너 해운회사 앞. 내일 아침 10시까지 세 명 보내줄 것. 바질.' 그쪽에는 내가 바질이라는 이름으로 알려져 있다네. 잠깐만, 한 통 더 부탁하겠네. '브릭스턴, 로드 가 46번지, 홉킨스 경위 앞. 내일 9시 반에 아침 식사하러 오길 바람. 매우 중요한 용건이니 올 수 없으면 미리 연락 바람. 홈즈.' 고맙네, 왓슨. 사실 나는 벌써 10일 넘게 이 사건에 매달려 있었다네. 내일이면 이 사건도 완전히 끝날 것 같아 마음이 후련하군."

다음 날, 홉킨스 경위는 약속된 시간에 나타났다. 우리는 허드슨 부인이 준비한 먹음직스런 식사를 앞에 두고 잠시 이야기를 나누었다. 홉킨스는 사건 해결이 만족스러웠는지 들뜬 모습이었다.

"홉킨스, 아직도 자네가 사건에 내린 결론이 옳다고 생각하나?"

홈즈가 살짝 미소를 지으며 물었다.

"그 정도면 완벽하다고 생각합니다. 오류가 있는 부분도 없고요."

"사실 내가 보기에는 사건이 완전히 해결된 것은 아니라네."

"홈즈 선생님, 설마 그럴 리가 있나요? 매우 뜻밖의 말씀으로 들립니다."

"자네가 내린 결론으로 사건 모두가 설명될 수 있을까?"

"물론 설명드릴 수 있습니다. 제가 조사해 보니 넬리건은 사건 당일, 브램블티에 있는 호텔에 묵었습니다. 골프를 치러 왔다고 둘러댔다더군요. 그의 방은 1층에 있었기 때문에 언제든 외출이 가능했습니다. 넬리건은 그날 밤 우드먼 리의 오두막에서 피터 선장과 크게 싸우고 그를 작살로 죽인 거죠. 우발적인 사건이었기 때문에 그는 몹시 놀랐고 그래서 가져온 공책을 떨어뜨리고 도망친 겁니다.

그 공책은 주식들에 대해 피터 선장에게 물어보기 위해서 갖고 온 거였을 겁니다. 그래서 주식 일부에는 점을 찍어두어 자신이 확인해야 할 주식들을 체크해 두었습니다. 넬리건은 아버지의 빚을 갚기 위해 주식을 되찾아야 했습니다. 피터 선장을 죽인 것에 스스로도 놀라서 한동안은 오두막에 오지 못했지만, 결국 정보를 알아내기 위해 다시 이곳으로 온 거죠. 홈즈 선생님, 어떻습니까? 제 추리가 정확하지 않은가요?"

"홉킨스, 논리적으로는 그럴듯하지만 한 가지 허점이 있네. 그건 자네 설명이 이치에 맞지 않는다는 거야. 자네 혹시 동물에게 작살을 던져본 적이 있나? 왓슨은 내가 어제 아침 내내 그 실험을 했다는 사실을 알고 있지. 실제로 해보면 그것은 정말 어려운 일이라네. 그런데 그렇게 허약한 청년이 작살을 던져 피터 선장의 몸을 꿰뚫었다는 건가? 그리고 한밤중에 넬리건이 피터 선장과 술잔을 나누며 이야기

를 나누었다고 할 수 있겠나? 사건 이틀 전 새벽 2시에 커튼에 비쳤던 그 남자도 넬리건일까? 자네도 여기에는 대답할 수 없을 거야. 우리가 찾아야 하는 범인은 다른 사람이고 넬리건보다 훨씬 더 무서운 사람이라네."

　홈즈는 조용히 웃으면서 말을 끝냈다. 홈즈가 말하는 동안 홉킨스의 얼굴은 점점 어두워졌다. 사건을 해결했다는 그의 성취감이 한순간에 무너져 내리고 있었던 것이다. 그러나 그는 오랜 시간에 걸친 그의 수사가 헛된 것이 아니기를 간절히 바라는 듯, 틀렸다는 것을 부인하면서 말했다.

　"홈즈 선생님의 질문 중에 제가 시원스럽게 대답할 수 없는 부분도 있는 것은 사실입니다. 하지만 넬리건이 그날 밤 현장에 있었던 것은 분명합니다. 저는 배심원단이 넬리건을 유죄라고 판단할 수 있는 충분한 증거를 가지고 있습니다. 홈즈 선생님이 그 증거에 맞지 않는 내용을 조금 가지고 있더라도 유죄라는 판결을 내리긴 어렵지 않을 겁니다. 그런데 홈즈 선생님이 말하는 무서운 사람은 누군지 짐작하고 계신가요?"

　"지금 이 방으로 올라오고 있는 것 같네."

　홈즈는 침착한 목소리로 대답했다.

　"왓슨, 자네 리볼버를 가져왔지? 만약을 대비해서 바로 사용할 수 있도록 준비해 두는 것이 좋겠군."

　의자에서 일어선 홈즈는 탁자에 서류 한 장을 올려놓으며 말했다.

　"자, 손님을 맞이할 준비가 다 된 것 같군."

　방 밖에서 굵은 목소리의 남자들이 이야기하는 소리가 들렸다. 곧

이어 허드슨 부인이 방으로 들어와 세 남자가 바질 선장을 찾고 있다고 전했다.

"부인, 그들을 한 사람씩 방으로 들여보내주십시오."

처음에 들어온 남자는 작은 키의 립스턴 피핀(영국산 사과 중 하나 옮긴이) 같았는데, 불그스름한 볼에 탐스럽고 하얀 구레나룻을 하고 있었다. 홈즈는 주머니에서 서류를 한 장 꺼내면서 질문을 시작했다.

"이름이 뭔가?"

"제임스 랭커스터입니다."

"랭커스터, 미안하네만 자리가 다 찼군. 여기 반 파운드를 받고 옆방에서 잠시 기다려주게."

두 번째로 들어온 남자는 마르고 키가 컸는데, 머리는 뻗쳐 있고 얼굴은 누렇게 떠 있었다.

"이름이 뭔가?"

"휴 패틴스입니다."

아까와 마찬가지로 홈즈는 옆방에서 기다려 달라고 말하며 반 파운드를 주었다. 마지막으로 들어온 남자는 앞의 두 남자와 전혀 다른 외모를 하고 있었다. 사나운 늑대 같은 얼굴을 하고 있었는데, 머리카락과 수염은 정돈되어 있지 않았다. 숱이 많은 눈썹 아래로 대담해 보이는 검은 눈이 반짝이고 있었다. 그는 선원처럼 우리에게 인사를 했고, 두 손으로 모자를 돌리면서 질문을 기다렸다.

"자네는 이름이 뭔가?"

"패트릭 케언스입니다."

"혹시 자네 작살잡이인가?"

"네, 바질 선장님. 26번이나 배를 탔죠."
"던디 항에서도 배를 탄 적이 있나?"
"네, 물론입니다."
"혹시 탐사선도 탈 수 있겠나?"
"네, 괜찮습니다."
"급료는 얼마를 원하지?"
"한 달에 8파운드면 됩니다."
"내일 당장 탈 수 있나?"
"장비를 받으면 즉시 탈 수 있습니다."
"좋아. 혹시 서류를 가지고 왔나?"
"네, 가져왔습니다."

케언스는 기름때가 묻어 지저분하고 너덜거리는 서류 뭉치를 주머니에서 꺼내 홈즈에게 주었다. 홈즈는 그것을 대충 훑어보더니 다시 케언스에게 돌려주었다.

"자네라면 잘 하겠군. 여기 계약서가 있으니 서명하게. 서명 한 번이면 모든 게 끝난다네."

"감사합니다. 여기에 서명하면 될까요?"

케언스는 지그재그로 걸어와 탁자 위로 허리를 굽히면서 물었고, 홈즈는 뒤에서 케언스를 껴안는 자세를 취했다.

"됐네. 서명을 잘 했군."

그 순간 홈즈와 케언스는 바닥에 나뒹굴면서 몸싸움을 시작했다. 케언스는 홈즈에게도 쉽지 않은 강한 힘의 소유자였다. 그래서 홈즈가 교묘한 술수로 손목에 수갑을 채웠어도 나와 홉킨스가 돕지 않았

다면 홈즈가 제압당했을 것이다. 내가 리볼버의 총구를 그의 머리에 갖다 대자 케언스는 그때서야 저항을 멈췄다. 우리는 그의 발목을 꽁꽁 묶으면서 숨을 몰아쉬었다.

"홉킨스, 정말 미안하네."

홈즈가 두 손을 비비며 말했다.

"달걀 요리가 다 식었을 테니까 말이야. 하지만 아침 식사는 아까보다 훨씬 즐거울 거야. 이번 사건이 아주 완벽하게 끝났으니까. 안 그런가, 홉킨스?"

홉킨스는 꼼짝하지 않고 조용히 서 있기만 했다.

"홈즈 선생님, 제가 어리석은 짓을 하고 말았군요. 홈즈 선생님은 스승님이고 저는 학생일 뿐이라는 사실을 잠시 잊었나 봅니다. 지금 선생님이 멋지게 저놈을 잡는 것을 보았지만, 저는 이 사건에 대해 아직도 아는 게 전혀 없습니다."

"괜찮다네. 아직 자네는 젊으니까 말이야."

홈즈는 부드러운 목소리로 홉킨스를 위로했다.

"경험을 통해 배우는 것도 중요하다네. 이번에 자네가 배워야 했던 것은 한 사건의 실마리가 보인다 해도 항상 다른 가능성을 알아봐야 한다는 거야. 자네는 유력한 용의자 넬리건이 나타나자 진짜 피터 선장을 살해한 패트릭 케언스에게는 전혀 관심이 없었지."

"이보시오. 당신들은 대체 뭐요? 나야 이런 취급을 받아도 마땅하지만 그래도 말은 똑바로 해야지. 맹세하건데 난 피터 선장을 죽이지 않았소. 사실대로 말해도 아무도 믿어주지 않겠지만."

케언스가 정신을 차렸는지 걸걸한 목소리로 말을 했다.

"케언스, 우리는 자네 말을 거짓말이라고는 하지 않을 거야. 그러니 말해 보게."

"좋소. 내가 사실만을 말한다는 것은 하느님에게 맹세할 수도 있소. 나는 피터 선장을 잘 알고 있고, 그가 먼저 칼을 빼기에 어쩔 수 없이 작살을 들었고. 아마 내가 조금만 망설였다면 내가 시체가 되어 있었을 거요. 피터 선장은 그렇게 죽었고, 이건 정당방위일 뿐 살인이라고 할 수는 없을 거요. 하지만 누가 알아줄지 모르겠군. 피터 선장의 칼은 피할 수 있었지만, 밧줄에 목이 매달리는 것은 어쩔 수 없을 테니까."

"그 오두막에는 어떻게 가게 된 거지?"

홈즈가 호기심 어린 목소리로 물었다.

"처음부터 말할 테니 잠깐 좀 앉게 해주시오. 그 사건이 일어난 것은 1883년 8월이었소. 피터 선장은 당시 씨 유니콘 호의 선장이었고, 나는 작살잡이였소. 7일째 강풍이 불고 있었는데, 우리는 빙하 사이를 겨우 빠져나와 맞바람 속에서 귀항하려고 애쓰고 있었소. 그러다가 항로를 벗어나 북쪽으로 떠밀려온 작은 배 하나를 발견했소. 그 배에는 선원이 아닌 육지 사람이 한 명 타고 있었는데, 다른 선원들은 보트를 타고 모두 도망친 것 같았소. 파도가 그렇게 심했으니 아마 전부 파도에 휩쓸려 물고기들의 먹이가 되었겠지만.

그 사람은 양철로 된 작은 상자 한 개를 가지고 우리 배로 왔소. 선장은 그와 함께 꽤 오랫동안 이야기를 나누었는데, 어떻게 된 일인지 그는 다음 날 감쪽같이 사라졌소. 선원들은 여러 가지 추측을 했지만 사실을 아는 사람은 아무도 없었소. 하지만 나는 그가 어떻게 되었는

지 두 눈으로 똑똑히 목격했소. 한 치 앞도 보이지 않을 정도로 어두웠던 어느 날 밤, 야간 당직을 서다가 선장이 그 남자를 바다로 떠미는 것을 직접 보았던 거요. 나는 직감적으로 이 일에 대해 발설하지 않는 것이 좋겠다는 생각이 들었소. 그래서 일이 어떻게 되어 가는지 지켜보기로 했소. 배가 스코틀랜드에 도착했을 때는 이미 아무도 사라진 남자에 대해 이야기하지 않고 있었소. 이름도 모르는 이가 사고로 죽었다고 해서 큰일도 아니었고. 그리고 피터 선장은 얼마 지나지 않아 배 타는 것을 그만두었소.

피터 선장이 어디로 갔는지 알게 된 것은 꽤 오랜 시간이 지난 뒤였소. 나는 그가 일을 그만둔 것은 그 양철 상자 때문이라고 짐작하고 있었소. 그래서 그를 찾아가서 이 일에 대해 이야기하면 그가 큰돈을 줄 거라고 생각한 거요. 런던에서 우연히 만난 동료 선원에게 피터 선장이 사는 곳을 들은 후, 나는 밤에 그를 몰래 찾아갔소. 처음에는 말이 잘 통했소. 그는 내가 더 이상 배를 타지 않아도 될 만큼 돈을 주겠다고 했소. 이틀 뒤 모든 것을 다 끝내기로 이야기하고 우리는 헤어졌소. 이틀 뒤 내가 다시 찾아갔고 우리는 술잔을 주고받으며 배를 탈 때의 이야기를 나누었소. 그런데 선장이 술에 취하자 그의 포악한 성격이 나타나고 만 거요. 그의 얼굴에 점점 살기가 나타나는 것을 보고, 나는 여차하면 벽에 걸린 작살을 사용해야겠다는 생각을 하고 있었소. 얼마 지나지 않아 선장은 나에게 심한 욕을 하면서 커다란 접이식 칼을 꺼내 공격하려고 했소. 나 역시 눈여겨보고 있던 작살을 빼들고 그의 공격을 막아냈소. 그러나 그를 방어만 할 수는 없었고, 결국 그를 죽일 수밖에 없었소.

난 피바다가 되어버린 오두막에서 한동안 가만히 서 있었소. 밖을 내다보았지만 아무도 없었소. 방 안을 둘러보니 그 양철 상자가 그대로 있었소. 피터 선장이 그 상자의 주인이 될 수 있다면 나 역시 그럴 권리가 있다고 생각했소. 그래서 그걸 들고 오두막을 빠져나온 거요. 정신이 없던 탓에 내 담배쌈지를 두고 왔지만. 그 사건이 일어난 후, 지금까지 그 무시무시한 얼굴이 자꾸 꿈에 나타나서 난 통 잠을 이루지 못했소. 그런데 오두막 밖으로 나왔을 때, 밖에서 이상한 소리가 들렸소. 난 오두막이 보이는 근처 덤불에 숨어서 상황을 지켜봤소. 누군가 살금살금 오두막으로 다가와 그 안으로 들어갔소. 그러더니 깜짝 놀라서 비명을 지르더니 재빠르게 도망을 가더군. 그 사람이 누군지, 왜 왔는지는 전혀 알 수 없었소. 그가 도망간 후, 나는 15킬로미터를 걸어서 기차를 타고 런던으로 돌아왔소. 이 일에 대해서 아는 사람은 맹세컨대, 나 외에는 아무도 없소.

 집으로 돌아와 상자를 열었지만 그 안에는 돈은커녕 무엇인지도 알 수 없는 종이들만 있었소. 피터 선장에게 돈도 받을 수 없게 되었고, 수중에는 이미 돈 한 푼도 없었소. 결국 다시 배를 타기로 결심하고 일자리를 찾았소. 그런데 신문에 작살잡이를 뽑는다는 광고가 있었고, 급료도 꽤 괜찮았소. 그 회사에 가니 여기 베이커 가로 가라고 해서 온 거요. 자, 이제 내가 할 이야기는 다 했소. 하지만 이것 하나만큼은 확실히 말할 수 있소. 내가 피터 선장을 죽인 덕분에 정부는 교수형에 필요한 밧줄 값을 절약했다는 것이오."

 "간단명료한 진술이군."

 홈즈는 파이프에 불을 붙이면서 말했다.

"홉킨스, 이제 케언스를 안전한 장소로 데려가는 게 좋겠군. 이 방은 감방으로는 어울리지 않고 이렇게 많은 사람이 있기에는 너무 좁으니까."

"정말 감사합니다, 홈즈 선생님. 무슨 말씀을 드려야 할지 모르겠군요. 그런데 어떻게 케언스가 범인이라는 것을 알게 된 거죠? 전 짐작조차 못 하겠습니다."

홉킨스가 부끄러워하며 물었다.

"사실 이번 사건은 운이 좋아서였다네. 처음부터 올바른 단서를 가지고 있었기 때문에 따라온 행운인 것이지. 이 공책의 존재를 처음부터 알았다면 나도 자네처럼 엉뚱한 방향을 따라갔을지도 몰라. 하지만 내가 가진 정보는 하나같이 한 방향만을 가리키고 있었네. 작살을 꽂는 힘과 능력, 럼주, 담배쌈지와 값싼 담배. 자네는 잘 모르겠지만 이것들은 모두 배를 타는 선원을 가리키고 있다네. 담배쌈지의 머리글자 'P. C.'가 피터 케리(Peter Carey) 선장의 머리글자와 같다는 것은 단지 우연이라고 생각했지.

내가 자네에게 방 안에 위스키와 브랜디가 있었는지 물었던 거 기억하나? 자네는 두 가지 모두 있었다고 말했지. 보통 사람이라면 다른 술이 있는데도 일부러 럼주를 마시지는 않았을 거야. 난 그것을 보고 범인이 선원일 것이라고 확신할 수 있었네."

"역시 대단하시군요. 그런데 케언스는 어떻게 찾아내신 건가요?"

"그건 정말 간단했어. 범인이 선원이라면 피터 선장과 함께 씨 유니콘 호를 탔겠지. 내가 조사한 바에 따르면 피터 선장은 다른 배는 탄 적이 없었으니까. 그래서 나는 사흘 동안 던디 항으로 계속 전보

를 쳤다네. 결국 1883년에 피터 선장과 함께 씨 유니콘 호를 탔던 선원들의 명단을 모두 입수할 수 있었지. 그 명단 중에 담배쌈지에 있던 'P. C.'와 머리글자가 일치하는 패트릭 케언스(Patrick Cairns)가 있더군. 게다가 그는 작살잡이였지.

 난 그가 지금 런던에 있지만, 살인을 저지른 이곳을 떠나고 싶을 것이라고 생각했네. 그래서 바질 선장이라는 가명으로 선원을 모집했다네. 그럴듯한 조건을 내세워서 케언스가 이곳에 오게끔 해야 했으니까. 그 다음 결과는 자네도 잘 알고 있으리라 생각하네."

 "정말 훌륭하십니다! 홈즈 선생님, 정말 대단하세요!"

 홉킨스가 감탄하면서 홈즈에게 말했다.

 "자네가 할 일은 어서 가서 넬리건을 풀어주는 것이라네. 그리고 진심으로 사과하는 게 좋겠지. 양철 상자는 제대로 된 주인을 찾아가겠지만, 피터 선장이 팔아먹은 주식들을 찾는 것은 어려울 것 같군. 홉킨스, 저기 마차가 오니 이 사람을 태워서 데려가게. 나와 왓슨은 며칠 안에 노르웨이로 떠나야 하니 재판 과정에서 증언을 할 수는 없을 것 같군. 물론 내 증언은 필요 없을 것 같지만 말이야."

찰스 오거스터스 밀버턴
The adventure of Charles Augustus Milverton

이제 이야기하려는 사건은 일어난 지 이미 몇 해가 흘렀다. 그러나 아직도 조심스러울 정도로 이 사건을 발표하는 것은 매우 어려운 일이었다. 최근 이 사건과 관련된 대부분의 사람들이 법률이 미치지 않는 곳에 있으므로, 사건에 대해 이야기한다 해도 피해를 받는 사람은 아무도 없을 것이다. 하지만 혹시 일어날지도 모르는 일을 미연에 방지하기 위해서, 실제 사건과 연관된 구체적인 내용은 밝히지 못함을 독자들도 너그럽게 이해해 주리라 생각한다.

우리가 처음 사건에 대해 접하게 되었던 날은 매우 추운 어느 겨울 밤이었다. 홈즈와 나는 저녁 산책을 갔다가 6시쯤 베이커 가로 돌아왔다. 그런데 누군가 왔다 갔는지 탁자 위에 명함이 한 장 있었다. 홈즈는 명함을 보더니 바닥에 내동댕이치면서 몹시 기분 나쁜 표정을 지었다. 나는 호기심에 명함을 들어 이름을 보았다.

중개인
찰스 오거스터스 밀버턴

햄스테드, 애플도어 타워스

"이 사람이 누군데 명함을 집어던지는 건가?"
나는 처음 보는 명함을 내려놓으며 물었다.
"런던에서 가장 나쁜 놈 중 하나라네. 악당 중의 악당이지."
홈즈는 자리에 앉아 불 앞으로 다리를 뻗으면서 게슴츠레한 눈으로 말했다.
"왓슨, 명함 뒤에는 뭐라고 씌어 있나?"
"6시 30분 정각에 오겠음. C. A. M."
"저런, 벌써 올 시간이 되어버렸군. 자네 혹시 뱀을 본 적이 있나? 아무런 소리 없이 미끄러지는 듯한 몸짓과 잔뜩 독을 품고 사악한 눈을 가진 납작한 머리를 보면 몸서리가 쳐지지. 명함의 주인인 밀버턴이 바로 그런 인간이라네. 내가 이 일을 하면서 수많은 살인자와 범죄자를 봤지만, 밀버턴처럼 혐오스러운 인간은 본 적이 없어. 그자와 거래를 해야 한다는 사실이 매우 안타까울 뿐이라네. 사실 그는 내 초대를 받아서 오는 셈이거든."
"대체 어떤 사람이기에 그런 말을 하는 건가?"
"밀버턴은 공갈범 중에서 최고로 손꼽히는 자라네. 그자는 주로 여자들의 약점을 잡고 그것으로 그녀들을 협박하지. 그는 언제나 웃는 얼굴을 하고 있지만 얼음 같은 냉혈한이라네. 그의 표적이 되는 자는 호주머니의 먼지까지 모두 털어가지. 그런 면에서는 천재적이라서 아마 다른 직업을 선택했더라면 그 분야에서는 명성이 매우 높았을 거야.

그자의 수법은 비슷하다네. 일단 지위와 재산이 있는 사람들의 명예를 훼손할 만한 물건이 있으면 비싸게 사겠다고 소문을 퍼뜨린다네. 그런 물건을 들고 오는 자들은 대부분 배은망덕한 하인이나 하녀, 순진한 여성들의 마음을 빼앗은 불한당들이지. 그들에게 밀버턴은 매우 후한 사람이라네. 어느 귀족의 하인에게는 두 줄짜리 편지에 700파운드를 주었는데, 그 편지 덕분에 그 귀족 가문은 완전히 몰락해 버렸다네. 일단 시장에 나온 물건은 밀버턴의 손에 들어가게 되어 있다네. 그래서 영국에서는 그의 이름을 듣기만 해도 얼굴이 하얗게 질리는 사람이 한둘이 아니지.

밀버턴이 누구를 목표로 할 것인지는 아무도 모르지. 그는 가진 돈도 많은 데다가 매우 교활한 수완을 지니고 있어서 자신이 가진 물건을 활용할 수 있는 적절한 때를 기다린다네. 판돈이 가장 커졌다고 확신하기 전까지는 몇 년이라도 그 물건을 보관만 해두곤 하지. 우발적으로 누군가를 세게 한 대 때린 사람과 넉넉한 재산을 더 불리기 위해 한가한 때를 골라 사람들을 계속해서 쥐어짜는 사람 중 누가 더 나쁘겠나? 그래서 내가 아까 밀버턴을 악당 중에 악당이라고 한 걸세."

나는 홈즈와 오랫동안 알고 지냈지만, 지금처럼 흥분해서 말하는 것을 본 적은 거의 없었기 때문에 몹시 놀랐다.

"하지만 그건 불법적인 일이지 않은가? 경찰에 신고하면 될 텐데."

"원칙적으로는 그렇지만, 현실적으로는 불가능해. 밀버턴에게 한 여성이 협박을 당해서 경찰에 신고를 하면 그자는 몇 달 동안 감옥에 있겠지. 하지만 감옥에서 나와서 그자가 어떤 행동을 할까? 분명히 복수를 할 것이고, 그 여성은 모든 것을 잃게 되겠지. 그래서 그의 피

해자들은 아무런 행동을 취하지 못한다네. 만일 그자가 죄 없는 사람을 협박한다면 법정에 보내도 후환이 없겠지만 말이야. 교활하기 짝이 없는 그자와 싸우려면 다른 방법을 찾아야 해."

"쉽지 않은 일이겠군. 그런데 그런 자가 왜 자네와 만나는 건가?"

"의뢰인이 나한테 안타까운 사정을 호소하며 부탁을 했기 때문이라네. 그 의뢰인은 에바 블랙웰 양인데, 그녀는 지난 시즌 사교계에 데뷔한 매우 아름다운 숙녀라네. 보름 후에는 도버코트 백작과 결혼하기로 되어 있지. 그녀가 오래 전에 가난한 지주의 아들에게 경솔하게 썼던 편지가 몇 통 있는데, 그 악당이 그걸 손에 넣은 모양이야. 그 편지는 경솔한 편지일 뿐 그 이상은 절대 아니야. 하지만 그 편지는 결혼식을 취소시킬 수도 있고 그녀의 미래를 망칠 수도 있지. 밀버턴은 자신이 요구한 돈을 블랙웰 양이 주지 않으면 바로 편지를 백작에게 보낼 거야. 블랙웰 양은 그 돈의 액수를 조정해 달라고 나에게 의뢰한 거지."

그때 밖에서 마차가 도착하는 소리가 들렸다. 창 밖으로 아래를 보니 두 필의 멋진 밤색 말이 끄는 화려한 사륜마차가 있었다. 마부가 문을 열자 긴 코트를 걸친 작고 뚱뚱한 남자가 내렸고, 잠시 후 그는 우리가 있는 방에 도착했다.

50대 정도로 보이는 찰스 오거스터스 밀버턴은 지적으로 보이는 큰 머리를 하고 있었다. 동그랗게 살찐 얼굴에는 미소가 사라지지 않았으며, 금테 안경 너머에는 회색 눈이 날카롭게 빛나고 있었다. 한없이 위선적인 그의 미소와 쉴 새 없이 주위를 살피는 눈만 아니었다면, 그는 평범한 호인 같은 이미지였을 것이다.

"홈즈 선생, 안녕하시오? 유감스럽게도 아까는 제가 헛걸음을 하고 말았습니다."

밀버턴은 작고 살찐 손으로 악수를 청하면서 부드러운 목소리로 말했다. 그러나 홈즈는 그의 손을 못 본 척하고 차갑게 굳은 얼굴로 그를 바라보았다. 밀버턴은 아무렇지도 않은 듯 어깨를 으쓱하더니 외투를 벗어 잘 접어서 의자 등받이에 조심스럽게 걸쳐 놓았다.

"이 신사분은 누구신가요?"

밀버턴은 의자에 앉은 뒤, 나를 가리키며 물었다.

"입은 무거운 분인가요? 이 자리에 함께해도 될지 모르겠군요."

홈즈가 아무 말이 없자 밀버턴은 다시 물었다.

"왓슨 박사는 내가 믿는 친구이자 동료요. 걱정 마시오."

"좋아요, 홈즈 선생. 내가 이러는 건 당신의 의뢰인을 보호하기 위해서요. 이게 얼마나 중요한 사안인지 잘 아실 테니까요."

"왓슨 박사도 잘 알고 있소."

"그러면 바로 사업 얘기를 하도록 하지요. 블랙웰 양을 홈즈 선생이 대변한다고 들었습니다. 숙녀분이 제 요구 조건을 수락할 권리를 홈즈 선생에게 주신 건가요?"

"그렇소. 당신 요구는 뭐요?"

"7,000파운드입니다."

"만약 못 주겠다면 어떻게 할 거요?"

"14일까지 7,000파운드를 지불하지 않으면 18일에 열리기로 한 결혼식은 취소될 겁니다. 저로서는 이러한 말을 입 밖에 내는 것도 마음이 몹시 아프군요."

그는 밉살스럽기 짝이 없는 슬픈 미소를 지으면서 능청스럽게 말했다.

"내가 보기에 당신은 모든 일을 너무 쉽게 생각하는 것 같군. 나 역시 편지에 대해 잘 알고 있고, 블랙웰 양은 내 조언을 반드시 따를 거요. 나는 의뢰인에게 사실을 모두 털어놓고 용서를 구하라고 말할 생각이오."

"홈즈 선생, 당신은 백작이 어떤 분인지 잘 모르는 것 같군요."

밀버턴은 소리 내어 웃으면서 말했다.

"그 편지 정도로 결혼식이 취소될 거라고 생각하는 거요?"

홈즈가 매우 언짢은 표정으로 물었다. 그의 말투로 보았을 때, 홈즈 역시 백작의 성격을 잘 알고 있는 듯했다.

"그 편지가 공개되면 아마 상상 이상의 소동이 일어날 겁니다. 블랙웰 양은 편지를 아주 아름답게 쓸 줄 아는 분입니다. 그런데 백작이 그것을 좋게 봐줄 수 있을까요? 절대 그렇지 않을 거예요. 만약 홈즈 선생의 생각이 나와 다르다면 할 수 없는 거죠. 사업상의 문제일 뿐이니까요. 이 편지가 백작 손에 들어가도록 놔두는 게 가장 좋은 방법이라고 생각한다면 그렇게 하세요. 편지를 되찾기 위해 그 돈을 지불하는 것이 아깝다면 어쩔 수 없으니까요."

밀버턴은 말을 마치고 일어나더니 외투를 손에 들었다.

"잠깐 기다리시오. 아주 예민한 문제니까 좀 더 이야기를 나누는 게 좋을 것 같소."

홈즈는 분노와 모욕으로 얼굴이 창백해진 채 말했다.

"역시 그러시리라 생각했습니다."

"이보시오. 블랙웰 양은 그렇게 넉넉한 형편이 아니오. 그녀의 재산을 있는 대로 다 모은다 해도 2,000파운드가 안 될 거요. 7,000파운드는 블랙웰 양의 능력으로 모을 수 있는 돈이 아니라는 걸 잘 알고 있지 않소? 2,000파운드 정도로 편지를 돌려주는 게 어떻겠소?"

"물론 블랙웰 양의 재산만 갖고 본다면 그렇겠죠. 하지만 결혼식에는 친척과 친구들이 적지 않은 성의를 보여줄 수 있는 기회이기도 합니다. 그 선물들은 액수가 상당히 나갈 수도 있죠. 신부에게는 친지들이 보내는 선물보다 이 편지가 훨씬 더 소중하지 않을까요?"

밀버턴은 이 상황이 재미있다는 듯이 활짝 웃으면서 말했다.

"그것은 안 될 말이오."

"저런, 매우 유감스러운 일이군!"

밀버턴은 안주머니에서 두툼한 수첩을 꺼내며 소리쳤다.

"이러다가는 숙녀분에게 아무런 노력도 하지 말라는 조언을 하겠군요. 자! 이걸 보시오!"

밀버턴은 겉봉에 문장이 찍혀 있는 자그마한 편지 한 통을 집어 들었다.

"이 편지는 곧…… 아참! 아직은 그 이름을 밝혀서는 안 되겠지요? 하지만 때가 되면 이 편지는 블랙웰 양의 신랑이 될 분께 전달되겠군요. 그리고 그 책임은 다이아몬드 반지를 유리 반지로 바꿔서 모을 수 있는 적은 금액을 준비하지 못한 블랙웰 양에게 있는 겁니다. 정말 안타까운 일이군요. 홈즈 선생, 혹시 귀족 가문이었던 마일스 양과 도킹 대령이 결혼식을 이틀 앞두고 파혼했던 일을 기억하시나요? 〈모닝 포스트〉에 모든 일정이 취소됐다는 기사가 실리기도 했었죠.

이 일은 1,200파운드라는 얼마 안 되는 돈으로 막을 수도 있었답니다. 정말 안타까운 일이었죠. 그런데 홈즈 선생처럼 머리가 좋으신 분이 의뢰인의 명예와 미래가 걸린 이런 일에서 요구 조건을 따지시다니 솔직히 조금 놀랐습니다."

"조건을 따지는 게 아니오. 정말로 블랙웰 양은 돈이 없소. 이 돈도 적은 금액은 아니니 얻는 것도 없이 한 여성의 앞길을 망치지 않고 그 돈이라도 받는 게 낫지 않겠소?"

"홈즈 선생, 이 일의 의미를 잘 모르시는 것 같군요. 편지를 공개하는 것은 저에게 상당한 이익이 있답니다. 지금 이것과 비슷한 일이 열 건 정도 진행 중에 있습니다. 만약 블랙웰 양의 편지를 공개해 버린다면 아마 그 사건들 모두 제가 원하는 대로 처리될 거라는 확신이 드는군요. 이제 제 말을 이해하시겠죠?"

"왓슨, 문을 좀 막아주게. 이자를 내보내면 안 돼. 그 수첩에 대체 뭐가 들어 있는지 봐야겠어!"

홈즈는 벌떡 일어서면서 말했다.

"저런, 홈즈 선생. 이러시면 안 되지요."

밀버턴은 재빠르게 몸을 날려 우리 손이 닿지 않는 곳에서 벽을 등지고 섰다. 그는 한 손으로 윗옷 앞자락을 들추고 안주머니에서 불룩하게 튀어나온 리볼버를 잡았다.

"홈즈 선생 정도의 명성이라면 특별한 방법을 쓰지 않을까 생각했는데 실망입니다. 이런 일이 처음도 아니라서 놀라지는 않았습니다만, 이렇게 해서 이 일을 해결할 수 있다고 생각하는 겁니까? 보시는 것처럼 전 완전무장을 하고 있고, 언제라도 리볼버를 발사할 준비가

되어 있습니다. 물론 정당방위일 테니 아무런 거리낌도 없지요. 게다가 이 수첩에 모든 것이 적혀 있을 거라고 생각하십니까? 설마 제가 그렇게 어리숙한 사람일까요? 좀 더 저를 높이 평가해 주셨으면 좋겠군요. 전 이만 실례하겠습니다. 중요한 약속이 한두 개 더 있기도 하고 햄스테드까지 가려면 시간이 한참 걸리니 오늘 일은 여기서 끝내도록 하지요."

밀버턴은 리볼버에서 손을 떼지 않은 채 외투를 들고 문으로 향했다. 나는 의자를 번쩍 들어 올려 그를 공격할 준비를 하고 있었지만, 홈즈가 그만하라는 듯이 고개를 저었다. 밀버턴은 예의 바르게 고개를 살짝 숙여 인사를 하고 방을 나갔다. 곧 마차 문이 닫히는 소리와 함께 그가 탄 마차가 출발하는 소리가 들렸다.

홈즈는 바지 주머니에 두 손을 넣고 벽난로 앞에서 꼼짝도 하지 않았다. 고개를 숙인 채 타오르는 불빛을 바라보면서 약 30분 정도 아무 말이 없더니 갑자기 벌떡 일어나 침실로 들어갔다. 잠시 후 염소수염을 기른 멋쟁이 청년이 침실에서 으스대며 나왔다. 그리고 등잔불에 파이프를 갖다 대며 불을 붙이더니 나갈 채비를 마쳤다.

"왓슨, 시간이 좀 걸릴 테니 기다리지 말게."

홈즈는 이렇게 말하면서 문 밖으로 나갔다. 그가 지금부터 찰스 오거스터스 밀버턴을 공격하기 위한 대책을 세울 것이라고 생각했지만, 어떤 방식으로 일을 진행시킬 것인지 짐작도 할 수 없었다.

며칠 동안 홈즈는 같은 모습으로 다녔는데, 특히 햄스테드에서 주로 시간을 보낸다는 것만 알았다. 궁금해 하는 나에게 모든 것이 잘 되고 있다는 대답만 했을 뿐, 어떤 일을 하고 있는지 전혀 알 수 없었다.

폭풍우가 유난히 심했던 어느 날 저녁, 강한 바람이 창문을 마구 흔들어대고 있었다. 홈즈는 외출에서 돌아와 실내복 차림으로 벽난로 앞에 앉았다. 그는 잠시 가만히 있다가 정신없이 웃기 시작했다.

"왓슨, 자네 생각에 내가 결혼할 사람같이 보이나?"

"결혼이라니, 전혀 가당치 않지."

"내가 약혼했다는 소식을 듣는다면 어떻겠나?"

"자네가 약혼이라니! 하지만 사실이라면 난 축하해 주겠네."

"나의 피앙새는 밀버턴의 하녀라네."

"뭐라고? 홈즈! 대체 무슨 일을 하고 있는 건가?"

"어쩔 수 없었네. 정보가 간절히 필요했으니까."

"하지만 너무 지나친 것 같네."

"다른 방법이 없었어. 나는 전도유망한 사업을 이끌어가고 있는 배관업자 에스코트가 되었지. 저녁마다 그 하녀를 밖으로 불러내서 산책을 했다네. 이런저런 이야기를 나누면서 말이야. 결국 난 내가 원하는 바를 이룰 수 있었지. 밀버턴의 집에 대해서라면 이제 훤하게 알고 있다네."

"하지만 그 하녀는 어떻게 할 건가?"

"다행히 경쟁자가 있어서 내가 완전히 등을 돌리기도 전에 나를 차버릴 거야. 정말 잘된 일이지 않나? 엄청난 돈이 걸린 일이니만큼 최선을 다했고, 오늘 날씨도 정말 좋군."

"비바람이 몰아치는 날씨를 좋아하나?"

"내가 하려는 일에는 더없이 좋은 날씨지. 나는 오늘 밤 밀버턴의 집에 도둑이 되어 들어갈 생각이라네."

홈즈는 굳게 결심한 듯이 말했고, 나는 너무 놀라서 숨이 막히는 듯했다. 앞으로 어떤 일이 벌어질지 그 상황이 눈앞에 펼쳐지는 듯한 기분이 들었다. 밀버턴처럼 철저한 자의 집을 털다가 발각이라도 되면 홈즈의 명성은 하루아침에 돌이킬 수 없을 만큼 추락할 것이 분명했다. 그리고 밀버턴은 더 의기양양해 하며 홈즈를 발밑 아래 두려고 할 것이다.

"홈즈, 절대 안 되네. 잘 생각해 보게. 너무 위험한 일이야."

나는 간절한 목소리로 홈즈에게 애원했다.

"이미 완벽한 작전을 세워두었다네. 자네도 알겠지만 난 무모한 행동을 하는 사람이 아니야. 물론 이것은 위험하고 힘든 일이지만, 다른 방법이 없기 때문에 피할 수가 없어. 자, 이 사건을 좀 더 냉정한 눈으로 보는 게 좋겠군. 내가 하려는 행동은 법적으로는 어긋나는 행동이지만, 도덕적으로는 정당하다고 생각하지 않나? 자네는 며칠 전에 내가 밀버턴의 수첩을 빼앗으려고 할 때 나를 도와주려고 하지 않았나? 그 집을 터는 것은 밀버턴의 수첩을 뺏는 것과 다를 것이 없다네."

"그렇게 생각할 수도 있겠군. 자네가 그 집에서 수첩 같은 불법적인 물건만 가지고 나온다면 말이야."

나는 마음속으로 따져본 뒤 대답했다.

"바로 그거라네. 도덕적으로는 문제가 없으니 나는 혹시 일어날지도 모를 위험한 상황에 대해서만 주의하면 되지. 게다가 숙녀가 간절하게 도움을 요청하고 있으니 나 같은 훌륭한 신사가 모른 척할 수는 없지 않은가?"

"하지만 자네가 불법적인 행동을 한다는 것을 잊지 말게."

"그건 내가 가져야 하는 위험부담일 뿐이야. 편지를 되찾기 위한 다른 방법은 없어. 아름다운 블랙웰 양에게는 밀버턴에게 지불할 돈도, 이 일을 상의할 일가친척도 없다네. 악당이 정한 기한이 내일이니 오늘 밤 그 편지를 찾지 못하면 그가 말한 대로 숙녀의 앞길은 가시밭길이 되고 말 거야. 의뢰인이 곤경에 빠지는 것을 볼 수는 없으니 나는 마지막 기회를 이용할 수밖에 없어. 왓슨, 자네에게만 하는 말인데 사실 나는 밀버턴과 목숨을 건 싸움을 하고 있다네. 그자는 이미 예리하게 먼저 공격을 해왔지. 내 자존심과 명예를 위해서라도 난 이 싸움의 끝을 봐야 해."

"마음 내키지는 않지만 어쩔 수 없군. 우리가 언제 출발할지 알려주게. 준비할 것도."

"자네는 같이 가지 않을 거야."

"그럼 자네도 못 가네. 나를 빼고 간다면 난 지금 즉시 경찰서로 가서 자네를 고발하겠네. 내가 한 말에 책임을 지는 사람이라는 건 자네도 잘 알겠지?"

"자네가 간다 해도 도움 될 일이 없다네."

"그건 아무도 모르는 거라네. 난 가기로 결심했으니 말릴 수 없을 거야. 나에게도 자네와 마찬가지로 자존심이 있으니까."

"좋아, 우리는 이 집에서 오랫동안 함께 살았으니 감옥에서도 함께 산다면 나름대로 재미가 있겠군. 솔직히 내가 마음을 조금만 다르게 먹었어도 누구도 막을 수 없는 범죄자가 되었을 거라고 자신한다네. 평소 이러한 생각을 실천에 옮길 기회가 없었는데 드디어 기회가 온 거야. 자, 이것을 좀 보게."

홈즈는 한층 밝아진 얼굴로 말하면서 서랍에서 작은 가죽 가방을 꺼냈다. 그리고 그 안에서 반짝이는 작은 공구 세트를 꺼냈다.

"이건 도둑에게 필요한 최고급 연장이라네. 여기에는 만능 열쇠꾸러미, 니켈로 도금한 쇠 지렛대, 다이아몬드를 끝에 붙인 유리 절단기 등이 있지. 문명의 발달에 맞게 현대적으로 개조되어 있어 사용하기에 아주 편리하다네. 이건 빛이 새나가는 것을 막아주는 전등이라네. 혹시 자네 소리가 나지 않는 신발 있나?"

"고무를 밑창에 댄 운동화가 하나 있네."

"괜찮군. 복면으로 사용할 만한 것도 있나?"

"검정색 비단이 좀 있는데, 두 개 정도는 만들 수 있을 것 같군."

"잘됐군. 이런 말 하기는 뭣하지만 자네도 이 방면에 소질이 있어 보이는군. 자네는 복면을 만들어주게. 그리고 떠나기 전에 식사를 좀 하는 게 좋겠어. 지금이 9시 반이니까 지금부터 준비를 해서 11시에 마차를 타고 처치 로로 가면 되네. 거기서 애플도어 타워스까지 걸어서 15분 정도 걸릴 테니 자정 전에는 일을 시작할 수 있을 거야. 밀버턴은 일찍 자는 편이라서 늦어도 10시 반에는 잠자리에 든다고 하더군. 내 계획대로 된다면 새벽 2시 전에는 블랙웰 양의 편지를 가지고 돌아올 수 있을 거야."

홈즈와 나는 예복을 제대로 차려 입고 길을 나섰다. 옥스퍼드 가에서 마차를 타고 햄스테드 어딘가에서 내린 뒤, 날씨가 매우 추웠기 때문에 코트 단추를 목 끝까지 채우고 황무지 같은 길을 따라 걸었다.

"이제부터 정말 조심해야 하네. 우리가 찾는 편지는 서재 금고 속에 있는데, 서재는 밀버턴의 침실과 연결되어 있어. 나의 약혼녀 애

기로는 하인들 사이에서도 그를 깨우는 일은 무척 힘들다고 하더군. 원래 키가 작고 뚱뚱한 사람들은 잠이 많지 않은가. 밀버턴에게는 충성심이 매우 강한 비서도 한 명 있는데, 하루 종일 서재에서 한 발자국도 나가지 않는다고 하더군. 우리가 밤에 가는 건 그 비서를 피하기 위해서이기도 해. 정원에는 사나운 개가 한 마리 있는데, 나의 약혼녀가 나를 위해 개를 가둬놓았다네. 여기 정원이 딸린 큰 집 보이지? 바로 밀버턴의 집이라네. 대문으로 들어가서 만병초 사이를 지나 오른쪽으로 가면 되네. 여기서 복면을 하자고. 다행히 불이 켜진 창문은 하나도 없군. 아직까지는 계획대로 진행되고 있어."

우리는 검은 비단을 쓰고 2인조 도둑이 되어 조용하고 어두운 집을 향해 조심조심 다가갔다. 집 한쪽에는 타일을 붙인 발코니가 있었는데, 발코니를 향해 서너 개의 창문과 두 개의 문이 있었다.

"저쪽이 밀버턴의 침실이야."

홈즈는 들릴 듯 말 듯한 목소리로 소곤거렸다.

"여기가 서재로 통하는 문인데, 항상 열쇠로 잠가놓은 데다가 빗장까지 질러놨다네. 들어갈 수 있다면 좋겠지만 엄청나게 시끄러운 소리가 날 테니 돌아가는 게 낫겠군. 응접실로 통하는 온실로 가자고."

온실 문 역시 잠겨 있었지만 홈즈는 준비해 온 도구로 유리를 오려낸 뒤 손을 넣어 문을 열었다. 온실은 습하고 더운 공기와 식물의 향기도 가득 차 있었다. 어둠 속에서 홈즈는 내 손을 잡고 나무 사이를 지났는데, 앞이 보이지 않아 나뭇가지들이 내 얼굴을 스쳤다. 홈즈는 치밀한 훈련 덕분에 어둠 속에서도 밝은 시야를 가질 수 있어서 시원스럽게 앞으로 나아가고 있었다.

이윽고 어딘가에 도착하자 홈즈는 방문 하나를 조심스럽게 열었다. 시거 냄새가 배어 있는 큰 방이라는 것을 알 때쯤, 그는 가구 사이를 지나 다른 방문을 열었다. 손을 내밀어보니 옷들이 만져졌고, 나는 복도로 나왔다는 것을 알 수 있었다. 복도를 따라 걷던 홈즈는 오른쪽에 있는 방문을 아주 조심스럽게 살짝 열었다. 갑자기 뭔가가 튀어나와 나는 깜짝 놀랐는데, 자세히 살펴보니 고양이였다.

방에는 난롯불이 타고 있었고 담배 냄새가 매우 지독했다. 홈즈가 먼저 살금살금 방 안으로 들어갔고, 뒤이어 내가 들어가자 홈즈는 문을 닫았다. 우리가 있는 곳은 밀버턴의 서재였다. 맨 끝에 칸막이 커튼이 있었는데, 그쪽이 그의 침실로 통하는 곳인 것 같았다.

벽난로 앞에는 두꺼운 커튼이 우리가 바깥에서 본 창문을 가리고 있었다. 방 가운데에는 책상과 붉고 반짝거리는 가죽으로 만든 회전의자가 있었다. 건너편에는 큰 책장이 있었고, 책장 위에는 대리석으로 만든 아테네 여신의 흉상이 있었다. 책장과 벽 사이에는 꽤 높은 녹색 금고가 있었고, 반짝반짝 빛나는 놋쇠 손잡이가 있었다. 홈즈는 아무런 소리도 내지 않고 그쪽으로 가더니 금고를 쳐다보았다. 그리고 침실 문 앞으로 가서 혹시 소리가 나는지 귀를 기울였다.

일을 마친 다음 나갈 곳을 찾아보다가 발코니 문을 확인해야겠다고 생각했다. 그런데 발코니 문은 잠겨 있지도 빗장이 질러 있지도 않았다. 나는 깜짝 놀라서 홈즈의 팔을 건드렸고, 그는 내가 가리킨 곳을 보고 놀라는 듯했다.

"이 상황은 마음에 안 드는군."

홈즈가 내 귀에 속삭였다.

"이해가 가지 않아. 하지만 서두르는 게 좋겠군."

"내가 할 일은 뭔가?"

"일단 문 옆을 지키고 있게. 누가 오는 소리가 들리면 빗장을 지르게. 그러면 우리는 들어온 곳으로 빠져나갈 수 있을 거야. 만약 다른 쪽에서 누군가 온다면 일을 끝낸 경우 문으로 나가고, 일을 끝내지 못하면 창가 커튼 뒤에 숨으면 될 거야. 알겠지?"

나는 고개를 끄덕이고 그가 시킨 대로 문 옆에 조용히 섰다. 처음에는 마음속에 불안만 가득했지만 서서히 짜릿한 흥분이 온몸을 채우고 있었다. 우리는 법의 수호자에서 법의 도전자가 되었고, 기사도 정신에 입각한 이타적인 행동을 하고 있었다. 또한 악당을 응징하기 위해서라고 생각하니 죄의식이 아니라 가슴 벅찬 감동마저 느낄 수 있었다.

홈즈는 연장을 들고 환자의 목숨이 걸린 수술을 하는 의사처럼 도구를 선택하고 있었다. 굳건한 금고 문을 여는 것 자체가 그에게는 큰 즐거움이라는 사실을 잘 알기 때문에 이 일이 그에게 얼마나 즐거울지도 짐작할 수 있었다. 그는 외투를 의자 위에 걸쳐둔 채 소매를 걷어 올리고 연장을 옆에 늘어놓았다. 약 30분 정도 숙련된 기술자 같은 능력으로 작업에 열중하더니 드디어 금고 문이 완전히 열렸다. 금고 안에는 끈으로 묶은 편지 다발이 가득 쌓여 있었는데 모두 봉인이 되어 있었고, 각각의 편지에는 메모가 붙어 있었다. 홈즈는 그 중 하나를 집어 들었지만 난롯불의 불빛으로는 글씨를 읽기가 힘들었기 때문에 미리 준비해 갔던 전등을 꺼내들었다. 바로 옆방에서 밀버턴이 자고 있었기 때문에 전깃불을 켜는 것은 매우 위험했던 것이다.

그런데 그 순간, 홈즈는 갑자기 모든 동작을 멈추고 주위에서 나는 소리에 온 신경을 집중했다. 그러더니 금고 문을 닫고 연장을 모두 외투 속에 넣은 뒤 외투를 들고 커튼 뒤로 날쌔게 달려가면서 내게 손짓을 했다.

나는 그를 따라 커튼 뒤로 몸을 숨긴 후에야 홈즈의 예민한 청각이 알아챈 소리를 들을 수 있었다. 집 안 어디선가 사람의 움직임이 느껴졌다. 멀리서 문이 세게 닫히는 소리가 들리더니 뭔지 모를 둔탁한 소음은 빠른 속도로 걸어오는 규칙적인 발자국 소리로 바뀌었다. 그 소리는 바로 서재 밖의 복도에서 나더니 방문 앞에서 멈췄다. 곧이어 서재 문이 열렸고 전깃불이 켜졌다. 이내 문이 닫히면서 독한 시거 냄새가 코를 찔렀다. 바로 몇 미터 앞에서 누군가 방 안을 한참이나 서성대는 소리가 들렸고, 마침내 의자의 삐걱대는 소리가 나더니 자물통에서 열쇠 돌아가는 소리와 종이가 부스럭거리는 소리가 들렸다.

밀버턴이 더 이상 움직이지 않자 그제야 나는 눈앞의 커튼 자락을 살짝 들치고 방 안을 내다보았다. 내 어깨에 홈즈가 기대고 있는 것으로 보아 그 역시 밖을 내다보는 듯했다. 손을 뻗으면 닿을 만한 거리에 밀버턴의 둥글고 통통한 등이 있었다. 그의 모습은 자다 나온 사람으로는 보이지 않았다. 홈즈가 그의 일과를 잘못 파악한 것이 분명했다. 그는 아마도 건물 끝에 있는 흡연실이나 당구실에서 쉬다 온 듯했다. 반백의 대머리인 밀버턴은 검정색 벨벳 깃을 단 진홍색 실내복 상의를 입고 가죽 의자에 몸을 한껏 기댄 채 검정색 시거를 비스듬히 물고 있었다. 담배 연기로 고리를 만들면서 긴 서류를 손에 들고 읽는 모습은 매우 여유 있어 보였다. 쉽게 이곳을 나갈 것 같지 않

은 그를 불안한 눈초리로 바라보자, 홈즈는 자신을 믿으라는 듯이 내 손을 꽉 붙잡았다. 그런데 금고 문이 살짝 열린 것이 눈에 들어왔다. 홈즈가 그것을 알고 있는지 알 수 없었기 때문에 나는 더욱 불안해졌다. 밀버턴이 그 사실을 눈치 채면 나는 바로 뛰어나가 그의 머리에 외투를 씌우고 꽁꽁 묶어버리겠다고 생각했다. 그러나 다행히도 밀버턴은 고개를 그쪽으로 돌리지 않았고, 손에 들고 있던 서류를 내려놓더니 다른 서류를 손에 집어 들고 읽기 시작했다.

나는 그가 서류를 다 읽고 시거도 다 피우면 침실로 돌아갈 것이라고 생각했다. 그러나 밀버턴은 누구를 기다리는 듯했다. 시계를 계속해서 여러 번 들여다보았고 초조한 듯이 앉았다 일어섰다를 반복했다. 바깥 발코니에서 부스럭거리는 소리가 들리기 전까지 우리는 그가 약속이 있을 것이라고는 짐작도 하지 못했다. 밀버턴은 서류를 내려놓고 자세를 고쳐 앉았다. 밖에서 문 두드리는 소리가 들렸고, 밀버턴은 일어나서 문을 열어주었다.

"저런, 30분이나 늦었군."

밀버턴은 볼멘소리로 상대방에게 말했다. 발코니 문을 잠그지 않고 한밤중에 서재에 온 이유는 약속이 있었기 때문이었다. 드레스가 끌리는 소리가 들렸고, 밀버턴은 시거를 문 채로 다시 자리에 앉았다. 나는 그의 시선에 따라 커튼 자락을 조절하면서 그의 눈에 띄지 않게 조심했다. 밀버턴을 찾아온 사람은 키가 크고 날씬한 여성이었다. 베일을 쓰고 망토 자락으로 턱을 가리고 있었기 때문에 얼굴은 잘 보이지 않았다. 그녀는 숨을 몰아쉬고 있었고, 흥분 상태에 놓인 듯 몸을 계속 떨었다.

"아가씨 덕분에 잠도 못 자고 있었어. 그럴 만한 가치가 있어야 할 텐데 말이야. 다른 시간에 올 수 있었다면 더 좋았을 텐데 그러긴 어려웠던 건가?"

밀버턴의 질문에 여자는 고개를 저었다.

"좋아. 어쩔 수 없으니까 지금 왔겠지. 백작부인이 아가씨에게 나쁜 짓을 했다면 이제 복수할 기회가 온 거야. 그런데 왜 이렇게 계속 떨고 있는 건가? 걱정하지 말고 기운 내게. 그럼 우리 일에 대해서 이야기하는 게 좋겠군."

밀버턴은 책상 서랍에서 공책을 꺼내며 말을 이었다.

"보자, 아가씨는 달버트 백작부인의 명예를 손상시킬 수 있는 편지를 다섯 통 가지고 있다고 했군. 편지를 팔고 싶다고 했으니 가격만 정하면 되겠군. 물론 편지는 확인해 봐야 하네. 정말 가치가 있는지 말이야. 한 번 꺼내보게. …… 맙소사! 이게 누군가?"

밀버턴 앞에 있던 여성은 갑자기 베일을 걷고 망토를 내렸다. 그녀는 단아하고 아름다웠다. 가무잡잡한 피부, 오뚝한 코, 짙고 검은 눈썹, 강렬하게 빛나는 눈, 얇은 입술은 위험해 보이는 미소를 짓고 있었다.

"내가 누군지 모르진 않겠지. 네놈 덕분에 인생을 망쳤으니까."

여자가 떨리는 목소리로 말했다.

"저런, 그때 부인이 고집을 부리지 않았으면 아무런 문제도 없었을 거요. 나는 파리 한 마리도 죽이지 못하는 성격으로, 극단적인 선택을 하고 싶지 않았소. 하지만 이게 내 직업이니 내가 할 수 있는 게 뭐가 있겠소? 내가 제시한 가격은 부인이 충분히 지불할 수 있었소.

하지만 부인은 돈을 내지 않았고 이런 결과를 가져온 거요."

밀버턴은 웃으면서 말했지만 목소리에는 두려움이 묻어나왔다.

"네 이놈! 그래서 편지를 남편에게 바로 보낸 것이냐? 그분은 명예를 가장 중시하는 고귀한 신사였어. 나 때문에 그분은 마음에 상처를 입어 결국 돌아가시고 말았어. 내가 저 문으로 들어와서 너에게 애원했던 것을 잊지는 않았겠지. 그때는 비열하게 웃음을 짓고 있더니 지금은 입술이 떨릴 정도로 겁이 나는 것이냐? 넌 다시 나를 만날 거라고 생각하진 않았겠지. 천하의 악당, 찰스 밀버턴! 그래도 네 행동이 정당하다고 생각하느냐?"

"설마 내가 겁을 먹었다고 생각하는 거요? 내가 크게 소리 한 번만 지르면 하인들이 달려와 부인을 꼼짝 못 하게 할 거요. 물론 부인의 심정은 이해할 수 있소. 하지만 그만 여기서 나가는 게 좋겠군. 그렇게 한다면 나도 움직이지 않겠소."

밀버턴은 자리에서 일어나며 조용히 말했다.

"네놈이 다른 사람의 인생을 망치는 건 내가 마지막일 것이다. 더 이상 누구도 협박할 수 없도록 해줄 테니까. 나는 사회악을 제거하러 왔다. 자, 받아라!"

여자는 창백한 얼굴로 밀버턴을 향해 반짝거리는 작은 리볼버의 방아쇠를 당겼다. 그의 앞가슴과 약 60센티미터 정도 떨어진 곳에서 총구를 들이대고 연달아 방아쇠를 당겼다. 밀버턴은 뒤로 물러나다가 탁자 위로 고꾸라져 두 팔을 버둥거렸다. 그러다가 비틀거리며 다시 일어서자 리볼버는 다시 한 번 불을 뿜었고 그는 바닥으로 푹 쓰러져버렸다.

"내가 당하다니!"

그는 이렇게 소리를 치더니 더 이상 움직이지 않았다. 여자는 그를 뚫어지게 바라보다가 발로 그의 얼굴을 짓이겼다. 그리고 다시 밀버턴을 내려다보았지만 이번에는 어떤 행동도 취하지 않았다. 잠시 후 그녀는 드레스 자락을 거칠게 펄럭이면서 들어온 곳으로 나갔다. 리볼버의 열기로 후끈해진 방에 차가운 밤공기가 느껴졌다.

여자가 밀버턴을 향해 총알을 쏠 때, 나는 본능적으로 밖으로 뛰쳐나가려고 했다. 물론 그렇다고 해도 밀버턴의 목숨을 구하지는 못했을 것이다. 그러나 홈즈는 내 손목을 꼭 잡았고, 우리가 끼어들 일이 아니라고 눈빛으로 말해 주었다. 악당은 정의의 심판을 받았고, 우리는 여기 온 목적을 잊어서는 안 된다는 것이었다.

여자가 방을 나가자마자 홈즈는 재빨리 건너편 문으로 달려가서 방문을 열쇠로 잠갔다. 그때 바깥에서 시끄러운 말소리와 발자국 소리가 들리기 시작했다. 리볼버를 발사하는 소리 때문에 집안의 모든 사람들의 일어난 것이다. 홈즈는 전혀 당황하지 않고 금고 속의 편지를 벽난로 속에 던져 넣었다. 그렇게 몇 차례 하자 금고 안은 텅 비었다. 누군가 문 밖에서 문을 두드리는 소리가 들렸고, 홈즈는 더 처리할 것이 없는지 방 안을 한 번 둘러보았다. 그때 밀버턴이 읽고 있던 편지가 탁자 위에 놓여 있는 것이 보였다. 홈즈는 피에 젖은 편지를 집어 역시 벽난로에 넣었고, 발코니 문에서 열쇠를 빼고 나와 함께 밖으로 나온 뒤 열쇠를 돌려 문을 잠갔다.

"왓슨, 어서 이쪽으로 오게. 여기로 가면 정원의 담을 넘을 수 있을 거야."

잠시 후 뒤를 돌아보니 서재의 문이 열렸는지 온 집안에 환하게 불이 켜져 있었다. 대문도 활짝 열렸고 사람들이 뛰어 들어와 정원이 소란스러웠다. 그 중 한 남자가 우리를 발견하고 우리 뒤를 따라오기 시작했다. 홈즈는 정원의 지형에 매우 익숙해 빠른 걸음으로 달려갔고, 나는 그의 뒤를 집중해서 따라갔다. 가장 앞서서 우리를 따라오던 남자는 숨을 몰아쉬고 있었다. 1미터 80센티미터 정도의 담이 눈앞에 버티고 있었지만, 홈즈는 가볍게 뛰어올랐고 나 역시 그의 뒤를 따랐다. 그런데 누군가 내 발목을 잡아당기는 것이 느껴졌고, 발길질로 그 손길을 떨쳐냈다. 그러나 나는 그 충격으로 담 너머의 덤불로 고꾸라졌지만, 홈즈의 도움으로 일어나 햄스테드의 황무지를 전력질주할 수 있었다. 약 3킬로미터 정도 달렸을 무렵, 홈즈는 걸음을 멈추고 뒤쪽에 귀를 기울였다. 다행히 아무런 소리가 들리지 않았다. 추격자들을 모두 따돌린 것이 분명했다.

　다음 날 아침, 우리는 아침을 먹고 느긋하게 파이프에 불을 붙이고 있었다. 그때 런던 경찰청의 레스트레이드 경감이 근엄한 표정으로 우리 집을 찾아왔다.

　"홈즈 선생, 그동안 안녕하셨습니까? 혹시 요즘 바쁘십니까?"

　"한가하진 않지만 경감의 이야기를 들을 시간은 있습니다."

　"사실 어젯밤에 햄스테드에서 독특한 사건이 발생했습니다. 괜찮다면 홈즈 선생이 도와주셨으면 해서요."

　"그곳에서 무슨 일이 있었습니까?"

　"살인 사건이긴 한데 아주 이상해 보입니다. 홈즈 선생은 그런 일에 관심이 많으니 우리를 도와주실 것이라고 생각해요. 지금 애플도어

찰스 오거스터스 밀버턴　**235**

타워스로 가서 조사를 해주시면 감사하겠습니다. 사실 이 사건은 평범한 살인 사건이 아닙니다. 홈즈 선생이니까 하는 말인데, 경찰청에서는 살해당한 밀버턴 씨를 오랫동안 주시하고 있었습니다. 협박용으로 쓸 편지들을 모으고 있다는 소문이 있었으니까요. 그런데 살인자가 금고 안에 있던 편지를 모두 태워버렸습니다. 다른 값나가는 물건에는 전혀 손대지 않은 것을 보니, 스캔들을 막고자 편지를 없애기 위해서 그를 죽인 게 분명해요. 지위가 상당히 높은 사람일 것 같고요."

"범인들이라고요? 범인이 한 명이 아닌가요?"

"네, 범인은 둘입니다. 그자들이 현장에서 붙잡힐 수도 있었는데 안타까운 일이죠. 그들의 발자국과 인상착의는 이미 확보했으니 범인들을 잡는 것은 어렵지 않을 겁니다. 한 놈은 대단히 날쌘 녀석이고, 다른 한 놈은 정원사한테 붙잡혔다가 달아났다고 하더군요. 정원사가 잡은 녀석은 중간 정도 되는 키에 체격이 좋았다고 합니다. 턱은 각지고 목이 굵은데다가 콧수염을 기르고 있다고 했어요. 얼굴 위쪽은 복면으로 가리고 있어서 못 봤다고 합니다."

"듣고 보니 왓슨과 비슷한 것 같군요."

"그렇군요. 왓슨 박사와 인상착의가 상당히 비슷해요."

경감은 웃으면서 말했다.

"레스트레이드, 이번에는 당신을 돕기 힘들 것 같군요. 나도 밀버턴에 대해서는 잘 아는데, 그자는 런던의 질 나쁜 악당 중 하나였습니다. 세상에는 법이 통하지 않는 죄가 있기 때문에 그럴 때는 개인적인 복수도 정당화될 수 있다고 생각해요. 그래서 이 사건에는 개입하고 싶지 않군요. 죽은 밀버턴보다 그를 죽인 범인들에게 더 동정심

을 느낍니다. 도울 수 없어서 미안합니다."

홈즈는 우리가 목격한 현장에 대해서는 전혀 언급하지 않고 그날 오전을 보냈다. 멍한 눈초리, 넋을 잃은 태도를 보니 무언가 생각해 내려고 애쓰는 것 같았다. 그는 점심 식사를 하다가 갑자기 자리에서 일어나서 소리쳤다.

"왓슨, 생각났어! 자, 어서 그곳으로 가자고!"

그는 빠른 걸음으로 베이커 가와 옥스퍼드 가를 지났고 이윽고 리젠트 광장에 도착했다. 광장 왼쪽에는 유명인사와 미인들의 사진을 진열해 놓은 사진관이 있었는데, 그 중 하나를 뚫어지게 바라보았다. 사진 속의 여성은 궁중 의상을 입은 귀부인으로, 당당하고 위엄이 넘치는 표정을 짓고 있었으며 고귀한 신분을 나타내는 머리 모양에 다이아몬드가 박힌 장식을 하고 있었다. 섬세한 코, 짙은 눈썹, 의지가 있어 보이는 입매와 턱을 보다가 밑에 귀족 출신 정치가였던 남편의 작위를 보고 깜짝 놀랐다. 홈즈는 나와 눈이 마주치자 아무런 말도 하지 말라는 듯 손가락을 입술에 갖다 댔고 우리는 조용히 돌아섰다.

세 학생

The adventure of the Three Students

1895년, 홈즈와 나는 몇 가지 사건 때문에 영국의 가장 큰 대학가에서 몇 주를 보냈다. 내가 지금 기록하고자 하는 이야기는 바로 이때의 이야기로, 사소하지만 상당히 교훈적인 사건이었다. 사건이 발생했던 대학이나 범인의 구체적인 신원을 밝히는 것은 불필요한 일이라고 생각한다. 사건 자체로도 홈즈의 독특한 능력을 설명하는데 충분하기 때문이다.

당시 우리는 한 도서관 근처에서 가구 딸린 집을 얻어서 살고 있었다. 홈즈는 도서관을 서재 삼아 영국 초기 특허장에 대한 연구에 몰입하고 있었는데, 이는 따로 이야기할 가치가 있을 만큼 놀라운 결과를 가져오기도 했다.

평화롭던 어느 날 저녁, 집으로 세인트 루크 대학의 학감 겸 강사인 힐튼 솜스 씨가 홈즈를 찾아왔다. 키가 크고 매우 마른 체격의 솜스 씨는 작은 일에도 쉽게 흥분하는 성격의 소유자였다. 이날은 유난히 흥분한 상태였는데, 그 상태로 보아 뭔가 심각한 일이 일어난 것 같았다.

"홈즈 선생, 바쁘시겠지만 잠시 시간을 내주셨으면 합니다. 우리 대학에 아주 불명예스러운 일이 생겼습니다. 홈즈 선생이 여기 와 계신 것이 얼마나 다행인지 모르겠습니다. 그렇지 않았더라면 전 어쩔 줄 몰라 하고 있었을 겁니다."

"죄송합니다. 지금 제 연구 때문에 시간이 매우 부족하답니다. 경찰에 도움을 청하시는 게 좋을 듯합니다."

홈즈는 공손한 말투로 솜스 씨의 청을 거절했다.

"경찰의 도움을 요청할 수 있는 사건이라면 여기 오지도 않았을 겁니다. 저희 대학의 명예가 걸린 사건이라서 절대로 소문이 퍼지면 안 되거든요. 홈즈 선생은 뛰어난 능력을 가졌을 뿐만 아니라 입도 무거운 분이라는 것을 잘 알고 있습니다. 제발 도와주세요, 홈즈 선생. 이렇게 부탁드리겠습니다."

솜스 씨는 간절한 목소리로 홈즈에게 간청했다. 그러나 홈즈는 남에게 너그러움을 보이는 성격이 아니었다. 익숙하지 않는 곳에 있어서 마음의 여유도 부족했기 때문에 그는 퉁명스러운 반응을 보였다.

"그럼 일단 이야기를 들어보도록 하지요. 제가 개입할 것인지의 여부는 그 다음 결정하겠습니다."

홈즈는 어깨를 으쓱하면서 마지못해 대답했다.

"감사합니다. 일단 내일이 포테스큐 장학생 선발 시험이 시작되는 첫날이라는 것부터 말씀드리겠습니다. 저도 출제위원 중 한 명으로, 가장 먼저 치러지는 그리스어를 맡고 있습니다. 저는 학생들이 한 번도 접해 본 적이 없는 투키디데스의 《전쟁사》 중에서 긴 그리스어 구절 번역 문제를 냈습니다. 시험지는 이미 인쇄가 끝났고, 그동안 시험지가 밖으로 유출되지 않도록 매우 주의했습니다.

그런데 오늘 오후 3시쯤, 인쇄소에서 시험지의 교정지를 보내왔습니다. 그래서 저는 혹시 틀린 곳이 없나 확인해 보고 있었습니다. 만에 하나라도 오류가 있으면 안 되니까요. 4시 반이 지났지만 저는 그때까지도 꼼꼼히 교정을 보고 있었습니다. 그러나 친구와 약속이 있었기 때문에 교정지를 책상 위에 그대로 두고 잠시 외출을 했습니다. 그리고 한 시간 남짓 방을 비웠지요.

홈즈 선생도 아시다시피 우리 대학의 문은 녹색 천을 씌운 안쪽 문과 두꺼운 나무로 만든 바깥문으로 구성된 이중문입니다. 한 시간 정도 지나서 친구와 헤어져 다시 방으로 들어가려는데, 바깥문에 열쇠가 꽂혀 있었습니다. 저는 제가 그런 줄 알고 처음에는 별로 놀라지 않았습니다. 그런데 제 주머니를 보니 열쇠가 있더군요. 이 방문의 열쇠를 가진 사람은 배니스터와 저뿐이었기 때문에 저는 배니스터를 바로 찾았습니다. 배니스터는 10년 동안 저를 도와준 정직하고 성실한 하인입니다. 열쇠는 당연히 그의 것이었는데, 저에게 차를 갖다 주러 왔다가 깜빡 하고 그냥 갔다고 하더군요.

평소라면 별로 신경을 쓰지 않았겠지만, 그날은 책상 위에 시험지가 있었기 때문에 저는 몹시 당황했습니다. 방문을 열고 달려가서 책상을 보니 누군가 시험지에 손을 댔더군요. 교정지는 총 세 장이었는데, 저는 세 장을 모두 가지런히 정리해 두고 외출을 했습니다. 하지만 돌아와 보니 한 장은 바닥에, 또 한 장은 창문 옆 책상에, 나머지 한 장은 본래의 책상 위에 그대로 있었습니다."

"다시 한 번 확인하죠. 첫 번째 장은 바닥에, 두 번째 장은 창가에, 그리고 세 번째 장은 책상 위에 놓은 그대로였다는 거죠?"

홈즈가 약간의 반응을 보이며 솜스 씨에게 물었다.

"네, 그렇습니다. 정확하세요."

"슬슬 흥미가 생길 것 같군요. 계속 말씀하세요."

"저는 당연히 방 안으로 들어왔던 배니스터가 제 시험지를 훔쳐봤다고 생각했습니다. 그러나 그는 절대 그렇지 않다고 강하게 부인했습니다. 그의 표정이나 행동을 보아서 그가 범인일 것 같지는 않았습니다. 아마 누군가 방문 앞을 지나가다가 열쇠가 꽂혀 있는 것을 보고 호기심 때문에 방 안으로 들어왔을 거라고 생각했어요. 꽤 큰 액수의 장학금이 걸린 시험이었으니까 그런 욕심을 내는 것도 당연하죠.

그런데 배니스터는 이 일로 큰 충격을 받았습니다. 시험지에 손을 댄 사람이 있다는 것을 알고 매우 놀랐거든요. 기운을 잃고 의자에 앉아 있는 그에게 브랜디를 좀 갖다 주면서 주변을 샅샅이 살펴보았습니다. 구겨진 시험지, 작은 책상 위에 연필 깎은 부스러기, 부러진 연필심 등이 있었습니다. 아마 시험지를 훔쳐본 녀석은 그 내용을 베끼다가 연필심이 부러졌고, 그래서 다시 깎아서 내용을 마저 베껴 쓴 듯했습니다."

"오! 증거를 찾으신 거군요! 다행입니다."

사건에 점점 흥미를 느끼며 반응을 보이는 홈즈가 말했다.

"또 있습니다. 저는 붉은 색의 고급 가죽을 씌운 필기용 책상을 하나 장만했습니다. 그 책상은 작은 흠집 하나 없는 새 책상입니다. 배니스터도 잘 알고 있고요. 그런데 그 책상의 가죽이 약 7.5센티미터 정도 잘려나갔습니다. 긁힌 게 아니라 잘린 게 분명해요. 그리고 책상 위에는 진흙 같은 것이 한 덩어리 떨어져 있더군요. 톱밥처럼 보

이는 것들이 섞인 작은 덩어였습니다. 아마 시험지에 손댄 녀석이 흘리고 간 것 같았어요. 하지만 발자국 같은 중요한 증거들은 하나도 남아 있지 않았습니다. 저는 어떻게 해야 할까 곰곰이 생각하다가 홈즈 선생을 떠올렸습니다. 그래서 곧장 이곳으로 달려왔고요.

저는 지금 매우 난처한 상황입니다. 범인을 잡지 못하면 다시 시험지를 준비해야 하는데, 그렇게 되면 왜 시험지를 다시 준비해야 하는지를 설명해야 합니다. 그러면 학교 전체에 불명예스러운 스캔들이 될 겁니다. 저는 잡음 없이 조용히 그리고 현명하게 이 사건을 해결하고 싶습니다."

"좋습니다. 제가 이 사건을 맡도록 하겠습니다. 꽤 흥미 있어 보이니까요."

"오, 다행이군요. 홈즈 선생, 정말 감사합니다."

"그런데 솜스 씨, 시험지가 도착한 후에 방에 들어온 사람이 있습니까?"

"네, 제 방과 가까운 곳에 있는 다우라트 라스라는 인도인 학생이 시험에 대해 물어볼 것이 있다고 잠깐 왔습니다."

"그가 방에 들어왔을 때 시험지는 책상 위에 있었습니까?"

"네, 제가 기억하기로는 둘둘 말린 상태로 있었던 것 같습니다."

"그 종이가 시험지의 교정지라는 것을 그 인도 학생이 알 수 있었을까요?"

"글쎄요, 그것에 대해서는 확신할 수가 없군요."

"방에 다른 사람은 또 없었습니까?"

"네, 아무도 없었습니다."

"교정지가 방에 도착했다는 것을 아는 사람이 있었나요?"

"인쇄업자 말고는 아무도 몰랐을 겁니다."

"아까 말씀하신 하인 배니스터도 몰랐을까요?"

"네, 그 역시 몰랐습니다."

"지금 배니스터는 어디에 있습니까?"

"너무 놀랐는지 정신을 잃고 제 방에서 쉬고 있습니다. 홈즈 선생을 빨리 만나야겠다는 생각 때문에 그가 정신을 차릴 때까지 기다릴 수 없었으니까요."

"시험지는 잘 보관해 두고 왔나요?"

"네, 시험지는 모아서 서랍에 넣고 잠그고 왔습니다."

"그럼 사건을 정리해 보겠습니다. 만약 인도 학생이 두루마리가 시험지 교정지라는 것을 몰랐다면, 시험지에 손을 댄 사람은 우연히 시험지를 발견했겠군요."

"제 생각에도 그렇습니다."

"좋아요. 왓슨, 자네는 굳이 안 가도 될 것 같지만 함께 가고 싶다면 말리진 않겠네. 몸보다는 머리를 써야 하는 사건 같으니까. 솜스 씨, 길을 안내해 주십시오."

홈즈는 이해할 수 없는 미소를 지으면서 코트를 들고 솜스 씨의 뒤를 따라 방을 나섰다. 학교 입구에 있는 아치 모양의 고딕 스타일 문을 지나자 오래 되어서 닳아진 돌층계가 나왔다. 돌층계를 지나 솜스 씨가 살고 있는 건물 앞에 도착했다. 그의 방은 1층에 있었으며, 위에는 한 층에 한 명씩 총 세 명의 학생이 살고 있었다. 현장에 도착하자 이미 해가 저물고 있었다. 홈즈는 밖에서 솜스 씨의 방을 살펴보았다.

"홈즈 선생, 범인은 아마 문으로 들어갔을 겁니다. 이렇게 좁은 창문으로 사람이 들어갈 수는 없으니까요. 그렇죠?"

솜스 씨는 홈즈에게 동의를 구하며 물었다.

"그렇겠군요. 자, 이제 방 안으로 들어가 봅시다."

솜스 씨는 바깥문을 열고 우리를 방으로 안내했다. 홈즈는 카펫을 조사했고, 솜스 씨와 나는 방 입구에 가만히 서 있었다. 솜스 씨의 방은 가로로 긴 격자창이 있고, 창 밖에는 이끼로 가득한 정원이 보였다.

"카펫 위에는 흔적이 전혀 없군요. 이렇게 날씨가 건조하니 어쩔 수 없는 일이겠지만. 배니스터는 정신을 차리고 간 것 같군요. 아까 그냥 놔두고 왔다고 했는데 지금은 자리에 없으니까요. 배니스터가 정신을 잃고 앉아 있던 의자는 어느 것입니까?"

"저쪽 창가에 있는 의자에 눕혔습니다."

"오, 작은 책상이 있는 저곳인가요? 좀 살펴보는 게 좋겠군요. 카펫은 다 조사했으니 모두 들어오세요. 이곳에서 어떤 일이 있었는지는 아주 간단합니다. 범인은 방에 들어와서 시험지를 한 장씩 갖다가 가운데 책상에서 그 내용을 베꼈습니다. 그 책상 옆에는 창문이 있어 솜스 씨가 오는 것을 볼 수 있다고 생각했으니까요. 솜스 씨가 오는 것을 보면 바로 도망칠 준비를 한 듯합니다."

"하지만 제가 오는 건 볼 수 없었을 겁니다. 저는 이 정원을 통해서 오지 않고 옆문을 통해서 왔으니까요."

"결과적으로 매우 현명한 행동이었죠. 범인이 몹시 당황했을 테니까요. 자, 그럼 이번에는 시험지를 살펴보죠. 일단 시험지에 손가락 자국은 없군요. 이 시험지를 가장 먼저 베꼈군요. 아마 한 장을 베껴

쓰기 위해서는 아무리 빨라도 15분은 걸렸을 겁니다. 마음이 급했기 때문에 다 쓰면 시험지를 바닥으로 밀어버린 거죠. 겨우 한 장을 베껴 썼는데 솜스 씨가 들어왔고, 범인은 놀라서 서둘러 도망갔습니다. 시험지를 원래 자리에 두는 것조차 잊어버릴 정도로 마음이 급했던 거죠. 혹시 바깥문을 열면서 발자국 소리는 못 들으셨나요?"

"네, 전혀 못 들었습니다."

"그렇군요. 범인은 연필심이 부러질 정도로 정신없이 날려 썼습니다. 아까 말씀하셨던 것처럼 연필심이 부러져 다시 깎기도 했고요. 그런데 여기 아주 흥미로운 게 있습니다. 범인이 쓴 연필은 보통 연필이 아닙니다. 보통 연필보다 좀 크고 심이 물렁하며 짙은 청색이군요. 제조사의 이름은 은박으로 찍혀 있고, 4센티미터 정도 되는 몽당연필입니다. 이 연필 주인을 찾아내면 범인도 알 수 있습니다. 참, 범인은 날이 무디지만 큰 칼도 가지고 있군요."

"다른 것은 이해가 갑니다만 몽당연필이라는 것을 어떻게 알 수 있지요?"

솜스 씨는 홈즈가 말하는 증거들에 혼란스러워하면서 물었다.

"이게 뭔지 알고 있습니까?"

홈즈는 연필을 깎은 부스러기들 중에서 'NN'이라고 쓰여 있는 것을 집어 들었다.

"전 잘 모르겠습니다. 대체 이게 뭔지……."

"이 정도로 말씀드렸는데도 모르시다니. 모든 것을 설명해야 하는 사람은 왓슨 박사만이 아니었군요. 영국에서 가장 큰 연필 제조사는 '조한 파버 Johann Faber'라는 회사입니다. 그런데 'NN'이라는 글

자가 깎이려면 연필의 길이가 얼마나 남아 있어야 할까요? 그래서 몽당연필이라고 한 겁니다."

홈즈는 말을 잠시 멈추더니 작은 책상을 전깃불 아래로 가져왔다.

"범인이 얇은 종이에 베껴 썼더라면 책상 표면에 흔적이 남았을 텐데, 아쉽게도 그런 것 같지는 않군요. 이제 가운데 책상으로 가봅시다. 이 작은 덩어리가 아까 말씀하신 것이군요. 삼각뿔 모양으로 생겼는데 가운데가 패어 있고 톱밥도 섞여 있군요. 점점 흥미 있어지는군요. 여기 가죽이 잘린 부분을 잘 살펴보면, 처음에는 가늘게 긁힌 자국에서 너덜거리는 구멍으로 끝납니다. 이런 재미있는 사건을 제가 맡게 해주시다니 정말 감사하기까지 한걸요. 그런데 저쪽의 문은 어디로 연결되는 겁니까?"

"제 침실로 가는 문입니다."

"시험지에 문제가 생긴 뒤 침실에 들어가 봤나요?"

"아뇨, 말씀드린 대로 홈즈 선생에게 바로 갔습니다."

"제가 한 번 둘러보도록 하겠습니다. 제가 살펴보는 동안 두 분은 여기 잠시만 계십시오. 이 커튼 뒤에는 옷을 걸어놓고 있군요. 누군가 이 방에 왔다면 커튼 뒤에 숨었을 겁니다. 침대와 옷장 쪽에는 숨을 수 없었을 테니까요. 지금은 아무도 없군요."

홈즈는 긴장한 표정으로 커튼을 매우 조심스럽게 열었다. 그는 비상사태에 대비한 듯했지만, 커튼 뒤에는 서너 벌의 옷만 걸려 있을 뿐 아무도 없었다. 홈즈는 그 안을 살펴보다가 허리를 굽혀 무언가를 찾아냈다.

"오, 이게 뭘까요?"

홈즈가 주운 것은 책상 위에 있던 삼각뿔 모양의 덩어리였다. 환한 불빛 아래서 홈즈는 그것을 꼼꼼하게 살펴보았다.

"솜스 씨, 우리의 친절한 범인은 거실 말고 침실에도 흔적을 남겨 두었군요."

"대체 범인이 침실에는 왜 갔을까요?"

"쉽게 상상할 수 있는 일이죠. 솜스 씨가 창문에 보이지도 않는데 갑자기 나타났기 때문에 범인은 방문이 열리자 소스라치게 놀랐죠. 그래서 재빨리 자신의 물건들을 들고 침실로 숨어든 겁니다."

"홈즈 선생, 그렇다면 제가 배니스터와 이야기하고 있을 때 침실로 들어갔다면 범인을 잡을 가능성도 있었다는 건가요? 이럴 수가!"

"제 생각은 그렇습니다. 안타깝군요."

"이렇게 생각해 보면 어떨까요? 침실 창문은 격자창으로 되어 있는데, 여닫이로 세 짝이나 됩니다. 사람이 드나들 만큼 충분히 크지요. 혹시 범인이 그 창문으로 들어와 거실에서 범죄를 저지른 뒤 열려 있는 방문으로 나간 것은 아닐까요?"

"솜스 씨, 사건은 현실적으로 생각해야 합니다. 이쪽 계단을 이용하는 학생들은 모두 솜스 씨의 방문 앞을 지나가나요?"

"네, 모두 지나갑니다."

"세 학생들 모두 내일 시험을 보나요?"

"네, 모두 응시할 예정입니다."

"혹시 셋 중에서 의심이 갈 만한 행동을 한 학생은 없나요?"

"홈즈 선생, 저는 교육자입니다. 근거도 없이 추측만으로 학생을 의심할 수는 없습니다."

세 학생 247

"그럼 학생들에 대해서 간단하게 설명해 주십시오. 근거는 제가 찾아보도록 하겠습니다."

"좋습니다. 그렇게 하죠. 일단 2층 방의 길크리스트는 공부뿐만 아니라 운동도 잘하는 훌륭하고 남자다운 학생입니다. 우리 대학에서 럭비 팀와 크리켓 팀에서 활약하고 있고, 멀리뛰기와 장애물 달리기 경주 선수이기도 합니다. 돌아가신 그의 아버지는 경마로 패가망신한 자베즈 길크리스트 경이고요. 경제적으로는 좀 어려운 것이 사실이지만 근면하여 전도가 유망한 학생이기도 합니다.

3층 방의 다우라트 라스는 아까 말씀드린 인도 출신 학생입니다. 대부분의 인도인들처럼 그 역시 조용하고 신비스러운 모습을 가지고 있어요. 성적은 전체적으로 뛰어난 편이지만, 그리스어에는 유난히 약한 편입니다. 착실하고 꼼꼼한 성격이라서 제가 좋아하는 학생들 중 하나입니다.

맨 위층에는 마일즈 맥클라렌의 방이 있습니다. 그는 아마 학교 전체에서 최고의 두뇌를 가지고 있을 겁니다. 마음만 먹으면 최고의 성적도 낼 수 있지만, 변덕스러운 데다가 무절제하고 방종한 성격을 가지고 있죠. 대학 1학년 때는 카드 스캔들 때문에 퇴학당할 뻔했고, 이번 학기에도 빈둥빈둥 놀았던 것으로 알려져 있습니다. 아마 시험 때문에 많이 걱정하고 있을 거고요."

"그렇다면 가장 의심스러운 학생은 누구일까요?"

"의심스럽다고 하기에는 좀 그렇지만, 조심스럽게 말씀드리자면 맥클라렌이 제일 가능성이 있을 것 같습니다. 순전히 제 주관적인 생각이니까 오해하지 말아주십시오."

"참고만 하겠습니다. 이제는 배니스터를 만나보고 싶군요. 불러주시겠습니까?"

솜스 씨가 부르자 배니스터는 곧장 방으로 들어왔다. 얼굴은 통통하고 하얀 편이었으며 면도를 깨끗하게 해 깔끔한 인상을 주는 남자였다. 흰머리가 섞인 것으로 보아 50대 정도 된 듯했으며, 아까의 일 때문에 괴로워하는 듯했다. 그의 표정은 매우 불안해 보였으며, 두 손은 덜덜 떨고 있었다.

"배니스터, 내가 홈즈 선생에게 이 사건을 부탁드렸다네. 이분이 물어보는 것은 무엇이든 대답해 드리게."

솜스 씨가 부드러운 목소리로 말했다.

"배니스터, 솜스 씨에게 들은 내용으로는 열쇠를 문에 꽂아두었다고 하던데 사실인가?"

"네, 너무 죄송하게도 그런 실수를 하고 말았습니다."

"그런데 좀 이상하군. 왜 하필이면 시험지가 오는 오늘 같은 날 그런 일이 벌어진 걸까?"

"제가 건망증이 좀 있습니다. 예전에도 그런 실수를 몇 번 한 적이 있고요."

"그렇군. 이 방에는 몇 시쯤 들어왔나?"

"4시 반 정도 되었을 때였습니다. 솜스 씨가 차를 드실 시간이었으니까요."

"방에 들어와서 얼마나 있었지?"

"금방 나갔습니다. 솜스 씨가 방에 안 계셨으니까요."

"그럼 책상 위에 있던 시험지는 봤나?"

"아뇨, 보지 못했습니다."

"알겠네. 그럼 열쇠를 꽂아둔 채 가버린 상황을 좀 이야기해 주게."

"손에 찻잔이 담긴 쟁반을 들고 있었기 때문에 꽂아둔 채 가게 되었습니다. 다시 와서 열쇠를 가져가려고 했는데, 또 깜빡하고 만 겁니다."

"그럼 바깥문이 계속 열려 있었던 건가?"

"네, 그렇습니다."

"그렇다면 방에 있던 사람이 나갈 수도 있었겠군. 그렇지?"

"네, 홈즈 선생님 말이 맞습니다."

"솜스 씨가 돌아와서 사건에 대해 이야기했을 때 굉장히 놀랐다고 들었는데 사실인가?"

"네, 저는 정말 깜짝 놀랐습니다. 저 때문이라는 생각도 들었고요. 이런 일이 처음이었기 때문에 거의 기절할 뻔했습니다."

"그렇게 들었네. 현기증이 났을 때 자네는 어디 있었나?"

"저요? 글쎄요. 이쪽 출입문 근처에 있었던 것 같습니다."

"거참 이상하군. 자네는 문 근처에 있었는데 앉아서 쉰 곳은 저쪽 방구석에 있는 의자라니. 다른 의자들을 두고 저곳까지 가서 앉은 이유는 뭔가?"

"저도 모르겠습니다. 저도 제정신이 아니라서 무슨 생각이었는지 모르겠고요."

"홈즈 선생, 저는 배니스터가 이 사건에 대해서 아무것도 모른다고 생각합니다. 게다가 지금 안색을 보면 또 기절을 할까 봐 몹시 걱정이 되는군요."

솜스 씨가 중간에 끼어들어 배니스터를 걱정하는 듯한 목소리로 말했다.

"자네는 솜스 씨가 방을 나간 뒤에 여기에 얼마나 있었나?"

"한 1분 정도가 지난 후에 자리에서 일어나 방문을 잠그고 제 방으로 갔습니다."

"자네는 이 건물에 사는 세 명의 학생들 중에서 누가 제일 의심스러운가?"

"홈즈 선생님, 저는 대답할 수 없습니다. 이 대학에 있는 신사들이 그런 불명예스러운 짓을 할 것이라고는 생각하지 않아요. 절대 그럴 리가 없습니다."

"당연히 그렇겠지. 참, 위층에 사는 세 명의 신사들 중에 이 사건에 대해 알고 있는 사람이 있나?"

"아니오, 모릅니다. 저는 사건에 대해 아무에게도 말하지 않았습니다."

"그럼 세 명 중 만난 사람이 아무도 없다는 건가?"

"네, 그렇습니다. 아무도 못 봤어요."

"알았네. 대답하느라 수고했어. 솜스 씨, 잠시 안뜰을 산책하는 게 어떻겠습니까?"

우리는 정원을 잠시 산책했고, 사방이 점점 어두워지고 있었다. 솜스 씨가 사는 건물 위쪽의 세 창문에서는 모두 노란색 빛이 새어나오고 있었다.

"세 명의 학생들이 모두 집에 있군요."

홈즈는 건물의 창문을 올려다보면서 말했다.

"오, 웬일인지 한 사람은 좀 불안해 보이는군."

그 방은 인도 학생이 있는 곳으로, 검은 그림자가 커튼 위로 나타났고 검은 그림자는 방 안을 빠른 걸음으로 왔다 갔다 하고 있었다.

"솜스 씨, 학생들의 방을 한 번씩 볼 수 있을까요?"

"물론입니다. 이 건물은 우리 대학 내에서 가장 오래된 곳이기 때문에 방문객들이 구경하러 가끔 오곤 합니다. 제가 직접 안내할 테니 가시죠."

"다행이군요. 학생들과 마주치게 되더라도 제 이름은 밝히지 말아 주십시오."

길크리스트의 방문을 두드리자 빛나는 갈색 머리에 늘씬하고 키가 큰 젊은이가 나왔다. 그는 우리를 반갑게 맞아주었는데, 방 안은 보기 드문 영국식 중세 건축 양식이었다. 홈즈는 매우 감탄하면서 그 중 일부를 스케치하려고 했으나 연필이 부러졌고, 어쩔 수 없이 그 방의 학생에게 연필을 한 자루 빌려야 했다. 그러나 또다시 연필이 부러져 칼을 빌려서 자신의 연필을 깎기도 했다.

키가 작고 매부리코를 한 인도 학생의 방에서도 같은 일이 벌어졌다. 그는 홈즈의 건축물 연구가 끝났다고 말하자 눈에 보이게 좋아했다. 나는 홈즈가 어떤 증거를 찾았는지 몹시 궁금했지만 그의 표정으로는 아무것도 알 수 없었다.

우리는 마지막으로 맨 위층에 있는 학생의 방으로 갔지만 그 방에는 발도 들여놓을 수 없었다. 문을 두드리자 방 안에 있던 학생이 거칠게 욕을 하면서 소리를 질렀기 때문이다.

"내일이 시험인데 이렇게 방해를 하다니! 누구든 지옥으로 가버려!"

몹시 화가 났는지 학생은 방이 떠나가도록 큰 소리로 말했다.

"정말 무례한 학생이군요. 죄송합니다. 물론 제가 두드렸으리라는 것을 몰랐으니 저런 말을 했겠지만, 그래도 정말 괘씸하네요. 의심이 가기도 하고요."

솜스 씨는 매우 화가 났는지 얼굴이 붉어진 채로 말했다.

"혹시 맥클라렌의 키가 어느 정도 되는지 알고 있나요?"

홈즈는 재미있어 하는 표정으로 물었다.

"정확히는 모르지만, 인도 학생보다는 크고 길크리스트보다 작은 건 분명해요. 165센티미터 정도 되지 않을까 싶습니다."

"그렇군요. 키는 이 사건에서 몹시 중요한 부분이랍니다. 그럼 솜스 씨, 전 이만 돌아가겠습니다. 안녕히 계세요."

"홈즈 선생, 이렇게 가버리시는 건 아니겠죠? 시험은 당장 내일입니다. 시험을 칠 것인지 말 것인지 지금 당장 결정을 내려야 해요. 절대 가벼운 상황이 아닙니다."

솜스 씨는 놀라고 화가 난 목소리로 말했다.

"이대로 그냥 두십시오. 제가 내일 아침 일찍 와서 말씀드리겠습니다. 어떤 행동을 하라고 말할 수도 있을 겁니다. 하지만 그때까지는 아무런 행동도 하지 마십시오."

홈즈는 온건하지만 단호한 목소리로 말했다.

"알겠습니다. 그렇게 하지요."

"마음 놓으셔도 될 겁니다. 참, 진흙덩이와 연필 부스러기는 제가 가져가도록 하겠습니다. 그럼 쉬십시오."

집으로 돌아가기 위해 정원으로 나와서 홈즈는 다시 건물의 창문을 올려다보았다. 다른 학생들은 보이지 않았지만, 인도 학생은 여전

히 서성거리고 있었다.

"사실 이 사건은 세 장의 카드로 하는 간단한 게임이야. 저기 세 학생이 있고, 범인은 그 중 한 명이야. 왓슨, 자네는 범인이 누구라고 생각하나?"

큰길로 걸어가면서 홈즈가 나에게 물었다.

"얼굴을 못 봤지만 맨 위층에서 우리에게 욕을 퍼부은 맥클라렌이 제일 수상하네. 품행도 나쁜 것 같고. 하지만 인도 학생도 몹시 수상해. 왜 저렇게 저녁 내내 서성거리고 있을까?"

"다음 날 중요한 시험이 있는데, 낯선 사람들이 찾아온다면 자네라도 그렇게 하지 않을까? 인도 학생의 경우도 그래. 중요한 내용을 외울 때는 저렇게 왔다 갔다 하는 경우도 있다네. 연필이나 칼도 범인과는 거리가 멀다네. 하지만 한 명 정말 이상한 사람이 있지."

"누구를 말하는 건가?"

"배니스터라는 하인 말이야. 대체 무슨 의도를 가지고 있는 건지 모르겠군."

"그자가 수상해 보이던가? 법 없이도 살 만큼 정직한 얼굴이던데."

"나도 그렇게 봤다네. 그래서 더 이상하다는 거야. 왜 그렇게 성실하고 정직한 사람이 이런 일을……. 오, 저쪽에 문방구가 하나 있군. 저기부터 조사하면 될 거야."

이곳에 문방구는 총 네 군데였는데, 홈즈는 네 군데를 모두 돌아다니면서 연필 깎은 부스러기를 보여주며 똑같은 연필을 주면 후한 값에 사겠다고 말했다. 문방구 주인들은 모두 주문을 해야 한다고 말하면서 특대형 연필이라 재고가 없다고 안타까워했다. 홈즈는 이러한

대답을 듣고도 전혀 실망하지 않았으며, 계속 우스꽝스러운 표정을 짓고 있었다.

"왓슨, 힘들게 다녔는데 성과는 전혀 없군. 결정적인 단서였는데 말이야. 하지만 이런 게 없어도 난 이 사건을 완벽하게 해결할 수 있지. 오, 벌써 9시가 다 되어가는군. 하숙집 아주머니가 7시 반에 저녁을 준다고 했는데 시간이 이렇게 되어버렸다니. 우리는 담배까지 피우고 있어서 집에서 같이 쫓겨날지도 모르겠군. 하지만 그 전에 이 사건은 해결될 걸세."

우리는 집으로 돌아가 늦은 식사를 마쳤고, 홈즈는 식사 후 한동안 생각에 잠겨 있었다. 다음 날 아침, 8시 정도 되어 내가 막 자리에서 일어나자 홈즈가 내 방으로 들어왔다.

"왓슨, 지금 세인트 루크 대학에 가야 한다네. 아침은 좀 늦게 먹어도 되겠지?"

"물론이네. 서둘러야겠군. 솜스 씨는 불안에 떨고 있을 텐데, 자네는 사건을 해결한 건가?"

"그런 것 같군. 수수께끼를 풀었으니까 말이야."

"어젯밤부터 지금까지 달라진 게 아무것도 없지 않은가?"

"왓슨, 나는 아침 6시에 일어나 열심히 단서를 찾았다네. 두 시간 동안 전력을 다해 조사하고 8킬로미터 정도 걸으면서 사건에 도움이 될 것들을 찾았지. 이걸 보게."

홈즈는 나에게 조심스럽게 손을 내밀었다. 손바닥에는 작은 삼각뿔 모양의 진흙덩이가 세 개 있었다.

"원래 두 개가 아니었나? 왜 세 개가 되었지?"

"오늘 아침에 하나를 주웠다네. 증거 3호는 증거 1호와 2호와 같은 데서 와야 하는 것이니까. 이제 솜스 씨의 걱정을 덜어주러 가자고."

우리가 솜스 씨의 방에 도착했을 때, 그의 안색은 몹시 좋지 않았다. 시험이 몇 시간 후에 시작되는데, 사건은 아무런 진척이 없었기 때문이었다. 그래서 홈즈가 도착했을 때 그는 두 팔을 벌리며 반가워했다.

"오, 드디어 와주셨군요! 혹시 홈즈 선생이 이 사건을 포기한 것은 아닐까 밤새 걱정했습니다. 이제 어떻게 할까요? 시험은 그냥 진행시켜야 할까요?"

"네, 어떤 일이 있어도 시험은 예정대로 봐야 합니다."

"그 나쁜 녀석은 어떻게 하고요? 불공정한 시험이 될 텐데요."

"범인은 시험을 보지 않을 겁니다. 포기할 테니까요."

"정말인가요? 범인이 누구인지 알아내신 겁니까?"

"네, 그런 것 같군요. 하지만 경찰에 알리지 않는다고 해도 이 사건은 우리의 작은 법정에서 해결될 겁니다. 자, 우리 모두 재판관이 되어 사건을 해결합시다. 솜스 씨는 그쪽에, 왓슨 박사는 이쪽에 앉게. 저는 여기 안락의자에 앉겠습니다. 이만하면 죄책감을 가진 사람에게 겁을 줄 수 있겠군요. 솜스 씨, 이제 종을 울려주십시오."

종이 울리자 얼마 지나지 않아 배니스터가 방으로 들어왔다. 그는 우리의 모습을 보고 놀랐는지 뒷걸음질을 치면서 당황해 했다.

"자, 배니스터! 어제 일을 사실대로 말해 주게."

"홈즈 선생님, 저는 다 말씀드렸는데요."

배니스터는 얼굴이 하얗게 질린 채로 대답했다.

"더 할 말이 없다는 뜻인가?"

"네, 없습니다."

"좋아, 그럼 내가 말하지. 배니스터 자네는 어제 방에 들어온 사람의 정체를 알 수 있는 물건을 숨겨주기 위해 저 의자에 앉았네. 비틀거리면서 일부러 저 의자까지 간 거지."

"그럴 리가요. 절대 그렇지 않습니다."

"그냥 내 생각일 뿐이니 그렇게 두려워하지 않아도 되네."

홈즈는 따뜻한 목소리로 말했다.

"내 말을 증명할 수 있는 건 아무것도 없네. 하지만 그럴 가능성이 높다는 건 사실이야. 솜스 씨가 나가자마자 당신은 범인을 침실에서 내보냈으니까."

"홈즈 선생님, 저 방에는 아무도 없었습니다."

"저런, 이번에는 거짓말을 하고 있군. 아까는 사실을 말한 것 같은데."

"다시 한 번 말씀드리지만 저 방에는 아무도 없었습니다."

배니스터는 반항하는 듯한 거친 목소리로 대답했다.

"그렇다면 자네와는 더 이상 할 말이 없겠군. 잠깐 저쪽 침실 문 옆에서 기다려주겠나? 솜스 씨, 죄송하지만 길크리스트 군의 방에 가서 여기로 와달라고 해주십시오."

솜스 씨는 잠시 후 길크리스트를 데리고 왔다. 그는 어제 본 것처럼 늘씬한 미남형으로, 민첩한 행동과 탄력 있는 걸음걸이로 누구나 호감을 가질 수 있는 학생이었다. 그는 번민이 가득한 눈으로 우리를 바라보았는데, 조금 떨어진 곳에 있는 배니스터의 멍한 얼굴에 눈길이 머물러 있었다.

"길크리스트, 방문을 닫아주게나. 여기에는 우리뿐이고 지금 하는 이야기들은 더 이상 알려지지 않을 거야. 그러니 서로 솔직하게 이야기했으면 하네. 자네는 매우 훌륭한 학생인데 어제는 어쩌다가 그런 일을 저지른 건가?"

길크리스트는 비틀거리면서 뒤로 한 걸음 물러섰다. 두려움이 가득한 얼굴도 잠시, 그는 비난 어린 시선으로 배니스터를 노려보았다.

"도련님, 전 아무 말도 하지 않았습니다. 믿어주세요."

배니스터가 안타까운 목소리로 외쳤다.

"사실이야. 배니스터는 아무 말도 하지 않았지. 하지만 지금 한 마디 했군. 이제는 더 이상 숨겨도 소용이 없다는 걸 알겠지. 자, 솔직하게 고백하게."

홈즈가 날카로운 눈빛으로 길크리스트에게 말했다. 그때, 길크리스트는 표정이 일그러지더니 책상 옆에 무릎을 꿇었다. 그리고 두 손에 얼굴을 묻은 채 어깨를 들썩이며 흐느끼기 시작했다.

"진정하게. 사람이라면 누구나 실수할 수 있지. 자네를 범죄자로 몰고 갈 사람은 없으니 걱정하지 않아도 되네. 사건의 전모는 자네보다 내가 말하는 게 낫겠군. 혹시 틀린 부분이 있으면 자네가 고쳐주게나. 틀린 말을 할 때는 가차 없이 지적해 주고.

솜스 씨, 시험지가 도착했다는 사실을 배니스터 씨조차도 몰랐을 것이라는 말을 듣자 저는 사건이 구체적으로 이해되었습니다. 인쇄업자는 이미 충분히 시험지를 보았을 테니 용의자가 될 수 없었고, 두루마리 상태에서는 무엇인지 알 수 없으니 인도 학생도 용의자가 될 수 없었죠. 그리고 시험지가 있을 때 우연히 누가 들어왔다는 것

도 현실적으로는 어려운 추론입니다. 방에 들어온 사람은 시험지가 있다는 사실을 이미 알고 있었어요. 그것은 어떻게 알았을까요?"

저는 밖에서 이 방을 꼼꼼하게 살펴보았습니다. 창문 앞을 지날 때 방 안을 들여다보고 시험지가 있다는 것을 확인하기 위해서 키가 얼마나 되어야 하는지를 알기 위해서였죠. 제 키가 180센티미터인데, 발꿈치를 들어야 겨우 볼 수 있더군요. 그러니 세 학생 중에서 저보다 키가 큰 학생이 범인일 것이라고 생각했습니다.

이 방에 들어온 뒤 저는 쓸 만한 증거를 찾았습니다. 그런데 솜스 씨가 길크리스트 학생이 멀리뛰기 학생이라는 말을 했죠. 그 순간, 저는 사건이 어떻게 발생한 것인지 모두 알 수 있었습니다. 뒷받침할 수 있는 증거가 필요했는데 다행히도 구할 수 있었고요.

자, 이제 사건에 대해 말씀드리겠습니다. 어제 오후, 길크리스트 군은 운동장에서 멀리뛰기 연습을 했습니다. 그리고 뾰족한 스파이크가 바닥에 박혀 있는 점프화를 손에 들고 돌아왔습니다. 그런데 이 방 앞을 지나다가 책상 위에 놓인 교정지를 발견하게 되었습니다. 물론 무엇인지도 충분히 알 수 있었죠. 그리고는 방문을 지나가는데, 솜스 씨의 하인이 꽂아두고 간 열쇠를 보고 말았습니다. 아마 그 열쇠단 아니었어도 길크리스트 군이 그런 마음을 먹지는 않았을 거예요. 길크리스트 군은 시험지가 맞는지 확인해 보고 싶었습니다. 누군가 보더라도 우연히 들렀다고 말하면 의심을 사지 않을 테니까요.

방 안에 들어가서 진짜 시험지라는 것을 알고 난 뒤, 길크리스트 군은 악마의 유혹에 넘어가고 말았습니다. 작은 책상 위에는 신발을 올려놓았고, 창가의 의자에도 무언가를 올려놓았습니다. 그게 뭐였지?"

"제 장갑이었습니다."

길크리스트 군은 고개를 숙인 채로 대답했다.

"그리고 학생은 교정지를 한 장씩 베꼈습니다. 솜스 씨가 정문으로 오면 그 모습이 보일 테니 그때 도망가면 된다고 생각했죠. 하지만 솜스 씨는 옆문으로 들어왔고, 길크리스트 군은 방문을 여는 소리에 몹시 당황했습니다. 그래서 장갑을 깜빡한 채로 신발만 들고 재빨리 침실로 들어갔습니다. 책상 위의 상처는 신발 스파이크가 낸 상처입니다. 침실 방향으로 가면서 그 흔적이 깊게 패인 것으로 알 수 있죠. 그러면서 스파이크 주위에 있던 흙들이 책상 위와 침실에 떨어진 겁니다. 저는 오늘 아침 운동장에 있는 멀리뛰기 도약용 모래사장에 갔다 왔습니다. 그곳에 검은 흙이 있는 것을 보고 좀 가져왔습니다. 멀리뛰기를 할 때 미끄러짐을 방지할 수 있도록 뿌려놓은 톱밥 같은 것도 함께 가져왔죠. 길크리스트 군, 내 말에 틀린 부분이 있나?"

"아니오, 모두 사실입니다."

"할 말이 있으면 하도록 하게."

"사실 드릴 말씀이 있어서 편지를 한 통 써서 가져왔는데, 이렇게 발각당하고 나니 충격에 정신을 못 차리고 있었습니다. 솜스 교수님! 밤새 한숨도 못 자고 쓴 편지입니다. 제 잘못이 탄로 났다는 것을 알기 전에 쓴 것으로, 보시면 알겠지만 저는 시험을 치르지 않고 로디지아(아프리카 남부 내륙 국가로 현재 잠비아 공화국, 당시 영국 식민지-옮긴이)로 떠나기로 했습니다. 경찰에서 위임장도 이미 받았습니다."

"부정한 방법으로 이익을 얻지 않겠다니 정말 다행이군."

솜스 씨가 만족스러운 듯이 말했다.

"그런데 갑자기 그런 결정을 내린 이유는 뭔가?"
"저에게 올바른 길을 가르쳐준 사람 때문입니다."
길크리스트는 배니스터를 가리키며 말했다.
"이 학생을 밖으로 내보낼 수 있었던 사람은 배니스터 자네뿐이었지. 그가 나간 뒤 자네는 문을 잠그고 나갔을 것이고, 그런데 자네는 왜 길크리스트 군을 도와준 건가? 그 수수께끼는 나도 풀 수 없었네."
홈즈는 고개를 갸웃거리며 말했다.
"홈즈 선생님이 아무리 지혜롭다 해도 알 수 없는 부분일 겁니다. 사실 저는 오래 전에 도련님의 아버지인 자베즈 길크리스트 경의 집사였습니다. 그분이 돌아가시고 집안이 어려워지면서 저는 이곳으로 왔지만, 길크리스트 경에 대한 마음은 변함이 없었습니다. 그래서 최선을 다해서 그분의 아드님인 도련님을 보살폈습니다.

그런데 어제 솜스 교수님의 호출을 받고 이 방에 들어왔을 때, 제 눈에 가장 먼저 들어온 것은 도련님의 장갑이었습니다. 저는 그 장갑이 의미하는 바를 알았기 때문에 솜스 교수님의 눈에 띄기 전에 털썩 주저앉았습니다. 교수님이 나가실 때까지 꼼짝도 하지 않은 것은 당연한 일이었죠. 교수님이 나가신 뒤, 저는 도련님을 침실에서 나오게 했고 자초지종을 모두 들었습니다. 저는 도련님에게 잘못된 행동으로 이익을 취해서는 안 된다고 말씀드렸습니다. 아마 길크리스트 경이 살아계셨어도 저와 같은 말을 하셨을 겁니다. 제가 많이 잘못한 걸까요?"
"아닐세, 배니스터! 자네는 잘못한 게 없네."
홈즈는 진심 어린 목소리로 말하며 자리에서 일어났다.

"솜스 씨, 이 문제는 무사히 해결된 것 같군요. 아직 아침 식사를 하지 않았으니 왓슨과 저는 빨리 집으로 가야 할 것 같습니다. 길크리스트 군, 자네는 훌륭한 경험을 했으니 로디지아에서 어떤 일도 잘 해낼 수 있을 거야. 자네가 얼마나 성공할 수 있는지 지켜볼 테니 앞으로 열심히 살게."

붉은 원

The adventure of the Red Circle

"워렌 부인! 왜 그렇게 불안해하시는 겁니까? 도대체 그 이유를 모르겠군요. 그리고 나처럼 바쁜 사람이 굳이 그 일을 맡아야 할 이유도 없는 것 같고, 저는 진짜 다른 바쁜 일이 있습니다."

홈즈는 이렇게 말하고 다시 커다란 스크랩북 앞으로 몸을 돌렸다. 그는 바쁜 시간 중에도 짬을 내서 사건을 분류하고 정리하는 작업을 하고 있었는데, 평소 정리를 좋아하지 않는 그의 성격을 생각한다면 놀라운 일이 아닐 수 없다. 그런데 이웃의 하숙집 여주인이 찾아와 그의 시간을 방해하고 있었다.

"홈즈 선생님, 작년에 우리 집에 있던 페어데일 홉스 씨 사건을 해결해 준 것 기억하죠? 그분이 늘 홈즈 선생님 이야기를 하면서 감탄했어요. 친절한 분인 데다가 막막한 일을 깔끔하게 해결해 주셨다고요. 저에게 이해할 수 없는 일이 생기니 바로 홈즈 선생님 생각이 났어요. 조금만 시간을 내주시면 제 일은 간단히 해결해 줄 수 있을 거예요."

홈즈는 거절하려고 했지만, 하숙집 여주인은 홈즈만큼이나 고집이

셨다. 한 발도 물러서지 않고 홈즈에게 사건을 해결해 달라고 애원하고 있었다. 홈즈는 다른 사람이 칭찬하는 말에 쉽게 넘어가는 편이었는데, 그녀는 그의 이런 습성을 간파한 듯했다. 그녀가 이렇게 홈즈를 칭찬하면서 매달리자 결국 넘어가고 말았다.

"워렌 부인, 그러면 일단 이야기부터 들어보도록 하죠. 제가 담배를 좀 피워도 되겠죠? 그래야 이야기에 집중할 수 있어서요."

"편한 대로 하세요. 얼마 전 우리 집에 하숙인 한 명이 새로 왔어요. 그런데 이 사람이 방에만 있고 밖으로 나오지를 않아요. 정말 이상하지 않나요?"

"글쎄요. 저 같은 경우에도 몇 주일 동안 얼굴을 보이지 않은 적이 많은데, 그게 문제가 되는지 모르겠군요."

"그럴 수도 있겠지만 이 경우는 조금 달라요. 오싹한 기분이 들어서 잠도 이루기 어렵답니다. 그 하숙인은 새벽부터 밤늦게까지 방 안을 계속 돌아다니는데 얼굴은 볼 수 없거든요. 제 남편도 나만큼 신경이 쓰인다고는 하지만, 낮에는 밖에서 일하니 종일 집에 있는 나와는 다르죠. 하숙인이 혹시 나쁜 짓을 하고 여기로 도망쳐온 것은 아닐지 모른다는 생각도 들어요. 집 안에는 심부름하는 애와 나, 그리고 그 사람뿐인데 정말 걱정이 된다고요."

홈즈는 몸을 앞으로 내밀고 손을 하숙집 여주인의 어깨에 조용히 올려놓았다. 그는 마음만 먹으면 상대방에게 최면술에 가까운 진정 능력을 발휘할 수 있었다. 워렌 부인의 눈에서 겁에 질린 표정이 사라졌고 불안해하던 얼굴은 평소 모습을 되찾았으며, 홈즈가 권한 의자에 털썩 주저앉았다.

"일단 사건을 맡기 위해서는 내막을 자세히 알아야 합니다."
홈즈가 말했다.

"조급하게 마음먹지 말고 천천히 생각해 보세요. 아주 사소한 내용이라도 중요할 수 있으니 하나도 빼놓지 말고 말씀해 주세요. 그 남자가 열흘 전에 왔는데 보름치 하숙비를 선불로 냈다고 하셨나요?"

"네, 그랬어요. 그 사람이 하숙비가 얼마냐고 묻길래 일주일에 50실링이라고 했죠. 방은 맨 위층에 있는데, 작은 거실과 침실이 있고 가구가 다 갖춰져 있는 방이에요."

"그런데요?"

"그 사람이 2주치 하숙비를 선불로 내겠다고 하면서 이런 말을 하더군요.

'부인, 제가 요구하는 조건을 따라준다면 일주일에 5파운드씩 드리겠습니다.'

홈즈 선생님도 잘 알겠지만 난 가난하고 남편의 벌이도 좋지 않은 편이에요. 그래서 그 돈에 욕심이 나더군요. 그 사람은 그 자리에서 바로 10파운드짜리 지폐를 꺼내더니 그 돈을 내 앞으로 밀어놓으면서,

'부인이 제 요구 조건을 잘 지켜주시면 앞으로 한동안 2주일마다 같은 액수를 드리겠지만, 만약 그렇게 못하겠다면 다른 집을 알아보겠습니다.' 라고 덧붙이더군요."

"그의 요구 조건이 뭐였나요?"

"집 열쇠를 달라는 거였어요. 다른 하숙인 중에서도 그런 요구를 하는 사람들이 있어서 별로 신경은 쓰이지 않았어요. 그리고 또 하나, 무슨 일이 있어도 자기 방에 들어오지 말라고 하더군요."

"오, 좀 이상한 일이군요."

"상식적으로는 이해가 안 되지만, 뭐 요구 조건이 그랬으니까요. 그래서 그 사람이 온 지 열흘이 지났는데 남편도, 심부름하는 아이도 그를 본 적이 없어요. 나도 첫날 본 게 전부고, 더구나 그는 첫날밤을 제외하고는 한 번도 외출한 적이 없어요. 하루 종일 방 안을 오락가락하는 소리만 들리니 무섭지 않을 수가 없죠."

"오, 그럼 첫날밤에는 외출을 했다는 겁니까?"

"그랬죠. 밖에 나갔다가 다른 사람들이 모두 잠든 후에 돌아왔어요. 그 사람은 방을 정한 후에, 밤에 외출을 해야 하니 현관문을 잠그지 말아달라고 미리 부탁하더군요. 그 사람이 계단을 올라간 건 아마 밤 12시도 넘었을 거예요."

"그럼 식사는 어떻게 하나요?"

"그 부분에 대해서도 미리 이야기해 두었죠. 종소리가 들리면 식사를 가지고 가서 방문 앞에 놓여 있는 의자에 두고, 다시 한 번 종이 울리면 올라가서 내놓은 그릇을 치우는 것으로 약속했으니까요. 또 그 사람은 필요한 게 있어도 말로 하지 않고 메모지에 또박또박 정자로 써서 밖에 내놓는답니다."

"정자로 쓴다고요?"

"네, 게다가 그 메모를 연필로 써요. 언제나 단어 하나만 쓰고 끝이죠. 선생님에게 보여드리려고 그 종이를 여기 가져왔어요. '비누SOAP', 그리고 여기도. '성냥MATCH', 이건 첫날 아침에 내놓은 건데 〈데일리 가제트 DAILY GAZETTE〉. 늘 이런 식이에요. 〈데일리 가제트〉 신문은 아침에 식사를 올릴 때마다 함께 갖다 주고 있어요."

홈즈는 하숙집 여주인이 건네준 종이를 호기심이 가득한 눈빛으로 들여다보며 말했다.

"흠! 왓슨, 아무리 봐도 이상하군. 사실 그가 방에 틀어박혀 밖으로 나오지 않는다거나 메모를 쓰는 것은 충분히 이해할 수 있네. 그런데 왜 더 쓰기 편한 필기체를 쓰지 않을까? 게다가 문장이 아닌 단어만 쓰는 이유는 대체 뭘까? 자네는 어떻게 생각하나?"

"필체를 감추기 위해서 그러는 게 아닐까?"

"왜? 하숙집 사람들에게 필체를 보여주는 게 그렇게 대단한 일인가? 하지만 자네 말이 맞을 것 같군. 그런데 다시 말하는 거지만 왜 단어 하나만 쓰는 걸까?"

"그건 나도 모르겠군."

"여러 방면으로 생각할 필요가 있는 사건이야. 이 메모를 쓴 연필은 끝이 뭉툭하고 보랏빛이 감도는 아주 흔한 연필이네. 그리고 자네도 보면 알겠지만 글씨를 쓰고 나서 옆쪽을 찢어내는 바람에 'SOAP'의 'S' 부분이 일부 떨어져나가 버렸군. 어떤가, 아주 의미심장해."

"사소한 것에도 신경을 많이 쓰는 사람이 아닐까?"

"맞아. 글씨를 쓴 사람의 정체를 알 수 있는 무슨 표시나 지문이 있으니까 그랬을 거야. 워렌 부인, 그 사람의 인상착의는 어땠나요?"

"그는 서른도 안 된 젊은 남자로 보였어요. 크지도 작지도 않은 키에 얼굴은 검고 턱수염을 기르고 있었죠."

"더 알려주실 게 있으면 모두 말씀해 주세요."

"그 사람은 영어는 잘했지만 억양을 들어보니 꼭 외국인 같았어요."

"옷은 잘 입고 있던가요?"

"그 사람은 어두운 색깔의 옷을 입고 있었는데 그것 말고는 특별히 눈에 띄는 것은 없었고 전체적으로 아주 멋쟁이였어요. 그런 신사도 없을 거요."

"이름은 뭐죠?"

"말하지 않았어요."

"혹시 편지나 방문객이 오진 않았나요?"

"아뇨, 전혀 없었어요."

"아침에도 심부름하는 아이나 부인이 들어가지 않았나요?"

"네, 모두 혼자 알아서 하고 있어요."

"점점 더 이상하군요. 그 사람이 올 때 짐은 가져왔겠죠?"

"네, 커다란 갈색 가방을 하나 가지고 왔어요. 그게 전부랍니다."

"도움이 될 만한 내용이 너무 없군요. 그럼 그 방에서 나온 게 아무 것도 없다는 겁니까? 정말 아무것도 없어요?"

하숙집 여주인은 아무 말 없이 자신의 가방에서 봉투를 하나 꺼냈다. 그리고 그 안에 든 것을 탁자 위에 쏟아냈는데, 타버린 성냥 두 개와 담배꽁초 하나였다.

"오늘 아침 식사 쟁반 위에 이게 놓여 있었어요. 홈즈 선생님은 아주 작은 것에서도 대단한 것들을 알아낸다고 들었거든요. 혹시나 해서 다 가져왔어요."

홈즈는 어깨를 으쓱해 보였다.

"특별하진 않은 것 같군요. 성냥이 타들어간 길이가 짧은 걸 보니 궐련에 불을 붙이는데 썼군요. 파이프 시거에 불을 붙이려면 성냥이

절반 이상 타야 하거든요. 오, 그런데 여기 담배꽁초는 매우 흥미롭군요. 아까 그 하숙인이 턱수염과 콧수염을 기르고 있다고 하지 않으셨어요?"

"네, 그래요."

"그렇다면 말이 안 되는 일이 일어났군요. 깨끗하게 면도하지 않으면 이렇게 담배를 피울 수 없어요. 이렇게 피운다면 왓슨처럼 짧은 콧수염을 가지고 있어도 그을렸을 겁니다."

"혹시 물부리를 쓴 건 아닐까?"

나는 잠시 생각한 후 물었다.

"그럴 리는 없네. 여기 끝이 씹혀 있는 걸 보면 알 수 있어. 워렌 부인, 그 방에 두 명이 있을 가능성은 없겠지요?"

"식사량이 매우 적은 걸 보면 그럴 리는 없을 거예요. 그 정도 양이면 한 사람도 버티기 힘들 것 같은데요."

"아무래도 증거가 더 모일 때까지 기다려야 할 것 같습니다. 뭐 문제될 건 없겠죠. 하숙비도 선불로 받으셨고 조금 불안한 걸 빼면 크게 불편한 건 없으니까요. 사실 방에만 있다고 해서 주인이 상관할 일이 아니기도 하고요. 충분한 이유가 없다면 하숙인의 사생활을 침해해서는 안 됩니다. 부인, 일단 제가 이 일을 맡기로 했으니 앞으로 지켜보도록 하죠. 새로운 일이 생기거나 제가 필요한 일이 생기면 언제라도 연락해 주십시오."

하숙집 여주인은 고맙다고 말하면서 방을 나갔다. 그녀가 나가자 홈즈는 자신의 생각을 좀 더 깊이 있게 설명해 주었다.

"왓슨, 이 사건에는 흥미로운 부분들이 몇 가지 있어. 하지만 사소

하고 개인적인 것에 불과할 수도 있네. 그렇지만 우리의 생각보다 훨씬 더 심각한 사건일 수도 있지. 먼저 생각할 수 있는 것은 지금 그 집에 있는 사람은 처음에 계약한 사람이 아닐 수도 있다는 거야."

"그렇게 생각하는 이유가 뭔가?"

"하숙인이 딱 한 번 외출했는데, 그게 방을 계약한 날이라는 게 수상하니까. 게다가 그가 들어온 시간은 목격자가 전혀 없는 시간이었고. 또 돈을 지불한 사람은 유창하게 영어를 사용했는데, 지금 있는 사람은 성냥을 복수가 아닌 단수로 썼어. 아마 사전을 찾아봤기 때문일 거야. 사전에는 명사가 단수로 나오니까. 필요한 물건의 이름만 쓴다는 건 영어 실력을 들키지 않기 위해서일 가능성이 높아. 이야기할수록 하숙인이 바뀌었을 가능성이 더 높아지는군."

"하지만 그렇게 해서 얻는 이득이 뭘까?"

"그게 가장 문제가 되는 부분이지. 뭐 뻔한 방법이지만 알아보는 건 어렵지 않아."

그는 두툼한 신문철을 선반에서 내렸다. 그것은 런던에서 발행되는 모든 신문의 개인 광고란을 빠짐없이 모아놓은 자료철이었다.

"왓슨, 여길 보게. 개인 광고는 특이한 사건이 모두 모인 곳이라고 해도 과언이 아니지. 신음과 비명이 넘쳐나고 있는 게 보이나? 나처럼 기이한 사건을 쫓는 사람에게는 더없이 귀중한 자료들이지. 하숙인은 혼자 있고 편지나 다른 방법으로는 연락을 하고 있지 않아. 만약 그렇게 한다면 꼬리를 잡힐 수 있으니까 하지 않는 게 분명해. 그렇다면 외부에서 소식을 전할 수 있는 방법은 하나밖에 없다네. 그건 바로 신문 광고야. 우리는 다행스럽게도 한 신문만 찾아보면 된다네.

여기 〈데일리 가제트〉 신문의 스크랩이 있네. 〈프린스 스케이팅 클럽에서 검은 모피 목도리를 두른 숙녀〉, 〈지미에게, 어머니가 무척 걱정하고 계신다〉, 이건 전혀 상관없는 얘기 같군. 〈브릭스턴 합승마차에서 기절했던 숙녀께서는〉, 이 여자에게는 아무 관심 없네. 〈매일같이 내 가슴은〉, 왓슨, 이건 아주 징징 짜는구먼.

아! 여기 보게. 가능성이 보이는 게 하나 있군. 〈인내심을 가질 것. 좀 더 확실한 통신 수단을 찾아보겠음. 그때까지는 여기를 이용함. G〉. 날짜를 보니 워렌 부인 댁에 하숙인이 들어오고 이틀 뒤야. 어떤가? 그럴듯하지 않나? 이 사람은 영어로 말하지는 못해도 읽을 수는 있나 보군. 내용이 더 있나 찾아보자고. 〈일은 잘 되고 있음. 인내하고 조심할 것. 구름이 걷히고 있음. G〉. 그리고 일주일은 아무런 말이 없군. 이제 결정적인 이야기들이 나올 것 같아. 〈길이 보이니 기회가 되면 신호를 보내겠음. 미리 정한 암호를 기억할 것. A 한 번 B 두 번 등. 곧 연락할 예정임. G〉. 이건 어제 신문이었어. 오늘 신문에는 광고가 없지만 그 하숙인의 상황과 맞아떨어진다는 느낌이 들지 않나? 아마 조금만 더 기다리면 사건의 윤곽이 드러날 거야."

다음 날 아침이 되자 홈즈의 말처럼 되어 있었다. 홈즈는 벽난로를 등진 채 신문을 보면서 만족스럽게 웃고 있었다.

"왓슨, 여기 신문을 좀 보게. 내 예상이 맞았어."

홈즈는 탁자에서 신문을 집어 들면서 외쳤다.

"내가 읽어주겠네. 〈외벽에 흰 돌을 붙인 붉은색 높은 건물. 3층. 왼쪽에서 두 번째 창문. 어두워진 뒤. G〉. 이 정도면 충분해. 아침 식사 후 워렌 부인의 집 주변을 둘러봐야겠어. 저런, 워렌 부인! 무슨

일이 있으신가요?"

워렌 부인이 사환 아이를 밀어내고 강한 기세로 방으로 들어왔다.

"홈즈 선생님, 아무래도 경찰을 불러야겠어요."

하숙집 여주인이 소리쳤다.

"이제 더 이상 참을 수가 없어요. 아침이 되자마자 바로 나가라고 하려다가 아무래도 홈즈 선생님의 조언을 듣는 게 나을 것 같아서 왔습니다. 남편이 폭행을 당하다니, 말도 안 돼요."

"워렌 씨가 누구한테 맞았다는 건가요?"

"험한 꼴을 당했어요. 누구한테 맞았는지는 몰라요. 제 남편은 토튼햄 코트 로에 있는 모튼 앤 웨이라이트 사에서 일하고 있어요. 집에서 좀 먼 편이기 때문에 오전 7시 전에는 집에서 나가야 해요. 그런데 오늘 아침에 집을 나서서 몇 미터 가지도 않았는데, 두 남자가 뒤에서 덮쳤대요. 그리고 코트를 뒤집어씌우고 번쩍 들어서 길가에 서 있던 마차에 태운 뒤 한 시간 정도 끌고 다니다가 내동댕이쳤다고 하더군요. 남편은 잔뜩 겁에 질린 채 길바닥에 누워서 마차가 있는 쪽은 쳐다보지도 못하다가 겨우 일어나서 주변을 살펴보니 햄스테드 히스였다더군요. 그래서 합승마차를 타고 집으로 왔대요. 아직도 덜덜 떨고 있는데, 제가 소파에 눕히고 브랜디를 좀 주고 나왔죠."

"워렌 씨가 혹시 범인들의 얼굴을 봤나요? 말하는 내용은요?"

"지금 남편은 제정신이 아니에요. 그가 기억하는 것은 마술처럼 몸이 번쩍 들어 올려졌다가 다시 내동댕이쳐졌다는 것뿐이에요. 마차 안에는 최소 두세 명의 사람이 있는 것 같았대요."

"부인은 남편이 납치당했던 이유가 하숙인과 관련이 있다고 생각

하시는 건가요?"

"그럼요. 우리는 이곳에서 15년을 살았지만 단 한 번도 이런 일을 당한 적이 없어요. 이제 더 이상 못 견디겠어요. 돈이 전부도 아니고요. 오늘이 가기 전에 난 그 사람을 내쫓아버릴 거예요."

"워렌 부인, 성급하게 행동하시면 안 됩니다. 조금만 기다려 보세요. 이 사건은 매우 중요한 사건이고, 아마도 부인의 하숙인에게 위험이 닥친 것 같아요. 그리고 하숙인을 노리는 일당이 부인의 남편을 잘못 알고 덮친 것 같습니다. 그러다 사람을 잘못 보았다는 것을 알고 놓아준 듯해요. 만약 하숙인이었다면 어떻게 했을지는 저도 모르겠지만요."

"홈즈 선생님, 그럼 제가 어떻게 해야 할까요?"

"가능하다면 제가 그 사람을 한 번 보고 싶은데요."

"그 사람은 식사 때도 쟁반을 내려놓고 계단을 내려간 뒤에야 방문을 열고 가져가던데 그게 가능할지 모르겠군요."

"식사 쟁반을 안으로 들여갈 때 그를 볼 수도 있지 않을까요?"

"그럼 이렇게 하면 되겠군요. 하숙인 방 건너편에 골방이 하나 있는데, 거기에 거울을 하나 달아놓을게요. 그럼 홈즈 선생님이 얼굴을 볼 수 있을 거예요."

"좋습니다. 하숙인은 언제 점심을 먹죠?"

"1시 정도에요."

"그럼 왓슨 박사와 그 전에 가도록 하겠습니다. 그때 뵙죠."

그날 오후 12시 반에 우리는 워렌 부인의 집 계단을 올라가고 있었다. 워렌 부인의 집은 대영박물관 북동쪽의 비좁은 거리에 있었는데,

그레이트 오름 가의 노란색 건물로 좁고 높았다. 이 집에서는 건너편에 있는 호우 가가 한눈에 보였는데, 홈즈는 그 중 한 곳을 가리키며 조용히 웃었다.

"저기 보게. 〈외벽에 흰 돌을 붙인 붉은색 높은 건물〉이 있군. 아마 저기에서 신호를 보내겠지. 우린 장소도 알고 암호도 알고 있으니 우리의 임무는 아주 간단해지는군. 저 창문에 '임대' 팻말이 걸려 있네. 아마 이 집 하숙인과 같은 패거리가 저 빈집에 접근해서 있겠지. 아! 워렌 부인, 이제 어떻게 할까요?"

"이쪽으로 오시면 됩니다. 여기 구두를 벗고 저를 따라오세요."

워렌 부인은 훌륭한 은신처로 우리를 데려갔다. 그늘 속에 거울이 걸려 있었는데, 건너편 방문이 매우 잘 보였다. 우리는 방 안에서 자리를 잡았고, 워렌 부인이 내려가자 잠시 후 종소리가 들렸다. 의문에 싸인 하숙인이 종을 울린 것이다. 곧 워렌 부인이 식사 쟁반을 들고 나타나 그 하숙인이 묵고 있는 방문 옆의 의자에 쟁반을 내려놓고 쿵쿵거리며 아래층으로 내려갔다. 우리는 방문 옆에서 몸을 잔뜩 웅크린 채 거울만 쳐다보고 있었다. 하숙집 여주인의 발자국 소리가 들리지 않게 되자 방문 손잡이가 돌아가는 소리가 나며 방문이 열리더니 아주 야위어 보이는 두 손이 쟁반을 들어올렸다. 그러나 그 손은 금방 쟁반을 내려놓았고, 검은 머리카락의 아름다운 얼굴 하나가 두려운 표정으로 우리가 있는 살짝 열린 골방 문틈을 뚫어져라 쳐다보는 게 보였다. 그러더니 곧 문이 닫혔고 다시 조용해졌다. 잠시 후 우리는 계단을 조심조심 내려왔다.

"워렌 부인, 우리는 저녁 때 다시 오도록 하죠. 그럼 이만."

나는 궁금한 얼굴로 홈즈를 바라보았지만 그는 아무 말도 하지 않았다. 집으로 돌아오자, 홈즈는 안락의자에 몸을 묻고 우리가 본 것에 대한 이야기를 시작했다.

"왓슨, 내 추측이 옳다는 건 모두 증명됐어. 그런데 그렇게 눈에 띄게 아름다운 여자로 바뀔 줄은 몰랐네."

"그 여자는 우리를 본 것 같았어."

"아마 뭔가 의심스러운 걸 봤을 거야. 일은 아마 이렇게 된 것 같네. 한 남녀가 어떤 위험한 것을 피해 급하게 런던으로 왔어. 저렇게 조심하는 것을 보면 아마 꽤 큰일일 거야. 남자는 할 일이 있었고 그동안 여자를 안전한 곳에 머물 수 있도록 하고 싶었지. 그래서 꽤 독창적인 방법을 이용해서 그녀를 하숙집에 둔 거야. 하숙집 여주인도 여자가 머물고 있다는 것을 몰랐으니까 꽤 괜찮은 방법인 것은 분명하네.

여자가 필기체를 쓰지 않은 건 자신이 여성임이 드러날까 두려웠던 거야. 남자는 적에게 여자가 있는 곳을 가르쳐주지 않기 위해서 따로 있었던 것이 분명해. 편지나 사람을 시켜 직접 연락하는 것도 위험하다고 생각해서 신문의 개인 광고를 이용한 거지. 여기까지는 확실해."

"그런데 이 사건의 핵심은 대체 뭔가? 알 수가 없군."

"저런, 역시 자네는 대단히 실용적인 사람이야. 이 사건의 핵심이 뭐냐고? 상상력을 좀 발휘해 보는 게 어떻겠나? 워렌 부인의 기이한 사건은 점점 확대되면서 불길한 모습을 드러내고 있어. 이 사건은 흔하디흔한 사랑의 도피가 절대 아니야. 자네는 아까 여자가 위험 신호를 봤을 때의 표정을 기억하나? 그리고 하숙집 여주인의 남편을 공격

한 것만 봐도 그래. 그건 분명히 하숙인을 노린 공격이었을 거야. 지금 이 남녀가 자신을 내보이지 않는 것은 목숨이 걸린 일임을 알려주지. 또 하나 중요한 점은 워렌 씨가 납치당한 것을 보면 이 남녀를 위협하는 존재가 워렌 부인의 하숙인이 남자에서 여자로 바뀌었다는 사실을 모르고 있다는 거야. 흥미로운 사건이지만 꽤 복잡하군."

"그런데 자네가 여기서 끼어들 필요가 있는 건가? 얻을 것도 없을 것 같은데."

"왓슨, 자네는 아직도 날 이해하지 못하는 건가? 예술은 그 자체가 목적이라네. 자네도 의사로 일하면서 돈을 받지 않고 치료한 적이 있지 않나?"

"물론 있지. 치료하는 것만으로도 나에게 도움이 되었으니까."

"그것과 마찬가지야. 공부라는 것은 끝이 없어. 이 사건은 돈도 명예도 주지 않겠지만, 매우 교육적이라는 것은 확실해. 그래서 나는 이 사건을 깔끔하게 풀어보고 싶군. 아마 저녁이 되면 조사가 조금 더 발전할 거야."

런던의 겨울날이 회색 안개 속에서 저물 무렵, 우리는 워렌 부인의 집을 다시 찾아갔다. 창문에서 나오는 노란 불빛과 가스등의 흐린 불빛은 어둠을 밝혀주었다. 하숙집의 어두운 거실에서 밖을 내다보니 높은 곳에서 희미한 불빛 하나가 나타났다.

"저쪽에서 누가 움직이고 있군."

홈즈는 열의로 빛나는 눈을 유리창에 대고 속삭였다.

"사람 그림자가 보여. 손에 촛불을 들고 다시 나타났어. 여자가 보고 있는지 확인하려고 하는 것 같군. 촛불이 켜졌다 꺼졌다를 반복하

고 있어. 자네도 보고 숫자를 세서 나중에 맞춰 보자고. 한 번 깜빡거린 것은 분명히 'A'야. 자 다음에는 몇 번이나 불빛이 깜빡거렸지? 20번이니까 'T' 군. 그런데 'AT'가 뭘 의미하는지 모르겠네. 아, 또 'T' 군. 두 번째 단어를 시작하는 거겠지? 자, 이건…… 'TENTA'가 되는데 대체 이게 뭐지? 이젠 완전히 그친 것 같아. 이상하네, 이게 전부일 리는 없는데. 'ATTENTA'라는 단어는 아무 뜻도 없는 말인데. 그럼 'T. A.'가 사람의 머리글자일까? 그것도 아니라면 'AT', 'TEN', 'TA', 이렇게 세 단어로 나눠도 특별한 의미가 없는데 말이야. 음, 또 시작하는군. 이건 뭐지? 'ATTE……' 근데 똑같은 신호를 반복하고 있군. 왓슨, 정말 흥미롭지 않은가? 흥미로워! 이제 또 쉬는 건가? 'AT……' 아니 같은 단어를 세 번째 반복하고 있군그래. '아텐타 ATTENTA'를 세 번이나 반복하다니! 이걸 언제까지 반복할 건가? 오! 사람이 창가에서 물러나는 걸 보니 끝난 것 같군. 왓슨, 대체 이게 뭘까?"

"내 생각에는 암호문 같아."

홈즈는 알았다는 듯이 기쁜 목소리로 크게 웃었다.

"어려운 암호문은 아니야. 물론 이건 이탈리아어라네. 'A'는 여자에게 말하고 있다는 걸 의미하네. '조심하라! 조심하라! 조심하라!' 어떤가? 그럴듯하지?"

"자네 말이 맞는 것 같군."

"틀림없네. 아주 긴급한 메시지이기 때문에 세 번이나 반복하며 강조했을 거야. 하지만 무엇을 조심하라고 하는 것일까? 아, 사람이 다시 나왔어."

몸을 웅크리고 있는 남자의 그림자가 희미하게 나타나더니 창문으로 다시 촛불 신호가 계속되었다. 불빛이 깜빡거리는 속도가 매우 빨라져서 이번에는 세는 것도 쉽지 않았다.

"'페리콜로 PERICOLO'……, 'PERICOLO.' 아! 이게 뭔가? 왓슨! 이건 '위험'이라는 뜻이야. 이번에는 위험하다는 뜻을 반복하려는 걸까? 이런, 도대체……."

순간 갑자기 촛불이 꺼지면서 불빛이 사라졌고 3층은 암흑으로 변해 버렸다. 갑자기 경고의 말이 중단되다니, 누가 어떻게 한 것일까? 뭔가 좋지 않은 일이 벌어지고 있는 것이 분명했다.

홈즈가 잠시 후 벌떡 일어났는데, 눈빛에는 불안이 감돌고 있었다.

"왓슨, 일이 좀 이상하게 돌아가고 있어. 위험이라는 메시지가 갑자기 중단되다니, 뭔가 안 좋은 일이 벌어지고 있는 게 분명해. 런던 경찰청에 연락해야겠군. 그런데 지금 상황이 너무도 긴박하여 난 이곳을 떠날 수가 없다네."

"내가 경찰서에 알릴까?"

"흠! 아직은 이른 것 같군. 우리가 밖으로 나가서 상황을 좀 더 살펴보고 연락하자고. 별일이 아닐 수도 있으니까."

우리는 빠르게 호우 가를 내려갔고, 나는 잠시 우리가 있던 건물을 바라보았다. 맨 위층 창문에 한 여자의 그림자가 보였다. 그녀는 꼿꼿한 자세로 어둠 속을 응시하고 있었는데, 아마 방금 끊어진 촛불 신호를 다시 기다리는 듯했다. 그런데 호우 가 임대주택 입구쯤에 한 익숙한 얼굴이 코트와 스카프로 몸을 감싼 채 울타리에 기대고 서 있었다.

"아니, 홈즈 선생!"

"오, 그렉슨 경위! 여행은 연인들의 만남으로 끝난다더니(셰익스피어의 《십이야》에 나오는 구절-옮긴이), 무슨 일로 여기에 오신 겁니까?"

"홈즈 선생과 같은 이유일 것 같군요. 그런데 홈즈 선생은 이 일을 어떻게 알게 되셨죠?"

"서로 다른 단서를 쫓다보니 만나게 된 거죠. 신호를 보내는 현장을 막 보고 왔습니다."

"신호라니요?"

"저 창문에서 누군가 신호를 보내고 있었는데 갑자기 끊어졌어요. 그 이유를 알아보러 밖으로 나온 거구요. 그렉슨 경위가 잘 알아서 할 테니 나는 이 일에서 손을 떼도 되겠죠?"

"홈즈 선생, 이러지 마세요. 솔직히 홈즈 선생이 옆에 있으면 무척 든든하답니다. 이 건물의 출구는 여기뿐이니 놈은 잡은 거나 다름없어요."

"놈이라니요? 그게 누구죠?"

"하하하! 기쁘군요. 이번에는 런던 경찰청이 한 발 앞선 것 같으니까요."

그가 지팡이로 바닥을 세게 치자 저쪽에 있던 사륜마차에서 채찍을 든 마부 한 명이 천천히 다가왔다.

"레버튼 씨, 이쪽은 셜록 홈즈 선생과 왓슨 씨입니다."

그렉슨 경위가 마부에게 우리를 소개했다.

"홈즈 선생, 이쪽은 핀커튼 탐정 사무소 미국 지부의 레버튼 씨라고 합니다."

"레버튼 씨라면 롱아일랜드 동굴 사건의 영웅 아닌가요? 이렇게 만나뵙게 되어 영광입니다."

홈즈가 기쁜 표정을 지으며 말했다. 야위고 각이 진 얼굴을 깨끗하게 면도한 조용하고 사무적인 태도의 미국 청년인 레버튼은 자신을 칭찬하는 말을 듣자 부끄러운 듯이 얼굴이 빨개졌다.

"홈즈 선생님, 전 일생일대의 추격전을 벌이고 있습니다. 조르지아노는 꼭 잡아야 해요."

"뭐라고요? '붉은 원' 의 조르지아노를 말하는 겁니까?"

"이미 유럽에서도 알고 있는 것 같군요. 우리는 미국에서 그에 대한 모든 것을 알게 되었죠. 약 50건에 해당하는 살인 사건의 용의자지만 결정적인 증거가 없어서 아직 이러고 있죠. 저는 뉴욕에서부터 그를 따라왔고, 잡을 수 있는 명분을 찾으면서 계속 그를 따라다니고 있습니다. 벌써 일주일이나 됐어요. 저는 그렉슨 경위와 함께 저자가 셋집에 들어가는 걸 확인했습니다. 문은 하나이니 그자는 절대로 도망갈 수 없을 거예요. 그자가 들어가고 세 사람이 나왔는데, 그 중에 조르지아노는 없었으니까요."

"레버튼 씨, 홈즈 선생이 방금 어떤 신호를 봤다고 말씀하셨어요. 부끄러운 말이지만 홈즈 선생은 우리가 알지 못하는 것들을 많이 알고 계시거든요."

홈즈는 어제 오늘 있었던 일들을 간단하게 설명해 주었고, 미국인은 분하다는 듯한 표정을 지었다.

"조르지아노가 눈치를 챘군요!"

"레버튼 씨, 왜 그렇게 생각하죠?"

"그자는 여기서 자신의 패거리 중 하나인 공범에게 신호를 보내고 있었던 겁니다. 아마 공범에게 신호를 보내다가 우리를 보았거나 다른 위험 신호를 느끼고 즉각 방어 행동을 취한 것이 분명합니다. 홈즈 선생님, 어떻게 생각하시죠?"

"당장 올라가서 직접 확인해 봅시다."

"그러고 싶지만 우리에겐 체포 영장이 없으니 안타깝군요."

"그자는 수상한 상황에서 빈집에 들어가 있어요."

그렉슨이 단호한 목소리로 말했다.

"지금은 이것만으로도 충분해요. 일단 그자를 잡은 다음에 뉴욕에서 구속영장을 받을 수 있는지 확인하도록 하죠. 지금 그자를 잡는 건 내가 책임지도록 하겠습니다."

다른 영국 경찰과 마찬가지로 그렉슨 역시 이성보다는 감정이 더 앞섰다. 그렉슨은 희대의 살인마를 체포하기 위해 런던 경찰청 청사의 계단을 올라갈 때처럼 조용하고 사무적인 태도로 계단을 올라갔다. 레버튼은 그렉슨보다 앞서 가려고 했지만 그렉슨에게 힘으로 밀리고 말았다. 런던을 위험에 빠뜨리는 자의 체포는 런던 경찰에게 우선권이 있는 것이다.

3층 왼편에 있는 문이 살짝 열려 있었고, 그렉슨은 그곳으로 망설임 없이 들어갔다. 실내는 매우 조용하고 어두웠기 때문에 난 성냥을 켜서 그렉슨이 들고 온 각등에 불을 켰다. 불꽃이 커져서 실내가 보이자 우리 모두는 깜짝 놀라지 않을 수 없었다. 카펫이 없는 마루 위에 피 묻은 발자국이 선명하게 찍혀 있었기 때문이다. 그 발자국은 닫힌 안쪽 문에서 우리가 있는 곳까지 이어져 있었다. 그렉슨이 그

문을 활짝 열고 각등의 불꽃을 최대로 키우는 사이에 우리는 그의 어깨 너머로 열심히 방 안을 살펴보았다.

텅 빈 방 한가운데에는 체격이 매우 큰 남자가 쓰러져 있었다. 깨끗이 면도한 거무튀튀한 얼굴은 기묘하게 일그러져 있었고 머리 밑으로는 소름 끼칠 정도로 붉은 선홍색 피가 하얀 마루 위에 둥글게 번져 있었다. 두 팔은 고통스럽게 벌려져 있었고, 무릎은 세워져 있었다. 굵은 목 한가운데 흰색 손잡이가 달린 칼이 깊숙이 박혀 있었다. 아마 치명적인 한 방을 맞고 쓰러진 것이 분명했다. 그의 오른손 옆에는 뿔 손잡이가 달려 있는 무시무시한 양날 단검이 떨어져 있었고 그 옆에는 검은색 가죽 장갑이 놓여 있었다.

"이럴 수가! 이자가 바로 블랙 조르지아노예요! 누가 먼저 선수를 쳤군."

레버튼이 안타까운 목소리로 말했다.

"홈즈 선생, 여기 창가에 초가 떨어져 있군요. 아니 지금 무엇을 하려는 겁니까?"

그렉슨이 말했다.

홈즈는 아무 말 없이 창가로 다가가서 초에 불을 붙인 후 촛불을 올렸다 내렸다를 몇 차례 반복했다. 그리고 어둠 속을 한참 동안 바라보다가 촛불을 끄고 바닥으로 던져버렸다.

"이게 도움이 될 거요."

홈즈가 말했다. 두 전문가가 시신을 살피는 동안 그는 옆에 서서 깊은 생각에 잠겼다.

그러던 그가 마침내 입을 열었다.

"그렉슨, 밑에서 기다리는 동안 이 건물에서 세 명이 나왔다고 했죠? 얼굴을 자세히 봤나요?"

"네, 꼼꼼하게 살펴봤습니다."

"그 중에서 30세 정도의 검은색 머리카락과 검은 턱수염을 기른 중키의 남자는 보지 못했나요?"

"있었습니다. 맨 마지막으로 나온 사람의 인상착의로군요."

"그자를 잡아야 합니다. 인상착의는 제가 알려드리죠. 여기는 그의 발자국이 가득하니 충분할 거예요."

"홈즈 선생, 여기는 수백만 명이 살고 있는 런던입니다. 그 정도 증거로 사람 한 명을 찾을 수 없어요."

"그렇겠죠. 그래서 저 여성에게 도움을 요청하려고 합니다."

홈즈는 뒤의 여성을 가리키며 말했고, 우리는 일제히 뒤를 돌아보았다. 문 앞에는 키가 크고 아름다운 여성이 있었는데, 그녀는 워렌 부인의 하숙인이었다. 그녀는 우리 쪽으로 걸어왔는데, 잔뜩 겁에 질린 창백한 얼굴을 하고 있었다. 그러더니 바닥의 형체를 보고 깜짝 놀랐다.

"당신이 이 사람을 죽였군요!"

그녀는 속삭이는 듯한 목소리로 말했다. 그리고 짧게 숨을 들이마시더니 기쁨의 함성을 질렀다. 그녀의 검은 두 눈은 기쁨과 놀라움의 빛으로 넘쳤고, 듣기 좋은 이탈리어 감탄사를 계속 외쳤다. 아름다운 여성이 시체 앞에서 기뻐하는 것을 보니 왠지 소름 끼치는 기분이 들었다.

"당신들은 경찰인가요? 경찰이 조르지아노를 죽인 건가요?"

"맞아요, 우리는 경찰입니다."

"그런데 제나로는 어디에 있죠? 참, 나는 에밀리아 루카이고, 제나로 루카는 내 남편이죠. 남편이 신호를 보내서 내가 이쪽으로 온 건데……."

그녀는 주위를 둘러보더니 우리에게 다시 물었다.

"부인, 신호를 보낸 사람은 접니다."

홈즈가 한 걸음 앞으로 나오면서 그녀에게 말했다.

"당신이라고요? 우리 암호를 어떻게 알고요?"

"두 분의 암호는 그다지 어려운 게 아니었습니다. 그래서 촛불로 '비에니 Vieni'라고 신호를 보내면 부인이 달려올 것이라고 생각했으니까요."

그녀는 놀라운 눈빛으로 홈즈를 바라보았다.

"그걸 어떻게 알았는지 모르겠어요. 그러면 조르지아노는 누가 죽인 거죠?"

그녀는 갑자기 말을 끊더니 다시 얼굴이 자랑스러운 기쁨으로 가득 찼다.

"아, 그동안 나를 지켜줬던 제나로가 이 사람을 죽였군요. 그의 강한 힘으로 이 괴물 같은 사람을 죽인 거예요. 역시 제나로는 대단한 남자예요!"

"루카 부인, 잠시만요."

그렉슨 경위는 그녀에게 다가가 무표정한 얼굴로 물었다.

"우리는 부인이 누구인지 전혀 모릅니다. 그런데 이야기를 들으니 함께 경찰서로 가달라는 부탁을 해야겠군요."

"그렉슨 경위, 잠시만 기다려 봐요."

홈즈가 그렉슨의 말에 끼어들었다.

"아마 우리가 바라는 만큼 이 부인도 우리에게 이야기를 하고 싶을 겁니다. 부인, 남편이 이 남자를 죽인 혐의로 재판을 받게 된다는 걸 아시나요? 지금 한 말은 증거로 채택될 수도 있습니다. 하지만 남편에게 범죄 동기가 없거나 또 남편이 자초지종을 알리고 싶어 할 것 같다면 모든 것을 솔직하게 털어놓는 게 가장 남편을 위하는 일일 겁니다."

"조르지아노가 죽었으니 우리는 두려워할 게 아무것도 없어요. 모든 사실을 안다면 남편이 이자를 죽인 것이 얼마나 정당한 일인지 알 거예요. 판사도 마찬가지로 생각할 거예요."

"그렇다면 우리 모두 하숙집으로 가서 이야기를 들어보도록 하죠. 여기 모든 것은 다 그대로 두고 방문을 잠그고 갑시다."

잠시 후, 우리 네 명은 루카 부인의 작은 거실에 앉아서 그녀의 이야기를 듣기 시작했다. 우리는 사건의 결말을 아주 우연히 목격한 것에 불과했다. 그녀는 영어로 말했지만 문법이 엉망이라서 주의 깊게 들어야 했다. 독자들의 편의를 위해 틀린 문법은 바르게 고쳐서 옮겼다.

"내 고향은 나폴리 근처에 있는 포실리포라는 마을이에요. 아버지는 지역 변호사 출신으로, 하원의원을 지낸 아우구스토 바렐리 씨입니다. 제나로는 아버지 밑에서 일하는 사람이었는데, 어떤 여자라도 그를 사랑할 만큼 매력적이었답니다. 그는 멋지고 강한 열정을 가지고 있었지만, 돈도 지위도 없었죠. 그래서 아버지는 우리의 결혼을 반대하셨고 우리는 집에서 도망쳤어요. 그리고 바리에서 결혼을 하

고, 제가 가지고 있던 보석들을 팔아서 미국에 갈 돈을 마련했어요. 그게 4년 전의 일입니다. 미국으로 간 뒤 우리는 뉴욕에서 살았어요. 처음에는 행운의 여신이 우리 편인 것처럼 모든 것이 순조로웠습니다. 제나로는 우연히 불량배에게 봉변을 당하는 이탈리아 신사를 구해줬는데, 그때부터 그분은 우리를 도와주셨어요. 그분의 이름은 티토 카스탈로테 씨로, 뉴욕에 있는 대형과일 수입상인 '카스탈로테 앤 잠바'라는 회사의 주인이기도 했어요.

그의 동업자인 시뇨르 잠바 씨는 몸이 좋지 않아 쉬고 있었기 때문에 카스탈로테 씨가 실질적인 전권 책임자였어요. 그래서 그는 남편에게 일자리를 주었고, 남편은 한 부서의 책임자가 되었습니다. 카스탈로테 씨가 독신으로 지내서인지 제나로를 아들처럼 생각했고, 우리 부부도 그분을 친아버지처럼 대했습니다. 여유가 생긴 우리는 브루클린에 작은 집을 하나 샀고, 더 나은 미래를 꿈꾸고 있었죠. 그런데 그때부터 불행이 시작됐어요.

어느 날, 제나로는 집으로 동향 사람을 한 명 데려왔어요. 포실리포 사람으로, 방금 전에 시신이 된 조르지아노였습니다. 그는 거대한 체구를 가진데다가 모든 게 너무 기괴해서 저는 몹시 두려웠어요. 목소리는 집안에 쩌렁쩌렁 울렸고, 팔을 휘두르면 방 안의 물건이 다칠 것만 같았죠. 그의 생각이나 감정은 모두 과장된 것처럼 보였고, 사람들은 그가 포효할 때면 꼼짝도 못 하고 듣고만 있었어요. 그런데 이제 더 이상 그의 모습을 보지 않아도 된다니 정말 다행이에요.

조르지아노는 처음 방문한 이후 우리 집을 자꾸 찾아왔어요. 그러나 제나로는 그를 반기지 않는 게 분명했어요. 가엾은 남편은 조르지

아노가 하는 말을 불안한 얼굴로 듣고만 있는 경우가 많았고, 그의 표정에 혐오감과 공포가 가득하다는 것을 알 수 있었습니다. 저는 그날 제나로에게 무엇이 그렇게 두렵고 무서운지 말해 달라고 했고, 그는 모든 이야기를 해주었어요.

　제나로의 이야기를 듣고 저는 가슴이 철렁 내려앉는 것 같았습니다. 제나로는 한때 카르보나리 잔당(19세기 초반에 활약한 이탈리아의 공화주의 비밀 결사-옮긴이)과 동맹 관계였던 '붉은 원'이라는 나폴리 조직에 가입했다고 하더군요. 이 조직의 규칙과 활동 내용은 매우 끔찍하고 무서웠어요. 게다가 한 번 가입하면 영원히 다시 나올 수 없는 곳이었어요. 제나로와 제가 미국으로 도망쳐 오면서 우리는 그 과거도 사라졌다고 생각했죠. 하지만 어느 날 저녁에 끔찍하게도 길거리에서 조르지아노를 만난 거예요. 그는 나폴리에서 남편을 붉은 원에 가입시킨 당사자였어요.

　조르지아노는 두 손에 수없이 피를 묻힌 끔찍한 사람으로, 이탈리아 남부에서는 '죽음의 신'으로 불릴 정도였다고 하더군요. 그는 이탈리아 경찰을 피해 뉴욕으로 왔고, 뉴욕에도 이미 붉은 원 지부를 만들어놓았죠. 제나로는 이 이야기를 하면서 자신이 받은 그 단체의 호출장을 보여주었어요. 맨 위에 붉은 원이 있었고, 회의에 참석하라는 내용이 쓰여 있었습니다. 하지만 그게 전부가 아니었어요. 조르지아노가 저녁에 우리 집에 올 때면 그의 시선이 저를 향해 있다는 걸 느끼고 있었거든요. 남편이 그에게 말을 할 때도, 그는 사냥감을 보는 사냥꾼처럼 저를 보고 있었죠. 제가 짐승 같은 조르지아노의 마음속에서 '사랑'이라는 감정을 일깨웠다는 것을 며칠 뒤 알게 되었죠.

어느 날, 남편이 아직 귀가 전이었는데 조르지아노가 우리 집을 찾아왔습니다. 그는 허락도 없이 집 안으로 들어와서 저에게 같이 살자고 애원하면서 키스를 하려고 했어요. 저는 몸부림을 치면서 비명을 질렀는데, 다행히 제나로가 들어와서 저를 구해 줬어요. 그러나 조르지아노는 엄청난 힘으로 남편을 마구 때렸고, 두 번 다시 우리 집에 오지 않았죠. 그날 밤 우리는 무서운 적을 만들어버리고 만 거예요.

며칠 뒤 붉은 원의 회의를 다녀온 제나로의 얼굴이 매우 어두웠습니다. 상황은 우리가 생각했던 것보다 더욱 나빴어요. 그 조직에서는 이 탈리아인을 협박해서 자금을 모으고 있었는데, 말을 듣지 않는 사람에게는 폭력을 행사했어요. 그런데 하필 이번 목표는 우리의 은인인 카스탈로테 씨였던 거예요. 그분은 협박에 굴하지 않고 경찰에 신고했고, 이 조직에서는 응징하기 위해 그의 집을 다이너마이트로 폭파하기로 결정했죠. 다른 사람들도 이런 식으로 저항하면 안 되니까요.

그리고 그 일을 누가 할 것인가를 놓고 제비뽑기를 했는데, 제나로는 조르지아노가 잔인하게 웃으면서 자신을 보고 있는 것을 알았죠. 어떤 수를 썼는지 몰라도 제나로가 뽑히도록 그가 손을 썼으리라는 것을 알 수 있었어요. 제나로는 살인 지령서를 뽑았고, 남편은 은인을 죽이든지 아니면 나와 함께 조직의 복수를 기다리든지 해야 했어요. 그 조직은 목표가 된 대상뿐만 아니라 그의 가족까지 모두 죽이곤 했거든요. 그것을 아는 제나로는 미칠 듯이 두려워했어요.

그날 밤, 우리는 서로를 끌어안고 어떻게 해야 할지 고민했어요. 테러를 하기로 한 날은 그 다음 날 밤이었기 때문에 우리는 정오가 되기 전에 런던으로 떠나기로 결정했죠. 그전에 우리의 은인에게 이 사

실을 알려주고 경찰에게도 그분의 보호를 요청했어요. 그 뒤에 일어난 일은 여러분들이 아시는 그대로예요. 우리는 그들이 뒤를 따라올 것임을 알고 있었기 때문에 무척 조심했어요. 저 때문에 사적인 원한도 있었으니까요. 그는 교활하고 잔인한데다가 자신의 목표를 향해 강한 끈기도 가지고 있었죠. 이탈리아와 미국에는 그와 관련된 끔찍한 이야기들이 셀 수도 없이 많아요.

남편은 런던에 도착하자마자 저에게 안전한 은신처를 마련해 주었어요. 제나로는 미국과 이탈리아의 경찰과 연락을 하면서 지낸 것 같았지만 자세한 것은 몰라요. 오직 신문 광고를 통해서 그가 잘 있다는 것을 확인할 수 있었죠. 그런데 얼마 전, 이탈리아인 두 명이 하숙집 밖을 지키는 게 보였어요. 어떻게 알았는지 모르지만 조르지아노가 이 하숙집을 찾아낸 거죠. 다행히 제나로는 저에게 창문에서 신호를 보내겠다고 했는데, 그는 오직 경고의 메시지만 보냈어요. 게다가 그것도 갑자기 중단되고 말았죠. 아마 그는 조르지아노가 얼마나 가까이 왔는지 알고 있었던 것 같아요. 하지만 그는 완벽하게 준비한 제나로에 의해 결국 죽음을 맞이했죠. 이제 우리 부부가 법을 두려워하지 않아도 되는 이유를 아셨겠죠?"

미국인이 형사를 바라보며 말했다.

"그렉슨 씨, 영국의 법은 어떤지 몰라도 뉴욕에서라면 루카 부부는 영웅 대접을 받을 겁니다."

"저 역시 부인을 모시고 가서 서장님을 만나뵙고 이야기를 들어봐야 할 것 같군요."

그렉슨이 대답했다.

붉은 원 289

"부인의 말이 사실이라면 걱정할 일은 일어나지 않을 겁니다. 그런데 홈즈 선생, 어떻게 해서 이 사건에 개입하게 된 건가요? 정말 궁금하군요."

"그렉슨, 그건 공부 덕분이에요. 공부! 나이가 들어서도 공부하는 습관을 가졌기 때문에 이 사건을 경험할 수 있었죠. 왓슨, 자네의 기록에 기괴한 사건이 하나 더 추가된 것을 축하하네. 참, 오늘 밤 코벤트 가든에서 바그너의 공연이 있다네. 아직 8시가 되지 않았으니 지금 가면 2막부터는 볼 수 있겠군."

마자랭의 다이아몬드

The adventure of the Mazarin Stone

왓슨 박사는 수많은 모험의 시즌이 되었던 베이커 가를 오랜만에 찾았다. 벽에 걸린 각종 도표들과 산에 부식된 화학약품 선반, 파이프와 담배가 들어 있는 통, 구석에 세워진 바이올린 케이스 등으로 여전히 지저분했지만 자신도 모르게 흐뭇한 미소가 지어졌다. 그의 시선은 구석에 생글거리는 앳된 얼굴의 빌리에게서 멈췄다. 빌리는 나이는 어리지만 대탐정의 우울하고 음울한 기운에 둘러싸여 있는 고독과 외로움이 묻어나는 분위기를 조금이나마 부드럽게 완화시키는데 한몫을 하는, 영리하고 빈틈이 없는 시동(귀한 사람 밑에서 심부름을 하는 아이-옮긴이)이었다.

"빌리, 모든 게 다 그대로구나. 홈즈는 안에 있니?"

"네, 그런데 주무시고 계실 거예요."

빌리는 걱정스러운 얼굴로 말하면서 침실 문을 보고 있었다. 서늘해진 여름 저녁 7시였지만 홈즈는 늘 불규칙한 습관을 가지고 있었기 때문에 왓슨은 전혀 놀라지 않았다.

"혹시 무슨 사건이 있니?"

"네, 선생님은 지금 그 사건 때문에 정신이 없으세요. 점점 창백해

지고 야위고 있어서 전 정말 선생님이 걱정돼요. 음식도 통 안 드셔서 허드슨 부인도 걱정이 많아요. 허드슨 부인이 '홈즈 선생, 식사는 언제 하실 건가요?' 라고 물으시면 '아침 7시 반에 먹을 거요. 내일 모레 아침이라는 걸 잊지 마시오.' 라고 말씀하세요. 사건에 열중하면 어떻게 되는지 잘 아시잖아요."

"저런 여전하구나, 빌리. 알겠다."

"선생님은 누군가를 쫓고 계신 것 같아요. 어제는 일자리를 찾는 노동자 차림으로, 오늘은 노부인으로 변장하셨어요. 전 완전히 속았지 뭐예요. 이제는 변장을 눈치 챌 수도 있을 것 같은데 아직도 속고 있어요."

빌리는 웃으면서 소파에 걸쳐둔 오래된 양산을 가리키며 말했다.

"저게 바로 노부인의 물건이에요."

"그렇구나. 그런데 그 사건에 대해서 아는 게 있니?"

"박사님에게는 말씀드려도 되겠죠. 하지만 이 이야기는 일급비밀이에요. 왕관의 다이아몬드 사건이거든요."

빌리는 국가 기밀을 이야기하는 것처럼 낮은 목소리로 말했다.

"뭐라고? 얼마 전에 도난을 당했다던 그 10만 파운드짜리 다이아몬드 말이냐?"

"네, 맞아요. 그걸 꼭 찾아야 할 텐데. 수상님하고 내무장관이 오셔서 저 소파에 앉아서 이야기를 나누셨어요. 선생님도 아주 공손하게 맞아주셨고요. 두 분을 안심시켜 드리면서 최선을 다하겠다는 말씀도 하셨죠. 그리고 바로 캔틀미어 공도 오셨어요."

"저런, 그분은 여기에 왜 오신 거지?"

"그분은 홈즈 선생님에게 사건을 맡기는 것을 반대했다고 하더라고요. 지금도 선생님이 실패하시길 바랄 게 분명해요. 저는 수상님과 내무장관님은 모두 좋지만, 캔틀미어 공은 마음에 들지 않아요. 선생님도 마찬가지고요."

"홈즈도 그 사실을 다 알고 있니?"

"물론이죠. 선생님은 모든 것을 다 알고 계시죠."

"다행이구나. 홈즈가 꼭 성공해서 캔틀미어 공이 실망하기를 바라자고. 그런데 저쪽 창가에 걸려 있는 휘장은 뭐지?"

"선생님이 사흘 전에 쳐놓으신 거예요. 그 뒤에 재미있는 게 있어요. 잠시만요."

빌리는 그쪽으로 달려가더니 창문이 오목하게 들어간 곳을 가리키는 휘장을 걷었다. 왓슨 박사는 깜짝 놀라서 소리를 지르고 말았다. 그곳에는 홈즈와 똑같이 생긴 모형이 실내복 차림으로 얼굴의 4분의 3 정도를 창문으로 향하고 있었다. 마치 책을 읽는 것처럼 고개를 숙인 채 안락의자에 파묻고 있었는데, 빌리는 머리를 붙잡고 고개를 위로 올렸다.

"재밌죠? 이게 진짜 선생님처럼 보이도록 각도를 계속 바꿔주고 있어요. 저는 커튼이 내려져 있을 때만 모형을 만져요. 커튼을 걷으면 길 건너편에서도 보이거든요."

"예전에도 이런 모형을 이용한 적이 있었지.(〈빈 집의 모험〉 참고-옮긴이)"

"저도 들었어요. 제가 오기 전이었죠."

빌리는 커튼을 젖히면서 거리를 내다보았다.

마자랭의 다이아몬드

"저쪽에서 우리를 감시하고 있어요. 박사님도 한 번 보세요. 창가에 사람이 한 명 서 있어요."

왓슨 박사가 창 쪽으로 가려고 할 때, 침실에서 매우 여윈 모습의 홈즈가 나왔다. 얼굴은 창백했지만 걸음걸이는 기운이 넘쳤다. 그는 재빠르게 창가로 오더니 커튼을 내려버렸다.

"빌리, 너는 방금 목숨이 위험했어. 아직은 네가 필요하니 조심하는 게 좋겠다. 왓슨, 자네를 다시 만나다니 정말 반갑군. 다행히도 아주 중요한 순간에 와줬어."

"그런 것 같군. 나도 오랜만에 자네를 보니 정말 반갑네."

"빌리, 그만 나가 보거라. 자네도 알겠지만 저 아이는 골칫거리라네. 내가 저 아이를 위험에 빠뜨려도 되는 건지 모르겠어."

"위험이라니? 그게 무슨 뜻인가?"

"급사할 위험이지. 아마 오늘 저녁에 무슨 일이 벌어질 거야."

"무슨 일이 벌어진다는 거지?"

"내가 누군가에게 살해당할지도 모르거든."

"홈즈, 오랜만에 온 친구에게 농담이 너무 심하군."

"왓슨, 난 형편없는 농담가가 아니라는 것을 잘 알지 않나. 하지만 아직 시간이 있으니 편안하게 있자고. 자네 술 한 잔 하겠나? 잔과 담배는 원래 그 자리에 있다네. 자네가 자주 앉던 의자에 앉아보는 게 좋겠군. 설마 내 파이프와 담배를 무시하는 건 아니겠지? 요즘 나에게 밥이 되어주는 소중한 존재라네."

"벌써 며칠 동안 굶은 것 같은데 왜 그러는 건가?"

"굶을수록 정신이 예민해지거든. 의사인 자네도 잘 알겠지만, 음식

을 소화시키기 위해 피가 위로 가면, 그만큼 뇌에는 피가 덜 가게 되지. 왓슨, 나는 곧 뇌라고 할 수 있어, 다른 장기는 그저 부속기관일 뿐이니까 뇌를 가장 먼저 고려할 수밖에 없다네."

"알겠네. 그런데 이번 사건이 위험하다는 게 사실인가?"

"그렇다네. 혹시라도 그 위험이 현실이 될 때를 대비해서 자네에게 살인자의 이름과 주소를 알려주려고 한다네. 나중에 런던 경찰청에 알려주면 될 거야. 내 작별 인사도 함께 전해 주게나. 그럼 받아 적게. 이름은 네그레토 실비어스 백작, 주소는 N. W. 무어사이드 가든스 136번지라네. 잘 적었나?"

왓슨 박사의 얼굴은 불안과 두려움으로 매우 어두워졌다. 그는 홈즈에게 큰 위험이 닥쳤고, 홈즈가 그 위험을 매우 줄여서 말한다는 것을 잘 알고 있었기 때문이다. 왓슨 박사는 행동하는데 주저함이 없었고, 어려움에 굴하지 않는 성격이었기 때문에 이번에도 그를 혼자 남겨둘 수 없다고 생각했다.

"홈즈, 나도 자네 일을 돕겠네. 하루 이틀 정도는 시간을 비울 수 있으니 말만 하게."

"자네는 여전하군. 게다가 거짓말도 좀 늘었고. 자네를 보면 환자가 줄을 서 있는 바쁜 의사라는 것을 한눈에 알 수 있다네."

"다른 의사가 도와줄 거야. 중요한 일은 없으니 걱정 말게. 그런데 자네가 그자를 먼저 잡으면 안 되는 건가?"

"잡을 수야 있지. 그자는 그것 때문에 두려워하는 거니까."

"그럼 그냥 놔두는 이유가 뭔가?"

"아직 다이아몬드가 발견되지 않았기 때문이라네."

"아까 빌리한테 들었네. 도난당한 왕관의 다이아몬드를 찾고 있다면서?"

"그래. 그 유명한 마자랭의 보석(17세기 프랑스 총리를 지닌 마자랭 추기경의 이름을 딴 보석-옮긴이)이지. 나는 촘촘한 그물을 던졌고 물고기도 잡았는데, 다이아몬드는 없어졌다네. 이래서야 범인을 잡아도 소용이 없지. 그자들을 감옥으로 넣어버리면 세상은 좀 더 편안해지겠지만, 다이아몬드는 영영 찾지 못할 수도 있으니까."

"실비어스 백작이 자네의 물고기인가?"

"그렇지. 하지만 그는 물고기가 아니라 다른 사람을 물어뜯는 상어라네. 그의 부하로 샘 머튼이라는 권투 선수가 있어. 그는 그렇게 악당은 아니지만 백작에게 이용당하고 있지. 샘은 말하자면 몸만 크고 멍청한 모샘치(미끼로 쓰는 잉어과 물고기-옮긴이) 정도 될 거야. 내 그물에 잡혀서 팔딱팔딱 뛰고 있다네."

"실비어스 백작은 지금 어디 있나?"

"오늘 오전에는 같이 있었지. 내가 노부인으로 변장해서 그의 옆에 붙어 다녔거든. 한 번은 내 양산을 집어주기까지 했다니까. 이탈리아 피가 섞여 있어서 기분이 좋을 때는 아주 부드럽게 대해 주기도 한다네. 기분이 나쁠 때는 악마처럼 변해 버리지만. 왓슨, 인생에는 묘한 일도 참 많다네."

"너무 위험한 일 아닌가? 혹시라도 알아챌 수도 있지 않은가."

"뭐 그럴지도 몰라. 어쨌든 나는 그자를 따라서 미노리즈의 스트로벤지 작업장까지 갔다 왔어. 거기서는 공기총을 만드는데, 공기총은 꽤 괜찮은 물건이야. 아까 자네가 보려던 건너편 집 창가에 그 공기

총이 와 있다네. 언제 총알이 날아와서 빌리가 보여준 모형에 구멍을 뚫을지 모른다네. 빌리가 다시 왔군. 무슨 일이지?"

빌리는 쟁반에 명함을 가지고 왔는데, 그 명함을 본 홈즈는 눈썹을 살짝 올리더니 기분 좋은 목소리로 크게 웃었다.

"오, 그자가 왔군. 이렇게 직접 찾아오다니 꽤 대담하군. 자네도 싸울 준비를 하는 게 좋겠어. 그자의 사격 솜씨는 매우 뛰어난 편이거든. 나까지 잡아서 그의 사냥 목록에 넣는다면 정말 대단할 거야."

"그냥 경찰을 부르는 게 어떤가?"

"그럴 생각이지만 아직은 아니야. 왓슨, 창 밖을 조심해서 살펴봐 주게. 거리에서 누가 보이나?"

왓슨 박사는 커튼 사이로 살짝 밖을 내다보며 대답했다.

"있군. 문 앞에 인상이 험악한 녀석이 하나 있어."

"샘 머튼인가 보군. 충성스러울지는 모르지만 덜떨어졌어. 빌리, 명함을 준 신사는 어디에 있지?"

"대기실에 있습니다, 선생님."

"내가 초인종을 울리면 모시고 올라오렴."

"네, 선생님."

"내가 방에 없더라도 여기에 들여보내라."

"네, 선생님."

왓슨 박사는 빌리가 나가기를 기다렸다가 다급한 목소리로 홈즈를 보면서 말했다.

"홈즈, 어떻게 하려고 그러는 건가? 막다른 골목에 있기 때문에 어떤 일을 저지를지 모른다는 건 자네도 잘 알고 있을 텐데!"

"뭐 놀랄 일도 아니지."

"그렇다면 난 자네와 함께 있겠어."

"자네는 도움이 되지 않을 거야. 거추장스러울 뿐이지."

홈즈는 어깨를 으쓱하며 말했다.

"그자한테 거추장스러울 거라는 건가?"

"아니, 나한테 말이야."

"뭐라 해도 소용없네. 난 자네를 혼자 둘 수 없어."

"자네는 그렇게 해야 해. 왜냐하면 자네는 내 게임을 항상 끝까지 같이했으니까. 그자는 목적이 있어서 여기까지 왔겠지만, 결국 나를 도와주는 셈이 될 거야."

홈즈는 수첩을 꺼내서 무언가를 끼적거려 나에게 찢어주었다.

"왓슨, 마차를 타고 런던 경찰서의 수사과 욜에게 이 쪽지를 전해 주게나. 그리고 경찰과 함께 오면 범인을 체포할 수 있을 거야."

"알겠네, 자네가 시키는 대로 하지."

"자네가 오기 전에 다이아몬드의 행방을 알 수 있을 거야. 그럼 이쪽으로 오게."

홈즈는 초인종을 눌러 손님을 오게 했다.

"우리는 침실을 통해 나가자고. 이 비밀통로는 정말 유용해. 나는 그물에 걸린 상어가 어떤 모습을 하는지 보고 싶거든. 나만의 방식으로 말이야."

약 1분 뒤, 빌리는 실비어스 백작과 함께 방으로 들어왔지만 아무도 없었다. 거구의 사내인 백작은 유명한 사냥꾼이며 동시에 운동가였고 사교계의 멋쟁이이기도 했다. 독수리 부리처럼 구부러진 코는

얼굴에서 높이 솟아 있었고, 검은 콧수염은 얇고 잔인한 입술을 덮고 있었다. 눈부신 넥타이, 반짝이는 핀, 빛나는 반지 등으로 화려한 분위기를 자아낸 옷차림은 더할 나위 없이 훌륭했다.

뒤에서 문이 닫히자 백작은 눈을 날카롭게 뜨고 주위를 둘러보았다. 그리고 창가의 안락의자 위로 삐죽이 튀어나온 실내복의 깃과 움직이지 않는 머리를 보고 소스라치게 놀랐다. 처음에 그의 얼굴에 떠오른 표정은 순수한 놀라움이었다. 그러다가 갑자기 눈에 살기를 띠고 무섭게 미소를 지으며 백작은 자신을 지켜보는 눈은 없는지 다시 한 번 더 주위를 살폈다. 그리고 굵은 지팡이를 반쯤 치켜들고 살금살금 걸어서 창가의 움직임이 없는 사람에게 다가갔다. 최후의 일격을 가하기 위해 손목에 잔뜩 힘을 주는 순간, 활짝 열린 침실 문에서 싸늘하고 냉소적인 목소리가 들려왔다.

"백작! 부수지 마시오! 부수지 마시라고!"

실비어스 백작은 깜짝 놀라서 얼굴에 경련을 일으키며 뒤로 몇 걸음 물러섰다. 그는 침실 쪽을 향해 다시 지팡이를 들었지만, 홈즈의 안정된 표정과 비웃는 얼굴 때문에 기가 죽었는지 금방 손을 내렸다.

"꽤 괜찮은 작품인데 그렇게 부수면 안 되지. 이 모형은 프랑스의 조소가인 타베르니에가 만든 거요. 당신 친구 스트로벤지가 공기총을 잘 만드는 것처럼 타베르니에는 밀랍 조상을 빚는데 아주 훌륭한 실력을 갖고 있지."

"공기총이라니, 갑자기 그게 무슨 말이오?"

"일단 모자와 지팡이를 옆에 내려놓는 게 좋겠소. 그리고 리볼버도 꺼내 놓으시오. 깔고 앉겠다면 뭐 그렇게 하시오. 사실 당신과 할 이

야기가 있었는데 제때에 와줘서 고맙소."

백작은 험악하게 생긴 짙은 눈썹을 찡그렸다.

"나도 당신과 하고 싶은 얘기가 있었소. 사실 여기 온 이유이기도 하고. 방금 내가 당신을 공격하려던 건 부정하지 않겠소만."

홈즈는 탁자 가장자리에서 발을 흔들었다.

"나도 당신이 그런 생각을 하고 있을 것이라고 짐작은 하고 있었소. 그런데 왜 나한테 그런 관심을 갖는 거요?"

"몰라서 묻소? 당신이 나를 자극했기 때문이지! 하수인을 시켜 내 뒤를 밟다니!"

"백작, 하수인이라니! 그건 당치 않소."

"그럼 뭐요? 홈즈, 그자들은 나를 계속 따라다녔소. 아주 능숙하게 뒤를 따라오더군."

"백작, 내게 말할 때는 경칭을 꼭 붙여주면 좋겠소. 내가 직업상 악당들과 친한데, 예외를 두면 그들의 기분이 나쁠 테니까 말이오."

"좋소. 그러면 홈즈 선생이라고 불러드리지."

"훨씬 듣기 좋군. 그런데 당신은 내 요원들에 대해 큰 착각을 하고 있소."

"이보시오. 나도 당신만큼 관찰 능력이 좋소. 어제는 운동을 좋아하는 중늙은이더니 오늘은 늙은 여자더군. 하루 종일 내 앞에서 얼쩡거리는데 모를 줄 알았소?"

백작은 가소롭다는 듯이 홈즈를 비웃었다.

"나를 그렇게 인정해 주다니 정말 고맙군. 교수형을 당한 도슨 남작은 죽기 전날 밤 내 얘기를 하면서, 법은 인재를 얻었지만 무대는

엄청난 배우를 잃었다고 말했소. 그런데 지금은 당신이 내 변변치 않은 연기를 칭찬해 주고 있군."

"뭐라고? 그럼 그게 당신이었다는 거요?"

홈즈는 어깨를 으쓱해 보였다.

"당신이 나한테 의심을 품기 전에 미노리즈에서 예의 바르게 집어 준 양산이 저쪽에 있으니 확인해 보시오."

"그때 알았다면 네놈은 결코……."

"이 누추한 집에 돌아오지 못했겠지. 나는 그 사실을 잘 알고 있었소. 하지만 기회를 놓치고 후회하는 것은 누구나 하는 일 아니겠소? 기회가 왔을 때 당신은 몰랐으니까. 그래서 우리가 이렇게 다시 만나게 된 것이기도 하고."

백작은 몹시 화가 났는지 그의 굵은 눈썹이 마구 꿈틀거렸다.

"네놈 얘기는 들을수록 화가 나는군. 하수인이 아니라 네놈 본인이었다니! 나를 따라다닌 사실을 인정하는 이유는 뭐지?"

"백작, 정말 몰라서 물어보는 건가? 당신은 알제리에서 사자 사냥도 해봤을 텐데."

"그래서?"

"왜 했지?"

"왜냐고? 재미삼아서. 짜릿함을 맛보기 위해서, 위험을 즐기니까."

"또 하나 더 있지. 위험한 동물을 없애려고 그랬겠지?"

"그렇다!"

"간단히 말하면 내가 당신을 쫓아다닌 이유가 바로 그거다!"

백작은 튀어 오르듯이 벌떡 일어나 자신도 모르게 뒷주머니로 손

마자랭의 다이아몬드

을 가져갔다.

"앉으시게나, 백작! 제발 진정하고 앉으라고. 좀 더 현실적인 이유가 또 하나 있다네. 나는 바로 그 노란 다이아몬드가 필요하거든."

실비어스 백작은 흉악한 미소를 지으면서 도로 주저앉았다.

"어림없는 소리 말게!"

"당신은 내가 그것 때문에 따라다녔다는 사실을 잘 알 텐데. 그리고 오늘 밤 당신이 여기를 찾은 이유는 내가 얼마나 알고 있는지가 궁금해서, 그리고 나를 없애야 할 필요가 있는지 알아보기 위해서지. 그렇지 않나? 당신의 호기심을 풀어주도록 하지. 나는 하나만 빼고 모든 사실을 알고 있어. 그리고 그 하나는 당신이 반드시 말해줄 거라 믿고 있고."

"네놈이 모른다는 그 하나는 대체 뭐지?"

"바로 그 다이아몬드의 행방!"

"그걸 알고 싶었던 거군. 하지만 내가 그걸 어떻게 안다는 거지?"

"당신은 그 행방을 알고 있고, 곧 나에게 말해야 할 거야."

"말도 안 되는 소리는 그만하지!"

"실비어스 백작, 허세는 부리지 않는 게 좋을걸. 나에게는 통하지 않을 테니까. 내 앞에서 당신은 유리로 만들어진 사람이나 다름없어. 지금도 속마음이 훤하게 보이는군."

백작을 바라보는 홈즈의 눈은 얼음 조각처럼 날카롭게 빛나고 있었다.

"그럼 다이아몬드가 어디 있는지도 잘 알겠군."

"오, 그러니까 당신은 다이아몬드의 행방을 알고 있는 거로군."

홈즈는 손뼉을 치면서 백작을 한 손가락으로 가리키며 비웃었다.

"난 아무것도 인정하지 않았어."

"백작, 당신이 현명하게 행동한다면 우리는 거래를 할 수 있다. 그렇지 않으면 당신은 잃기만 할 뿐 얻는 게 아무것도 없을 거야."

"흥! 허세를 부리는 건 오히려 네놈인 것 같군."

백작은 코웃음을 치면서 말했다.

"내가 이 책에 무엇을 보관하고 있는지 알고 있나?"

홈즈는 마지막 수를 내기 전에 고민하는 체스 고수처럼 진지한 얼굴로 백작을 향해 물었다.

"내가 알 리가 있나. 알고 싶지도 않아!"

"당신!"

"나?"

"그래, 당신! 당신에 대한 모든 것. 전부라고 할 수 있지."

"그게 대체 뭐지?"

"당신이 그동안 저질렀던 부도덕한 행동, 나쁜 짓이 모두 여기에 기록되어 있지."

"이런 망할 홈즈!"

백작은 이글거리는 눈으로 소리쳤다.

"내가 참는데도 한계가 있다는 걸 알아야지."

"백작! 그럼 하나씩 이야기해 주겠다. 당신한테 블라이머 영지를 물려준 헤럴드 부인의 죽음에 대한 진실이 첫 번째가 되겠군. 물론 당신은 그 영지를 도박으로 모두 날렸지. 그것도 아주 순식간에."

"말도 안 되는 소리!"

"두 번째는 미니 워렌더 양의 인생을 망친 일."

"어처구니가 없군. 그걸 캔다고 해서 달라질 건 아무것도 없어!"

"저런, 이건 시작에 불과한데. 1892년 2월 13일, 리비에라 행 특급 열차 강도 사건, 그해에 리용 은행 위조수표 사건도 있고."

"그건 네놈이 잘못 알고 있는 거다."

"그럼 다른 건 맞는다는 거로군. 백작, 당신은 능숙한 카드꾼이니 잘 알겠지. 상대방이 좋은 패를 전부 가지고 있으면 카드를 던지는 게 가장 좋은 방법이지 않나?"

"대체 그게 다이아몬드와 무슨 관계가 있다는 거지?"

"백작, 조용히 해! 흥분하지 말고. 내가 요점 정리를 해주지. 나는 당신이 저지른 모든 범죄에 대해서 잘 알고 있어. 그 중에서 가장 중요한 건 왕관의 다이아몬드 사건에서 당신과 당신 수하에 있는 싸움꾼의 혐의를 내가 완벽하게 입증할 수 있다는 사실이지."

"말도 안 되는 소리!"

"나는 당신들을 화이트홀까지 태워다 준 마차꾼과 거기서 당신들을 태운 마차꾼을 모두 증인으로 확보했지. 그리고 당신들이 보관함 근처에서 얼쩡거리는 것을 목격한 수위와 또 다이아몬드 절단을 거부한 이키 샌더스까지 모두 확보했다! 이키가 신고했으니 이미 게임은 끝난 거라고 할 수 있지."

분노로 치를 떠는 백작의 이마에서 굵은 핏줄이 꿈틀거렸다. 그는 감정을 억누르기 위해 주먹을 불끈 쥐었고, 뭔가 말을 하려고 했으나 입 밖으로 나오지 않는 듯했다.

"내가 가진 패가 바로 이거다!"

홈즈가 말했다.

"나는 내가 가진 모든 패를 다 보여주었다. 하지만 가장 중요한 카드 한 장이 빠졌지. 그건 바로 다이아몬드 킹이다. 나는 다이아몬드가 어디 있는지 모르니까."

"네놈은 절대로 알아내지 못할 거다."

"백작, 현명하게 행동하는 게 좋을 거라고 다시 한 번 말해두지. 이대로 가면 당신과 샘 머튼은 20년 형을 받게 된다. 그렇게 된다면 다이아몬드가 무슨 소용이지? 하지만 다이아몬드를 나에게 넘겨준다면 내가 알고 있는 당신의 죄를 모두 없던 걸로 해주겠어. 우리가 원하는 건 당신이나 샘 머튼이 아니야. 보석만 내놓는다면 과거의 일은 더 이상 문제 삼지 않겠다고 약속하지. 물론 앞으로 당신이 또다시 문제를 일으킨다면 가만히 있지는 않겠지만. 내가 의뢰받은 일은 당신을 잡는 것이 아니라 보석을 찾는 거다. 어때? 아직도 마음이 변하지 않았나?"

"내가 거절한다면?"

"그렇게 되면 당신이 표적이 되어 모든 죄를 다 쓰고 감옥으로 직행하게 되겠지."

홈즈는 초인종을 눌러서 빌리를 불렀다.

"빌리, 현관문 밖에 있는 덩치 크고 못생긴 남자를 데려오너라. 아무래도 이 자리에 끼워주는 게 좋을 것 같으니까."

"선생님, 오시지 않는다고 하면 어떻게 하죠?"

"실비어스 백작이 오란다고 전하면 올 거다. 거칠게 굴거나 강요할 필요는 없으니 조심하고."

"뭘 어떻게 하려고?"

"방금 내 친구 왓슨이 이곳을 다녀갔어. 나는 그에게 그물에 상어와 모샘치가 걸렸다고 말했는데, 이제 그물을 당겨서 둘을 한꺼번에 잡아야지."

백작은 다시 벌떡 일어나 등 뒤로 손을 가져갔다. 홈즈는 실내복 주머니에 손을 넣고 무언가를 꺼낼 준비를 했다.

"홈즈, 네놈은 절대로 침대에서 편안히 죽지는 못할 거다."

"나도 종종 그렇게 생각하곤 해. 하지만 그게 무슨 상관이지? 백작 당신도 미래가 순탄하지는 못할 것 같은데. 아직 다가오지도 않은 미래를 벌써부터 걱정하는 것도 일종의 병인데 말이야. 우린 왜 지금 이 순간을 즐기지 못하는 거지?"

거물급 범죄자인 백작의 사납고 어두운 눈에 결의가 감돌았다. 홈즈는 긴장하면서 공격할 태세를 갖췄는데 그러자 그의 여윈 몸이 점점 커지는 것처럼 느껴졌다.

"백작, 리볼버를 자꾸 만져봤자 아무런 소용이 없어."

홈즈가 조용히 말했다.

"당신도 잘 알겠지만 내가 당신에게 리볼버를 꺼낼 수 있는 시간을 준다 해도 당신은 그걸 쏘지 못할걸. 리볼버란 골치 아픈 존재지. 또 그 소리는 어떻게 하고? 차라리 공기총이 낫지 않나? 오, 당신의 충성스런 하인이 들어오는군. 머튼 군, 안녕하신가? 길거리에 서 있느라 지루하지 않았나?"

고집 세고 기다란 얼굴의 샘 머튼은 프로 권투선수답게 단단한 체격의 소유자였다. 그는 문 앞에 어정쩡한 자세로 서 있다가 당황한

표정으로 주위를 두리번거렸고, 홈즈의 부드러운 태도가 전혀 뜻밖이었으나 어렴풋이나마 그의 말에 적의가 있음을 느낀 것 같았다. 하지만 대답할 마땅한 말을 찾지 못한 그는 자신의 주인을 향해 돌아서서 도움을 청했다.

"백작님, 이게 무슨 일입니까? 이 사람이 원하는 게 뭡니까?"

그는 체격에 맞는 굵고 쉰 목소리로 외쳤다.

백작은 어깨를 으쓱해 보였을 뿐 대답을 한 건 홈즈였다.

"머튼 군, 간단하게 말하자면 모든 게 다 끝났네."

머튼은 여전히 백작을 향해 말했다.

"백작님, 지금 저자가 무슨 말을 하는 겁니까? 난 농담할 기분이 전혀 아닌데."

"물론 그럴 테지."

홈즈가 말했다.

"내가 분명히 말하지만 당신이 앞으로 닥칠 일들을 생각한다면 더 재미가 없어질 거야. 자, 실비어스 백작! 나 좀 보게. 나는 매우 바쁜 사람이라서 더 이상 시간을 낭비할 수가 없어. 내가 잠시 이 자리를 피해 줄 테니 마음 편히 갖고 앞으로 어떻게 할 것인지 둘이 잘 생각해 보는 게 좋을 것 같군. 5분 동안 시간을 주겠네. 난 그동안 침실에 들어가 호프만의 뱃노래를 연주하도록 하지. 연주를 마치고 나올 때 최종적인 대답을 해주게. 모든 죄를 떠안고 감옥으로 갈 것인지, 아니면 다이아몬드를 넘길 것인지 둘 중의 하나를 선택해."

홈즈는 구석에 있는 바이올린을 들고 침실로 들어갔다. 얼마 뒤 구슬프고 느린 바이올린 선율이 밖으로 새어나왔다.

"백작님, 어떻게 된 겁니까?"

머튼이 불안한 마음으로 백작에게 물었다.

"저자가 어떻게 다이아몬드에 대해 알고 있는 거죠?"

"저자는 다이아몬드에 대해 너무 많이 알고 있어. 전부 다 알고 있는 것 같더군."

"맙소사! 그게 사실입니까?"

샘 머튼의 얼굴이 창백해졌다.

"이키 샌더스가 경찰에 우리를 신고했다는군."

"이런 나쁜 놈! 내가 만약 교수형을 당하게 되면 그자를 가만두지 않을 겁니다."

"그렇게 한다고 해도 달라질 건 없네. 이제 어떻게 해야 할지 마음을 정해야 해."

"잠깐만요. 백작님! 저자는 너무 교활해서 조심해야 해요. 혹시 우리 이야기를 듣고 있을지도 몰라요."

"저렇게 음악을 연주하고 있는데, 어떻게 엿들을 수 있겠나?"

"그래도 혹시 모르죠. 커튼 뒤에 누가 숨어 있을지도 모르고요. 그런데 방에 커튼이 왜 이리 많은 겁니까?"

방 안을 둘러보던 샘 머튼은 창가에 있는 모형을 보고 깜짝 놀랐다. 그는 말문이 막혔는지 손가락으로 모형을 가리키며 말을 잇지 못했다.

"놀라기는! 저건 인형일 뿐이야."

백작이 말했다.

"인형이라고요? 세상에! 이건 마담 튀소(Madame Tussauds, 프랑스 출신의 밀랍인형 제작자. 중국 특별행정구 홍콩의 피크에 밀랍인형 박물관

이 있음-옮긴이)가 만들기라도 한 건가요? 실내복에 얼굴하며 정말 살아 있는 것 같아요. 근데 이 커튼들은 다 뭡니까?"

"지금 그게 중요한 게 아냐. 우리는 시간도 없고. 저자는 다이아몬드 때문에 화가 나서 우리를 감옥에 넣어버릴 수도 있어."

"그럼 어떻게 해야 하는 건가요?"

"다이아몬드가 어디에 있는지 알려주면 우리를 놓아주겠다고 약속했어."

"백작님, 그건 10만 파운드짜리 보석입니다. 그런데 그걸 그냥 넘긴다고요?"

"감옥에 가든가 보석을 넘기든가 둘 중 하나야."

"백작님, 저놈은 방에 혼자 있어요. 그냥 해치워버리면 더 이상 걱정할 게 없잖아요."

"저자는 무장을 한데다가 만반의 태세를 갖추고 있을 거야. 게다가 저놈을 없앤다고 해도 여기서 어떻게 도망치겠나? 아마 저자가 갖고 있는 증거는 경찰들도 모두 알고 있을 게 분명해. 잠깐, 무슨 소리가 들린 것 같은데?"

창문 쪽에서 작은 소리가 들린 듯했다. 두 남자는 뒤를 돌아보았지만 아무것도 없었다.

"밖에서 난 소리 같아요."

머튼이 말했다.

"지금 그게 중요한 게 아니잖아요. 백작님, 당신은 나보다 머리가 좋잖아요. 빨리 다른 방법을 생각해 봐요. 이대로 보석을 넘길 수는 없어요."

"당연하지. 나는 저놈보다 더 뛰어난 놈도 속여넘겼으니 방법이 있을 거야."

백작은 잠시 한숨을 쉬고 말을 이었다.

"다이아몬드를 어디에다 두는 건 너무 불안해서 항상 내 비밀 주머니에 넣어서 갖고 다니지. 오늘 밤에 영국을 떠난다면 일요일이 되기 전에 암스테르담에서 네 조각으로 쪼개버릴 거야. 다행히도 저자는 반 세다에 대해서는 아무것도 모르니까."

"반 세다는 다음 주에 가는 거 아니었나요?"

"그럴 예정이었지만 날짜를 바꿔야지. 반 세다는 다음 배로 출발해야 해. 우리가 다이아몬드를 가지고 라임 가로 가서 그에게 사정을 말하면 될 거야."

"하지만 이중 바닥 트렁크가 아직 완성되지 않았어요."

"어쩔 수 없어. 위험하겠지만 일단 그냥 가져가야 해."

백작은 잠시 말을 멈추고 창문을 다시 쳐다보았다. 아까 들렸던 작은 소리가 다시 난 것 같았기 때문이다.

"어디선가 소리가 들리는 것 같아. 홈즈는 우리에게 속아 넘어갈 거야. 그자는 다이아몬드를 손에 넣지 못하면 우리를 체포하지 않을 거야. 일단 보석을 넘기겠다고 약속하고, 엉뚱한 곳으로 유인하자고. 그 뒤 우리는 이 나라를 빠져나가 네덜란드로 가는 거지."

"괜찮은 방법이군요. 역시 백작님다워요."

샘 머튼이 안도의 한숨을 쉬면서 말했다.

"저 바이올린 소리는 정말 유난히 거슬리는군. 일단 자네는 반 세다에게 가서 서두르라고 말하게. 나는 다이아몬드가 리버풀에 있다

고 거짓 자백을 해서 홈즈를 안심시킬 테니까. 다이아몬드가 리버풀에 없다는 것을 알 때는 이미 다이아몬드가 네 조각이 되어 있을 거야. 우리는 푸른 바다에 있을 거고. 이쪽으로 와봐. 밖에서 열쇠 구멍으로 들여다볼 수 없는 데로 말이야. 보석은 여기 있어."

"어떻게 이 보석을 갖고 다닐 생각을 했죠? 너무 위험해요."

"더 안전한 데가 없으니까. 우리가 화이트홀에서 빼낸 것처럼 누군가 나에게서 이것을 빼앗을 수도 있다고."

"잠깐 좀 봐도 될까요?"

백작은 기분이 나쁘다는 듯이 샘 머튼을 바라보았고, 그가 내민 더러운 손을 뿌리쳤다.

"백작님, 내가 그걸 어떻게 할까 봐 그러는 겁니까? 늘 이런 식으로 나를 대하는 거 이제 지겹다고요."

"자자, 지금 우리가 이런 문제로 싸울 때가 아니야. 보여줄 테니 이쪽으로 오게. 창가에서 햇빛에 비춰보면 그 아름다움을 알 수 있지. 여기 있다!"

"오! 고맙군!"

인형이 놓여 있던 의자에서 홈즈가 벌떡 일어나더니 다이아몬드를 재빠르게 가로챘다. 홈즈는 한 손에 보석을, 다른 한 손에는 리볼버로 백작의 머리를 조준하고 있었다. 두 남자는 깜짝 놀라서 뒷걸음질을 쳤고, 홈즈는 순식간에 초인종을 눌렀다.

"폭력은 행사하고 싶지 않으니 제발 부탁한다. 앞으로의 일을 생각한다면 가만히 있는 게 좋을 거다. 아래층에 경찰도 대기 중이니 움직여봤자 좋을 게 없어."

"도대체 어떻게 이런 일이……."

백작은 너무 놀랐는지 화내는 것조차 잊은 듯했다.

"놀라는 것도 당연하지. 백작, 당신은 내 침실에서 커튼으로 가는 비밀 문이 있는 건 몰랐을 거다. 인형을 치울 때 나는 소리 때문에 들킬까 봐 조마조마했는데 다행히도 모르더군. 덕분에 나는 당신들이 하는 이야기를 모두 들을 수 있었지. 내가 여기 있는 줄 알았다면 그런 이야기들을 나누지 않았을 텐데 말이야."

"홈즈, 당신이 이겼군. 정말 악마 같은 사람이야."

백작은 체념한 듯이 고개를 숙이며 말했다.

"뭐 그렇게 말하는 것도 무리는 아니지."

머리가 나쁜 샘 머튼은 지금의 상황을 쉽게 이해하지 못하고 있었다. 조금씩 상황을 파악하던 그는 바깥에서 여러 사람의 발소리가 들리자 화를 냈다.

"빌어먹을! 경찰이 오다니! 그런데 저 바이올린 소리는 도대체 뭐요? 왜 아직까지 들리는 거지?"

"축음기가 연주를 계속하고 있었군. 정말 대단한 발명품이지."

경찰이 방으로 들어와서 백작과 머튼에게 수갑을 채웠고, 악당들은 호송마차에 실려 경찰서로 갔다. 왓슨은 홈즈 곁에서 그의 승리를 마음껏 축하해 주었다. 그때 빌리가 명함을 하나 들고 들어왔다.

"선생님, 캔틀미어 공이 오셨습니다."

"오, 이 사건이 어떻게 되어 가는지 알아보려고 오신 모양이군. 들어오시라고 해라."

홈즈는 장난기 어린 눈빛으로 말했다.

"왓슨, 캔틀미어 공은 능력이 뛰어나고 성실한 사람이지만 좀 구식인 데가 있어. 우리가 그분을 즐겁게 해드리는 건 어떨까? 조금 건방지게 굴어보는 것도 나쁘지 않을 거야."

문이 열리자 근엄한 표정을 한 남자가 들어왔다. 빅토리아 시대 중기를 연상하게 하는 긴 구레나룻이 매우 인상적이었다. 뾰족한 얼굴과 검은 수염, 굽은 어깨를 한 그는 힘없이 터벅터벅 걷고 있었다. 홈즈는 매우 반갑다는 듯이 그에게 가서 악수를 청했다.

"캔틀미어 공, 어서 오십시오. 외투를 벗으시겠습니까?"

"됐소. 덥지 않으니 그냥 입고 있겠소."

"그러지 마시고 벗어주십시오. 제 친구 왓슨 박사도 이런 온도 변화는 건강에 좋지 않다고 말했습니다."

공은 거절했지만 홈즈는 끈질기게 그를 설득했다.

"홈즈 선생, 나는 지금 아주 좋으니 내버려두시오. 오래 있지도 않을 것이고. 당신이 하기로 한 일이 어떻게 되었는지 알아보려고 잠시 온 것뿐이오."

"사실 그게 좀 어렵게 됐습니다. 힘든 일이더군요."

"그럴 줄 알았소."

캔틀미어 공은 홈즈를 노골적으로 비웃고 있었다.

"홈즈 선생, 사람은 누구나 한계를 갖고 있기 마련이오. 그 한계를 알게 되면 자만심도 고칠 수 있는 거요."

"공의 말씀이 옳습니다. 저도 정말 당황했으니까요."

"물론 그랬을 거요. 이해하오."

"특별히 당황스러운 부분이 하나 있었는데, 공에게 조언을 좀 구하

고 싶습니다. 괜찮을까요?"

"너무 늦게 부탁을 하는 것 같소. 나는 선생에게 좋은 방법이 있는 줄 알았는데. 중요한 일이니 내가 할 수 있는 한 도와주겠소."

"캔틀미어 공, 우리는 보석을 훔친 도둑의 혐의를 확실히 증명할 수 있습니다."

"그거야 도둑을 잡아야 할 수 있는 일이 아니오?"

"맞습니다. 그런데 문제는 장물 취득자에 대한 법적 절차 방법에 관한 것입니다."

"벌써부터 그런 걱정을 할 필요가 있겠소?"

"계획을 세워놓는 것은 나쁜 게 아니니까요. 장물 취득자의 혐의를 입증할 수 있는 결정적인 증거는 무엇일까요?"

"다이아몬드를 실제로 갖고 있는가를 확인하면 되지 않겠소?"

"그럼 범인을 체포할 수 있을까요?"

"당연한 일이오."

"그렇다면 저는 공을 체포해야겠군요."

홈즈는 평소와 달리 크게 소리를 내서 웃으며 말했다. 캔틀미어 공은 몹시 화를 냈고, 분노로 두 뺨이 붉어졌다.

"이보시오, 당신은 정말 안하무인이군! 50년 동안 공직생활을 하면서 이런 모욕은 처음이오. 난 중요한 업무가 무척 많은 바쁜 사람이오. 그런데 이런 바보 같은 장난이나 하다니! 나는 처음부터 당신이 이 사건을 해결할 수 있다고 믿지도 않았소, 경찰에 맡기는 게 훨씬 나았을 거요. 당신 행동은 내 판단을 더 확실하게 해주고 있소. 이만 돌아가겠소."

"캔틀미어 공, 마자랭의 보석을 그냥 가지고 가시면 안 됩니다. 발각되기라도 하면 어쩌시려고요?"

홈즈는 공을 막아서며 안타까운 목소리로 말했다.

"정말 못 참겠군. 당장 비키시오!"

"공, 외투 오른쪽 주머니에 뭐가 있지 않습니까?"

"뭐가 있다는 거요?"

"한 번 확인해 보십시오."

주머니에 손을 넣은 캔틀미어 공은 얼굴이 창백해지면서 비틀거렸다. 그의 떨리는 손바닥에는 그 유명한 마자랭의 다이아몬드가 들려 있었다.

"아니, 이럴 수가! 대체 이게 어떻게 된 일이오!"

"정말 죄송합니다. 사실 제가 실없는 장난을 무척 좋아한답니다. 여기 있는 제 친구 왓슨도 잘 알고 있죠. 그래서 공이 오시자마자 외투 주머니에 보석을 넣었습니다. 제가 무례한 짓을 하기는 했습니다만 극적인 상황을 연출하고 싶어서였으니 용서해 주시기 바랍니다. 정말 죄송합니다."

"정말 당황스럽소. 하지만 이건 진정 마자랭의 보석이 맞소. 정말 다단한 능력을 가진 건 틀림없는 것 같소. 선생 말대로 좀 괴이한 부분이 있긴 하지만 놀라운 능력은 인정할 수밖에 없군. 대체 어떻게 사건을 해결한 거요?"

"사건은 이제 시작입니다. 어떻게 이런 일이 일어났는지 알기 위해서는 조사가 더 필요하니까요. 캔틀미어 공, 제 장난에 대해서는 너그럽게 이해해 주십시오. 앞으로 고귀하신 분들에게 이 사건을 발표

하는 즐거움으로 충분히 보상이 될 테니까요. 그럼 안녕히 가십시오. 빌리, 공을 안내해 드려라. 그리고 허드슨 부인한테 될 수 있는 대로 빨리 2인분의 저녁 식사를 부탁한다고도 전해 드려라."

*코난 도일의 작품 중에는 왓슨도, 홈즈도 아닌 제삼자가 쓴 작품이 두 편 있다. 한 편은 〈마지막 인사〉이며, 다른 한 편이 바로 이 작품이다. 이 작품은 1921년 초연된 코난 도일의 희곡을 소설로 개작한 것이다.

토르 교 사건
The Problem of Thor Bridge

채링크로스에 있는 콕스 은행 금고에는 나의 오래된 양철 문서함이 있다. 오래 가지고 다닌 탓에 닳고 여기저기 찌그러져 있으며, 뚜껑에는 '인도 육군 제대, 의학박사, 존 H. 왓슨.'이라고 내 이름이 적혀 있다. 문서함 안에는 온갖 서류들이 가득한데, 대부분이 홈즈가 조사했던 기괴한 사건들의 기록이다. 그 중에는 재미는 있지만 사건을 완전히 해결하지 못한 경우가 있기 때문에 결말이 나지 않아서 발표할 수 없는 것들이 있다. 답 없는 문제는 대부분의 사람들이 유쾌해 하지 않기 때문이다.

그러한 사건 중에는 우산을 가져오기 위해 집으로 들어갔다가 세상에서 사라져버린 제임스 필리모어 씨 사건이 있다. 이와 함께 독특한 사건 중 하나는 소형 범선 알리샤 호 사건이다. 이 배는 어느 봄날, 돛을 올리고 안개 속으로 들어갔는데 다시는 그 모습을 나타내지 않았다. 당연히 그 배에 탄 선원들도 다시 볼 수 없었다. 세 번째로 인상적인 사건은 신문기자이자 결투자인 이사도라 페르사노 사건이다. 그는 학계에 전혀 알려지지 않은 이상한 벌레가 들어 있던 성냥갑 앞에서 완전히 미친 채로 발견되었다.

지금 언급한 사건 외에 명문가의 사적인 비밀과 관련된 사건들이 있다. 명예를 중시하는 사람들이기 때문에 그러한 비밀을 책으로 낸다면 큰 소동이 벌어질 것이 분명하다. 사실 그런 비밀을 폭로하는 것은 홈즈와 내가 절대 하지 않을 일이기도 하다. 홈즈가 최근 시간적으로 여유를 가지게 되었으니 그러한 사건들은 그가 알아서 정리할 것으로 생각된다.

그 밖에 아주 재미있다고도, 전혀 재미가 없다고도 할 수 없는 사건들도 적지 않다. 하지만 그러한 이야기들은 독자를 식상하게 만들 수도 있고, 홈즈의 명성에 해를 가할 수도 있기 때문에 굳이 책으로 엮지 않기로 했다. 그가 해결한 사건들 중에는 내가 관련된 사건들도 많이 있다. 어떤 사건에는 내가 직접 관여하기도 했고, 어떤 사건에는 아예 빠졌거나 미미한 역할만을 하기도 했다. 이번에 소개하고자 하는 사건은 내가 직접 경험한 것으로 꽤 흥미를 끄는 사건이었다.

10월의 어느 가을날, 나는 아침에 일어나 창문을 내다보고 있었다. 뒷마당에 혼자 서 있는 나무에서 마지막 잎사귀가 떨어지는 것을 보면서 울적한 기분이 들었다. 아침 식사를 하러 내려가면서 홈즈 역시 이러한 기분일 것이라고 생각하고 있었다. 위대한 예술가들은 대부분 주위 환경에 민감하게 반응하고, 홈즈 역시 그러한 사람 중 하나였기 때문이다. 그러나 내가 내려갔을 때 식사를 거의 끝낸 그는 우난히 기분이 좋아보였다. 그러나 과장된 그의 유쾌함에는 어딘가 모르게 어두운 그림자가 드리워져 있었다.

"홈즈, 사건을 의뢰받은 것 같군."

"왓슨, 추리 능력은 전염이 되는 것인가 봐. 자네가 내 마음을 읽어낸 것을 보니 확실해. 자네 말대로 사건이 하나 들어왔지. 별 볼일 없는 사건들과 할 일 없이 한 달을 보냈으니 이제 좀 본격적으로 활동을 해야겠지."

"무슨 일인지 궁금하군. 알려줄 수 있겠나?"

"아직은 초기라서 특별한 게 없어. 자네가 너무 많이 삶아버린 달걀 두 개를 아침 식사로 먹으면서 본격적으로 이야기해 볼 수는 있을 거야. 그런데 달걀을 왜 이렇게 오래 삶았지? 아마 〈패밀리 헤럴드〉와 무관하지는 않은 것 같군. 달걀을 삶는 것처럼 아무리 사소한 일이라도 시간에 신경을 쓰지 않으면 제대로 할 수 없거든. 그 잡지에 실린 매력적인 사랑 이야기를 읽으면서 할 수 있는 일은 아니지."

난 그의 말을 들으면서 식사를 했고, 약 15분 뒤 우리는 사건에 대한 이야기를 시작했다. 홈즈는 주머니에서 편지 한 통을 꺼냈다.

"그 편지가 사건과 관련이 있는 건가?"

난 편지를 흘긋 보며 홈즈에게 물었다.

"그렇다네. 자네 혹시 황금왕 닐 깁슨에 대해 들어본 적 있나?"

"미국 상원의원을 말하는 건가?"

"오, 알고 있군. 과거에 미국 서부에 있는 주의 상원의원을 지냈지. 지금은 세계 최고의 엄청난 금광 거부로 유명하지."

"아, 누군지 알겠어. 영국에서 꽤 오랫동안 살지 않았나? 이름을 많이 들어봤는데."

"맞아. 그는 약 5년 전에 햄프셔에 꽤 많은 땅을 사들였어. 깁슨 부인의 비극적인 죽음에 대해서도 알고 있겠지?

"이제 생각이 나는군. 이름을 많이 들어본 이유가 그 사건 때문이

었어. 하지만 자세한 건 기억이 잘 나지 않는군."

홈즈는 의자에 놓인 신문을 가리키면서 말했다.

"사실 이 사건에 대해 의뢰가 들어올 줄은 몰랐어. 스크랩을 해놓았다면 좋았을 텐데 아쉽군. 그런데 안타까운 건 사건이 자극적일수록 그 과정과 결론이 빤하다는 거야. 피의자의 성격이 꽤 흥미롭긴 해도 증거가 달라지는 것은 아니니까. 검시 배심원과 즉결 재판소에서도 이러한 관점으로 사건을 해결하려고 했지. 이 사건은 윈체스터의 순회 법정으로 넘어갔는데, 난 이 일이 보람 없는 일이 될까 봐 걱정이 돼. 내가 사실을 밝혀낸다고 해도 달라지는 게 없을 것 같아서 말이야. 완전히 새로운 사실이 드러나지 않는 한, 나의 의뢰인에게는 희망이 없어."

"의뢰인이라니? 그게 누군가?"

"아, 말하지 않았나? 나도 자네를 닮아가나 봐. 거꾸로 얘기하는 습관 말이야. 일단 이것을 먼저 보게."

홈즈가 건네준 편지는 굵고 강해 보이는 글씨체로 씌어 있었으며, 내용은 다음과 같았다.

클레어리지 호텔
10월 3일

친애하는 셜록 홈즈 선생

세상에서 가장 아름답고 훌륭한 여성인 던바 양이 죽을지도 모르는 상황이 되어 나는 어떤 일이라도 하기로 결심했소. 이 일이 어떻

게 되었는지는 설명할 수가 없지만, 그녀가 무죄라는 것만은 확신할 수 있소. 모두가 알고 있는 사건이니 홈즈 선생도 알 거라고 생각하오. 이 사건으로 온 나라가 시끄럽지만, 그녀의 편을 들어주는 사람이 하나도 없다니 정말 불공평한 일이오.

던바 양은 파리 한 마리도 죽이지 못할 성품을 가지고 있소. 그녀의 무죄를 홈즈 선생이 증명할 수 있을지도 모른다는 한 줄기 희망을 가지고 내일 오전 11시에 베이커 가로 찾아가겠소. 내가 알고 있는 사실들이 혹시 증거가 될 수도 있을 거라고 생각하오. 만약 당신이 그녀의 목숨을 구해 준다면 난 내가 가진 모든 것을 줄 것이오. 제발 당신이 가지고 있는 능력이 그녀를 구할 수 있기를.

— J. 닐 깁슨

"이제 알겠지?"

홈즈는 아침 식사 후에 피운 파이프의 재를 털어버리고 천천히 새 담배를 담으면서 말했다.

"내가 기다리는 사람이 바로 이 사람이라네. 신문을 읽을 시간이 없을 것 같으니 내가 간단하게 사건을 설명해 주지. 닐 깁슨은 이미 말한 대로 세계 최고의 부자야. 내가 알기로는 매우 폭력적이고 거친 성격을 가졌지. 이번에 일어난 비극의 희생자는 그의 아내인데, 내가 피살자에 대해 아는 것이라고는 딱 두 가지뿐이야. 피살자는 한창때가 지난 중년 여성이라는 것과 그녀의 두 아이를 가르치는 가정교사인 던바 양이 매우 아름답고 매력적인 여성이라는 것이지. 이 사건의 등장인물은 이렇게 세 명이야. 영국의 유서 깊은 곳이 사건의 무대이

고. 자, 그럼 사건에 대해 이야기하겠네. 닐 깁슨의 아내는 어깨에 숄을 두른 야회복 차림으로 집에서 약 800미터 떨어진 곳에서 머리에 총을 맞고 죽었어. 시신 근처에서는 단서가 될 만한 총이나 그와 관련된 어떤 것도 발견되지 않았고. 이건 매우 중요한 부분이야. 살인 사건은 밤늦게 일어났고 11시경에 사냥터지기가 그녀의 시신을 발견하고 바로 신고했지. 그리고 경찰과 의사가 현장에 달려와서 시신을 조사한 뒤에 집으로 옮겨왔어. 이게 사건의 전부라네. 어때 정황을 정확하게 이해할 수 있겠나?"

"매우 분명한 사건이군. 그런데 왜 가정교사가 범인으로 몰린 건가?"

"아주 직접적인 증거가 있어. 범행에 사용된 총알과 구경이 같은 리볼버가 가정교사의 옷장에서 발견됐거든. 약실이 하나 빈 채로 갈 이야."

그는 시선을 고정시킨 채 한 마디씩 힘을 주어 되풀이했다.

"가정교사의 옷장에서."

그리고 다시 침묵하며 무언가를 깊이 생각하는 듯했다. 나는 홈즈의 머리가 빠르게 회전하고 있음을 알았고 그의 생각을 방해하고 싶지 않았기 때문에 그가 다시 말을 꺼낼 때까지 조용히 있었다. 그러다 그가 갑자기 흠칫 놀라며 현실로 돌아왔다.

"그래, 왓슨, 가정교사의 옷장에서 권총이 발견된 거야. 꼼짝할 수 없는 증거라고 배심원단은 생각했지. 게다가 깁슨 부인의 몸에서는 그녀가 죽은 자리에서 가정교사와 만나기로 한 편지가 발견됐어. 가정교사의 서명도 있으니까 확실하지. 게다가 동기도 분명해. 깁슨 상원의원은 매력적인 사람일세. 만약 그의 부인이 죽는다면 그 자리는

이미 닐 깁슨의 관심을 한 몸에 받고 있는 젊고 매력적인 숙녀가 차지할 게 틀림없거든. 중년 남자 닐 깁슨은 아내의 죽음으로 인해서 사랑, 행운, 부를 모두 거머쥐게 되는 거지. 정말 추한 사건이야. 그렇지 않은가?"

"그렇군, 정말 그런 것 같아."

"더구나 가정교사는 알리바이가 없다네. 알리바이는커녕 그 시간에 사건 현장인 토르 교 근처에 갔었다는 사실을 인정할 수밖에 없었다네. 그걸 부정할 수 있는 방법이 없었거든. 지나가는 마을 사람이 가정교사가 거기 있는 걸 봤다고 증언했거든."

"그건 빼도 박도 못 하는 결정적인 증거 같군."

"아니야, 왓슨! 그렇게 결론을 내리는 것은 조금 일러. 깁슨 부인은 교각이 없고 양쪽에 난간이 있는 돌다리 입구에 쓰러져 있었어. 그 돌다리는 수심이 깊고 양쪽 기슭에 갈대가 우거진 긴 호수에서 가장 폭이 좁은 곳에 있었지. 이건 아주 중요한 사실이야. 그런데 우리의 의뢰인은 약속 시간보다 너무 빨리 온 것 같은데?"

빌리는 문을 열고 손님의 이름을 말해 주었는데, 우리가 예상하지 못한 사람이었다. 손님은 말로 베이츠 씨로, 홈즈와 나 모두 처음 만나는 사람이었다. 그는 매우 마르고 신경질적으로 보였는데, 두 눈에는 두려움이 가득했고 얼굴을 씰룩거리는 것이 뭔가를 몹시 망설이는 것처럼 보였다. 의사로서 그를 보자면 신경발작을 일으키기 직전의 사람 같았다.

"베이츠 씨, 흥분하신 것 같군요."

홈즈가 말했다.

"이리 앉으십시오. 11시에 선약이 있어서 오래 이야기하긴 어렵습니다."

"저도 알고 있어요."

손님은 숨을 헐떡이며 짧게 말했다.

"깁슨 씨가 올 거요. 그분이 저의 주인이랍니다. 저는 그 집의 영지 관리자이지요. 홈즈 선생님, 그 사람은 천벌을 받을 거예요. 그는 악마 같은 자입니다."

"베이츠 씨, 상당히 명쾌한 결론이군요."

"홈즈 선생님, 저는 분명하게 말씀드려야만 합니다. 시간이 없어요. 무슨 일이 있어도 제가 여기 있는 걸 주인한테 들키면 안 되거든요. 주인이 올 시간이 다 되었군요. 하지만 저는 이곳에 좀 더 일찍 올 수 없었답니다. 비서인 퍼거슨 씨가 오늘 아침에야 주인이 홈즈 선생과 만나기로 약속했다는 걸 말해 주었죠."

"그런데 아직도 그 집의 관리인으로 일하고 계십니까?"

"저는 주인에게 그만두겠다고 말했어요. 2주일 후에는 악마의 소굴에서 벗어날 겁니다. 시간이 없어서 자세하게 이야기할 수는 없지만, 주인은 잔인하고 냉혹한 사람이에요. 자선사업을 하는 것도 자신의 죄를 감추고 싶어서죠. 주인은 마님을 정말 끔찍하게 대했습니다. 마님이 어떻게 돌아가셨는지 모르지만, 그분의 인생은 이미 충분히 비참했어요. 홈즈 선생님도 아시겠지만 마님은 브라질 태생으로 열대 지방에서 태어났죠."

"그런 얘기는 처음 듣는군요."

"태생 때문인지 성격도 열대 지방 사람처럼 정열적이고 호쾌하셨

어요. 다른 아내들처럼 남편을 깊이 사랑했고요. 마님은 젊었을 때는 대단한 미인이었다고 하더군요. 하지만 나이가 들면서 육체적인 매력이 사라지자 주인은 마님을 차갑게 대했어요. 일하는 사람들은 모두 마님을 좋아했고, 주인이 마님을 대하는 태도를 보면서 주인을 미워하게 됐습니다. 홈즈 선생님, 주인은 말주변이 좋고 간사한 성격을 가졌어요. 겉으로 보이는 모습으로 그를 판단해서는 절대 안 됩니다. 이만 저는 가야겠어요. 주인이 올 시간이 거의 다 됐으니까요."

갑작스럽게 나타난 손님은 시계를 보고 깜짝 놀라 인사도 없이 방문을 뛰어나갔다.

"이런!"

잠시 침묵이 흐른 뒤 홈즈가 말했다.

"깁슨 씨는 정말 충성스러운 하인을 둔 것 같군. 하지만 큰 도움이 될 것 같은 조언이니 기억해 둬야겠어. 이제 곧 깁슨 씨가 나타날 시간이야."

11시 정각, 계단을 올라오는 무거운 발소리가 들리더니 그 유명한 닐 깁슨 씨가 나타났다. 그를 보자마자 영지 관리인의 두려움과 혐오뿐만 아니라 그의 수많은 경쟁자들이 그를 향해 퍼부었던 저주의 말들을 다 이해할 수 있었다. 강철 신경, 질긴 양심으로 표현할 수 있는, 더할 나위 없이 세속적인 인간이 분명했기 때문이다. 키가 크고 마른 데다가 우락부락한 얼굴은 탐욕을 상징하고 있었고, 저열한 분위기를 온몸에서 풍기고 있었다. 주름살이 굵게 패어 있는 얼굴은 딱딱하면서도 냉혹했고, 많은 위험을 겪었는지 얼굴은 흉터로 가득했다. 짙고 굵은 눈썹 아래로 차가운 회색 눈이 홈즈와 나를 훑어보고 있었다.

홈즈가 나를 소개했고 그는 겸손이라고는 찾아볼 수 없는 거만한 태도로 고개만 살짝 까딱했다. 그리고 의자를 바싹 끌어당겨 홈즈와는 무릎이 닿을 정도로 가까운 자리에 앉았다.

"홈즈 선생, 바로 용건을 이야기하겠소. 이번 사건에서 돈은 전혀 문제될 게 없소. 진실을 밝히기 위해 필요하다면 얼마든지 말하시오. 던바 양은 무죄이고 이 사실은 분명히 밝혀져야만 해요. 이게 당신이 할 일이니 원하는 금액을 부르시오."

"깁슨 씨, 저는 일한 대가를 정해진 범위 내에서 받습니다."

홈즈는 차갑게 대꾸했다.

"돈을 받지 않으면 모를까 예외는 없습니다."

"좋소, 그렇다면 명성을 생각해 보시오. 이 사건을 해결한다면 영국과 미국의 모든 신문에서 당신의 업적을 칭송할 거요. 양 대륙에서 이름을 날리는 셈이 되는 것이오."

"저에게 더 이상의 명성이 필요할 것 같지는 않군요. 그리고 숨어서 일하는 것을 좋아하고요. 제가 원하는 건 사건이 얼마나 매력적인가 입니다. 이렇게 시간 낭비를 할 것이 아니라 사건에 대해 이야기하도록 하죠."

"이미 신문을 통해서 이번 사건을 다 알고 있을 거라 생각하오. 내가 더 많은 정보를 가지고 있는지는 모르겠지만, 더 알고 싶은 부분이 있다면 모두 말하겠소. 내가 아는 한도 내에서는 모두 말할 거요."

"알고 싶은 것은 한 가지뿐입니다."

"오, 무엇이든 물어보시오."

"던바 양과 깁슨 씨는 어떤 사이였죠?"

깁슨은 깜짝 놀라면서 자리에서 엉거주춤 일어났다. 그러나 금세 아구렇지 않은 듯 침착함을 되찾았다.

"어쩌면 그 질문이 이 사건에서 가장 중요한 것일 수도 있겠소."

"제 질문의 요지를 이해하시는군요."

"물론이오. 그녀는 내 아이들의 가정교사일 뿐 나와는 아무런 사이도 아니었소. 혹시라도 오해를 살지 몰라 나는 아이들이 있는 자리에서만 그녀와 이야기를 나누었소."

"깁슨 씨, 저는 매우 바쁜 사람입니다. 의미 없는 말을 계속할 거라면 더 이상 얘기를 나눌 필요가 없겠군요. 돌아가십시오."

홈즈가 자리에서 일어나자 깁슨 씨 역시 일어섰다. 그의 체구는 홈즈를 압도할 만큼 컸고, 뻣뻣하게 곤두선 눈썹 밑으로 강한 분노를 내비쳤으며 누런 뺨에는 붉은 기운이 올라왔다.

"홈즈 선생, 지금 무슨 말을 하는 거요? 내가 의뢰하는 사건을 맡지 않겠다는 거요?"

"네, 그렇습니다. 분명히 말씀드리지만 저는 이 사건을 맡지 않겠습니다."

"무슨 속셈으로 그러는 건지 모르겠소. 가격을 올리겠다는 건지 아니면 이 일에 끼어들지 않겠다는 건지 분명하게 대답하시오."

"제가 대답할 수 있는 질문이군요. 잘못된 정보에 시간을 낭비하면서 이렇게 복잡한 사건을 맡고 싶지는 않다는 겁니다."

"지금 내가 거짓말을 했다는 거요??"

"그렇게까지는 말하고 싶지 않았는데 먼저 말씀하시는군요."

깁슨의 얼굴에 악마 같은 표정이 떠오르면서 굵고 거친 주먹을 들

어 올리는 순간, 나는 자리에서 벌떡 일어났다. 그러나 홈즈는 나를 만류하는 듯 손을 저으면서 파이프를 향해 손을 내밀었다.

"깁슨 씨, 상황을 복잡하게 만들지 마십시오. 식사를 마친 지 얼마 되지 않아 논쟁을 하면 소화가 잘 되지 않거든요. 밖에서 산책을 하며 조용히 생각을 해보는 게 어떨까요?"

깁슨은 애써 분노를 참는 것 같았다. 그가 순식간에 분노를 냉소로 만드는 것을 보고 난 그의 자제력에 감탄하지 않을 수 없었다.

"맘대로 하시오. 당신도 사업을 꾸려가는 방식이 있을 테니 억지로 맡길 수는 없겠지. 홈즈 선생, 당신은 오늘 아침 큰 실수를 저질렀소. 나는 당신보다 더 강한 사람도 내 발밑에 두었지. 날 거스르고 잘 되는 사람은 아직 한 번도 보지 못했소."

"저도 그런 말은 많이 들었는데 여전히 이 자리에 무사히 있습니다. 깁슨 씨는 아직 배워야 할 게 많은 것 같아요. 그럼 안녕히!"

홈즈가 조용히 웃으면서 인사하자 그는 시끄러운 소리를 내면서 방문을 나섰다. 홈즈는 몽롱한 표정으로 천장을 바라보면서 담배를 피웠다.

"왓슨, 자네는 이 사건을 어떻게 생각하나?"

"저 거친 남자는 자기 앞을 가로막으면 가만히 두지 않을 것 같군. 영지 관리인이 말한 것처럼 부인은 장애물이었을 거야. 그러니 당연히 저자가 부인을 죽이지 않았을까?"

"맞아, 나도 그렇게 생각한다네."

"그런데 깁슨 씨와 가정교사는 대체 어떤 관계인 거지? 그리고 자네는 그걸 어떻게 알았나?"

"왓슨, 그저 넘겨짚은 거라네. 열정적이고 사무적이지도 않은 깁슨의 편지는 그의 강한 성격과 분위기와는 전혀 달랐어. 피살된 쪽보다는 범인으로 몰린 가정교사에게 깊은 감정을 가지고 있다는 게 확연히 드러났지. 진실을 밝히기 위해서는 우선 세 사람의 관계를 정확히 이해해야만 하네. 아까 내가 그에게 정면으로 도전했을 때 그가 얼마나 자제력이 강한지 보지 않았나? 그런데 나는 아직 의혹투성이의 문제를 완전히 확신하고 있는 것처럼 넘겨짚었다네."

"그렇군. 깁슨 씨는 다시 돌아오겠지?"

"물론이야. 돌아올 수밖에 없어. 이대로 둘 수는 없을 테니까. 오, 초인종 소리와 그의 발자국 소리가 바로 들리는군. 오! 깁슨 씨, 안 그래도 당신이 조금 늦는 것 같다고 말하고 있었습니다."

깁슨은 아까보다는 부드러운 태도로 들어섰다. 그의 눈은 아직도 화가 나 있었지만, 목표를 이루기 위해서는 어쩔 수 없이 참아야 한다는 것을 인지한 듯했다.

"홈즈 선생, 침착하게 생각해 보니 당신 말이 옳다는 것을 알았소. 사실을 알아야 사건을 해결할 수 있다는 것은 당연한 일인데 내가 너무 서두른 것 같소. 하지만 던바 양과 나는 이 사건과 아무런 관련이 없소."

"판단은 제가 하는 겁니다. 안 그런가요?"

"당신 말이 맞소. 의사도 증상을 완전히 파악해야 진단을 내릴 수 있는 것이니."

"정확한 표현입니다. 사실을 숨긴다는 건 환자가 의사에게 엉뚱한 증상을 말하는 것과 같습니다."

"하지만 홈즈 선생, 남자가 다른 여성과의 관계에 대해 그렇게 단도직입적인 질문을 받는다면, 게다가 뭔가 특별한 감정이 있는 사이라면 대부분 나 같은 반응을 보일 거요. 나는 다른 사람들과 마찬가지로 남에게 보이고 싶지 않은 작은 부분을 가지고 있소. 그런데 당신이 불쑥 그 부분에 대해 물으니 당황한 거였소. 하지만 모두 던바양을 위한 것이니 참아야 한다는 걸 이해했소. 이제 무엇이든 대답할 테니 물어보시오. 궁금한 게 뭐요?"

"사건의 진실입니다."

"좋소, 사실을 있는 그대로 간단히 말하겠소."

깁슨 씨는 생각을 정리하는 듯 잠시 아무 말이 없었다. 굵은 주름이 가득한 얼굴에 쓸쓸한 표정이 떠올랐다.

"내가 하려는 이야기는 괴로운 내용도 있으니 깊이 이야기하지는 않을 거요. 내가 브라질에서 금광을 찾고 있을 때 마리아 핀토, 즉 아내를 처음 만나게 되었소. 그녀는 마나오스 정부 관리의 딸이었는데 매우 아름다운 여인이었소. 당신은 그 당시의 내가 젊고 열정적이었기 때문에 그렇게 느꼈을 수도 있다고 생각할지 모르지만, 세월이 흐른 지금 차가운 이성으로 생각해 봐도 내 아내가 보기 드문 미인이었다는 것은 사실이라오. 게다가 미국 여성들과는 다른 매력이 있었지. 온 마음을 다 바치는 성격에 깊고 넘치는 정열을 가지고 있었던 거요. 나는 그녀를 사랑했고 우리는 결혼했소. 그러나 결혼 후 연애 감정이 사라지게 되자 나는 그녀에게 애정이 식어버리고 말았소. 그녀와 나 사이에는 단 하나의 공통점도 없었기 때문이오.

그러나 그녀는 그렇지 않았소. 그녀는 20년 전 아마존에 있을 때와 마찬가지로 여전히 나를 사랑했고, 나는 더욱 견딜 수가 없었소. 그래서 아내를 거칠고 잔인하게 대했소. 그렇게 하면 아내가 나를 증오하게 될 거라 생각했기 때문이오. 서로 사랑하지 않는다면 나와 아내가 더 편할 거라고 생각했으니까. 하지만 아내는 변함이 없었소.

그때 던바 양이 우리 집에 오게 되었소. 그녀는 훌륭하고 매력적인 여성이었기 때문에 두 아이의 가정교사로 채용하는데 이견이 없었소. 홈즈 선생도 신문에서 봤겠지만 대단한 미인이었고, 나는 그녀에게 사랑의 감정을 가지게 되었소. 그렇게 아름다운 여성과 같은 지붕 아래 살면서 매일 만난다면 당연한 것 아니겠소?"

"깁슨 씨의 감정을 비난할 생각은 없습니다. 하지만 그것을 밖으로 드러냈다면 문제는 달라지죠. 그녀는 당신을 믿고 그 집에 있었으니까요."

홈즈는 나무라는 듯한 눈빛으로 그에게 말했다.

"나는 평생 내가 원하는 것을 모두 가지고 살았소. 당연히 내 마음에 드는 여성의 사랑을 얻고 내 소유로 만들고 싶었소. 그래서 그녀에게 내 마음을 고백했소."

"그녀에게 직접 말을 했다는 겁니까? 당신이?"

홈즈는 매우 무서운 얼굴과 목소리로 말했다.

"나는 던바 양에게 이렇게 말했소. 나는 당신과 결혼하고 싶지만 그것은 불가능하다고. 하지만 행복하고 편안하게 해줄 수 있는 일은 어떤 것이든 하겠다고 했소."

"오, 깁슨 씨는 정말 너그러운 분이군요."

홈즈가 빈정대는 말투로 이야기했다.

"난 당신에게 비난받으려고 온 게 아니오. 사실대로 이야기하는 것이니 당신의 기준으로 판단하지는 말아주시오."

"내가 이 사건에 개입한 건 오로지 그 숙녀 때문입니다."

홈즈가 엄하게 말했다.

"그녀가 의심받고 있는 죄가 당신이 방금 말한 그런 행동보다 더 나쁜 건지도 모르겠군요. 당신은 몸을 의탁한 힘없는 숙녀의 인생을 망치려고 했어요. 돈이 많다고 해서 모든 것을 다 살 수 있다고는 생각하지 마십시오."

뜻밖에도 깁슨은 홈즈의 비난을 태연하게 들었다.

"지금은 나도 그렇게 생각하오. 다행히도 그녀는 내 이야기를 받아주지 않았고, 집을 나가겠다고 했소."

"그런데 왜 그렇게 하지 않았나요?"

"그녀에게는 부양할 가족이 있었소. 일을 그만두면 가족들이 어려워지니 쉽게 결정할 수 없는 문제였던 거요. 내가 다시는 그런 말을 하지 않겠다고 약속했고, 그렇다면 그녀도 집에 있겠다고 했소. 또 다른 이유도 한 가지 있소. 나에게 영향력을 미칠 수 있는 사람이 그녀밖에 없다는 사실을 그녀는 알고 있었소. 그래서 그 힘을 좋은 쪽으로 쓰고 싶어 한 거요."

"어떻게 하려고 했다는 거죠?"

"던바 양은 내 사업에 대해 잘 알고 있었소. 나는 보통 사람은 상상할 수 없을 만큼 엄청나게 거대한 사업을 하고 있소. 나는 대부분 파괴를 통해 사업을 이루어나갔고, 약자들은 도태될 수밖에 없었소. 상대방이 아무리 애원해도 나는 몰인정하게 대했소. 그러나 던바 양은

나처럼 생각하지 않았소. 사람이 필요 이상의 재물을 모으면 더 이상 다른 사람을 파산시키거나 재산을 빼앗으면 안 된다고 생각한 거요. 그녀는 내가 자신의 말을 들으리라는 것을 알았고, 그것을 통해 세상에 도움이 된다고 생각했소. 그래서 그녀는 우리 집에 머물면서 나에게 좋은 영향을 주려고 한 거요."

"그런 내용 말고 사건에 도움이 될 만한 내용은 없습니까?"

"정황적인 부분에서 그녀는 매우 절망적이오. 여자들에게는 남자들이 이해하지 못하는 부분이 있지 않소? 나도 이 사건 이후 너무 당황해서 어떻게 해야 할지 몰랐소. 혹시 던바 양이 갑자기 잘못된 길로 빠진 건 아닌가 하는 생각까지 했소. 그런데 어떤 생각이 하나 떠올랐소. 지금부터 그 생각에 대해 이야기하도록 하겠소.

아내는 무척 질투심이 강한 여자요. 영혼에 대한 질투는 육체적인 질투보다 더 심할 수도 있다는 것을 부정하진 못할 거요. 육체적인 부분으로 던바 양을 질투할 수는 없었소. 하지만 자신이 한 번도 가져보지 못한 영향력을 던바 양이 가지고 있다는 것을 아내는 알고 있었소. 그래서 아내는 증오심에 앞이 보이지 않았고, 그래서 던바 양을 죽일 계획을 세웠을 수도 있소. 아니면 총으로 위협해서 그녀를 쫓아내려고 했을 수도 있소. 그렇게 몸싸움을 하다가 우발적으로 총이 발사되어 아내가 죽고 말았다는 게 내 생각이오."

"저도 그러한 가능성에 대해서는 생각했습니다. 사실 계획적인 살인이 아니라면 가능성이 가장 높은 가설이니까요."

"하지만 던바 양은 그런 일은 없었다고 말하고 있소."

"그렇다면 이건 어떨까요? 던바 양이 그런 일을 당한 뒤에 너무 당

황해서 리볼버를 손에 들고 그냥 방으로 간 겁니다. 자신이 뭘 하고 있는지 전혀 모르는 상황에서 총을 옷장에 넣어놓은 거죠. 총이 발견되면서 상황을 설명할 수 없게 되자 모든 것을 부인해서 상황을 빠져나가려고 한 거죠. 이것도 말이 안 될까요?"

"홈즈 선생, 그녀는 그것도 부정하고 있소."

"그렇군요. 우린 오늘 아침에 몇 가지 필요한 허가를 받아서 저녁에 기차로 윈체스터에 도착할 수 있을 겁니다. 내가 그녀를 직접 만나보는 게 이 사건 수사에 도움은 되겠지만 깁슨 씨가 원하는 방향으로 결론을 얻을 수 있을지는 두고 봐야 할 것 같습니다."

공식적인 허가를 받는 데는 복잡한 절차가 필요했기 때문에 우리는 그날 윈체스터에 가는 대신 닐 깁슨 씨의 햄프셔 영지인 토르 관으로 갔다. 깁슨 씨와 동행하지는 않았지만 우리는 사건을 처음 조사한 그곳 경찰인 코벤트리 경위와 만났다. 그는 키가 크고 마른 체형이었는데, 무언가를 의심하는 분위기를 풍기고 있어서 매우 비밀스럽게 느껴졌다. 그는 이야기를 하다가 갑자기 목소리를 낮추고 속삭이는 특이한 기술도 가지고 있었는데, 그가 전하는 정보는 대부분 평범한 것이어서 별 도움은 되지 않았다. 그렇지만 이러한 비밀스런 태도 뒤에는 금세 본래의 점잖고 정직한 성품으로 돌아왔고, 어떤 도움이라도 받고 싶다는 겸손한 태도를 보였다. 우리는 지역 경찰서 역할을 하는 코벤트리 경위의 작은 거실에서 이야기를 나누었다. 그의 집은 평범하고 검소한 농가였다.

"저는 사실 런던 경찰청보다는 홈즈 선생이 더 편하고 좋습니다."

코벤트리 경위가 미소를 지으면서 말했다.

"경찰청이 사건에 개입하면 모든 공을 빼앗기게 되거든요. 실패하게 되면 모든 책임을 뒤집어쓰고요. 하지만 홈즈 선생은 공정한 분으로 그런 일이 전혀 없다고 하더군요."

"나는 이 사건에서 드러날 필요가 없습니다."

홈즈가 말하자 침울해 하던 경위는 적이 안심하는 눈치였다.

"만약 내가 이 사건을 해결한다고 해도 내 이름은 언급하지 않아도 됩니다."

"오, 정말 마음이 넓으신 분이군요. 친구이신 왓슨 박사도 믿을 만한 분이라는 것을 알고 있습니다. 저, 한 가지 묻고 싶은 것이 있는데, 이것은 오직 두 분에게만 물어보는 겁니다."

경위는 두려움 가득한 얼굴로 주위를 두리번거리면서 말했다.

"혹시 닐 깁슨 씨가 범인은 아닐까요?"

"물론 그럴 가능성도 충분히 고려하고 있소."

"아직 던바 양을 못 보셨죠? 그녀는 정말 놀랄 만큼 매력적입니다. 깁슨 씨는 늙은 아내를 제거하고 그녀와 결혼하고 싶었을 거예요. 게다가 미국인은 우리보다 권총을 더 능숙하게 사용할 줄 알잖아요. 그런데 옷장 속에서 나온 권총은 깁슨 씨의 것이었죠."

"경위, 그 말은 확인된 겁니까?"

"네, 물론이죠. 깁슨 씨의 쌍둥이 권총 중의 하나였습니다."

"쌍둥이 권총이라고요? 그럼 다른 하나는 어디 있죠?"

"그건 알 수 없죠. 깁슨 씨는 총이 많으니까요. 그 권총과 같은 것은 찾지 못했지만, 권총 상자가 두 개짜리였습니다."

"권총이 한 쌍이라면 같은 짝이 있어야 하는 건 분명하죠."

"집 안에 총기류가 전부 있으니 한 번 확인해 보십시오."

"그건 나중에 해도 될 겁니다. 일단 사건 현장에 가서 한 번 둘러보고 싶군요."

코벤트리 경위의 집에서 시들어가는 양치류로 뒤덮여 있는 황야를 800미터 정도 걸어가자 토르 관으로 들어가는 쪽문이 하나 나타났다. 그곳을 지나 오솔길을 따라 내려가자 공터가 나타났고, 멀리 튜더 양식(영국의 후기 고딕 시대 조형 양식으로, 고딕 양식과 르네상스 양식이 섞인 과도기적 양식-옮긴이)과 조지 양식(영국의 조지 왕조 시대의 건축으로 장식이 적고 각 부의 비례를 존중함-옮긴이)을 혼합한 목조 골재의 큰 저택이 보였다.

옆쪽으로는 갈대가 우거진 긴 방죽이 있었는데, 폭이 좁아진 쪽에 마차가 다닐 만한 돌다리가 있었다. 다리 양쪽으로는 방죽의 폭이 넓어져서 작은 호수를 만들고 있었다. 경위는 다리 입구에서 한쪽 바닥을 손가락으로 가리켰다.

"바로 여기에서 깁슨 부인의 시신이 발견되었습니다. 저 돌을 중심으로 기억해 두었죠."

"경위는 시신을 옮기기 전에 현장에 도착했죠?"

"네, 저한테 바로 사람을 보냈으니까요."

"누가 보냈죠?"

"당연히 깁슨 씨죠. 사건 소식을 듣자마자 깁슨 씨는 다른 사람들과 바로 이곳으로 왔어요. 그리고 경찰이 올 때까지 아무도 손대지 말라고 했습니다."

"오, 매우 현명한 조치였군요. 신문에서는 총이 가까운 거리에서

발사됐다고 하던데요."

"네, 맞아요. 아주 가까운 거리에서 쐈더군요."

"오른쪽 관자놀이 근처였나요?"

"네, 맞습니다. 관자놀이 바로 뒤쪽이었어요."

"시신은 어떤 자세로 쓰러져 있었죠?"

"똑바로 누워 있었어요. 싸운 흔적도, 범인의 흔적도, 무기도 없었습니다. 다만 던바 양이 보낸 편지를 왼손에 움켜쥐고 있었어요."

"편지를 움켜쥐고 있었다고요?"

"네, 나중에 손가락을 펴기가 힘들 정도였습니다."

"오, 굉장히 중요한 부분이군요. 그렇게 꼭 쥐고 있었다면 죽은 뒤에 쪽지를 쥐어주진 않았겠군요. 즉, 누군가 단서를 조작한 게 아니라는 것이고요. 신문에서 본 쪽지 내용은 아주 간단하더군요. '9시까지 토르 교로 가겠습니다. ― G. 던바.' 맞습니까?"

"네, 맞아요."

"던바 양은 그 편지를 자신이 썼다고 인정하던가요?"

"네."

"뭐라고 말하던가요?"

"하지만 그 편지를 쓴 이유는 순회 재판 때 대답하겠다고 했습니다. 지금은 아무 말도 하지 않고 있고요."

"점점 흥미로워지는데요. 편지의 내용도 아주 애매하고요. 그렇지 않나요?"

"전 잘 모르겠습니다. 사실 저는 편지가 사건에서 유일하게 확실한 부분 같아서요."

"그렇지 않소. 편지를 던바 양이 썼다면 깁슨 부인은 편지를 약속 시간 얼마 전에 받았을 겁니다. 그런데 왜 편지를 움켜쥐고 있었을까요? 왜 굳이 편지를 약속장소에 가져갔을까요? 얘기할 때 그 편지는 필요 없었을 텐데. 좀 이상하지 않나요?"

"홈즈 선생의 이야기를 들으니 좀 이상하군요."

"여기 앉아서 그 문제에 대해 생각을 해봐야겠군요."

홈즈는 돌다리 난간에 앉아서 여기저기를 의심스럽게 관찰했다. 그러더니 갑자기 건너편 난간으로 달려가서 돋보기를 들고 그곳을 살펴보았다.

"정말 흥미로운 일이군요."

"저희도 난간에 있는 자국을 봤지만, 지나가는 사람이 만들었을 거라고 생각했습니다."

돌다리의 난간은 회색이었는데, 한 부분만 6펜스짜리 동전만한 크기로 흰색이었다. 가까이서 보니 표면에 강한 충격을 받아서 떨어져 나간 것이었다.

"이건 아주 세게 때렸을 때 나타나는 흔적이오."

홈즈는 생각에 잠긴 얼굴로 말했다. 그리고 지팡이로 난간을 몇 차례 두드려보았지만 아무런 흔적도 남지 않았다.

"그렇소, 아주 세게 때렸소. 게다가 위치가 아주 묘하군요. 난간 위쪽이 아니라 아래쪽이라니. 보시오, 여기는 난간의 아래쪽 가장자리잖소."

"이상하긴 하지만 시신과는 5미터나 떨어져 있는데 무슨 관계가 있을까요?"

"살인 사건과는 관계가 없을지도 모르지만 뭔가 수상하긴 합니다. 더 이상 알아낼 건 없는 건 같군요. 발자국은 없었다고 했죠?"

"네, 바닥이 아주 단단했거든요. 다른 흔적도 전혀 없었습니다."

"그럼 이제 출발합시다. 깁슨 씨 댁으로 가서 총기류를 살펴보고, 윈체스터에 가서 던바 양을 만나야겠군요. 그리고 수사를 더 하도록 하죠."

우리는 저택으로 가서 오전에 만났던 베이츠 씨를 만났다. 깁슨 씨는 런던에서 아직 돌아오지 않았기 때문에 베이츠 씨가 우리를 안내해 주었다. 그는 여전히 신경질적이었고 험상궂은 얼굴로 우리에게 총기를 보여주었다. 다양한 크기와 모양을 한 총기류들은 험난한 인생을 살아온 주인의 얼굴을 보는 듯했다.

"주인은 장전한 리볼버를 침대 옆 서랍에 넣어두고 잡니다. 그에게는 적이 한둘이 아니었으니까요. 성격이 나쁜 사람이라 모두가 그를 두려워했어요. 돌아가신 마님도 두려움에 떤 적이 많았고요."

"깁슨 씨가 부인에게 폭력을 행사한 적이 많았습니까?"

"신체적인 폭력을 쓰는 걸 본 적은 없지만 언어폭력을 쓰는 건 일상적이었습니다. 하인들이 있는데도 마님에게 천박하고 비열한 말을 함부로 했으니까요."

홈즈와 나는 총기류를 본 뒤 집을 나와 윈체스터로 가기 위해 역으로 향했다.

"우리 의뢰인께서는 사생활이 깨끗하지는 않았군. 많은 것을 보기는 했지만 아직 어떤 결론을 내리기는 어려워. 베이츠 씨는 깁슨을 경멸하고 혐오하지만 사건이 일어나던 때 그가 서재에 있었다는 건

인정하니까. 아까 자네가 듣지 못한 얘기를 해주겠네. 저택에서 저녁 식사는 8시 반에 끝났는데, 그때까지는 다른 때와 같이 평범한 일상이었다고 해. 깁슨 씨의 말처럼 사건은 9시쯤 일어난 것이 분명하고. 깁슨 씨는 그날 런던에 갔다가 저녁 5시에 귀가했고 더 이상 외출은 하지 않았다고 하네.

하지만 나는 던바 양이 깁슨 부인과 다리에서 만나기로 약속했다고 진술했다는 것을 알고 있다네. 변호사가 다음에 진술하라고 조언했기 때문에 더 이상의 얘기는 하지 않고 있지만. 던바 양에게 몇 가지 질문을 하려고 하는데, 그녀를 만나기 전까지는 마음이 편치 않을 것 같군. 이 사건은 한 가지를 제외하면 모두 그녀에게 불리하게 진행되고 있어."

"그 한 가지가 뭔가?"

"그녀의 옷장에서 리볼버가 발견되었다는 거지."

"설마! 그게 제일 확실한 증거 아닌가?"

"왓슨, 전혀 그렇지 않아. 처음에 그 얘기를 들었을 때도 이상하다고 생각했지만, 현장에 와보니 그게 유일한 희망이 됐어. 사건에서 중요한 것 중의 하나는 바로 일관성이야. 일관성이 결여되면 무언가 잘못된 게 있는지 의심해야 한다네."

"난 잘 모르겠네. 자네 말이 이해도 안 되고."

"차근차근 이야기해 주겠네. 자네가 연적을 죽이겠다고 마음먹은 여자라고 해보게. 자네는 살인 계획을 세우고 이를 실행하기 위해 편지를 썼지. 그리고 상대가 와서 완벽하게 범행을 저질렀어. 거의 프로 같은 솜씨로 말이야. 그런데 범행에 사용한 총을 울창한 갈대숲에

버리지 않고 집으로 가져왔어. 그리고 가장 먼저 수색당할 자신의 옷장에 모셔두었지. 그런 행동을 미숙하다는 말 외에 다른 말로 표현할 수 있겠나? 누구라도 그렇게 멍청하게 행동하지는 않을 거야."

"살인을 저질렀으니 일시적인 흥분 상태에 빠져 있었겠지."

"절대로 그렇지 않다네. 범행을 계획하는 사람은 은폐할 계획까지 짜는 게 일반적이야. 그래서 나는 많은 사람들이 잘못 생각하고 있다고 본다네."

"하지만 설명할 수 없는 부분들이 너무 많지 않은가?"

"그건 그렇지. 일단 사건을 바라보는 관점이 중요하다네. 관점이 바뀌면 결정적인 증거라고 생각했던 것들로 인해 새로운 사실들이 밝혀질 수 있거든. 예를 들면 던바 양은 총에 대해 전혀 모른다고 말하고 있어. 그런데 던바 양의 진술이 전부 사실이라고 가정하면 총을 옷장에 넣은 사람은 제삼의 인물이야. 던바 양의 옷장에 총을 넣어서 그녀를 살인자로 몰고 가려는 사람이 바로 범인이 되는 거지. 이렇게 조사 방향이 바뀌면 그럴듯한 새로운 결론이 나오게 된다네."

던바 양이 재판 중이었기 때문에 우리가 그녀를 만나는 것은 쉽지 않았다. 절차상의 문제 때문에 우리는 결국 윈체스터에서 하루를 머무르게 되었고, 다음 날 아침이 돼서야 그녀를 만날 수 있었다. 우리는 그녀의 변호사인 전도유망한 조이스 커밍스 씨의 도움으로 던바 양을 감옥에서 만나게 되었다.

그녀가 매력적이라는 말은 여러 차례 들었기 때문에 예상은 하고 있었지만, 그녀를 처음 봤을 때의 강한 인상은 아직도 잊히지 않는다. 자부심이 대단한 깁슨 씨조차도 자신을 이끌어줄 수 있는 무언가를

봤다는 것은 괜한 말이 아니었다. 단정하고 강하면서도 섬세한 그녀의 얼굴은 다른 사람의 힘을 선한 방향으로 이끌 수 있는 고귀한 힘을 가지고 있었다.

검은 머리카락과 검은 눈에 기품 있어 보이는 얼굴을 가진 그녀는 키가 컸고 태도는 당당했다. 그러나 그녀의 두 눈에는 사냥꾼에게 쫓기는 짐승이 애원하는 듯한 표정이 남아 있었으며, 우리가 그녀를 도와주러 왔다는 사실을 알자 희망의 빛이 볼의 홍조로 떠올랐다.

"닐 깁슨 씨께서 모든 이야기를 하셨겠죠?"

던바 양은 들뜬 목소리로 낮게 물었다.

"네, 괴로운 말은 굳이 하지 않아도 됩니다. 이렇게 직접 보게 되니 던바 양이 깁슨 씨에게 영향을 미쳤다는 말과 던바 양이 결백하다는 이야기를 믿을 수 있겠군요. 그런데 왜 그런 말을 법정에서 하지 않았죠?"

"저는 혐의를 쉽게 벗을 거라고 믿었어요. 저는 아무런 죄가 없으니 당연히 모든 사실이 밝혀질 것이고, 그러면 굳이 깁슨 씨의 괴로운 가정사를 말하지 않아도 된다고 생각했으니까요. 하지만 오히려 상황이 점점 더 심각해지더군요."

"던바 양, 여기 변호사 커밍스 씨도 알겠지만 모든 상황은 당신에게 불리하게 돌아가고 있어요. 혐의를 벗기 위해서는 할 수 있는 모든 것을 해야 할 겁니다. 그러니 진실을 밝히려는 노력에 최선을 다해 도와주시기 바랍니다."

"저는 숨긴 것이 아무것도 없는걸요."

"그렇다면 질문을 좀 하겠습니다. 깁슨 부인과는 어떤 관계였죠?"

"그분은 저를 매우 미워했어요. 열대 지방 사람답게 정말 격렬하게 미워했죠. 부인은 무슨 일이든 정열적으로 처리했고, 깁슨 씨를 사랑하는 만큼 저를 증오했어요. 부인이 저와 깁슨 씨의 관계를 오해하셨을지도 몰라요. 저는 부인을 괴롭게 할 생각은 전혀 없었지만, 육체적으로 강한 분이셨기 때문에 깁슨 씨와 저의 정신적인 관계를 전혀 이해하지 못하셨어요.

제가 그 집에 남아 있는 이유가 깁슨 씨의 힘을 좋은 방향으로 바꾸기 위해서라는 것은 상상조차 못 하셨습니다. 제가 잘못 생각했던 거예요. 불행이 가득한 곳에서 머물렀던 것은 이유가 어쨌든 잘못된 거였어요. 하지만 제가 그 집에 없었더라도 아마 그 불행은 사라지지 않았을 거예요."

"그날 밤에 무슨 일이 있었던 거죠?"

"홈즈 선생님, 제가 아는 건 다 말씀드릴게요. 하지만 증명할 수 있는 방법이 없어요. 게다가 제 힘으로는 설명할 수 없고, 설명도 불가능한 일들이 있어요. 그것도 아주 중요한 것들이고요."

"던바 양이 사실을 말씀해 주시면 내가 맞춰보도록 하죠."

"그날 아침 저는 깁슨 부인으로부터 편지 한 통을 받았어요. 편지는 공부방 책상 위에 놓여 있었는데 부인이 직접 갖다놓은 것 같았어요. 중요한 얘기가 있으니 저녁 식사 후에 토르 교에서 만나자는 내용이었고, 답장은 정원 해시계 위에 올려놓으라고 하더군요. 아무에게도 말하지 말라고도 했습니다. 왜 그렇게 비밀스럽게 행동하는지 알 수 없었지만 저는 부인이 시키는 대로 했어요. 깁슨 씨는 부인을 매우 거칠고 함부로 대했는데, 그것 때문에 깁슨 씨 모르게 저를 만

나고 싶어서라고 생각했죠."

"부인은 왜 던바 양의 답장을 손에 꼭 쥐고 있었을까요?"

"저도 그 얘기를 듣고 깜짝 놀랐습니다. 이해할 수 없었으니까요."

"흠, 그렇군요. 얘기를 계속하세요."

"저는 약속한 시간에 토르 교로 갔습니다. 부인은 벌써 그곳에 와 있었는데, 전 그때까지도 부인이 절 얼마나 미워하는지 몰랐습니다. 부인은 꼭 미친 여자처럼 보였어요. 게다가 매우 음흉한 표정을 짓고 있었죠. 그렇게 절 증오하면서 평소에 아무렇지 않은 척 대했다니 믿을 수가 없었습니다. 부인은 듣기만 해도 소름이 끼칠 정도로 무서운 말을 저에게 마구 퍼부었습니다. 저는 그 상황이 너무 끔찍해서 어떤 말도 할 수 없었어요. 견디다 못한 저는 두 손으로 귀를 막고 도망쳤습니다. 제가 도망가는데도 부인은 여전히 다리 입구에서 저에게 소리를 지르며 계속 무서운 말을 했어요."

"부인이 나중에 그 자리에 쓰러져 있었나요?"

"쓰러진 곳은 몇 미터 떨어진 곳이었어요."

"던바 양이 그곳을 떠난 직후에 부인이 죽었습니다. 총소리는 전혀 못 들었나요?"

"네, 아무 소리도 듣지 못했어요. 무서운 일을 당한 터라 너무 당황해서 정신없이 달렸기 때문에 눈치를 채지 못한 것일 수도 있고요."

"던바 양은 방으로 돌아간 뒤부터 아침 사이에 방을 비운 적이 있나요?"

"네, 부인이 돌아가셨다는 말을 듣고 다른 사람들과 같이 토르 교로 뛰어갔으니까요."

"그때 깁슨 씨를 보셨나요?"

"봤습니다. 그분이 다리에 갔다가 집으로 돌아오셨을 때 봤어요. 바로 경찰과 의사를 부르시더군요."

"깁슨 씨는 어땠나요? 불안해 보이지 않았나요?"

"그분은 아주 강하고 자제력이 뛰어난 분이라서 감정을 겉으로 드러내지 않아요. 하지만 제가 보기에는 무척 걱정스러워 보였습니다."

"던바 양의 방에서 발견된 권총에 대해서 이야기하도록 하죠. 전에 그 권총을 본 적이 있나요?"

"아뇨, 한 번도 없습니다."

"권총은 언제 발견됐나요?"

"다음 날 아침에요. 경찰이 집안을 수색할 때 발견됐어요."

"그 총이 옷 사이에 있었나요?"

"네. 맨 밑의 옷더미 아래에 깔려 있었어요."

"권총이 언제부터 거기 있었을까요?"

"적어도 전날 아침까지는 아니었어요. 제가 그때 옷장 정리를 했으니까요."

"그렇다면 한 가지는 확실하군요. 누군가 던바 양을 범인으로 만들기 위해서 옷장 속에 권총을 넣어둔 겁니다."

"틀림없이 그랬겠죠."

"언제쯤 그랬을까요?"

"제가 아이들이랑 공부방에 있을 때나 식사 시간이었을 거예요."

"아까 공부방에서 깁슨 부인의 편지를 받았다고 했죠?"

"네, 오전에 쭉 거기 있었으니까요."

토르 교 사건 345

"알겠습니다. 혹시 사건에 도움이 될 만한 사실이 또 있나요?"

"아뇨. 제가 아는 건 다 얘기했습니다."

"한 가지 더 묻겠습니다. 토르 교 난간에서 뭔가 세게 친 자국이 발견되었어요. 시신이 있던 자리 맞은편인데, 아주 깨끗하게 떨어져 나갔더군요. 이게 뭔지 혹시 아십니까?"

"전 잘 모르겠어요. 우연히 일어난 일 아닐까요?"

"충분히 흥미를 가질 만한 일이에요. 왜 하필 사건이 일어난 날, 그 장소에 그런 자국이 생겼을까요?"

"글쎄요. 아주 강한 힘이 있어야 될 것 같긴 하군요."

홈즈는 그녀의 말을 듣고 잠시 생각에 잠겼다. 그러더니 그의 얼굴이 갑자기 굳어지면서 멍해지는 것을 보았다. 그 표정은 그의 천재성이 발휘될 때 나타나는 것이었기 때문에 나는 아무 말도 하지 않고 그의 다음 말을 기다렸다. 몇 분 후, 그는 벌떡 일어나 행동 에너지로 끓어오르는 열기에 온몸을 떨고 있었다.

"왓슨, 어서 가세! 빨리!"

"홈즈 선생님, 무슨 일이시죠? 괜찮으신 건가요?"

"던바 양, 커밍스 씨, 나중에 연락드릴 테니 걱정 마십시오. 정의의 이름으로 저는 영국을 뒤집어놓을 수 있는 엄청난 일을 하게 될 것 같군요. 던바 양, 늦어도 내일까지는 기쁜 소식을 전할 테니 안심하세요. 진실은 반드시 밝혀질 테니까요."

우리는 다시 토르 관으로 갔는데, 먼 거리가 아니었지만 홈즈와 나에게는 마치 영원처럼 긴 순간이었다. 홈즈는 신경이 몹시 날카로워졌는지 옆 좌석을 손가락으로 두들기거나 기차 안을 왔다 갔다 했다.

그런데 목적지가 가까워오자 그는 갑자기 내 맞은편에 와서 앉더니 —일등칸에는 우리 둘뿐이었다.— 장난기가 발동한 듯 개구쟁이 같은 눈빛으로 나에게 말했다.

"왓슨, 자네는 사건을 조사하러 갈 때 리볼버를 갖고 다니지 않나?"

나는 뒷주머니에서 짧고 다루기 쉬운 권총을 꺼냈다. 이렇게 하는 이유는 사실 내가 아닌 홈즈를 위한 것이었다. 그는 어떤 생각에 빠지면 신변에 전혀 주의를 기울이지 않았기 때문이다. 실제로 위기 상황에서 내 리볼버가 도움이 된 적도 여러 차례 있었다.

"오, 다행이군. 난 이런 문제에 항상 무관심해서 말이야. 그런데 상당히 무겁군."

"하지만 아주 튼튼하기도 하지."

"왓슨, 내가 한 가지 알려주지. 자네의 리볼버는 우리가 조사하는 사건과 밀접한 관계를 가지게 될 거야."

"그게 무슨 말인가? 설마 농담은 아니겠지?"

"난 그 어느 때보다도 진지하다네. 우리는 곧 어떤 실험을 하게 될 텐데, 실험이 성공한다면 사건이 명확하게 해결될 거야. 그런데 그 실험에서 리볼버의 움직임이 매우 중요해. 일단 탄약통 하나는 빼겠네. 남은 다섯 개를 넣고 안전장치를 채우자고. 이렇게 하면 무게가 늘어나니 더욱 정확해지겠군."

그때까지도 나는 그가 무슨 생각을 하는 건지 전혀 알지 못했다. 그는 나에게 아무것도 가르쳐주지 않고 생각에 잠겨 있었다. 우리는 햄프셔 역에 도착해서 이륜마차를 타고 15분 뒤 코벤트리 경위의 집으로 갔다.

"경위, 우리는 단서를 하나 찾은 것 같소."

"갑자기 단서라니요? 그게 뭐죠?"

"왓슨 박사의 리볼버가 알려줄 겁니다. 혹시 10미터 정도 되는 줄이 집에 있소?"

그는 집안을 뒤지더니 잠시 후 굵게 꼰 삼실 한 뭉치를 건넸다.

"이거면 되겠군. 이제 마지막 단계만 남았으니 함께 갑시다."

석양이 가까워지는 풍경은 햄프셔의 삭막한 황무지를 아름답게 수놓고 있었다. 경위는 여러 감정이 복잡한 눈빛으로 홈즈를 바라보고 있었는데, 그의 정신 상태를 의심하는 듯한 표정도 그 중 하나였다. 범행 현장이 가까워지자 홈즈가 평소의 냉정함을 잃고 흥분하고 있다는 것이 느껴졌다.

"왓슨, 사실 내 추리가 어긋나는 경우가 간혹 있기는 해. 진실에 대한 본능적인 느낌은 있는데, 가끔 다른 방향을 가리키기도 하니까. 던바 양의 감옥에서 영감이 떠올랐을 때는 확실해 보였는데, 상상력을 발휘해서 다시 생각하니 틀릴 수도 있다는 생각이 드는군. 하지만 다른 방법이 없으니 확인해 보는 게 좋겠지."

우리는 현장에 도착했고, 홈즈는 삼실 한쪽 끝을 리볼버 손잡이에 단단히 묶어두었다. 그리고 시신이 누워 있던 자리를 정확히 찾아 표시하고, 덤불 속을 뒤져 꽤 큰 돌 하나를 주웠다. 그런 다음 줄의 다른 쪽 끝을 돌에 묶고 그것을 다리 난간 너머로 던져 물 위로 떨어뜨렸다. 모든 준비를 마친 홈즈는 리볼버를 들고 시신이 누워 있던 자리에 섰다. 무거운 돌과 권총에 묶은 줄이 팽팽하게 당겨지고 있었다.

"자, 갑니다!"

홈즈는 이 말과 함께 권총을 머리 위로 들어 올렸다가 손잡이를 놓았다. 돌의 무게 때문에 총은 빠르게 날아가 소리를 내면서 난간에 부딪히고 그 너머로 사라졌다. 홈즈는 총을 놓자마자 난간 옆으로 달려가서 기쁨의 탄성을 질렀다. 그가 생각했던 것을 발견한 듯했다.

"오, 이보다 더 정확할 수는 없을 거야. 왓슨, 여기를 보게. 자네의 리볼버가 한 건 했어."

그는 난간 아래쪽에 있는, 돌조각이 떨어져 나간 부분을 가리키고 있었다. 지난밤 생긴 자국과 똑같은 모양이었다.

"경위, 우린 오늘 밤 여관에서 머무를 예정이오. 갈고리를 이용하면 왓슨 박사의 권총은 쉽게 찾을 수 있을 거요. 그리고 원한에 찬 여인이 연적에게 살인 혐의를 덮어씌우기 위해 사용한 리볼버와 추도 함께 찾을 수 있을 것 같군요. 깁슨 씨에게 내일 만나서 이야기를 하자고 전해 주시오."

그날 저녁 여관에서 파이프를 피우면서 홈즈는 아까의 실험에 대해 정리해 주었다.

"이 사건은 발표한다고 해도 내 명성이 높아질 것 같지는 않군. 나는 상상력과 현실을 결합해서 사건을 해결하는데, 이번 사건에서는 그런 부분이 몹시 부족했어. 난간에 생긴 자국은 진실을 말해 주는 중요한 단서였는데 그것을 제대로 알지 못했으니 내 잘못이 크지.

불행한 깁슨 부인의 흉계는 매우 치밀해서 쉽게 알아낼 수 없었어. 비뚤어진 사랑이 어떤 결말을 가져오는지 이번 사건만큼 분명한 경우는 별로 없을 거야. 깁슨 부인은 던바 양을 용서할 수 없었어. 깁슨 씨가 거칠고 매정하게 그녀를 괴롭혔던 이유가 가정교사 때문이라고

생각했겠지. 그녀는 자살하려고 생각했을 거야. 하지만 던바 양을 그대로 두고 싶진 않았지. 그래서 그녀에게 끔찍한 일을 겪게 하려고 한 것이지. 부인은 던바 양이 범행 현장을 선택했다는 인상을 주려고 일부러 자필 편지를 받아냈어. 그 편지가 가장 중요한 증거가 되어야 했기 때문에 중요하지도 않은 편지를 손에 꼭 쥐고 죽은 거지. 그것만 봐도 이 사건의 진실을 파악했어야 했는데 아쉽군.

그리고 부인은 사건 당일날 아침에 남편의 쌍둥이 리볼버를 빼낸 후 하나의 리볼버에서 총알 하나를 빼고 던바 양의 옷장 속에 숨겨두었지. 총알을 빼는 거야 남몰래 할 수 있으니까. 현장에서 무기를 없앨 수 있는 교묘하기 짝이 없는 방법도 미리 생각해 놓았어. 그리고 다리로 내려가서 던바 양을 만났지. 부인은 증오심으로 무서운 말을 퍼부었고, 그녀가 도망가 버리자 자신이 계획한 일을 실행에 옮겼지.

이제 모든 사슬이 제대로 연결되었군. 아마 신문에서는 왜 처음부터 호수를 뒤지지 않았냐고 묻겠지만, 늘 결과가 나온 다음에 뒷북을 치는 식이니 놀랄 것도 없지. 사실 어디서 무엇을 찾아야 하는지도 모르는 상황에서 갈대가 우거진 넓은 호수를 뒤지는 건 참으로 어려운 일이기도 하고. 왓슨, 우리는 무서운 남자와 매력적인 여성을 도와주었어. 이 두 사람이 힘을 합칠 가능성도 있을 거야. 아마 그렇게 되면 깁슨 씨가 드디어 뭔가를 배웠다는 것을 알 수 있게 되겠지."

초판 1쇄 발행 | 2012년 07월 05일
초판 9쇄 발행 | 2021년 05월 10일

지은이 | 아서 코난 도일
옮긴이 | 조주연

발행인 | 김선희 · 대 표 | 김종대
펴낸곳 | 도서출판 매월당
책임편집 | 박옥훈 · 디자인 | 윤정선 · 마케터 | 양진철 · 김용준

등록번호 | 388-2006-000018호
등록일 | 2005년 4월 7일
주소 | 경기도 부천시 소사구 중동로 71번길 39, 109동 1601호
           (송내동, 뉴서울아파트)
전화 | 032-666-1130 · 팩스 | 032-215-1130

ISBN 978-89-91702-90-5 (03840)

· 잘못된 책은 바꿔드립니다.
· 책값은 뒤표지에 있습니다.